Herbert Reinoss

Ein Sohn Masurens

Herbert Reinoß

Ein Sohn Masurens

Roman

Langen Müller

Umschlaggestaltung: Manfred Waller
(Foto: Soltmanysee, Masuren/Andreas-ZEFA)
Satz: SatzStudio Pfeifer, Germering
Gesetzt aus der 10/12 Punkt Palatino, Linotype System 4
Druck und Binden: Mohndruck, Graph. Betriebe GmbH
Printed in Germany
ISBN 3-7844-2138-5

Dies ist ein Buch der Erinnerung an meine Tochter Heike.
Doch zugleich ist es ein Roman mit den Erfindungen eines Romans.
Das gilt weitgehend für die andern Hauptgestalten, so daß sie frei gewählte Namen bekamen, und zum Beispiel für die geschilderten beruflichen Umgebungen von Vater und Tochter.
Alle Figuren außerhalb der Familie sind erfunden; jede Ähnlichkeit mit lebenden oder verstorbenen Personen wäre rein zufällig.

INHALT

I

Masurische Träume
11

II

Trauerjahr für die Heike
51

III

Die Rückreise
nach Masuren
279

IV

Brief an die Heike
385

Das meiste ist in meinem
Leben verlorengegangen,
zum Beispiel alle Menschen,
die ich geliebt habe. Aber
gleichzeitig kann ja nichts
verlorengehen. Alles ist zu
seiner Zeit da und tut seinen
Dienst.

Lars Gustafsson,
Trauermusik

I

Masurische Träume

Das ist auch heute noch meine Heimat, obgleich ich niemanden mehr dort kenne, Kindheitserde, unendlich geliebtes Land.

Gottfried Benn,
Lebensweg eines
Intellektualisten

1

Wir haben schon Juni, und ich muß endlich zu einer Meinung darüber kommen, wohin wir drei: Ilse, Felix und ich, in diesem Sommer in Urlaub fahren wollen. Das Leben geht weiter, sagt man mir; und: Es hilft alles nichts, man muß weitermachen.

Man muß weitermachen! Und die Heike wird nun niemals mehr dabeisein.

Ich bin ausgelaugt, müde. Ich will versuchen, gleichsam in einen Tagtraum hineinzudriften:

Ich will auf eine Bergeshöhe!

Ich versuche, mir einen Berg vorzustellen, den ich dann langsam, Schritt für Schritt, ersteigen könnte.

Das macht mir erstaunlicherweise ziemliche Mühe; und dahinter steckt wohl die alte, fatale Beklemmung schon beim Anblick hoher Türme, Erinnerung an Probleme sogar bei Bergbahn-Fahrten.

Und es stellt sich auch das Bild eines kalten, eisigen Felsenturmes ein, es ist gleichsam ein schlankeres, steileres Matterhorn.

Das ist zu abweisend!

Es muß etwa Milderes, Rundlicheres sein, sagen wir: ähnlich dem Mont Ventoux, wie ihn nach meiner Erinnerung Petrarca erstiegen und besungen hat.

Und da wird es unser wahrhaft idyllischer Rydzewer Berg hinter dem See an der Straße nach Krzywen!

Doch ist der nun nicht zu niedrig? Stand im Meßtischblatt nicht etwas von bescheidenen einhundertneunzig Metern? (Aber halt: der vielzitierte Wilseder Berg, höchste Erhebung des norddeutschen Flachlands, ist doch nicht einmal so hoch...)

Ja: der Rydzewer Berg im Norden meines Kindheits-Dorfes in Masuren: in dessen Anblick ich aufwuchs! Und ich stehe auch schon unten vor ihm; und auch er steigt nun unwirklich mächtig und steil vor mir auf! Und ist bis unten hin be-

waldet (und Wald begann doch erst unmittelbar hinter seinem Gipfel) – als ob mir das helfen soll: Ich brauche nur in diesen Wald einzutauchen, und meine Furchtsamkeiten vor hoch Aufragendem sind damit vielleicht genommen...
Also auf in den Wald. Kurz darauf sehe ich mich aus einer gewissen Distanz: wie ich als Berggänger, Rübezahl, eine große Last mitschleppe, davon gebeugt bin; ich denke: eine dicke Steinplatte, Erinnerung an die Ausmaße eines Sarges.
Danach die Vorstellung, ich klammre mich auf halber Höhe an den Berghang wie an den Rücken eines Pferdes.
Signalisiert das Angst? Es wird noch erheblich schlimmer, als ich kurz darauf, eigentlich viel zu rasch, oben bin: Ich sitze auf dem Rand eines schrecklich hohen Schornsteins, wage eigentlich gar nicht nach unten zu sehen!
Ich fühle, wie mein Herz laut klopft. Müßte ich versuchen, das ganze Unternehmen abzubrechen?
Aber hat nicht das Autogene Training für solche Fälle einen Trick parat, mit dem sich allzu unangenehme Situationen überspielen lassen?
Denn Augen zu und die vielen Sprossen des Schornsteins nach unten steigen (wozu es mich einen Augenblick lang drängt): das geht doch erst recht über meine Kräfte, ich würde abstürzen.
Der Zauberstab! Er ist das Allheilmittel, um Verwandlungen durchzuführen.
Und es genügt sogar schon die Vorstellung, daß ich ihn benutzen *könnte* und also nicht ausgeliefert bin, um ruhiger, ja gelassen zu werden und mich mit einemmal auf einem almartigen Berg zu befinden inmitten von annehmbarer Hügellandschaft.
Zunächst aber vor mir ein tiefes Loch (Überbleibsel des Schornstein-Schlundes?): Es ist eine Müllgrube, und ich werfe einen welken Blumenstrauß hinein (wie wir ihn oft vom Grab der Heike nehmen und zum Abfall tun).
Setze mich auf die Bank vor mir. Blicke um mich: Ob ich nicht etwas Interessantes sehen und erleben könnte.

Vor mir ein endlos scheinendes Bergland: Waldland, wie ich es sah, wenn ich oben in der Felsenregion über dem Ogge-See in Norwegen gesessen habe, schon am Rand der Baumgrenze, und weit und breit niemand sonst.
Ja: Diese Gegend ist ein alter Bekannter! Und da stellt sich unvermittelt eine Erinnerung ein und eine Vorstellung: Man sieht, wie ein auf diesen Berggipfel gesetzter, versteinerter Beobachter, bloß noch einem rührend kleinen, sonnenbeschienenen Fleck hinterher inmitten einer schon überschatteten Landschafts-Wüste, und dieser Fleck wird immer rascher fortgezogen, gleich ganz fortgenommen sein.
Das ist wie gesagt kein ausgedachtes Bild, ich habe es erlebt in der völligen Einsamkeit, einmal sogar zu filmen versucht.
Und nun geht einem das durch den Sinn wie ein das eigene Erleben spiegelnder Vorgang.
Und das waren wahrscheinlich die sogenannten besten Jahre meines Lebens. Mit dem Tod eines meiner Kinder sind sie fortgenommen worden gleich jenem rasch sich entfernenden Sonnenfleck.
Ich lege mich auf die Bank auf dem Berggipfel. Blicke zum Himmel. Er ist nicht unfreundlich: eine milde Sonne scheint.
Aber was ist mit den in so gut wie allen Berichten über die Übung des Autogenen Trainings: Weg auf die Bergeshöhe, erwähnten religiösen Erlebnissen?
Für mich bleibt das völlig aus. Der Himmel verändert sich allmählich in ein belangloses Grau. Das ist alles.
Ich richte mich auf. Will mir noch einmal das Waldland ansehn, wie ich es erlebte im Süden Norwegens und wie es zu unsern letzten beiden Jahrzehnten gehörte: Zeit der Kindheit und frühen Jugend unsrer Kinder, von denen eins umgebracht wurde.
Doch da ist es nicht mehr jene Region! Sondern vor mir liegen Wälder bis zum Horizont, von denen ich sofort weiß: es

sind heimatliche *masurische*! Und obwohl ich nicht sicher bin, inwieweit sich diese Vorstellung von riesigen Wäldern hinter unserm Rydzewer Berg mit der Wirklichkeit deckt, ich bin als Kind nie ganz oben gewesen (und so blieb er für mich geheimnisvoll bis heute wie der Olymp) – mächtige Wälder gab es unweit im Norden unsres Dorfes tatsächlich. Wald begann am Nordufer des Laschmieden-Sees und wurde riesig bei Borken und Rothebude.
Und mir geht eins nach dem andern durch den Sinn in auffallender Lebhaftigkeit:
Wie wir Leberblümchen pflücken gingen in den Bergenauer Wald. Und einmal einen ganzen Tag lang Blaubeeren sammelten im Polommer Forst und mit Eimern voll nach Hause fuhren... Sonne liegt auf masurischen Waldlichtungen, und Mutter und wir älteren Kinder bei den Beeren; und zu dem Licht die Farben und die Gerüche des Waldes und sein ewiges Rauschen. Harz und Pflanzen und Pilze.
Und von einem kleinen See in diesem Wald ist die Rede, der aber einen üblen Ruf hat: angeblich keine Fische enthält, sondern irgendwelches häßliche Getier... Doch das fließt wohl schon hinüber zu Abergläubischem oder Sagenhaftem, Uraltem; das hatte bei uns ja viel weniger Barrieren und Grenzen in meiner Kindheit als anderswo...
Norwegen zunächst, und nun Masuren – wie seltsam, aber auch wie sinnvoll das ist!
Die eine Welt tritt offensichtlich zurück; und eine andre drängt herauf: tritt an ihre Stelle, siegt gleichsam schon über sie... Und das eine scheint also abgeschlossen, *gehört schon zu einem früheren Leben:* in dem es meine Tochter gegeben hat. Und es gibt sie nun niemals mehr, und wir müssen verzweifelt nach festem Boden, vielleicht: Heimat, suchen.
Schließlich: Ich will, wie andere, die den Weg auf die Bergeshöhe gemacht haben, den Einsiedler treffen!
(Die Experten des Autogenen Trainings raten, seine Höhle oben auf dem Berg zu suchen. Und die meisten Trainieren-

den stoßen tatsächlich auf eine weisen Eremiten, der als Verkörperung des eigenen Gewissens interpretiert wird.)
Auch damit habe ich meine Mühe: So etwas wie die Behausung eines Einsiedlers zu finden. Und auf was für eine Erscheinung werde ich dann treffen? Zwischendurch sehe ich das viereckige Loch eines offenen Kamins – aber in so etwas haust doch nicht einmal der anspruchsloseste Einsiedler!
Dann denke ich: Es könnte ja irgendein Verwandter von mir, ja es könnte sogar *mein Vater* sein. Das wäre schön.
Und tatsächlich! Bald sitzt vor einer Höhle auf einer einfachen Holzbank, masurischen Bank: Brett über zwei Pfählen, ein Mann ganz von der Art meines Vaters. Ja es *ist* Vater! Immer eindeutiger zeigt sich mir sein Profil. Er sieht nicht zu mir her. Sein Gesicht ist ruhig, fast heiter, ich meine bei mir: überlegen.
Mit einem Stock malt er Figuren oder Zeichen vor sich in den Sand.
Er spricht nicht mit mir. Aber auch ich spreche ihn nicht an. Insoweit bleibt die Begegnung ganz unergiebig.
Aber es ist mein Vater, bei dem ich bin!
Ganz allmählich löse ich mich von seinem Anblick und begebe mich wieder auf den Weg in den Tannenwald und nach unten ins Dorf.
Fachleute des Autogenen Trainings empfehlen den »Weg auf die Bergeshöhe«, weil man dabei »Einsichten, was zu tun ist«, gewinnen könnte, »und Klarheiten...«, quasi den Durchblick, wie es heutzutage heißt. Und wer ränge darum nicht verzweifelter als nun ich!
Aber mir hat auch diese Übung kein bißchen geholfen. Ich gewann keine Erkenntnis. Und nicht die geringste Hilfe. Wie es nun ist seit Monaten – was habe ich erwartet?
Und wohin in diesem Jahr in Urlaub? Dachte ich nicht schon vorsichtig daran: ob nicht doch noch einmal in das Sommerhaus Fjellro an dem schönen See im norwegischen Südland, der Oggevatn heißt? Wo wir den letzten wirklich begeisternden Urlaub mit der Heike erlebt haben?

Und womöglich noch eine Rundreise vorher zu den Höhepunkten des norwegischen Südens: Durch das Gudbrandsdal und zum Geirangerfjord, zum einzigartigen Bergblick vom Dalsnibba und über die gerühmte Bergstraße durch Jotunheimen, vorbei an Gletschern und Wasserfällen und durch tiefe Wälder –
Traum der vergangenen Jahre, geradezu leidenschaftliche Sehnsucht so langer Zeit –
Aber wäre das jetzt nicht nur noch wie hinterhergeworfen?
Und ganz besonders falsch?
Denn niemals mehr wie früher auch das: Unsre Urlaube immer mit beiden Kindern ins geliebte Skandinavien, wo wir so viele ganz aus dem üblichen Mitteleuropa herausgehobene Wochen erlebten, die Höhepunkte all jener Jahre.
Und auch in Fjellro, dem unvergeßbaren, stillen Holzhaus im Wald über dem See, würde nun ein Zimmer leerbleiben, und wir würden ständig daran vorbeigehn mit unsern wehen Empfindungen: Hier wohnte die Heike, und nie wieder... So, wie in unserm Haus ein Zimmer nun immer leerbleibt: *ihr* Zimmer...
So, wie es war, kann es niemals mehr sein. Und meine vergangenen Jahre sind ein vergangenes Leben.
Es ist zu Ende. Für immer vorbei.

2

In einem düstren Traum der letzten Nacht bin ich unterwegs gewesen, und es quälte mich, wie alles immer mehr reduziert wurde auf das Dürftigste, um nicht zu sagen Schäbigste.
Die Autostraße wurde zu einem engen, holprigen Feldweg mit schließlich geradezu zertrümmertem Asphalt und Steinbelag. Und ein Badebecken, in das ich später stieg, erwies sich als ein flacher, schmutziger Tümpel mit unangenehm von aufgewühlter Erde getrübtem Wasser.

Und dann sehr gefährlich erscheinende Tiere!
In der Dämmerung saßen auf einem Bord in Höhe unsrer Köpfe und reglos auf uns blickend drei zusammengekauerte seltsame Wesen, bei denen ich zunächst an eingerollte Schlangen dachte mit großen Schädeln und fürchtete, sie könnten plötzlich zu mir hin und eher noch zu Ilse (die hinter mir ging) vorschnellen.
Aber dann bekam ich mitgeteilt, es seien *Lemuren;* und von denen weiß ich, daß einige ihrer Arten ausgesprochen Wesen der Nacht und der Dämmerung sind.
Und hat der Begriff nicht, dachte ich später, auch noch eine andere Bedeutung? Waren Lemuren in der Vorstellung der Alten Welt nicht Seelen von Verstorbenen, die nachts als Geister umherirrten? Und hatten wir nicht in Masuren noch in meiner Kindheit verwandte Vorstellungen?
Seltsamer Traum, ja fast schon Alptraum! Doch als ich erwachte, war es noch viel schlimmer. Im selben Augenblick wußte ich wie am Beginn jedes Tags seit der Katastrophe im April: Es ist uns etwas Schreckliches zugestoßen, und ich kann nirgendwo derselbe sein wie früher.
Mir ist, als habe man mein Leben mittendurch gesägt und die beiden Teile auf verschiedene Seiten geschmissen: zerschnitten in ein früheres, das vor einigen Monaten zu Ende ging, und das andere gegenwärtige, in dem ich mich noch marionettenhaft wie ein Darsteller jenes Menschen bewege, der ich früher war.
Wir fangen unsere Geschichten zu erzählen an, wenn sie zu Ende gegangen sind. Wir fangen wie üblich mit dem Anfang an, aber wir sind am Ende. Und zwangsläufig wird während des Erzählens unser Bewußtsein davon beherrscht, daß sich eine Katastrophe ereignet hat; und wir haben keineswegs noch den Tonfall der Tage und Jahre vor der Tragödie, sind nicht mehr ausreichend in der Lage, unsere äußeren und inneren Welten jener Zeiten zutreffend wiederzugeben, als wir uns noch einigermaßen sicher glaubten, in den Tag hinein lebten.

Wir sollen das Offene, Unentschiedene des Anfangs vermitteln, und sind schon ausgeknockt, verunstaltet, erledigt. Und die Erfahrung dieses FINIS! läßt Erinnerungen an den Aufbruch nur noch in einer Weise zu, daß alles durch den Charakter des Endes eingefärbt ist.

So will ich also, um der Aufrichtigkeit willen, von vornherein alle Tricks beiseite lassen, die ein in die grauen Tage gekommener Erzähler draufhat und an denen mir nun überhaupt nichts mehr liegt. Ich komme gleich zur Sache und verschweige nicht einen Augenblick lang, worum es in meiner Geschichte geht.

Und dabei könnte gerade ich die Zwangsläufigkeit durchbrechen, daß die Erfahrung des Endes jeden unserer Sätze der ganzen Erzählung in einer bestimmten Weise tönt. Habe ich doch – und gerade in den Urlauben, und vor allem im letzten Jahr – unzählige spontane Notizen gemacht, die nun zu Aufzeichnungen aus einer andern Zeit und Welt geworden sind und mein Bewußtsein in jenem heute kaum noch ganz nachvollziehbaren Leben vor der Katastrophe unverfälscht enthalten. Die könnte ich wiedergeben.

Alte Notier-Manie, die immer stärker wuchert! Ich ziehe alles um mich zu mir heran, sauge es sozusagen auf, bringe es gleich in Formulierungen und notiere sie. In jedem Jahr Hunderte, Tausende von Notizen aus den unterschiedlichsten Anlässen. Es wäre eine schon zeitlich kaum noch zu bewältigende Sache, sie alle zu sortieren und zu werten. (Doch allmählich wird man wohl zu so etwas wie einer Autorität für sich selbst und seine Zeit.)

Und doch muß nun auch ich gelten lassen: Ich fange zu erzählen an, nachdem ich von dem niederträchtigsten aller Spitzbuben, er heißt Schicksal, von den Beinen geholt worden bin und weiterhin Tritte kriege.

3

Norwegen, Masuren: Es hat immer wieder Erlebnisse hoch im Norden gegeben, da fühlte ich mich in meine Heimat Masuren versetzt. Und dachte dann: Ich komme ja nicht zuletzt deshalb hierher, weil ich immer etwas von der Abgelegenheit, Einfachheit meiner Kindheit suche und hier noch am ehesten finde.

Ich erinnere mich an einen Morgen, da war ich vor den andern aufgestanden, saß vor dem Haus im Wald und sah auf den See hinunter. Die taufeuchte Luft strömte zu dieser frühen Stunde einen Geruch aus, als schäle man Kiefernrinde, breche harziges Holz auf.

Gingen jetzt Menschen am gegenüberliegenden Seeufer, dachte ich, so würde man jedes ihrer Worte über Kilometer hin hören, als sprächen sie neben einem.

Denn so hatte ich das schon einmal erlebt vor sehr langer Zeit: in meiner masurischen Kindheit. Manchmal gingen an ebenso stillen Abenden auf der andern Seite des Sees, an dem unser Dorf lag, Menschen, und die hörte man reden, als würde man sie berühren können, indem man bloß einen Arm ausstreckte. Wie lange ist das her!, habe ich dann jedesmal gedacht. Und heute scheint es noch viel weiter zurückzuliegen denn je, zu meinem jetzigen Leben nicht zu gehören, sondern zu einem früheren.

Und ich habe in Norwegen, das seine Verschwiegenheiten hat wie Masuren, einige der schönsten Bilder der Heike gemacht, die wir besitzen. Zum Beispiel dieses unvergleichliche beim Sommerhaus Fjellro über dem Oggesee:

Sie hatte sich auf die Terrassen-Umrandung geschwungen, die Beine hinaufgezogen und sie vor den Körper gesetzt. Und sitzt, die Ellbogen auf den Knien, die Hände locker nach unten hängend, in einer Gelöstheit da, wie ich sie an ihr in ihren letzten Jahren kaum einmal so eindeutig beobachtet habe. Sonne liegt auf ihrem Haar; sie lächelt ein bißchen.

Was für ein großes, schönes Mädchen!
Hinter ihr stehen ihr damaliger Freund, Ilse (die Mutter), Felix (der Bruder).
Oder ein anderes Foto: Sie liegt unterhalb der Terrasse im Gras in der Sonne auf einer Wolldecke, hat leuchtendrote Söckchen an...
In einem Traum sah ich dies:
Wir stehen vor einigen Gräbern und sprechen über ihre Bepflanzung. Es scheint vor allem um drei Gräber zu gehen: das der Heike (auf dem es schon etwas üppiger wächst) und das einer Freundin von ihr; – und wer liegt in dem dritten? Genau besehen sind es etwas seltsame Gräber: eher Gartenbeete mit etwas Grün darüber, niedrigem Spargelkraut auf dem Grab der Heike, ganz ohne Blumen.
Doch die Heike scheint mit der Bepflanzung ihres Grabs durchaus einverstanden zu sein. Sie steht links von mir, und es ist ohne jeden Zweifel meine tote Tochter. Ihr Gesicht, ich sehe es schräg von der Seite, ist unbewegt, und es hat einen grünbraunen Schimmer der Unnatürlichkeit. Ich sehe deutlich den Haaransatz in ihrem Nacken.
Das dritte Grab? Da ich doch wie die Heike hier stehe, ihr gleich zu sein scheine...ist es *mein* Grab?
Nicht zum erstenmal meine ich: Vielleicht bin eigentlich ich es, der getötet wurde. Und bewege mich durch Räume, Orte, Landschaften, über die mich irgendwann jemand aufklären wird, daß sie nicht irdisch und (wie wir dort sagten) wirklich sind, sondern in der Welt der Toten liegen.
Sagte ich, ich sei ausgeknockt worden? Das war sehr unzutreffend formuliert.
Sieg oder Niederlage: Das hieße ja, es habe sich einem ein Gegner gezeigt und sei zu einem Kampf angetreten. Uns aber hat man von hinten ins Genick gepackt, aus dem Hinterhalt betäubt, dann über den Zaun geschmissen.
Am schlimmsten: In der widerlichsten Heckenschützen-Manier hat man meinem Kind in den Rücken geschossen, es hatte nicht die geringste Chance.

Und so lautet die Frage jetzt nicht: Wie soll man weitermachen? Sondern oft denke ich: Ob eine Welt, die ein herzensgutes Mädchen einfach umbringt, es wert ist, daß man sein Leben in ihr fortsetzt.

4

Ich träumte viel zu allen Zeiten.
Ich habe von keinem andern je gehört, daß man soviel träumt. Es gab Abschnitte in meinem Leben, da häuften sich meine Träume so sehr, daß man hätte sagen können: Ich lebe nachts intensiver als am Tag. (Ich hatte, in diesen Träumen, zum Beispiel zahllose Geschichten mit Frauen, die ebenso sinnlich waren wie auch poetisch schön.)
Dann, in den Tagen nach dem Tod der Heike, auch dies völlig anders: Lauter schwarze, traumlose Nächte wie in Betäubung und Bewußtlosigkeit.
Erst nach Wochen Abebben dieses Traum-Entzugs. Und nun ist alles ein einziger böser Traum, und vielleicht erwache ich nicht mehr daraus.
Irgendwann sehe ich den Kopf eines riesigen Menschen, aus dessen einem der Augen Wasser fließt wie aus einem aufgedrehten Wasserhahn.
Es ist Dämmerung. Bild eines gigantischen, ernsten Kopfes, der fast ganz über Hügel ragt: die Hügel im Norden meines Heimatdorfes im Masurischen; mit solchen heftigen Ergüssen aus den Augen, besonders dem rechten.
Anderswann dies:
Wir, Ilse und ich (die Eltern) sehen aus einem höheren Haus am Ortsrand, vierten oder fünften Stock wohl, auf eine Wiese hinter einer Baumreihe (Erlen?).
Unter den Bäumen, schon auf der Wiese, ein kleines Kind in einer seltsamen Aufmachung: einem dicken, ziemlich steifen, hellen Gewand (kurzer Mantel oder lange Jacke), das seinem Körper die Form eines Fäßchens gibt, aus dem

unten die zarten Beinchen herausstehen wie bei einem mechanischen Spielzeug.
Ich sehe nicht das Gesicht dieses Kindes, doch ich bin sicher: Dies ist unsere Tochter Heike, und es ist ihr erster Schultag.
Aber weshalb kommt sie nicht zu uns herauf; und wieso erstaunt uns das gar nicht?
Nach einer gewissen Zeit macht sie sich auf den Weg quer über die Wiese zu einem der Einfamilienhäuser an dem linken Rand. Sie fängt an zu rennen, die kleinen Beinchen fliegen. Ich denke (das steckt nun offenbar sehr in mir): Es wird ihr doch hoffentlich nichts passieren! Sie rennt zu einer Frau, ihrer Mutter, bei einem der niedrigen Häuser (ich sehe weder das Haus noch die Frau, weiß aber auch das).
Und tatsächlich war meine Sorge nicht unberechtigt: Plötzlich stolpert sie über einem kleinen Heuhaufen, fällt lang hin – und da ist es unsere auffallend schlanke, große Tochter, die ausgestreckt am Boden liegt.
Unvermittelt erinnere ich mich an einen andern Morgen vor wenigen Tagen. Nach dem Aufstehn notierte ich:
Ich dachte nach dem Erwachen an meine Tochter; versuchte, mich zu entspannen, sie mir, bei geschlossenen Augen, zu vergegenwärtigen. Doch auch diesmal vorenthielt sie sich mir. Als ich schließlich doch noch so etwas wie einen Menschen sah, da war der kurz und dicklich, ein Fäßchen – das genaue Gegenbild zu meiner Tochter. Ein Gesicht sah ich wiedermal nicht.
Weshalb wurde mir mein Kind nun zum wiederholten Mal kurz und dicklich gezeigt? *Ich weiß es nicht.*
Mir fällt dazu ein, daß ich mich sehr über die Angabe in dem Obduktionsbericht geärgert habe, meine Tochter sei »einssechzig« groß gewesen – sie war in Wirklichkeit mindestens so groß wie ich: einssechsundsiebzig; man hätte es aus dem Personalausweis abschreiben können, wenn man zu faul zum Messen war oder nicht einmal das hinbekam (schimpf-

te ich bei mir). Konnten die Herren Exakten Wissenschaftler nicht wenigstens bei solchen Äußerlichkeiten die unverzichtbare Sorgfalt aufwenden?
Dann ging mir etwas viel Schlimmeres durch den Sinn als die ärgerlichen Schlampereien irgendwelcher Ärzte oder Obduktionsmeister: Eine Zeugin hatte vor der Polizei angegeben: am Boden habe nach dem Unfall *ein kleiner Mensch* gelegen, mit seltsam verdrehten Beinen (sie waren mehrfach gebrochen).
Wie sehr hatte jener sie entstellt, der sie in den Tod riß und Gas gab und davonfuhr?
Es quält mich ja nicht nur ihr Ende, sondern auch die außerordentliche Brutalität dieses Unfalls.
Aber diese Umkehrung in den Träumen:
die *Lebende* ist kurz und dick, und die *Tote* zeigt sich plötzlich so groß und schön, wie wir sie aus ihrem Leben in Erinnerung haben.
Und vor dem Unfall lief unser Kind über eine weiche Wiese; und dann war es ja auch nur ein sanftes Hinfallen über einem Heuhaufen, das zu ihrem Tod führte.
Auffallend, wie sehr ihr Sterben und ihr Zustand danach beschönigt werden sollen. Mit der Wirklichkeit hat das nichts zu tun.
Einst wohnten wir ziemlich bescheiden am östlichen Stadtrand in einem Mietshaus. Später ging es uns etwas besser, wir bauten ein kleines Einfamilienhaus; an der gegenüberliegenden Straßenseite begann eine Wiese.
Eines Tages kehrte unser großes Kind dorthin nicht mehr zurück.
Aber weshalb zeigt sie mir in den Träumen nun nicht ihr Gesicht? Ich träumte in den letzten Monaten mehrmals von ihr, doch ohne je ihr Gesicht zu sehen.
Ich sah es zum allerletzten Mal keine Stunde nach ihrem schrecklichen Tod auf einer Bahre in einem häßlichen Raum des Krankenhauses. Etwa zwei Stunden vorher war die Lebende in unserem Wohnzimmer aufgestanden und nahe

an mir vorbeigegangen, und ehe sie hinausging, hatte sie zu mir herübergesehen.
Grollt die Tote mir, daß ich es nicht fertigbrachte, sie mir dann noch einmal, ein letztes Mal, anzusehen, ehe der Sarg geschlossen wurde?

5

Notizen für einen Brief an den Mitschüler und Freund seit dreißig Jahren Josef E. in der süddeutschen Stadt Brachingen:
Lieber J.,
ist es erst ein Jahr her, daß ich vor jenem Sommerhaus im norwegischen Wald hoch über dem Oggevatn saß und Dir allerhand mehr oder weniger feinsinniges Zeug schrieb über die Vorzüge der Einsamkeit dort und das ewige Rauschen des Waldes um mich und unsere (wie ich nun weiß) höchst läppischen sogenannten Midlife-Probleme? Geradezu einen Essay verfaßte über unser bisheriges Leben?
Und nichts darüber, daß wir wieder (wie Hamsun es nannte) Pest-Zeit haben, die auch nur immer subtiler geworden ist in ihrer Erscheinungsform und ihren tückischen Mitteln, so daß allzu wenige von uns ein Bewußtsein davon bekommen... Und auch wir beide mittendrin in allem herumpanschend, hier und dort ein bißchen mitpfuschend, von keiner Mode völlig unberührt, beteiligt an den Lächerlichkeiten der Region und Zeit, die beileibe keine harmlosen Lächerlichkeiten sind, sondern allzu oft ziemlich brutale und manchmal menschenmordende...
Aber dann war ich es, dem man die Beine unter dem Bauch wegschlug und den man auf die Forke (zum Ausmisten) spießte. Und nun blicke ich zurück wie auf ein früheres Leben oder das eines andern... Und das bisherige Verhalten war jedenfalls einer Pest nicht angemessen; und dies ist meine verhängnisvolle Verfehlung.

Vor jenem norwegischen Sommerhaus Fjellro habe ich so oft gesessen in vielen Jahren. Eines Abends im letzten Jahr sah ich tief unten dieses Bild, habe es in mehreren Dias festgehalten:
Ein Boot auf dem See, verteufelt weit draußen: im Sucher der Kamera bloß noch eine Ameise. Der Himmel nach dem Untergang der Sonne bernsteinfarben, der Wald im Spiegel des Wassers schon nachtschwarz. Keine Frage für mich: Das waren unsere drei: Tochter Heike, ihr Freund, Sohn Felix. Als sie die Richtung änderten, um auch noch hinter einer Insel zu verschwinden, ich durchs Teleobjektiv sah, das ich inzwischen aufgesteckt hatte, bekam ich Gewißheit: sie waren es. Düstre Silhouetten, Scherenschnitte…
Verdammt nochmal! schimpfte ich, als könnten sie es hören. Hatte ich ihnen denn nicht gepredigt, unser Boot sei eine Gurke, dilettantisch repariert, sie sollten jedenfalls in Ufernähe bleiben? Konnten sie, im Ernstfall, genügend weit schwimmen?
Es ging gut. Eine halbe Stunde später waren sie wieder bei uns oben, begeistert von ihrem Ruder-Abenteuer.
Es ging immer gut. Keiner von uns war je übertrieben vorsichtig; wir machten unsre Kinder mit sowas nicht verrückt.
Nur einmal ging es nicht gut. Und dieses Verhängnis war nicht vorauszusehen, und jedenfalls von uns nicht zu verhindern.

Diese rührende Formulierung in Goethes Tagebuch:
Heimweh – Geburtstag meiner abgeschiedenen Schwester.
Wie hat der große Mann auch das unüberbietbar erfaßt: Die so enge Nachbarschaft des Schmerzes über den Tod eines geliebten Menschen zum Heimweh.
Nichts bewegt auch mich so heftig und schmerzlich wie Heimweh, seit die Heike tot ist – nach jenen schönen Jahren mit ihr wie auch, immer stärker, nach einer noch viel früheren, behüteten Zeit: meiner masurischen Kindheit, wo ich wirklich eine Heimat hatte.

Das Masurenhaus aus Holz, längst altersgrau. Sonne darüber, und über Mutters Blumengarten – und wie leuchtete nur wenige Schritte entfernt das Wasser des Sees! Und am gegenüberliegenden Ufer die Höfe, und jener gewundene Sandweg vor kugeldicken Weidenbäumen den Hügel hinauf, und auf dem Kamm des Hügels dunkler Wald.
Und oberhalb des Hofraums eine ganze Fliederhecke – wie unvergleichlich es war, wenn sie blühte!
Und im Hof unsre Kinderspiele! Und alles so einfach und anspruchslos: ein langes Brett über einer dicken Holzrolle – fertig war eine Wippe. Und die Angel unten am See war auch, bis auf die gekaufte Schnur und den Haken, auf die einfachste Weise selbstgemacht.
Heimweh der quälendsten Art nach dem vielen Verlorenen in meinem Leben. Ja: Das meiste und das Wesentliche im Lauf der Zeit verlorengegangen.

Masurische Kindheit: Wie lange ist das her! Ferne Zeit, die es in ein unwirkliches Licht taucht! Und doch unvergessen und unvergeßbar; und ein Ton ist geblieben, der alles Folgende seither durchzieht.
Und mal drängt das eine und anderswann etwas anderes herauf und steht plötzlich in Beziehung zu Augenblicken des gegenwärtigen Erlebens. Findet in der Gegenwart einen ihm entsprechenden Ton und klingt mit dem zusammen. Früheres und Heutiges bilden ein einzigartiges Empfinden.
Und jetzt ist es vor allem das Düstere, das sich einfindet. Gesehenes, Erlebtes, Gehörtes. Über vierzig Jahre her, und plötzlich wieder da, als sei es gestern gewesen.
Unser See daheim. Die Masurischen Seen.
(Ich sage immer noch: Daheim. Aber wir sind schon so lange Jahre nicht mehr dort.)
Es war wohl ein See in der Nachbarschaft, in dem irgendwann ein junger Mann ertrank; und man suchte vergeblich nach ihm mehrere Tage. Fand den Körper nicht.

Die Eltern kamen. Sie warfen einen Kranz ins Wasser an der ihnen berichteten Unfall-Stelle.
Oder das Ende eines meiner Vorfahren »auf dem See«. Es war mein Urgroßvater väterlicherseits, Michael. Ich besitze darüber einen Auszug aus dem Sterberegister eines masurischen Standesamtes.
Es geschah vor über hundert Jahren: Da erschien eine Kätnerfrau auf dem Amt, gab zu Protokoll: Ihr Mann sei »auf dem Laschmiaden-See am zweiten März des Jahres tausendachthundertsiebenzig und fünf nachts, Stunde unbekannt«, verstorben.
Wegen »Schreibensunkunde der Anzeigenden« ist das Dokument »mit ihrem Handzeichen versehen« worden: drei Kreuzen.
Diese Frau war also meine Urgroßmutter. Sie hatte einen schönen Vornamen: Katharina. Ihr Geburtsname ist mit Zegac oder Segatz überliefert.
Auch das steckt in einem. Schicht um Schicht wurde übereinandergelegt, bildet ein Erbe: Wo kommst du her.
Ist es, weil ich nun bald ein halbes Jahrhundert alt bin: man sich immer stärker an die Anfänge erinnert, gleichsam zu ihnen zurückdriftet, der Welt des Vaters? Die in ihren mittleren Jahren fein und weltmännisch gewordenen Herren ländlicher Herkunft zunehmend wieder etwas vom Bäurischen bekommen, sich sogar einfacher und gröber kleiden?
Jedenfalls steige ich langsam Schritt für Schritt zurück ins Masurische, das zwar immer in meinem Bewußtsein war, aber viele Jahre lang doch eher als eine ferne, ein bißchen wehe, fast schon märchenhaft entrückte Erinnerung, die sich niemals vordrängte.
Ist es eine Frage des Altwerdens?
Nein.
Wie alle erheblichen Veränderungen ist auch diese gewaltsam herbeigeführt worden, diesmal sogar brutal.

Ich muß unserem so überaus ernsthaften Diskurs im ver-

gangenen Jahr eine Marginalie hinterherschicken, die Dir wenig gefallen wird. Meine bislang abwägende, quasi gelassene Art wäre Dir zweifellos lieber.
Doch wie weit bin ich gekommen mit meiner auf Ausgleich bedachten, vermittelnden Haltung? Mein erster Verleger schrieb es mir schon vor fünfzehn Jahren: die lautesten Schreier beherrschen heutzutage das Feld, da dürfe ich mit meiner stilleren Art auf Erfolge nicht hoffen. (Doch rate er mir dringend, schrieb er, um eventuell möglicher Erfolge willen nicht gegen diese »stillere« Art zu handeln.)
Und ich erinnere mich an die Zeit des Zweiten Weltkriegs; da hörte ich oft: Es sind die Anständigen, die fallen.
Vor allem: Wie weit kam meine Tochter, die ich in der Todesanzeige nicht anders nennen konnte als »unser herzensgutes Mädchen«? Ein Betrunkener (den man so nennen darf, denn im Prozeß gegen sich versuchte er nichts so sehr zu belegen, als wie betrunken er doch gewesen sei...), ein Betrunkener hat sie schrecklich getötet.
So bin ich nun sicher, daß das Honorar des Schicksals für (wie ein Moralist sagen würde) vorbildhaftes menschliches Verhalten eine besonders brutale Antwort ist.
Dies bei Solschenizyn: Ein sanftes Schaf ist des Wolfes Lekkerbissen.
Der Charakter der Institution Schicksal entspricht also dem eines Spitzbuben, den keinerlei Gebot, kein Kategorischer Imperativ behindert? Und wenn es dieses Schicksal ist, das auch die Menschen nach seiner Art bildet, so ist mir schon alles klar, mein Guter...
Damit wäre ich an einem Punkt angekommen wie Maupassant: Das Leben taugt nichts und hat keinen Sinn.
Und so bin ich nicht länger bereit, über persönliche Fehlhaltungen im Hinblick auf unsere Generation noch weiter nachzudenken. Jene, die im Gegensatz zu mir die Ellbogen gebrauchen und denen man kein Kind umbrachte, denken doch auch keinen Augenblick daran.
Das also ist für mich ein für allemal erledigt.

6

Es ist nun, wie gesagt, vor allem Frühes und Frühestes, das sich mir aufdrängt.
So habe ich zum Beispiel diese eine Geschichte niemals vergessen, sie war lange so etwas wie ein Alptraum für mich: Eines Tages erzählte »unser Pole« (ein polnischer Kriegsgefangener), man habe am Nachthimmel »trzy czerwone słupi« gesehen (drei rote Säulen), »tak czerwonutko«!! (so rot!!). Nicht nur er habe das beobachtet; und es habe geheißen: Das bedeute nichts Gutes! (Bei den Polen wie bei den Masuren gab es viele »Zeichen«, die etwas Wichtiges bedeuteten, und eigentlich immer etwas Böses…)
Es werde noch viel Blut fließen! habe es geheißen, erzählte der Jan Palmowski. Das mochte 1942 oder 43 gewesen sein, ich war damals etwa acht Jahre alt. Und es floß dann tatsächlich noch sehr, sehr viel Blut, und auch in meiner masurischen Heimat…
Es ist doch ziemlich erstaunlich, daß ein Achtjähriger da schon irgend etwas erspürte – traf ein Ton von außen auf einen ganz wesentlichen in mir? War die Verwandtschaft, der Zusammenhang der beiden schon für das Kind unüberhörbar?
Wenn ich's in Begriffe zu fassen versuche: Damals, in Masuren, schien auf, was seither als ein Grundton mein ganzes Leben begleitet: ABSCHIED, VERLUST, AUSGELÖSCHTWERDEN.
Weshalb haben wir Angst? Weshalb hatte ich damals Angst vor dem »bösen Zeichen«?
Wir haben Angst, weil wir Verluste befürchten, die vom einzelnen nicht aufzuhalten sind.
Einige Monate später steckte Mutter mich zur Großmutter. Ich war, wie gesagt, acht Jahre alt; und was die Großmutter betraf: Nach dem Tod eines Onkels wäre sie auf ihrem Abbauhof im Nachbarkreis allein mit einem französischen Kriegsgefangenen gewesen, so brachte man mich dorthin.

Das wurde für mich eine Zeit, die ich vierzig Jahre später als durchgehend freudlos erinnere; auch wenn das vielleicht nicht ganz gerecht der Großmutter gegenüber ist. Aber ich war auf dem abgelegenen Hof meistens ganz allein oder mit einer alten Frau zusammen oder einem unglücklich in eine ihm ganz fremde Welt verschlagenen Franzosen. Ich wurde schwermütig; das steigerte sich bis zu Weinkrämpfen. Und ich verfiel auf ein (für einen Acht-, Neunjährigen!) höchst eigenartiges Unternehmen: Ich begann, so etwas wie eine Familiengeschichte zu schreiben.

Ich weiß nicht mehr, was der Anlaß dafür war, daß Mutter mich eines Tages wieder nach Hause haben wollte. Sie kam mit dem Pferdewagen vorgefahren, um mich und meine Sachen abzuholen. Aber die Großmutter stellte sich da quer und wollte mich nicht hergeben. Ich sehe es noch vor mir: Die zwei Frauen stritten sich drinnen und dann vor der Haustür, zergten herum. Und schließlich fuhr Mutter unverrichteter Dinge zurück. Und wieder weinte ich lange.

Vater, dachte ich damals, denke ich noch heute, hätte mich am besten von allen verstanden und das richtige Wort gesagt, ohne alle Aufgeregtheit: ruhig und lakonisch. Das erlösende Wort...

Aber Vater war in Rußland und an der Front, das kam zu allem anderen hinzu. Eines Tages gerade in jener Zeit bekam ich von ihm ein Päckchen, das Süßigkeiten enthielt, und auf der Verpackung dieser Süßigkeiten stand: Für die kämpfende Truppe. Als Großmutter noch irgendeine Bemerkung darüber machte, wie lebensgefährlich es für diese kämpfende Truppe jeden Tag sei (ihr Mann, mein Großvater mütterlicherseits, war im Ersten Weltkrieg gefallen), brach erst recht aller Schmerz über mich herein. Damals wurde mir zum erstenmal klar, was mein Vater mir bedeutete.

Wohl um mir etwas Abwechslung zu verschaffen, suchte Großmutter auf dem Boden nach Spielzeug für mich. Aber was wollte sie dort finden? Sie kam mit einer Waldzither

herunter; ich weiß nicht, wer sie irgendwann gekauft und dann weggelegt hatte.
Und es fand sich ein – einziges – Blatt, das Noten zu einem Lied enthielt, ja das unter die Saiten der Zither geschoben werden konnte und angab, welche von ihnen in welcher Reihenfolge gezupft werden sollten, damit dieses Lied ertönte.
Was für ein Lied? Eins mit ausgesprochener Betschwester-Mentalität, ja es besaß wohl eine Zeitlang als Grabgesang bei Leichenbegängnissen eine gewisse Volkstümlichkeit, hatte jedenfalls überhaupt nichts Kindliches:
Es ist bestimmt in Gottes Rat,
Daß man vom Liebsten, was man hat
Muß scheiden!
Ich saß also, alleingelassen, und klimperte das Totenlied, und hab es zu einem gewissen Können darin gebracht.
Immer nur dieses eine Lied…
Dabei war das Lied mir auch damals durchaus unbehaglich: Wir sollten ja nicht Beerdigung spielen (und taten es doch einmal mit schlechtem Gewissen einen ganzen Nachmittag lang, legten den reinsten Friedhof an) und auch keine Beerdigungslieder singen. Es erstaunt mich noch heute, daß Großmutter nicht darauf zu sprechen kam.
Andererseits: Ich durchlebte ja eine depressive Phase, und das Scheide-Lied traf das durchaus und verstärkte es noch.
Noch heute habe ich daran eine geradezu intensive Erinnerung. So vieles andere ist völlig vergessen, selbst die Namen von Mitschülern fallen mir nicht mehr ein – doch der Text des Liedes damals *wörtlich*.
Wie oft sollte ich auf das, was er behauptete, noch gestoßen werden!

Alptraum der Flucht aus Masuren und Ostpreußen. Dunkle Träume noch vierzig Jahre danach.
Meine masurische Mutter weiß es so anschaulich, als gehe es um ein Erlebnis der vergangenen Nacht:

Und dann war, als wir uns auf dem Eis des Haffs vor Erschöpfung kaum noch auf den Beinen halten konnten, mit einemmal eine sehr große, dunkle Frau neben uns mit einem schwarzen Pferd: die bot mir an, die Kinder könnten sich auf den Wagen zu ihr setzen. *Eine so große, dunkle Frau*, sagt sie noch einmal, *und ein so schwarzes Pferd...* Und sie fährt fort: Ich dachte: *Wie der Teufel!*
Nun: Wenn's der Teufel war, so hat er uns jedenfalls geholfen. Meiner Tochter half ein Menschenalter später keine jenseitige Macht.
Von Zufall zu Zufall stolpernd und allem ausgeliefert, sind wir dem Ärgsten damals noch entgangen: Wir sind nicht dem Feind in die Hände gefallen.
Doch die Angst davor: sie ist geblieben. Mutter will die Heimat nicht wiedersehen: Würden die denn nicht auf uns schießen wie damals?
Irgendwo mitten in Ostpreußen vor einem Kleinstadt-Bahnhof im Schnee eine kleine, alte Frau: tot. Halb zugeweht. Drei Tage später, als wir weiterfahren konnten, lag sie noch genauso da. Und wie viele waren inzwischen an ihr vorbeigegangen? Ja sie hatte auf dem Bürgersteig ihnen im Weg gelegen...
Später in einer Hafenstadt, wo wir wochenlang auf Schiffsplätze warteten: In der Nähe unsrer Baracke an der Hauptstraße ein erhängter deutscher Soldat, der sich feige von der Truppe entfernt haben sollte (so das Schild um seinen Hals).
Es wurde damals keine Barbarei ausgelassen – für ein Kind wie mich ein lebenslanges Entsetzen.
Oder Braunsberg in früher Nacht nach taglangem feindlichen Angriff: brennende Stadt, zerstörte Flüchtlings-Wagen, tote Pferde und wohl auch Menschen in den Straßen; wir stiegen drüberweg, ohne allzu genau hinzuschauen...
Und das Langhaus einer Kirche entstellt durch einen brutalen Riß von oben bis unten, als sei ein fürchterlicher Blitz durchs Mauerwerk gefahren...

Dunkle Träume noch heute: Fast immer Dämmerung, Feuerschein von Bränden, und russische Panzer kriechen über die heimatlichen Hügel zu mir her. Ich müßte mich schnellstens im tiefsten Wald verstecken, aber die panische Angst hat mich bewegungslos gemacht…
Ich klimpere vor mich hin. Drücke hier eine Taste, dort eine; es wird keine Melodie daraus. Nur, unaufhebbar, ein bedrückender Grundton.
Ton wie an jenem Totensonntag daheim unterhalb unseres dörflichen Friedhofs, als (so erinnerte ich es jedenfalls lange wie eine Gewißheit) ein dunkles, leises Vibrieren aus der Erde unter meinen Schritten kam.

Gegen Mittag.
Ich beobachte eine Ameise. Was schleppst du denn da? sage ich zu ihr.
Felix kommt auf mich zu, baut sich vor mir auf, tänzelt, macht Schattenboxen in meine Richtung, weiß nicht wohin mit seinen Kräften. Ebenso rasch, wie er kam, entfernt er sich dann wieder hinters Haus.
Aber danach ist dort, wo die Ameise sich gerade noch abmühte, keinerlei Bewegung mehr.
Pause.
Soll ich nun mit ihm schimpfen, weil er eine Ameise totgetreten hat? Ohne es zu wollen, ja ohne es zu wissen? Eine Ameise, die es künftig so nie mehr geben wird?
Abgesehen davon, daß er sich sehr darüber wundern würde: Hat man denn mit irgendeinem Großkopfeten der Weltläufte geschimpft, als meine Tochter zertreten wurde?
Ich träumte, die Rechnung für die von der Decke herabhängenden Skulpturen in der Kirche von I… sei nun der alten Frau Henriette Z. geschickt worden.
Ich kenne die ländliche Barockkirche des Ortsteils I… der kleinen Stadt K…, und ich kenne die erstaunlich sehenswerte Ausmalung dieser Kirche, für die sich der Meister eine Seltsamkeit einfallen ließ: die Extremitäten einiger Fi-

guren, Beine zum Beispiel, hat er plastisch gestaltet, sie ragen aus der Decke heraus, baumeln nach unten.
Und nun, nach wohl zweihundert Jahren!, soll die Witwe Z., unscheinbar graue Rentnerin, das alles bezahlen?!
Was für ein Unsinn ist das! Was hat das eine mit dem anderen zu tun?
Das Ganze erscheint mir so blöd, daß ich zunächst gar nicht darüber nachdenken mag.
Aber dann geht mir durch den Sinn: Vielleicht soll mir gesagt werden, wie unfughaft, ja geradezu schwachsinnig unser Leben und das sogenannte Schicksal ablaufen? Wie absolut zufällig also auch unser Ende ist?
Und ich träumte, daß ich zu telefonieren versuchte. War es tatsächlich Gott, den ich anrufen wollte?
Gott?
Und was war der Grund dafür, daß das Gespräch den gewünschten Adressaten vergebens suchte? Es war doch nicht belegt – es meldete sich niemand?
Das Gespräch kam jedenfalls wieder – bei mir selbst an.
Aber indem ich nun näher mit dem Schicksal bekanntgeworden bin und mit dem Tod umgehe, registriere ich auch einen gewissen Gewinn: Ich sehe das, was wir eine menschliche Existenz nennen, aus einer anderen Distanz, ich messe es mit einem sehr veränderten Maßstab. Und so bin ich den andern gegenüber verständnisvoller oder entschieden unnachsichtiger, je nachdem.
Immer noch gleichsam befremdet darüber: Wieviel öfter und stärker man über das eigene bisherige Leben nachdenkt, wenn man plötzlich unter lauter Trümmern umhergeht. Als könnte einem an diesem oder jenem Punkt plötzlich etwas klarwerden, und weiterhelfen. Als ob man zurückmöchte an irgendeine Weg-Gabelung und – niemals aufhörende Illusion – dort noch einmal die Möglichkeit hätte, die andere Möglichkeit zu versuchen.
Und so notiere ich eine Kürzest-Skizze meines Lebens, den Blick auf mich von außen wie auf einen Fremden:

Eine masurische bukolische Kindheit in einem der abgelegensten Dörfer des deutschen Ostens; Seen, Hügel, Wälder. Als ich zehn war: Aus diesem Paradies gestoßen und ins Exil geworfen über Weichsel, Oder und Elbe ins denkbar unwirtlichste Norddeutschland. Die nächsten sieben Jahre sind es nicht wert, daß man ein Wort darüber verliert. Dann die frühe Jugend im Süddeutschen: ungewöhnlich der Glanz, die Verwundungen. Nach nur drei Jahren schon der Abschied davon. Tod des einzigartigen Vaters, als ich *zweiundzwanzig* war. Danach viele Jahre noch unter dem Eindruck davon.

Das Folgende schien keine Höhepunkte mehr zu haben, bloß noch etwas allzu Durchschnittliches. Ad infinitum.

Doch halt! Nun scheint mir: Ich war zu lange schon nicht aufrichtig genug, beurteilte nicht den Ereignissen angemessen. Mit einer wegwerfenden Handbewegung wird man weder sich selbst gerecht noch der eigenen Familie, schon gar nicht den Kindern, von denen eins *zweiundzwanzig* Jahre neben einem lebte und nun tot ist.

Welch eine Selbsttäuschung, von lauter eselsgrauen Jahren zu reden! Die Kinder wurden geboren und wuchsen auf; und wir bauten uns ein schönes Haus. Drei Romane erschienen, Abschied von der Jugend sie alle (aber Jugend: das war da für einen selbst doch schon vorbei, zurückgeblieben hinter längst verschatteten Hügeln; und da vorn schon jene andere Schattenlinie: die zum Altwerden hin).

Wolltest du manchmal mogeln, warst dir über dich selbst nicht im klaren, interpretiertest so, wie es dir gerade in den Kram paßte? Und warst fast schon zu einem jener Narren geworden, die um so betonter über Zäune springen, je mehr es dabei in den Gelenken kracht und ihnen schwarz vor Augen wird?

Nun bist du mit einem Fußtritt vorwärtsbewegt worden, dabei ins Stolpern gekommen…

Sagte ich, daß meine Maßstäbe andere geworden sind?

Jene Diskussion um die »Midlife Crise« vor einem Jahr

(wenn wir wenigstens geschrieben hätten: Mittlebens-Krise): Da machten wir uns zu Komikern.
Mittlebens-Krise – kurz vor dem fünfzigsten Geburtstag? Wieviel Menschen kennst du, die hundert werden?! Wenn wir die Diskussion wenigstens zehn Jahre früher geführt hätten – aber auch achtzig wird ja längst nicht jeder. Wenn schon das Phänomen (sofern's eins ist) einen Namen braucht, dann schlage ich etwas Neutrales vor: Krise des Altwerdens. Es muß ja nicht auch in solch eine Bezeichnung Verlogenheit hinein, etwa so: Man ist ja erst in der Lebensmitte, also doch noch verhältnismäßig *jung* – hat ja noch eine weitere *Hälfte* des Lebens vor sich!
Und was nun mich selbst betrifft, vor einem Jahr: Mich ging das Thema auch da schon nicht wirklich etwas an, ja es ging mich so wenig etwas an wie ein Menschenalter vorher meinen Vater. Es war nicht erlebt und durchlitten; ich verfaßte bestenfalls eine theoretische Abhandlung darüber für Dich.
Und nun kommt mir das albern und nutzlos vor, und ich bitte Dich: wirf's in den Papierkorb.
Es sind ganz andere Phänomene, die mir die Schmerzen machen und mich verzehren:
Wie die Zeit vergeht und alles einst Wirkliche, Lebendige immer weiter von einem entfernt, so daß man es zunehmend blasser und undeutlicher sieht.
Werden wir allmählich immer weniger wissen, wie jenes Kind war, das neben uns erwachsen wurde?
Das Verrinnen der Zeit macht unsere Verluste immer entsetzlicher und vollkommener.
Da sind all die Geschehnisse meines Lebens, und vor allem das eine; und da sind die Fragen, von denen noch keine beantwortet ist. Und wie wäre daran etwas zu ändern.
Ich weiß es nicht.
Die fünf Jahrzehnte des bisherigen eigenen Lebens. Und Liebe und Ehe; und ein Kind und ein zweites; und der Verlust des ersten.
Ist das alles wirklich gewesen?

Und einem doch so wenig deutlich geworden und als ein scharf umrissenes Bild von allem, daß man sagen könnte: Ich blicke zurück auf die vergangenen fünf Jahrzehnte *meines* Lebens?
Meint man nicht manchmal, dieses eigene Leben bestehe eher aus Bruchstücken von Traumähnlichem, das aus einer Dämmerung auftaucht? Und meistens ist wohl Nacht: mit langen Zeiten völliger Bewußtlosigkeit?
Und lebt man nicht jahrzehntelang neben Menschen, die als die einem nächsten bezeichnet werden, und sieht sie plötzlich an: und da erscheint es einem ganz unglaublich, daß sie zu einem gehören: Man kennt sie doch immer noch nicht, sie sind einem so fremd wie nur irgendwer.
Das Geträumte langer Jahrzehnte. Das Traum- und Alptraumhafte des ganzen eigenen Lebens.
Und was also ist Wirklichkeit?
Uralte, wohl niemals zuverlässig zu beantwortende Frage.

In einer dieser Nächte ein Traum um den Sarg der Heike. Eine fichtenholzhelle Kiste.
Ich bin unterwegs in einer mir fremden Gegend. Und der Sarg liegt im Kofferraum meines Autos. Ich halte in einem kleinen Ort. Es ist schon Dämmerung. Ich verlasse kurz das Auto.
Da nimmt irgendwer das Fahrzeug an sich, fährt aus dem Dorf hinaus, verläßt in einem Waldstück die Straße, absichtlich oder ungewollt (ich sehe den Waldboden auf den Lichtungen bereift).
Immerhin finde ich das Auto bald darauf noch dort stehen, aber *ausgeplündert*. Den Leichnam meiner Tochter hat man weggeschleppt, die weißen Tücher in der hellen Kiste völlig in Unordnung zurückgelassen.
Schlimme Befürchtung, daß der durch den brutalen Unfall so sehr zerstörte Körper meines Kindes von irgendwelchen verrohten Bengeln bei makabren Spielen noch weiter verunstaltet werden könnte...

Und der Sarg scheint mir nun irritierend klein zu sein, es ist ein Kleinkindersarg, und leicht wie eine Geige.
Ich nehme ihn unter den Arm, mache mich zu Fuß irgendwohin auf den Weg. Heulend ziehe ich mit meinem geschändeten Sarg davon.
Am Morgen, noch im Halbschlaf, sehe ich für einen sehr kurzen Augenblick doch auch das Gesicht meines toten Kindes. Gleich danach bin ich wach. Es war eindeutig das Gesicht der Heike, wenn auch *sehr* flüchtig. Wie ein kleiner Gruß und ein bißchen Güte...
Am Nachmittag nicke ich draußen in der Sonne ein und träume wirr. Irgendwann fahre ich mit dem Rad jenen Schotterweg leicht bergan durch den Wald, der hintenrum zu unserm Friedhof führt.
Vor vier Monaten noch hatte ich diesen Friedhof unserer Stadt in fünfundzwanzig Jahren nicht ein einziges Mal betreten. Von einem bestimmten schrecklichen Ereignis an nun so gut wie jeden Tag.

7

Vor vier Monaten wurde meine Tochter getötet.
Was ist das eigentlich: dieses so verdammte Leben?
In das man geboren wird mit der Gewißheit, früher oder später sterben zu müssen. Ich weiß im Augenblick nur dies sicher: Neben uns ist ein solches Leben von Anfang bis Ende gewesen, und dauerte immerhin doch bald ein Vierteljahrhundert, und erscheint mir so kurz und wie nur ein bißchen gelebt.
Die Wissenschaft wird nicht müde, die Dinge und Phänomene unter die Linsen zu legen. Sie bietet uns das Erhabene und das Lächerliche, genau besehen wohl häufiger das unfreiwillig Komische. Aber diese Frage von dem höchsten Rang, was eigentlich ein Menschenleben ist, wird von ihr nicht besser beantwortet als, sagen wir, von den alten

Ägyptern oder Sokrates. Ja eher kümmerlicher; manchmal denke ich, daß wir diesbezüglich früher schon viel weiter waren als heutzutage, da die Weißkittel den Ton angeben mit ihren Apparaturen. Nur, daß man uns heute sagt, diese Frage stellen bedeute, sich naiv und banal verhalten.
Auf einen solchen Unsinn antwortet man wohl am besten, indem man nicht antwortet.

Noch einmal drängt es mich zum Weg auf die Bergeshöhe. Unausrottbare Hoffnung, daß vielleicht doch noch etwas werden könnte mit den von den Experten des Autogenen Trainings versprochenen »Einsichten, was zu tun ist«, »und Klarheiten« über meine so desolate Lage.
Diesmal ist es ohne Zögern gleich unser Rydzewer Berg. Und ich mache mich entschiedener als beim erstenmal auf den Weg nach oben.
Ein gewisses fast wohliges Empfinden zu Anfang: als hätte ich einen riesigen weiblichen Oberkörper vor mir, nicht einen beschwerlichen Berghang; als verliefe der Steig hinauf zwischen Brüsten in hellem Leibchen, den Brüsten wohl sogar einer stillenden Mutter.
Oben noch ein winziger Anklang an Schornstein und Ängste; aber belanglos.
Da schon die Bank. Ich setze mich, lege die Arme auf der Oberkante ihrer Lehne nach beiden Seiten aus.
Ich blicke wieder um mich: Was es wohl diesmal zu sehen und zu erleben gibt.
Doch alles ist gleichsam müde, von fast schon betonter Gleichgültigkeit und Belanglosigkeit.
Ein mittelgrauer Himmel.
Wieder nicht die Spur von etwas Religiösem.
Hinter mir, denke ich plötzlich, geht es aber tief runter! Bewußtsein von der tödlichen Gefährlichkeit des möglichen Absturzes, Abgrundes.
Das neulich so eindrucksvolle zunächst norwegische, dann aber masurische Waldland bis zum Horizont: heute liegt es

ebenfalls unter einem bleiernen Himmel, erscheint wie geronnen.
Plötzlich statt dessen in meinem Blick die Fassade unseres Landeskrankenhauses, von vielen immer noch Irrenanstalt genannt. Die Welt unten ein Irrenhaus?! Soll mir das gesagt werden? Nun ja; aber das ist weder sehr überraschend noch originell.
Aber vielleicht wenigstens der Einsiedler: Ihn kann ich wohl auch heute treffen.
Doch von der Stätte, wo ich neulich Vater traf, bekomme ich kaum ein flüchtiges, nicht einmal halbes Bild.
Und es führt von dort ein langgestreckter Pfad zu irgendeiner Höhle oder Behausung, die erst in ziemlicher Entfernung im Osten liegt. Und dieser schmale Pfad verläuft auch noch auf einem gefährlich scheinenden Felsengrat.
Weshalb ist heute alles so abweisend?
Als solle mir gesagt werden: Du warst doch schon hier und hast erfahren, was dir zu sagen war. Es war in deinem Fall so gut wie nichts – also was willst du noch?
Wird mir deshalb auch der Einsiedler entrückt, als lege auch er keinen Wert auf einen weiteren Besuch von mir?
Dann der Gipfel des Ungewöhnlichen; wohl nie erlebte ein andrer sowas auf der Bergeshöhe:
Vor mir auf der Wiese auf dem Kreuz liegend eine junge Frau. Und ihr Verlangen ist völlig eindeutig, und ich werfe mich in ihre Umarmung.
Aber auch das ist so belanglos wie alles, und bricht rasch ab, und spielt schon keine Rolle mehr.
Ich löse mich von allem:
Gehabt euch wohl mit eurem Gesums und angeblichen Durchblick und möglicher Einsiedler-Weisheit und was weiß ich! Ich bin nicht so töricht und lasse mich durch irgendwelche Mutterbrüste und Weiberleiber darüber hinwegtäuschen, daß mir weiterhin jede Einsicht, die vielleicht Linderung bringen könnte, ganz vorenthalten wird. Ich werde mich nicht auch noch deswegen grämen...

Und ich gehe in meiner Verärgerung geradezu flott den Berg hinunter, als beschwinge mich erstaunlicherweise die Einsicht, ganz auf mich gestellt zu sein. Ich eile wie ein junger Bursch, die Jacke über die Schulter geworfen. Laufe das letzte Stück in Riesenschritten.
Komme in unserm Dorf an unten am See.
Aber da, als alles schon zu Ende zu sein scheint, geschieht noch etwas sehr Überraschendes:
In einiger Entfernung vom Fuß des Berges erblicke ich eine bescheidene Behausung, eine Art Sennhütte. Und da weiß ich plötzlich: Nicht oben irgendwo, nein, hier unten lebt der Einsiedler, der mein Vater ist!
Hier ist seine Welt. Hier am Rand unsres masurischen Dorfes am See. Nicht auf irgendwelchen entrückten Bergeshöhen.
Und ist das nicht auch immer mehr meine Welt?

War es die Illusion, man könne auch in unserer rücksichtslosen Zeit ziemlich unberührt bleiben *in einer Haltung gegen diese Zeit*? Sich gleichsam hinter der Gartenhecke verstekken und von dort aus unbeschadet die Dummheiten und Brutalitäten der Zeit beobachten? Ein Simplicius gleichsam, bewußter tumber Tor? Dabei Jahr um Jahr, wie ein Baum, einen Ring ansetzen? Und eines Tages klaglos verenden in der absoluten Gewißheit: Nachher ist das absolute Nichts, wie vorher das Nichts war?
Und die frühen, vor allem aber die mittleren Jahre hätte man auf diese Weise doch schon hinter sich gebracht? Sich niemals wirklich in den Vordergrund gedrängt: in die Aufmerksamkeiten und die Auseinandersetzungen?
Konnte es einem gelingen, diese Behauptung zu widerlegen: Daß jeder seiner Zeit Tribut bringen muß?
Aber plötzlich ist eine Bombe in unsern so friedlichen Garten geworfen worden: hat einen von uns getötet und die andern übel verletzt und entstellt –.
Das uns so vertraute Terrain ist in eine Kraterlandschaft verwandelt worden.

Vorhin am Radio ein Song mit dem Titel: »Dancing with Tears in my Eyes«. Ein junges Mädchen hatte sich das gewünscht. Auf eine entsprechende Frage antwortete es: Nein, es habe noch nie mit Tränen in den Augen getanzt.
Aber noch ist für dich ja nicht aller Tage Abend! Nicht, daß ich dir etwas Unerfreuliches wünsche; doch sieh mich an: Vor etwa vier Monaten feierten wir den zweiundzwanzigsten Geburtstag meiner Tochter, die Welt war noch eine ganz andere, und ich war ein anderer.
Weshalb träumte ich plötzlich, ich sei in der Beerdigungs-Kapelle und müsse noch einmal alles über mich ergehen lassen: die Trauergemeinde und diese ganze auf Trost und Glauben abgestellte Stunde, die mir so wenig sagen kann?
Auf dem Katafalk der Sarg, in den mein totes großes Mädchen getan ist.
Aber plötzlich öffnet sich dieser Sarg, indem der Deckel wegklappt wie der eines Geigenkastens.
Und dann sitzt die Heike neben dem Sarg; sitzt auf den Knien neben der großen Kiste.
Wird sie gleich die Arme ausbreiten oder erheben, und es wird irgend etwas völlig Unglaubliches geschehen?
Bloß keine Tröstungen durch die Vorstellung von etwas Außergewöhnlichem!
Der Tod der Heike war außergewöhnlich nur insofern, als er besonders scheußlich war.
Und ich träume von einem Auto, das auf der Autobahn ohne Lenkenden fährt. Wenig später ist es sogar nur der Gepäck-Anhänger eines Autos, der ganz irrsinnig über die Straße saust.
Wie überlebt man, ohne unheilbare Wunden davonzutragen, Schicksalsschläge von der Art, wie er mich getroffen hat, fragst Du, mein Freund.
Ich weiß ja noch nicht, ob man überlebt.
So gehe ich noch umher wie in den Jahren davor. Aber stehe unter einer bösen Droge; und die früher vertraute Welt erscheint mir manchmal jenseitig, jedenfalls unwirklich.

Doch stehe ich nicht seit Jahrzehnten in dem Bewußtsein, es steure alles einer Katastrophe zu, das große Unheil sei nur eine Frage der Zeit?
Ich muß wohl sagen: Seit der Kindheit, der frühen Jugend; und was für ein Schicksal auch das.
Ich erinnere mich zum Beispiel an jenen Abend in A... im Süddeutschen, wo wir damals wohnten; es war zehn Tage vor dem Abitur und ist dreißig Jahre her.
Ich war erst wenige Tage aus dem Krankenhaus zurück, wo man eine Blinddarmreizung behandelt, aber nicht operiert hatte. Und plötzlich wieder ein gewisser diffuser Schmerz, leise Übelkeit, vor allem aber *Angst*. Bei näherem Hinsehn wäre eher ein kräftiges Beruhigungsmittel angebracht gewesen als ein Skalpell – doch diesmal operierte man.
Ja: Mindestens dreißig ziemlich durchgehend bedrückte Jahre. Immer wieder, daß ich mich für sehr krank hielt; das vor den andern verbarg, aber alle Stadien einer Zeit durchlitt, in der man mit großer Sicherheit sein Leben, und damit alles, aufgeben muß.
Spätestens seit Vaters Tod das ständige Bewußtsein von der Bedrohung des eigenen Lebens durch das Sterben.
Niemals jedoch ging ich davon aus, daß es einen andern in der Familie als mich zuerst treffen könnte. Schon gar nicht eins meiner Kinder vor mir.

8

Tagtraum-Vorstellung (die mich ängstigt, wie die Masuren vor solchen Vorstellungen Angst hatten): Die Fahne vor dem geliebten Sommerhaus Fjellro einer lange schon vergangenen Zeit unsres Lebens ist nicht die übliche norwegische, sondern eine – schwarze.
Ich versuche, mich zu beruhigen mit der Deutung, auch das solle doch bloß den endgültigen Abschied anzeigen, mit der Farbe der Trauerkleidung, nichts weiter.

Ich erfuhr es auf Umwegen: Mutter hat es nicht mir erzählt, sondern jener meiner Schwestern, mit der sie am häufigsten zusammenkommt, und auch die G... hat es nicht mir berichtet, sondern Ilse:

Mutter hat mich in den letzten Jahren im Traum immer wieder in Trauerkleidung gesehen. Sie träumte wiederholt, ich trage Trauer.

Ich gebe das so lakonisch wieder, weil ich es, wie gesagt, über mehrere Zwischenträger erfuhr, so daß Einzelheiten sich verändert haben mögen. Unbestreitbar aber ist dieser Kern der Mitteilung.

Wie auch völlig unbestreitbar ist, ich selbst bin einer der Zeugen dafür, daß meine masurische Mutter, mit ihren Wurzeln in masurischen Gläubig- und sogenannten Abergläubigkeiten, damit beileibe nicht zum erstenmal Zukünftiges zutreffend voraussah.

So lag denn alles schon lange fest? Und war unabänderlich? Und wir lebten beisammen, waren unbeschwert in der üblichen Weise, und einer von uns ist schon bezeichnet gewesen für ein schreckliches Ende?

So also ist das?

Auf der Wiese vor unserm Haus jenseits der Straße weiden seit Jahren Schafe. Manchmal sehe ich ihren Herrn und Meister ankommen, er entsteigt seinem Mercedes und geht an den Zaun – da rennen sie alle freudig zu ihm her, als werde er gleich Wohltaten austeilen.

Aber eines Tages hat er einige von ihnen mit einem roten Farbfleck auf dem Fell versehen: die wollte er bald abschlachten lassen.

Wenn sie zunächst auch noch eine Zeitlang bei den andern auf der Weide bleiben durften.

Und bei seinem nächsten Besuch kamen auch die schon von ihm Gezeichneten noch genauso freudig angerannt, als er aus dem Auto stieg. Sie hatten schon ihr Zeichen: Durch *ihn* war ihre Tötung festgelegt, aber es war ihnen ja nicht fühlbar mitgeteilt worden...

Er hatte schon alles organisiert für den tödlichen Schlag vor ihren Kopf. Aber sie liebten ihn weiter in ihrem unschuldigen Gutseinwollen.
Diese Schafe!
Nie ist mir deutlicher mitgeteilt worden, wie mit den Lebewesen auf der Erde umgegangen wird, als durch die Beobachtung der Schafe und ihres Besitzers und Beherrschers.
Wir Schafe!

Zu den sich im letzten Jahr häufenden Anzeichen, die ich nicht als solche erkannte und verstand, gehörte auch jener Traum vom Hasen, den ich notierte:
Ich träumte, ich sei hinters Haus gegangen; da saß dort hinter einem Grasbüschel geduckt ein großer grauer Hase. Und mein bloßes Erscheinen jagte diesem Tier offenbar die größte Angst ein: Es sprang sofort flüchtend auf – und raste mit einer derartigen Wucht gegen die Hauswand, daß es mittendurch gerissen wurde.
Ich stand nach wenigen Schritten über dem zerstörten Hasenleib: der war wie quer durchgeschnitten. Das Tier war natürlich sofort tot gewesen.
Ich ging in die Knie, drehte die Leichenteile um. Da sah ich, daß der Hase eine Bauchfalte gehabt hatte gleich einem Känguruh, und in dieser Falte befand sich ein winziges zitterndes Etwas von der Größe einer sehr kleinen Maus, doch Form eher eines Mini-Nilpferds.
Dieses nun völlig hilflose Kind des Hasen, es blinzelte ängstlich aus kleinsten Augen, sah sich jeder Willkür ausgeliefert. Und ich wußte ja nicht einmal, ob man solch ein Tier großbekommen konnte, auch wenn man sich alle Mühe gab. Ob man es nicht besser gleich tötete.
An dem Morgen nach dem Traum habe ich es nur so gesehen: Sie hängen ja völlig von mir ab und meiner Gesundheit; wenn man mich in schlimmste Angst versetzt und dadurch umbringt, sind sie so gut wie verloren! Die Menschen sind in ihrer Bosheit ja viel einfallsreicher als die wölfisch-

sten Tiere; und faul und feige, wie sie sind, organisieren sie es viel gefährlicher mit Tücke!
Ich notierte (wie gesagt vor einem Jahr): Man muß davon ausgehen, daß bereits die Absicht besteht, mich und die Meinen zu vernichten!
Da wußte ich noch nicht, daß der Plan vorsah, nicht mit mir anzufangen, sondern es so feige und so brutal wie möglich zu machen.

9

Die norwegische Landschaft, die ein nicht unerheblicher Teil meiner Erinnerungen ist, hat zweifellos einen souveränen Zug, man möchte sagen: nicht selten etwas Heroisches. Wie hat mich das so lange fasziniert seit den Jugendjahren! Und was Wunder, daß es mich nach der Katastrophe in meinem Leben kaum noch bewegt.
Ganz anders Masuren, wohin ich, zusammengeprügelt und derart reduziert, zurückdrifte: dort ist ja alles viel schlichter und bescheidener. Es war mir so lange entrückt bis ins fast Unwirkliche; und kommt nun dem Grundton in meinem Innern so stark entgegen: dem furchtbaren Verlust und kaum bezwingbaren Schmerz darüber und der nicht endenwollenden Todtraurigkeit und den Grübeleien, ob denn ein Sinn darin sein könnte oder ob's bloß die schiere brutale Zufälligkeit ist und kein bißchen mehr.
Masuren, fortgenommenes Kindheitsland: als ob bei dir etwas verborgen wäre, das mich wieder bei sich aufnehmen könnte. Mir ein Zeichen geben könnte, wie bescheiden auch immer. Oder mich doch wenigstens nicht weiter quälen würde, wie es andere Umgebungen nun tun.
Nach Masuren konnte man vielleicht schon immer heimkehren auch in der Verzweiflung; oder gerade dann.
Masuren in schöner Ferne. Manchmal: wie eine leise, einfache, volksliedhaft-melancholische Musik.

Ich beabsichtigte vor einem Jahr, mir in Oslo jenen schweren Silberring zu kaufen: die getreue Nachbildung eines norwegischen Rings des 4. Jahrhunderts aus der Zeit lokaler Kleinkönige, nordgermanischer Eisenzeit, Wikinger- und Sagazeit. Die Platte dieses Rings gleicht dem Abbild eines Ritterschilds, versehen mit drei stilisierten Drachen.
Ich habe ihn nicht gekauft. Es war letztlich eine in diesem Fall ganz unangebrachte Sparsamkeit.
Ich bin ein Sohn Masurens, und da ist es nicht gleichgültig, ob man solch einen Ring eines Wikingers trägt oder nicht.

Weshalb drängt es einen in einer Zeit der totalen Fassungslosigkeit an bestimmte Orte? Als würden dort Anknüpfungen gesucht, Zusammenhänge?
Da fielen Jahrzehnt um Jahrzehnt die Geschehnisse und die Beobachtungen in einen, und dann ereignet sich etwas Fürchterliches, und man greift unbedacht wie jemand, den schwindelt, hinter sich, sucht so etwas wie einen Halt. Oder ob wenigstens irgendwo noch ein bekannter Ton wäre, ein noch vertrauter und ein bißchen tröstlicher Klang.
Norwegen vielleicht, wo die Heike mit uns war. Oder Falster in Dänemark: rührender Ort zwischen dem überall nahen Meer.
Vor allem aber Masuren, wo sie niemals war und doch auch herkam durch mich. Seen, Hügel und Wälder. Und eben nicht: Steppe oder Marktplatz, »wo das Getöse der Menschen ist«; und heutiges Ballyhoo.

Masuren, denke ich, du Gegenstück zu unserer so lauten, lächerlich schwatzenden, peinlich angeberischen Gegenwart! Wie zieht es mich nun, da das bisherige Leben gleichsam am Wegrand liegengeblieben ist wie ein Wrack, zurück an meine Anfänge: zum Frühesten, ja zu den Wurzeln.
Und ich werde noch eine Zeitlang damit beschäftigt sein. Werde dann aber nach Masuren reisen und das Land der Kindheit wiedersehen.

Nein, nicht gleich. Das ist nicht meine Art. So, wie es nicht die Art meines Vaters war. Nicht *masurische* Art ist.
Und ich durchlebe nun das schlimmste von allen bisherigen Lebensjahren: das Trauerjahr für mein geliebtes totes Kind. Und auch das wohl vertieft in den Empfindungen, und das heißt: in den Qualen, für jemanden, der aus jenem fernen Land kommt: Grenzland in so vielem, das zu der immer stumpfer werdenden westlichen Welt seinem Wesen nach kaum je so richtig gehörte.
IN MEINEM INNERN BIN ICH UNTERWEGS ZU DIR, MASUREN.

II

Trauerjahr für Heike

»Aber sie war doch noch so jung, und sie hatte ein so grausames Ende.«

Lewis Allen,
Film »The Uninvited«

1

Irgendwann im Lauf der Zeit verfiel ich darauf, so zu erzählen, als sei's die Geschichte eines andern. Wie wenn man damit etwas Unfaßbares, Unerträgliches von sich abrücken, von außen in den Blick nehmen, »objektivieren« könnte. Als ob dann auch Welt und Zeit sich leichter hinzufügten zum unmittelbaren persönlichen Erleben. Als ob nicht auch das Hinzugefügte, Veränderte und Erfundene immer aus ein und demselben Autor kämen, so daß es keinen Unterschied macht, ob ein Erzähler ich sagt oder er.

So notierte ich zum Beispiel einige Beobachtungen und Empfindungen während eines Flugs von Wien nach Düsseldorf im Frühsommer dieses Jahres in dieser Weise:

An einem frühen Morgen Ende Juni kehrt der Oberstudienrat und Verfasser mehrerer Romane Thomas Schwarzenberg von einem kurzen Wien-Aufenthalt nach Westfalen zurück, wo er seit über fünfundzwanzig Jahren lebt.

Das Flugzeug, eine DC 9 super 81 der Austrian Airlines, startet in Schwechat gegen sieben Uhr. Es ist ein ziemlich maroder Tag eines bislang etwas verkorksten Frühjahrs und frühen Sommers: unansehnlich und regnerisch, während er sich mit einem Taxi aus der Stadt zum Flugplatz bringen läßt, irgendwann an irgendwelchen ausgedehnten technischen Anlagen vorbei in einem das Gelände und die Bauwerke seltsam unwirklich tönenden halben Morgenlicht. Und der Fahrer, ein noch verhältnismäßig junger Mann, schwafelt unausgesetzt etwas über die Blödheit der Westdeutschen, die nicht genügend gegen die Gleichmacher und die Marxisten vorgingen; und Schwarzenberg hört bald nicht mehr richtig hin, im Sinne der Schopenhauer-Maxime, daß niemand auch nur entfernt lange genug lebe, um allen Unsinn, der einen anfällt, mit einiger Aussicht auf Erfolg zu beantworten.

Später im Bus von der Eingangshalle in die Nähe des Flugzeugs, und die letzten Meter zur Gangway im Laufschritt

mit dem kleinen Koffer in der Hand: es regnet wieder diesen so häßlichen Nieselregen.
Und dann reißen die Motoren den Flugzeugkörper durch dicke Wolken, dichtesten Nebelbänken gleich. Eine Zeitlang ist das Ende der Tragfläche kaum auszumachen.
Und plötzlich die Faszination einer völlig andern Welt: über den Wolken, einem schier endlosen Schneefeld (in dem sich einige eigenartige Berg-Gebilde auftürmen), weiße Hügellandschaft, eine nahe Sonne. Und darüber ein ewiger blaßblauer Himmel, der zum Horizont hin heller wird, fast ins Weiß der Wolken übergeht.
Der Flugkapitän erzählt durch die Lautsprecher etwas von zehntausend Metern Flughöhe, minus 45 Grad Außentemperatur. Ja: Die Regenwelt unten nicht mehr existent, eine Zeitlang läßt die dicke Wolkenschicht keinen Blick auf die Erde zu. Und Stewardessen servieren Frühstück.
Doch für Schwarzenberg ist die Ablenkung nur von kurzer Dauer. Sein Bewußtsein lebt ja weiter auf der Erde unten, von der sich eine halbe Stunde später wieder Bilder zeigen: inmitten des Flickenteppichs der Felder und Wälder eine offenbar historische Stadt mit ovalem Kern.
Dorthin kehre ich doch wieder zurück, denkt er – aus der Sonne durch die Wolken in einen grauen Tag.
Dort steht in einer Provinzstadt unser Haus. Und dort liegt nun mein Kind, das tot ist, in einem Sarg in der Erde.

Eines Nachts, nicht viel nach Mitternacht (es hatte der 6. April begonnen), ging das Telefon. Ich habe es wohl erst gehört, als Ilse neben mir aus dem Bett sprang.
Da aber war ich auch gleich wach. Hörte, daß sie sehr aufgeregt schien. Stand schon bei ihr.
Ilse: Die Heike hat einen schweren Unfall gehabt, wir sollen sofort kommen! Ein junger Mann, ich hab den Namen nicht verstanden, er sagte: Kommen Sie *schnell*!
Ich sprang zu den Kleidern; doch genau besehen war ich schon seltsam ruhig.

Auch als Ilse unterwegs zur Unfallstelle etwa zwei Kilometer vor der Stadt bang sagte, sie habe kein gutes Gefühl, antwortete ich bereits wie aus einer Betäubung heraus: Jetzt können wir sowieso nichts mehr machen, es hat keinen Sinn, sich das Schlimmste vorzustellen.
Noch ehe wir das Haus verließen, hatte Sabine gefragt: Ist sie denn überhaupt weg? Ist sie nicht vorhin schlafen gegangen?
Ein nur zu verständliches Erstaunen: Ich selbst war derjenige, der sie zuletzt im Haus gesehen hatte, und sie war offensichtlich in ihr Zimmer und ins Bett gegangen – es war auch spät genug gewesen, bald Mitternacht, und am nächsten Tag hätte sie wieder früh rausgemußt zur Arbeit.
Sie war *niemals* nachts noch einmal aufgestanden. Nur dieses eine Mal –. Was hat sie dort hingezogen, sagte später jemand, an den Ort ihres Todes –.
Hinterher, nachdem Ilse und ich die Heike auf einer Bahre im Krankenhaus als Tote gesehen hatten und wieder unser Haus erreichten, sahen wir es schon aus einiger Entfernung: Im Zimmer unseres Mädchens im Giebel des Hauses brannte noch das Licht, das sie angemacht hatte – in dieser Nacht ein letztes Mal. Der Anblick hatte etwas unbeschreibbar Erschütterndes: sie hatte das Licht brennen lassen, denn sie wollte ja bald wiederkommen.
Doch nun würde sie niemals mehr wiederkommen, sich niemals mehr in diesem Licht bewegen.
Das sagt sich so: Ich begreife es noch gar nicht. Ich begreife eigentlich noch gar nichts davon. Es ist mir längst noch nicht bewußt, was geschehen ist. Ich denke, sie müßte plötzlich wieder da sein; und alles war nur ein böser Traum.

Geschehnisse um das Sterben eines Menschen. *Und ich erzähle vom Tod meines Kindes*.
Der Ort des schrecklichen Ereignisses: Die Straße vor einer Diskothek, die viel von Jugendlichen besucht wurde. Sie lag schon etwas außerhalb der Stadt.

Wir sahen ein Polizeiauto, Polizisten, drei abgestellte Pkw, einige Jugendliche.
Unsere Tochter, hieß es, sei schon ins Krankenhaus gefahren worden.
Sonst: Eine merkwürdig gedrückte Szene mitten in der Nacht. Die Polizisten sehr verschlossen. Auf die Fragen nach Verletzungen sagten sie gar nichts. Die Jugendlichen auch kaum mitteilsamer. Nur einmal wurden sie etwas aufgeregter: als sie erzählten, der Täter sei geflohen, habe Gas gebend und weiterrasend Fahrerflucht begangen.
Aber das Auto der Heike ist doch gar nicht sehr beschädigt, stellte ich plötzlich mich etwas beruhigend fest. Da kann es so schlimm doch vielleicht nicht sein.
Da wußte ich noch nicht, *wie* sich der Unfall ereignet hatte.
Später, aus den Unterlagen für den Prozeß:
Der Betrunkene sei »gegen eine junge Frau« gefahren, »die soeben ihren auf dem rechten Seitenstreifen zum Parken abgestellten Pkw besteigen wollte. Diese erlitt tödliche Verletzungen«.
Eine Zeugin: »Ich sah...zunächst nur ein Bündel Kleidung auf dem Seitenstreifen liegen. Als ich dann genauer hinsah, sah ich, daß dort ein Mensch lag.
Wir liefen sofort hin. Die Beine hatten eine eigenartige Stellung, bluteten jedoch nicht. Die Person röchelte stark. Dann kam plötzlich Blut aus Nase und Mund...«
Zwei Zeugen. Der eine hörte, »wie ein Junge rief, es sei etwas Schreckliches passiert, das dürfe nicht wahr sein«.
Der andere: Der Junge habe geschrien, »daß man dem Mädchen helfen solle«.
Mein Kind endete am Straßenrand im Dreck. Buchstäblich.
Und dieses Mädchen war das genaue Gegenteil von jemandem, dem irgendwer hätte nachsagen können: Nicht verwunderlich, daß der das geschah.
Eine der in unserer Stadt verbreiteten Zeitungen am nächsten Tag in ihrem ersten Bericht:
»Einen besonders brutalen Unfallfahrer jagt die Polizei«.

Wir fuhren ins Krankenhaus. Mittlerweile war es nach zwei Uhr nachts.
Ich sagte zum Pförtner, wir seien die Eltern der Verunglückten, die unlängst eingeliefert worden sei. Er war sehr ernst und forderte uns auf, in der Wartehalle auf einer Bank Platz zu nehmen, der Arzt werde gleich kommen.
Das taten wir. Die Wartehalle dämmerig. Um diese Zeit kaum jemand anwesend. Doch vor der gegenüberliegenden Wand mehrere Jugendliche (Bekannte der Heike?).
Ilse (ich weiß nicht mehr, ob sie es jetzt sagte oder hinterher): Das Verhalten des Pförtners habe ihr gesagt, wie schlecht es stand.
Der Arzt kam. Mittendrin in den wenigen Schritten zu uns schien es, als wolle er abdrehen. Aber dann stand er vor uns.
Es ist zu spät, sagte er. Und: Vielleicht ist es besser so.
Er sprach von einem schweren Gehirntrauma.
Eine kleine Pause.
Auch jetzt reagierte ich unglaublich ruhig, fast sachlich: Sind Sie sicher, daß es unsere Tochter ist?
Ja. Es war nur diese Einlieferung in der letzten Zeit. Aber Sie können sie sehen. Wollen Sie sie sehen?
Ich schaue fragend Ilse an. Wir verständigen uns, es zu tun.
Die wenigen Schritte in einen dürftigen Raum.
Der Arzt, zwei ältere Frauen.
In der Mitte des Raums die Bahre. Deckte man das Gesicht auf, war es aufgedeckt?
Ich weiß das hinterher nicht.
Ich starre auf den Kopf meines Kindes, das Gesicht. Bin zu keiner Reaktion fähig.
Ilse, leise: Sie ist es.
So sah ich mein Kind, meine zweiundzwanzigjährige Tochter, zum letzten Mal.
Ich sah sie bleich, ihre Augen waren geschlossen. Aber sie schlief nicht bloß, sie war ganz regungslos geworden, tot.
Mir fiel schrecklich auf: Die Haare über der Stirn waren, als

seien sie feucht geworden, glatt nach hinten gekämmt – es war nicht mehr die hübsche Frisur, die ich doch vorhin noch, als sie bei uns saß, gesehen hatte.
Etwas Hartes, sehr Enttäuschtes schien um ihren Mund zu liegen. Er war etwas verzogen und nicht ganz geschlossen: der Unterkiefer stand in seiner rechten Hälfte schief.
Der uns beobachtende Arzt schien etwas von meinen Empfindungen zu spüren, sprach von Kieferbruch.
Es wurde allerhand gelogen uns gegenüber in diesen Tagen, aus welchen Gründen auch immer; ich blieb lange im Unklaren darüber, ob seine Aussage zutraf.
Ich meinte, den letzten Ausdruck ihres Empfindens: Entsetzen, gesehen zu haben. Es seien ihr Tod und die Art dieses Todes gewesen, die zu dieser Verzerrung geführt hatten.
Der Kopf, das Gesicht erschienen mir kleiner, als ich es in Erinnerung hatte aus vielen Jahren. Ich sah eine unbeschreiblich rührende, erschütternde Armseligkeit: die absolut gewordene Hilflosigkeit einer Toten.
Und es war unsere Heike.
Ich ertrug es nicht mehr, was jemand unserm Kind angetan hatte. Ich ertrug plötzlich auch die beiden herumstehenden Frauen nicht mehr (für ihr Dabeisein gab es doch nicht den geringsten Grund, aber sie blieben da und starrten uns an).
Unser Kind, unser vor allem immer so herzensgutes Kind, war brutal umgebracht worden.
Hinterher sagte ich: Die dort lag, war nicht mehr dieselbe, die noch vor zwei, drei Stunden bei uns gewesen war. Mit der ich geredet und gescherzt hatte. Mit der wir zu Abend gegessen und ferngesehen hatten. Und die dann zu Bett gegangen war; ich hatte sie ja als letzter von uns gesehen. Der Tod hatte sie entstellt zu einer andern.
Ilse drückte sich vor der Tür gegen die Wand, als suche sie einen Halt, um nicht zu fallen, schluchzte auf: Mein armes Kind –.
Schicksal, du widerlichster aller Banditen!

Wir sind manchmal auch an ausgemachte Gauner geraten, die Heike und auch ich.
Aber du, mein Kind, zuletzt an das übelste Untier von allen: Es heißt Schicksal.
Ich dachte es in jener Nacht, habe es seither oft gedacht: Ich hätte auf der Bahre liegen wollen, wenn nur mein Kind am Leben und gesund geblieben wäre.
Wir gehen durch die Wartehalle des Krankenhauses, um nach draußen zu kommen. Einer der Jugendlichen löst sich von den andern, stellt sich uns in den Weg, als wolle er etwas fragen oder sagen. Ich erkenne den letzten Freund der Heike, und er war es, der bei dem Unfall dabeigewesen ist und uns angerufen hat. Doch im letzten Augenblick scheint ihn der Mut zu verlassen, er dreht halb ab.
Ich klopfe ihm im Vorbeigehen leicht auf die Schulter, möchte ihn ein bißchen trösten.
Und dann sind wir draußen.
Wir gehen zum Auto, ich schließe es auf, lasse es an. Wir fahren nach Hause.
Dies wird mir später zum Unverständlichsten gehören: daß ich ins Auto stieg, mich ans Steuer setzte und wie üblich nach Hause fuhr. Vor der Hauptstraße anhielt, nach links und nach rechts sah, sie überquerte, wenige hundert Meter weiter die Garagentür öffnete und das Auto hineinfuhr wie immer.
Wir gingen ins Haus.
Wir saßen ein paar Minuten geschlagen um den Couchtisch. Am Abend noch waren auch unser Sohn und unsere Tochter bei uns gewesen.
Und nun war es die Zeit unmittelbar nach der Hinrichtung.
Dann sagte ich: Es hat keinen Sinn. Laß uns versuchen, ins Bett zu gehn.

Am nächsten Morgen sehe ich meine Aufgaben. Und nichts davon will ich andern überlassen, es soll betont meine Sache sein.

Unsern Sohn Felix, sechzehn, lassen wir schlafen: Er soll nicht zur Schule. Später sage ich ihm, was geschehen ist. Er reagiert sehr angemessen: lakonisch und mit ganz wenigen Wörtern.
Ich rufe am Arbeitsplatz der Heike an und sage, daß sie niemals mehr kommen wird; und an meinem Arbeitsplatz; und bei Verwandten.
Ich sage einem Bestattungsunternehmer Bescheid.
Schreibe später eine Anzeige für die Zeitungen. Dabei spreche ich ausdrücklich von einem brutalen Unfall, durch den unser Mädchen um ihr Leben gebracht wurde.
Ja: Sie starb keines natürlichen Todes. *Sie ist getötet worden.* Das will ich niemals vergessen!
Irgendwann der Bestattungsunternehmer.
Wir müssen einen Sarg aussuchen: Er fährt mit uns in sein Sarglager.
Eine weiße Decke für den Sarg.
Und wir müssen einen Grabplatz auf dem Friedhof festlegen; wählen einen Ort für mehrere Beerdigungen: Wir sind nun auseinandergerissen worden, aber eines Tages wollen wir wieder am selben Ort sein.
So sind die Tage angefüllt mit lauter Schrecklichkeiten.
Der Bestatter wünscht Kleider und Schuhe für den Sarg. Ilse packt etwas zusammen, ich soll es ihm übergeben. Sie sagt: Ich habe die Sachen genommen, die sie zu ihrer Prüfung anhatte.
Und sie reicht mir den kleinen Teddybär, kaum länger als mein Daumen, damit ich auch den dem Mann gebe. Das war doch immer ihr Liebster, sagt sie.
Ich weiß nicht, woher die Heike den hatte, vielleicht von irgendeinem Rummelplatz. Das war nun auch egal; das Ganze war so rührend wie völlig sinnlos. Ich war so erschüttert und mürbe, daß ich mir in jenen Augenblicken nicht vergegenwärtigte: Ihn also hat sie so oft in der Hand gehabt und gedrückt, mit ins Bett genommen, wenn sie traurig war, er ist ja ganz abgegriffen, der kleine Kerl.

Ein Talisman, sagte der Bestatter, als ich ihn ihm gab; er sagte es nicht ohne Verständnis. Ja, antwortete ich.
Auch der hatte sie schließlich nicht vor dem Ärgsten bewahrt. Sie hatte ihn aber auch nicht bei sich bei ihrem letzten Weggehn.
Und irgendwann der Pfarrer, ein verständnisvoller Mann mittleren Alters. Mir hatte gegraut vor einem Schwätzer von Floskeln, die mich in diesen Tagen bloß wütend gemacht hätten.

2

In der Verzweiflung der ersten Tage denke ich: *Es ist unsre verdammte Zeit, die dieses Kind getötet hat.*
Ich brauchte ja bloß zum Beweis dafür zu sagen: In Zeiten, da es keine Autos gab, und das ist erst wenige Jahrzehnte her, hätte sie von keinem Auto mit einem Betrunkenen am Steuer getötet werden können. Doch ich meine das natürlich in einem weiteren Sinn, und das könnte ich nicht gleich überzeugend belegen. Aber ich weiß von Anfang an, daß die Behauptung richtig ist.
Das Ärgste steht uns noch bevor, sagt Ilse: Die Beerdigung.
Ich habe den Termin festzulegen und nehme den letztmöglichen. Und nicht, um diese Schrecklichkeit für uns hinauszuzögern, sondern weil es mir nicht damit eilt, mein Kind in einem dunklen Sarg einzugraben.
Es ist erst wenige Monate her, da fanden wir eines Morgens auf dem Frühstückstisch einen Zettel unserer Tochter:
Timmy ist tot. Ich habe ihn ins Badezimmer gestellt. Tut Ihr ihn bitte weg? Ich kann es nicht.
Sie hatte es nicht fertiggebracht, einen toten Goldhamster zu beerdigen. Und nun sollten wir in der Lage sein, sie selbst zu Grab zu tragen.
Bloß ein Goldhamster, damals, und gestorben, weil er das Alter dafür erreicht hatte!

Am Abend hat die Heike dann erzählt: Er hat morgens dagelegen wie immer, wenn er schlief: den Kopf zwischen den Vorderbeinen, und ich hab ihm ein bißchen ins Fell geblasen wie immer; und sonst war er dann sofort da und wußte: Es gibt was zu fressen – doch diesmal bewegte er sich nicht: Er war tot.
Und dann fragte sie noch: Was machen die eigentlich in der Tierhandlung mit denen, die sie nicht loswerden? Verfüttern die die? Wie schrecklich!
Ilse hat ihn sich im Käfig angesehen: Ach Gottchen, er liegt da, als wenn er schläft…
Auch ich schaute ihn mir an. Seine Watte. Seine Hobelspäne. Eine kleine Möhre, nur noch halb gefressen. Ein Eckchen Zwieback.
Ich nahm einen kleinen Karton, griff den toten Goldhamster, spürte das seidenweiche Fell und darunter den starren, wie ausgezehrten Körper. Sah ihn noch vor mir, wie er geturnt hatte an seinen Gitterstäbchen (gleich einem Turner an seiner Sprossenwand), der Mund war dabei in Bewegung gewesen, und er hatte einen angesehen. Und nun war er tot und alles vorbei.
Ich legte ihn in den Karton. Um ihn war etwas erschütternd Kleines, wie Demütiges, mir schien: Sinnloses, jedenfalls unwiederbringlich Endgültiges. Mir drängten Tränen in die Augen. Ich war nicht in der Lage, etwas zu überlegen. Ich hätte wohl erst einige Hobelspäne in den Karton legen sollen. Ich tat dann aber etwas von der Watte auf ihn; und schließlich machte ich noch etwas ganz Überflüssiges: Legte die angenagte, nicht mehr aufgefressene Möhre mit in die Schachtel, den angeknabberten Keks, verschloß rasch das billige Behältnis.
Ich dachte damals (und es ging bloß um ein kleines Tier): Was hat das alles eigentlich für einen Sinn? Ein Wesen wird irgendwann geboren, lebt eine Zeit, stirbt, wird aufgelöst in Nichts. Was soll das für einen Sinn haben? Es ist doch bloß schrecklich banal. Ein verdammter Mist!

Ich rang verzweifelt mit mir und brachte es doch nicht fertig, mir meine Tochter noch einmal im Sarg anzusehen. Ich wußte, daß ich mir später immer übelnehmen würde, es nicht getan zu haben; aber ich brachte es nicht über mich nach jenem Anblick unmittelbar nach ihrem Sterben auf der Bahre des Krankenhauses.

Und schließlich gehen wir eines Tages, es ist der 11. April, aus dem Haus, um unsere große Tochter in die Erde zu tun.
Der Sarg in der Friedhofskapelle, und viele Kränze und Blumen; und viele Menschen.
Und der Pfarrer mit einer ganz ungewöhnlichen Predigt: Der Tod dieses Mädchens kann nicht Gottes Wille sein! Darüber wurde hinterher viel gesprochen; irgendwer sagte sogar: Wenn der nur nicht Ärger kriegt mit seinem Vorgesetzten.
Irgendwelches Gesinge alter, allzu simpler Texte hatten wir nicht gewünscht. So spielte nur die Orgel.
Der Sarg auf einem Wagen, hinaus über Wege zwischen Gräberreihen. Die schwarzen Zylinder-Männer neben ihm. Schrilles Schreien der Totenglocke.
Die entsetzliche Grube. Und der Sarg hinunter. Und dann war er schon unten in der Erde. Und das schreckliche Gebollere der Erde auf den Sarg.
Und wir, die nächsten Angehörigen, stellen uns danach etwas abseits. Und es kommen doch einige der besten Bekannten, obwohl wir das nicht gewünscht hatten, und kondolieren; und das ist gut so.
Irgendwann wieder in unserem Haus.
Wir begreifen ja alles noch gar nicht. Werden noch lange sagen: Mir ist noch nicht richtig bewußt, was da geschehen ist.

3

Am späteren Nachmittag fahren Ilse und ich noch einmal hinaus auf den Friedhof. Nun ist er menschenleer, und das Grab der Heike ist hergerichtet: ein mächtiger breiter Hügel aus all den Kränzen und Gebinden und Gestecken. Ein rührend kleiner Kranz ist dabei, offenbar selbstgemacht, dazu kleinere Sträuße – wohl von Jugendlichen. Es waren ja so viele junge Menschen da, sagte Ilse. Bekannte, mit denen sie aufgewachsen ist. Viele Jugendliche. Wenn sie das alles doch noch hätte sehen können!

Und sie fügt an: Sie hatte ja einen gewissen Sinn für Auftritte, das schon –.

Wenn sie das alles doch noch mitbekäme, sagt Ilse noch einmal ein paar Tage später. Da hat sie gerade von den vielen gesprochen, die inzwischen das Grab besucht haben. Sogar ein Polizist, der ihren Unfall aufnehmen mußte und sie gar nicht gekannt hat, ist dort gewesen.

Das sind ja die reinsten Wallfahrten dorthin, meint sie.

Doch das andere: Diese plötzliche *Leere,* völlige Stille, Grabes-Stille, wo neben einem so lange die Unruhe von Lebendigem gewesen ist. Wo die ganz ausgeprägte Eigen-Willigkeit, der Eigen-Sinn eines jungen Menschen war, mit uns gelebt hat.

Wir sind so viele Jahre jeden Tag zu viert gewesen. Ein Teil des Lebens auch der drei, die zurückblieben, ist geraubt worden.

Jemand, der gerade noch um einen war, ist fortgenommen worden für immer. Der jeden Tag rechts neben mir am Eßtisch saß, mich oft plötzlich ansah, ansprach. Abends mit uns vor dem Fernseher hockte; *da war* mit seinen noch so vielen Plänen und Träumen und Hoffnungen – ist nun ein toter Körper in einer Kiste unten in der Erde –

Und ein Stuhl wird künftig immer leer sein an unserm Tisch, und ein Platz auf der Couch am Abend (sie saß stets in der rechten Ecke).

Sie wird *niemals* mehr bei uns sein.
Wie ungeheuer das ist: Ein Menschenleben bloß Gegenstand für das Ende werweißwann, und die Verwesung, und das Nichts –
Abend.
Der Tag hatte uns völlig erschöpft. Wir würden bald zu Bett gehn. Die Tabletten des Arztes ein Übriges tun.
Und unsere Tochter lag nun draußen auf dem Friedhof. Allein, und dort in der Erde.

Ich habe sie als letzter in unserm Haus gesehen, ehe sie es für immer verließ, um niemals mehr wiederzukommen.
Zuletzt, als sie vom Fernseher aufstand, ihn ausmachte, nah an mir vorbei in die Küche ging und dann das Wohnzimmer verließ, habe ich in der dem Fernseher entferntesten Ecke des Wohnzimmers gesessen, den Kopfhörer aufgehabt und eine Schallplatte gehört. Soweit ist das absolut sicher.
Doch wenige Monate danach wußte ich schon nicht mehr: Habe ich an *jenem* Abend die neueste Platte von Karat gehört, die ich gerade erst gekauft hatte, und sie sagte etwa dies zu mir und ihrem Bruder Felix: Unser Daddy kauft sich *Karat*, das muß man sich mal reinziehn! Es war eine Bemerkung, die mir ausgesprochen Vergnügen gemacht hat, und das ist zweifellos von ihr auch beabsichtigt gewesen.
Wie gesagt: Monate danach wußte ich nicht mehr, ob das am Abend ihres Todes gewesen ist oder ein, zwei Tage davor (und ich hätte mir an ihrem letzten Abend etwas anderes angehört). Aber Felix hat es mir irgendwann ungefragt bestätigt: Das war damals, als du dir die Karat-Platte angehört hast.
Absolut sicher auch dies: Ich habe ihr vom Besuch jener Diskothek entschieden abgeraten, vor der sie umgebracht wurde, als sie von der Möglichkeit sprach, daß sie noch dorthin fahren könnte. Und ich habe das mit großer Deutlichkeit begründet.

Und niemals mehr wird sie nun noch einmal Daddy zu mir sagen; und sie war die einzige, die mich jemals so angeredet hat.
Und es war also so etwas Alltägliches, Belangloses, was wir als Letztes miteinander sprachen. Aber das gibt mir auch quasi die Gewißheit, daß sie von dem Schrecklichen, das schon vor ihr stand, überhaupt nichts geahnt hat. Und das ist fast ein kleiner Trost für mich.
Und dann setzte ich also den Kopfhörer auf und hörte Karat. Und sprach nichts mehr mit ihr. Und niemals mehr.
Und zuletzt waren Ilse und Felix schon ins Bett gegangen; und bald (so schien es) folgte sie ihnen. Und es war das letzte Mal, daß sie jenen Platz auf der Couch vor dem Fernseher verließ, der jahrelang immer der ihre gewesen war. Und noch einmal nahe an mir vorbeiging, und auch dies zum letzten Mal in ihrem Leben (und in meinem).

Ich begann so früh wie möglich das festzuhalten, was von ihr zurückgeblieben war. An Äußerlichkeiten. Und an Erinnerungen in mir.
Ja, ich hatte es eilig damit. Denn wie rasch sind die Spuren entstellt, verwischt. Wir schreiben unsere Geschichten auf gegen das Verbleichen, gegen die Untergänge. Wissen, wie wichtig es ist, möglichst genau zu berichten. Aber dabei ist es wohl so, als ob wir mit bloßen Händen einen reißenden Fluß aufhalten wollen.
Und von allem Anfang an auch dies: Man ist so herzlich unvollkommen, daß man es nicht fertigbringt, kühl die Sinnlosigkeit allen Lebens und Sterbens zu konstatieren, und damit *Sela*! Man sucht, gegen alle bislang vertretenen Überzeugungen, nach einem Sinn.
Sinn des Lebens? Unlängst noch hätte ich gesagt: Diese Frage ist ein Schmarrn; so blöd kann man doch nicht sein, sie zu stellen. *Und nun stelle ich sie.*
Als ob da eine höhere Instanz allem eine größere Bedeutung eingeräumt haben könnte, die man zunächst nur nicht zu

erkennen vermag. Und dann wäre doch manches etwas erträglicher.
Und man macht dabei, in seiner Qual, vielleicht die lächerlichsten Verrenkungen. Und die Menge um das Hochgerüst bricht in wieherndes Gelächter aus: Nein, wie komisch!

Ich fange mit dem Naheliegendsten, Einfachsten an: den Lebensdaten, die als Anfang und Ende nun so grausam ihr kleines Leben begrenzen. Sitze vor ein paar Zahlen.
Mein Kind wurde geboren am 22. März.
Ist der 22. März nicht der Todestag Goethes? Starb Goethe nicht an diesem Tag einhundertdreißig Jahre vor der Geburt der Heike? Erstaunlich daran auch dies: Daß es mir erst jetzt nach ihrem Tod auffällt (der ich über Goethes Leben geschrieben habe).
Selbstverständlich ist das die einzige belegbare Verbindung der Heike zu Goethe, wie könnte es anders sein.
Aber diese auffallende 22! Ich bleibe noch etwas dabei.
Die Heike wurde 22. Und als ich 22 war, da starb mir der Vater; es war das Ende meiner Jugend.
Es ist nun 27 Jahre her, daß mein Vater starb. Und als ich 27 war, wurde die Heike geboren; und ich hatte damals vielleicht keine schlechten Chancen, zu sterben...
Törichte Spielereien! Ich höre auf damit.
Im Lauf der Jahre habe ich einige jener Goethe-Kalender geschenkt bekommen, die »Mit Goethe durch das Jahr« heißen. Ich greife wahllos nach einem von ihnen, es ist der zum Jahr 1981, und ich schlage nach, was dort für den Todestag der Heike stehen mag, und finde:
Es geht eins nach dem andern hin,
Und auch wohl vor dem andern;...
Es ist eins der Divan-Gedichte aus dem Buch der Betrachtungen, das mich nun so bewegt.

Irgendwann vor schon längerer Zeit, einem Jahrzehnt vielleicht, notierte ich:

Nie wirst du deinen Sohn als alten Mann erleben. Geb Gott, du erlebst ihn noch, wenn du stirbst.
Weshalb dachte ich sowas niemals in Beziehung auf meine Tochter? Schien sie mir so gesichert?
Welch eine schreckliche Täuschung.

Ich, der ich Tage und Wochen habe, da sich fast alle Seelen-Arbeit in die Träume verlagert, ja dessen eigentliche Abenteuer in Träumen stattfinden, träume in der Zeit nach ihrem Tod so gut wie nichts. Ist das damit zu erklären, daß diese mühevollen Tage mich völlig erschöpfen?
Ich träume vor allem nichts von der Heike, oder was mit ihr in Verbindung stände.
Ich verfalle auf die gewiß abwegige Vorstellung, daß sie böse mit mir ist, wenn vielleicht auch nur eine Zeitlang, sich mir entziehen will.
Denn ich verändere mich durchaus nicht gewaltsam, zum Beispiel durch die Einnahme von Medikamenten. Allenfalls, daß ich an den Abenden etwas zu viel trinke, doch niemals unmäßig.
Irgendwann dann etwas von Schnee; doch das flüchtig. Ein anderes Mal verliere ich einen kräftigen Backenzahn.
Nach dem Traumbuch von Kurth bedeutet das eine: die Natur schläft oder ist gestorben. Das andere: starke Krankheit oder äußere Behinderung. Naja –.
Etwas Längeres, Gewichtigeres wird es, wie gesagt, nicht.
Gerade in dieser Zeit stoße ich auf eine neue Traumtheorie des Nobelpreisträgers Francis Crick, die ich nicht nur wegen meiner unüberwindbaren Aversion gegen die Grobschlächtigkeit der Freudschen Ansichten gern annehme:
Träume sind nicht, wie Freud behauptet, verschlüsselte Nachrichten des Unbewußten, »eine Art Hellsehschirm, auf dem sich innere Konflikte in flackernden Symbolen und verstümmelten Chiffren abzeichnen«, sondern *wir träumen, um zu vergessen*. Das Gehirn löscht »durch Träume überflüssige oder irregeleitete Erinnerungsmuster«.

Das hätte nun für mich einen sehr überzeugenden Sinn: Ich will ja nichts vergessen, was mit ihr in Verbindung steht; und so träume ich es nicht.
Aber jeden Morgen sofort nach dem Aufwachen das starke Bewußtsein, daß die Heike nicht mehr bei uns ist.
Doch eigentlich bin ich damit unzufrieden, ja davon enttäuscht, daß ich von ihr nicht träume. (Davor, daß mir mein toter Vater im Traum erscheinen könnte, habe ich mich immer etwas gefürchtet, ganz nach Art der Masuren, denen Toten-Träume ebenfalls als böse Vorzeichen galten.)
Welchen Illusionen laufe ich hinterher? Daß man sich noch etwas mitteilen könnte, vielleicht sogar etwas Wichtiges? Sich am Ende gegenseitig trösten könnte?
Und auch das ist allzu menschenhaft gedacht?
Ja: Ich führe mich in meinen Vorstellungen wohl etwas lächerlich auf.
Und tatsächlich träume ich plötzlich von ihr, wenn auch kurz. Da ist sie noch nicht beerdigt. Es ist ein karger, wortloser Traum; eigentlich nur ein flüchtiges Bild von ihr, und auch das unzureichend.
Ich sehe sie eine Treppe herunterkommen, es ist die Treppe in unserm Haus, über die sie immer kam, nachdem sie ihr Zimmer verlassen hatte, um dann durch den kleinen Flur und die Haustür nach draußen zu gehen.
Genauer gesagt: Es ist der Augenblick, in dem sie die letzten zwei, drei Stufen geht, die sich schon zum Flur hin drehen. Sie hat einen hellen Popelinemantel an und dazu einen passenden Regenhut, fast eine Art Südwester (eine solche Bekleidung hat sie nicht besessen, aber wenn man fortgeht für immer, mag das angemessen sein).
Ich sehe ihr Gesicht nicht, es ist von mir weggedreht; und das Mädchen erscheint mir (zum ersten, beileibe nicht zum letzten Mal) in dem Traum deutlich zu klein zu sein. Doch ich weiß ganz sicher: Es ist meine Tochter.
Und das ist schon alles.
Und damit ist es vorbei. Sie geht fort.

Damit mag mir ihr letztes Fortgehn gezeigt sein, das niemand von uns beobachtet hat.

4

Der April geht zu Ende, nun ist sie schon drei Wochen tot, und wir fahren jeden Tag mit dem Auto hinaus an ihr Grab. Und Ilse weint fast immer. Und ich bin mit dem Fahrrad draußen und rede in Gedanken mit ihr: daß sie mein großes Mädchen war und das immer bleiben wird. Aus einer etwas größeren Distanz, denke ich, wird man immer davon sprechen, daß wir vier waren; und vier werden wir stets bleiben. Mit der Gießkanne feuchten wir immer wieder die Kränze und Gestecke an, damit sie den Grabhügel länger schmükken.

Ich versuche, möglichst viel im Garten draußen zu sein; doch dort drängt es mich zu einer völligen Bewegungslosigkeit des Körpers, auch zum totalen Schweigen.

Und irgendwann sehe ich in einer Tagtraum-Vorstellung mein Kind, das tot ist, im grauen Mantel Ilses (den sie oft trug, weil sie ihn mochte) auf dem Gartenweg in Richtung Haustür, in ihrem eigentümlichen, ein bißchen schlurfenden Gang – doch so kommt sie ja niemals mehr zurück in das Haus, in dem wir fünf Jahre lang gemeisam gelebt haben.

Was Wunder, daß es mir nun so oft ganz sinnlos erscheint, überhaupt noch etwas anzufangen.

Und es kommen feuchte, warme Tage. Zunächst regnet es zwei, drei Tage lang (und die Felder und Gärten haben das nach dem trockensten April seit vielen Jahren nötig); dann bezogener Himmel, Windstille, schwüler Dunst, man fühlt sich geradezu fiebrig, neigt zu Feuchtigkeit in den Achselhöhlen.

Die Wiesen und die Kornfelder sind gleichsam über Nacht sehr grün geworden, und es ist ein ungewohnt ungebro-

chenes, intensives Grün. Die Kirsch- und die Birnbäume stehen plötzlich weiß in voller Blüte. Birken und Ahorn treiben mächtig aus.
Wirkt das unter dem eintönig-bleiernen Grau des Himmels auf mich deshalb so künstlich, ja widerlich abstoßend, weil ich eine wie nicht wirkliche Zeit habe (die nur zu wirklich ist)?
Wochen nun schon, in denen bald jeder Augenblick ein Angehn gegen Tränen ist; und oft ein vergebliches.

In diesen Tagen bekommen wir einen Brief der besten Freundin der Heike über Jahre hin. Sie schreibt uns, nachdem sie vor dem Grab gestanden hat: Vor allen Dingen sehe ich es nicht ein. *Denn es ist so wahnsinnig gemein.*
Ich kann mich nicht in ihr Totsein versetzen. Und möchte es doch, um ihr näher sein zu können. *Oder um nicht besser dran zu sein als sie.* Die nun nicht mehr an unseren kleinen Erfolgen, unseren viel häufigeren Niederlagen teilhat.
Eins der rührendsten Bilder aus ihrer ersten Kindheit zeigt sie auf meinem Arm, sie mag da noch keine zwei Jahre alt sein. Ich stehe auf dem Balkon unserer damaligen Wohnung und halte sie auf dem rechten Arm, und sie lehnt sich an mich und nuckelt den rechten Daumen.
Sie zeigt völlige Geborgenheit. Zwanzig Jahre später habe ich sie nicht im geringsten schützen können, als jemand sie niederfuhr und zerstörte.
Ich blicke nach draußen. Nun setzt sich seit Tagen zum erstenmal wieder Sonne durch über dem feuchten Land. Doch dieses Licht schmerzt mich, die quasi heitern Anblikke tun mir alle weh. Dieser Widerspruch der Natur zu meinem unerträglichen Empfinden erscheint mir bloß mitleidlos.
Zufällig stoße ich dieser Tage auf die Schilderung des Sterbens eines dreiundzwanzigjährigen Mädchens, das an einer Lungenentzündung zugrunde ging, es ist vierzig Jahre her. Ein junger Mann, der nicht zur Familie gehörte, be-

obachtete: Die Mutter faßte noch einmal in das schöne Haar ihrer toten Tochter, streichelte das liebe Gesicht.
Ich aber war, als ich meine Tochter zum letzten Mal sah, so vernichtet und keiner der üblichen Empfindungen fähig, daß ich sie nicht noch einmal berührt habe.
Und nun ist meine Heike begraben, und nichts ist mehr nachzuholen.

Was ist es im Wesen, das uns so sehr zu Boden geworfen hat? In dauernder abgrundtiefer Traurigkeit hält?
Vielleicht vor allem dies: daß uns bewußt ist, nur *ein* Leben zu haben, und sie hatte nur eins, und es wurde ihr für immer genommen. Und sie hat das Schreckliche: den Raub dieses Lebens, durchstehn müssen wie eine grenzenlose Entwürdigung.
Sie hätte ja noch viermal so lange leben können. Und was alles erleben. Sie kam nicht dazu, zu heiraten, ein Kind zu haben – all das ist ihr gestohlen worden.
Aber das sind *meine* Gedanken darüber.
Nein, nicht nur meine. Sie hätte ganz genauso gedacht, da bin ich absolut sicher.
Immer wieder dieselbe vielleicht ganz sinnlose, jedenfalls unbeantwortbare Frage:
Weshalb, wozu das alles?
Ist tatsächlich schon solch eine Frage ganz sinnlos?
Jedenfalls erweist sie sich als völlig müßig.
In unserem Schlafzimmer hängen zwei Paar Säuglings-Schuhe, die ersten Schuhchen von Heike und Felix.
Und eines Tages mußten wir dem Bestatter ein paar Schuhe für unsere Tochter mitgeben, die die letzten an ihren Füßen sein sollten.
Ich frage mich, ob unser Trauern nicht auch etwas Egoistisches hat. Als Ilse bei einem unserer Besuche am Grab sagte: Thomas, weshalb das *uns*?, da habe ich, fast schroff geantwortet: Das ist nicht die richtige Frage, es geht doch nicht um uns! Um *sie* geht es!

Sie ist tot und hat nach allem, was wir darüber wissen (doch eigentlich wissen wir fast nichts darüber –), keinerlei Empfindungen mehr, keinen Kummer, keinen körperlichen oder auch seelischen Schmerz.
Die nicht endenwollenden Qualen: Das ist doch wohl einzig eine Sache der sogenannten Hinterbliebenen.
Doch ich nehme diese Quälereien ganz bewußt an: denn sie halten mich in Verbindung mit ihrem Leben.
Denke ich an ihre ersten Schuhe, so auch an die ersten Zeichnungen ihres Füßchens, ihrer Hand, die Ilse in dem ersten Fotoalbum aufbewahrt hat, das sie für sie anlegte und das nun von einer Toten erzählt.
Sie hat einen kleinen Fuß, eine kleine Hand aufs Papier gelegt, ist den Umrissen mit dem Bleistift nachgefahren. Unter der ersten der Abbildungen steht: So groß war das Füßchen am 22. März. Ich messe das nun nach: Es war ganze neuneinhalb Zentimeter lang.
Und das Händchen erscheint mir ganz unglaubhaft klein.
Doch sie hatte ja zarte Hände bis zuletzt, als sie schon erwachsen war.
Und ich sehe wieder all das andere aus ihren ersten Wochen und Monaten.
Der Zeitungsausschnitt mit der Überschrift »Geburten«: mit ihren drei Vornamen, ihrem Familiennamen, der Anschrift, dem Geburtsdatum.
Ein paar kleine Notizen:
Nach etwa einem halben Jahr war ihr erstes Wort Papa, im folgenden Monat sagte sie auch Mama. Als sie ein Jahr alt war, stand sie allein. Den ersten selbständigen Schritt machte sie etwa ein Vierteljahr später.

Aber es sind eher andere Kleinigkeiten, Winzigkeiten, die unvergeßbar bleiben. Wie hübsch zum Beispiel ihre Probleme, den dritten ihrer Vornamen auszusprechen, Viktoria. Sie sagte: Vittodida. Und da wir wohl ein bißchen lachten, tat sie das auch...

Irgendwann mußte ich nach München; daraus wurde bei ihr: Münkele.
Und die frühesten Bilder!
Unter einem von ihnen steht: In W... bei Vati.
Das muß man erklären: Erst etwa einen Monat nach ihrer Geburt sah ich sie zum erstenmal. Sie ist nicht daheim bei uns in W... geboren, sondern in einer kleinen süddeutschen Stadt, der Heimat ihrer Mutter. Und die beiden kamen erst in ihr Zuhause, als ich aus einer Klinik zurück war.
Und sie badet. Ißt. Spielt mit der Rassel und ihrem Quietschebär. Lutscht Daumen. Bekommt von mir ihr Fläschchen. Ist anfangs mager, bald aber rund und dick. Und ich fahre sie aus, zum Beispiel auf jenem schönen Spazierweg an dem kleinen Fluß entlang, zu dem es von unsrer damaligen Wohnung nicht weit war vor der Stadt draußen.
Bilder, die überhaupt nichts Ungewöhnliches zeigen; aber für uns war das alles ungewöhnlich und einzigartig: Es war *unser* Kind, und wir hatten das noch niemals erlebt.
Wir machten damals Berge von Fotos. Sehe ich es von heute: Ich wußte schon nicht mehr, daß es so viele sind.
Und unter einem der Fotos steht: Nach Meinung der Leute ist sie »ein sehr schönes Kind«.
Ja, das war sie, subjektiv und objektiv gesehen, die Bilder belegen es für immer: ein ebenmäßiges, schönes Gesicht, von Anfang an hübsche, dunkle Haare.

5

Sehe ich nun einen Augenblick lang auf mich selbst, der ich damals siebenundzwanzig war: Wie schlank, wie ungewöhnlich jung war ich da noch!
Vor allem aber, und das erstaunt mich viel mehr: Von der Zeit, die ich gerade hinter mir hatte, oder wenigstens in ihrem Ärgsten hinter mir, bringen die Fotos kaum etwas herüber. Und dabei ist der Grat scharfkantig gewesen, die

Wände hinunter waren steil, so daß ein Absturz Vernichtung hätte bedeuten können.
Ich habe das öfter gehört und gelesen: Die werdende Mutter solle sich in der Schwangerschaft nur mit Schönem befassen; die Ratschläge besagen: gute Bücher lesen, angenehme Musik hören, etc. Sie solle sich jedenfalls von allem Belastenden, allen häßlichen Sinneseindrücken so weit wie irgend möglich fernhalten.
Zerbrechen wir uns nicht den Kopf über die Anfechtbarkeit von Einzelheiten. Eins bleibt: Deine Mutter, mein Kind, hatte gerade damals, und *meinetwegen*, besonders verdüsterte und sorgenvolle Monate.
So kamst du aus meiner getrübtesten Zeit. Dein Lebensanfang war durch mich sehr belastet; und das hat sich vielleicht niemals mehr ganz verloren.
Was geben wir den Nachkommen von unsern unheilvollen oder auch nur unangenehmen Veranlagungen mit? So daß es sie auch betrifft? Aber so sehr uns das immer wieder beschäftigen mag: Wir ändern es nicht.
Dein Leben jedenfalls war durch meine damalige niederschmetternde Verfassung enger mit mir verknüpft als das bei Kindern und ihren Vätern üblich ist.
Meine Tochter, unser erstes Kind wurde geboren in jenem Jahr, als ich in heftigen Konvulsionen die Schattenlinie zwischen der frühen, vor allem durch die eigenen quälenden Empfindlichkeiten bedrückten, Jugend und den allzu alltäglichen Eselsjahren überschritt. Monatelang Ärzte und Krankenhäuser beschäftigte und kaum zu regelmäßiger Arbeit, wenn überhaupt zu Arbeit in der Lage war.
Bis zu meinem zehnten Jahr das masurische Dorf, ich bin ein Sohn Masurens. Ich blicke zurück auf eine frühe Kindheit in dem kleinen, ganz abseitigen Ort am See, dem schönstgelegenen, den ich je gesehen habe. Hühner im Hof, und über ihm blühte im Frühjahr der viele Flieder. Und Vieh im Stall und auf der Weide, und Fische im See unten. Und Kornblumen und Mohn beim Getreide, und die

Geschichten von der Roggenmuhme. Und am Waldrand in der Sonne die roten Erdbeeren, wir reihten sie manchmal auf Grasstengel.

Trotz gewisser auch schmerzlicher Erfahrungen, wie sie keinem hautlosen Menschen erspart bleiben, war es eine Idylle, für die ich nicht ihresgleichen kenne.

Und dann alles radikal anders nach der Flucht über Weichsel, Oder und Elbe und dem Exil in Mondlandschaft. Die Menschen behandelten uns (von wenigen Ausnahmen abgesehen) wie davor Zigeuner, später Türken.

In »Ostpreußen, Porträt einer Heimat« ist zu lesen, man habe sich durch uns bloß beengt gefühlt und uns behandelt wie eine lästige unterste Kaste. Und in »Letzte Tage in Ostpreußen«: Es ist kaum zu sagen, wieviel verletzender Gedankenlosigkeit, ja Beschränktheit und auch Böswilligkeit wir damals ausgeliefert waren.

Das war nicht die alleinige Ursache, durchaus nicht; eine erhebliche zweifellos. Vier Jahre vor jenem Zusammenbruch starb dann mein Vater, Mittelpunkt in meinem Dasein bis dahin. Ein Arzt: Ich müsse den Tod dieses mir so nahen Menschen noch einmal sterben.

Auch das war noch nicht alles. Aber belassen wir es dabei.

Damals war mein Bewußtsein tief eingefärbt von der Vorstellung, ich müsse vielleicht bald sterben. Tatsächlich fiel im Hinblick auf mich auch diese Wendung: Latente Todesfurcht.

Es sollte mir ein Kind geboren werden, ich aber würde wohl aus der Welt gehn.

An einem trüben, kühlen Vorfrühlings-Nachmittag schob man mich im Bett und gut eingepackt auf einen Balkon der Klinik, damit ich endlich wieder etwas frische Luft zu atmen bekam. Dort blieb ich eine Zeitlang und ließ die Gedanken treiben: Aber eines Tages würden wir drei, Ilse, das Ungeborene und ich, uns doch wohl wiedersehen in einer andern Welt, über die wir Lebenden nichts wissen, die mir damals aber durchaus nicht unwahrscheinlich erschien.

Vielleicht in sechzig Jahren oder so, dachte ich ganz nüchtern und ruhig.

Das ist dreiundzwanzig Jahre her; und mein Leben ist weitergelaufen. Und heute ist es mein Kind, das schon tot ist, und ich bin immer noch auf der Erde. Was Wunder, wenn es mich drängt zu sagen: Überflüssigerweise? Was liegt denn nach allem an mir?

Und mein Glaube an ein Wiedersehn in einer andern Welt ist ja auch inzwischen erst recht ganz unsicher.

Denn sollte ich in diesem Augenblick, kurze Zeit nach dem Tod meines Kindes, die Frage beantworten, ob ein Mensch völlig vernichtet wird, wenn man ihn tötet, oder ob er hinüberwechselt in ein andersgeartetes Leben, und wir wissen bloß nichts darüber, so würde ich zunächst jede Antwort ablehnen. Schließlich aber doch wohl sagen: Es ist weit eher die völlig gleichgültige Vernichtung.

Nur noch ein paar Pinselstriche en passant – dies ist ja keine Geschichte, die von mir berichtet, ich erzähle aus dem kurzen Leben meines umgebrachten Kindes, und ich nehme mich selbst nur mit ins Bild, wenn es etwas über meine Tochter aussagt.

Ich stand in jenen Jahren zwischen Mitte zwanzig und etwas über dreißig, als die Heike zur Welt kam und fünf Jahre lang unser einziges Kind war.

Jahre, in denen ein auf irgendeinem Gebiet überdurchschnittlich veranlagter Mensch etwas, wie man so sagt, daraus macht, um nicht im Grau der Alltage und der schreienden Durchschnittlichkeiten zu verschwinden. Man sagt: Viele stellen in diesem Alter die Weichen für eine Karriere im bürgerlichen Sinn.

Ich hatte Deutsch und Geschichte studiert, war Lehrer für höhere Schulen geworden, um den Arbeitsplatz brauchte ich nicht zu sorgen. Und zugleich drängte sich jenes »Zentralorgan« (wie's einer meiner frühesten Kritiker mir zuschrieb) ständig in den Vordergrund: der Antrieb zum Schreiben, schriftlichen Erzählen.

Doch nicht das eine zusammen mit dem andern forderte fortwährend zuviel Kraft, ließ daher keins von beidem zu voller Entfaltung kommen; sondern ich hatte vor allem andern übergenug damit zu tun, jene heftigen Schwierigkeiten zu überwinden, die aus der späten Kindheit und frühen Jugend herkamen; und die mir noch viele Jahre soviel Energie abzogen und Selbstbewußtsein stahlen und mich zu etwas mehr als der täglichen, möglichst nicht sonderlich hoch dosierten Arbeit unfähig machten.
Wie lange dauerte es noch, bis sich alles erheblich gebessert hatte, wie viele lange Jahre! Ja: *Deshalb* nur könnte ich mit Berechtigung von grauen Jahren reden. Und ich bin unsicher, ob manches, trotz allen Trainings und aller Selbstdisziplin, je wieder ganz so geworden ist, wie es vorher war. Möchte eher festhalten: Nein. Nie mehr ganz die früheren Selbstverständlichkeiten; nie mehr die alte unbedachte physische Kraft (der Zeit der Fußballspiele als Aktiver, der tagelangen Radtouren).
Eine gewisse leichte Ermüdbarkeit, Furcht vor einer gesundheitlichen Katastrophe und dem völligen Aus hat sich nie mehr ganz verloren. Die Kraft reichte niemals mehr sehr weit.
Auch das vielleicht ein Stein zum Mosaik des Verhängnisses in meinem fünfzigsten Jahr; vielleicht auch das. Denn es ist undenkbar, daß es sich nicht auch meinem genauso empfindsamen Kind mitteilte.
So klage ich auch mich an.

6

Es ist zunehmend länger hell abends, und die Sommerzeit wird eingeführt und schiebt das Dunkelwerden plötzlich noch um eine weitere Stunde hinaus.
Ich nehme in dieser frühen Frühjahrszeit meine abendlichen Radtouren vergangener Jahre wieder auf, fahre auf

hübschen Nebenstraßen eineinhalb, zwei Stunden durchs Land. Sicher ist es richtig, in diesen Monaten besonders viel für die Gesunderhaltung wenigstens des Körpers zu tun. Zuletzt führt jede meiner Fahrten zum Friedhof. Buschwindröschen und Himmelsschlüssel haben zu blühen begonnen, auch wilde Kirschen und das erste Wiesenschaumkraut. Und ich pflücke unterwegs jedesmal ein paar Blumen und nehme sie der Heike mit auf ihr Grab.
Ich bin eigentlich immer allein dort um diese Abendzeit, vielleicht der einzige noch auf dem ganzen großen Friedhof.
Während einer dieser Radtouren, ich bin gerade durch N... gekommen, geht mir plötzlich durch den Sinn: Das muß ich der Heike erzählen!
Schon kurz darauf weiß ich nicht mehr, bei welcher Belanglosigkeit ich das gedacht habe, und was ich ihr denn hatte sagen wollen. Nur, daß mir einen Augenblick lang nicht bewußt war: Der Heike kann ich nie mehr etwas erzählen. Eine flüchtige Sekunde lang war es, als lebe sie noch...
Und es geschieht auch dies: Während ich eines Abends die Vase ausspüle, den Blick nach unten, ist mir, als ob ich nicht allein da bin und das Grab herrichte. Ja ich habe einen Moment lang das Bewußtsein, *daß die Heike dabei ist und mithilft*.
Und in Gedanken rede ich ja zu ihr, und manchmal flüstere ich ihr sogar etwas zu, wenn ich so allein vor ihrem Grab stehe. Und niemals, niemals mehr eine Antwort.
Ja, ich rede zu ihr, wie wir früher miteinander sprachen. Und das mag natürlich völlig vergeblich sein. Aber vielleicht kommt es darauf auch gar nicht an.

Was bleibt von jemandem, der plötzlich getötet wird? Wie bleibt er im Gedächtnis jener, die weiterleben?
Vor siebenundzwanzig Jahren starb mein Vater, das war trotz allem etwas anderes. Ich hatte ja nur Teile von seinem Leben erlebt: jenen kleinen Abschnitt seiner mittleren Jahre, der in meine frühe und früheste Kindheit in Masuren fiel

(1935 bis 1939), und seine letzten zehn Jahre nach der Rückkehr aus Krieg und Gefangenschaft in Rußland (1947 bis 1957).
Ganz anders mein Kind, das neben uns aufgewachsen ist und bei uns war seine zweiundzwanzig Jahre lang. Bis auf zwei, drei kleine Reisen der Heike in den letzten Jahren sind wir immer zusammen gewesen.
Die Orte, an denen sie war: sie alle sind noch ziemlich unverändert.
Das Krankenhaus in Bad K... in Franken, in dem sie geboren wurde. Das Haus ihrer Großmutter mütterlicherseits, ganz in der Nähe dort, nur schräg über die Straße – ihr Großvater ist eine Zeitlang Chefarzt des Krankenhauses gewesen. Dort die ersten Wochen ihres Lebens; und dorthin fuhren wir wenigstens ein paar Tage in jedem Jahr.
Dann W..., wo sie aufwuchs und mit uns lebte bis zuletzt – ihre Heimat.
Das Mietshaus aus den späten fünfziger Jahren, in dem unsere erste Wohnung war. Ich finde mich wieder vor diesem Haus, stehe vor dem mittleren Eingang des zwei Stockwerke hohen Gebäudes, blicke auf das Namensschild für die Wohnung oben links, die für viele Jahre die unsere war; es leben nun offensichtlich Ausländer in ihr.
Der Sandkasten unten. Es war mehr als die Scheu des Einzelkindes: Es war *meine* Abneigung Menschen gegenüber, von denen sich auf Dauer nur wenige so zeigen, daß ich sie um mich ertrage. Sie ging nur ungern dorthin zu andern Kindern.
Ich stehe an diesem Sandkasten: Hier hat sie gesessen, gespielt als kleines Mädchen, es ist zwanzig Jahre her. Die Bäume, die ihn zur Straße hin abschirmen, wurden zu jener Zeit gepflanzt, als wir einzogen kurz nach der Hochzeit, nun sind sie fünfundzwanzig Jahre alt und erwachsen.
Und dieser Sandkasten hat einiges mitgemacht in den vielen Jahren, man sieht es ihm an, er ist längst nicht mehr so hübsch wie damals, als die Heike klein war und hier.

Ihr Weg von hier zur Schule: wenige hundert Meter. Aber einmal lag der Schnee so hoch, daß Ilse sie auf dem Rodelschlitten hinfuhr, und das war mühsam genug.
Die Grundschule. Später das Gymnasium in der Stadt.
Da wohnten wir schon in einer größeren Wohnung wegen der inzwischen zwei Kinder. Dieses ähnlich geartete, bloß um ein Stockwerk höhere Gebäude ganz in der Nähe, nur über die kleine Straße gelegen.
Dort dann bis gegen Ende ihres siebzehnten Jahrs. Und danach unser eigenes Haus mehrere Kilometer entfernt im Süden der Stadt.
Die Lehrstätte, wo sie ausgebildet wurde zur Bürogehilfin. Ich komme weiterhin jeden Tag an dem großen Gebäude vorbei, und dann ist alles wieder da: Ich habe sie ja öfter hierher gebracht, sie von hier wieder abgeholt. Mehrere Male hatte sie Probleme mit ihrem ersten Auto, einem Gebrauchtwagen, man hatte uns absoluten Laien eine ziemliche Gurke angedreht – auch dann sprang ich ein.
Ihr letzter Geburtstag hier: Sie kam auf mich zu mit einem Blumenstrauß, einem Geschenk. Es war spürbar ein gewisser Stolz in ihrer Stimme: Das hab ich geschenkt bekommen von den Kollegen!
Sie sah sich akzeptiert; das hatte sie nicht überall so erlebt. Sie hatte sich in das übliche Leben gestellt.
Die Orte: Es ist alles noch da wie zu ihrer Zeit.
Und wohin wir zusammen gereist sind.
An die Lübecker Bucht und nach Dänemark: auf die Insel Falster und Jütland (dorthin noch im Sommer vor ihrer Tötung). Und oftmals in das von uns so bevorzugte Norwegen. Und sie war zwei- oder dreimal in Holland (zuletzt noch drei Wochen, bevor sie umgebracht wurde), einmal am Schwarzmeer-Strand.
Was bleibt von jemandem zurück, der das Haus verläßt und niemals mehr wiederkommt?
Ihr Zimmer mit all ihren Sachen, so ganz von ihr geprägt. (Diese Scheu meinerseits, dort herumzustöbern, vielleicht

irgendwelchen kleinen Geheimnissen auf die Spur zu kommen – nun, da sie sich nicht mehr dagegen wehren kann. Ich finde auch das schrecklich – will nichts in Erfahrung bringen, was sie mir nicht, als sie lebte, erzählt hat. Sofern es überhaupt etwas gäbe, wovon ich bislang nichts weiß.)
Bett und Schreibtisch. Die Poster an den Wänden und einige Fotos, die junge Leute zeigen. Ihre Kleidung. Kleine Habseligkeiten hier und dort.
Ihr kleines eigenes Badezimmer mit all den Kosmetika und Dingen, die ein erwachsenes Mädchen braucht. Und nun benutzt das niemand mehr, es steht bloß noch da.
Und die abgelegten Dinge im Keller unten, sie war darüber hinausgewachsen. Kartons mit den Aufschriften: Puppenkleider und -bett, Kaufladen-Zubehör, Kinderzeichnungen (sie hat in vielen Jahren sehr viel und gut gezeichnet). Schulhefte. Und die abgegriffene schöne rote Schultasche.

Immer wieder und wieder: Könnte das Ganze nicht doch einen Sinn haben? Und man könnte vielleicht sogar einen Zipfel davon zu fassen bekommen?
Gegen alle Überzeugung immer wieder diese Frage.
In Tagen, da mir keins der alten Vorhaben noch sinnvoll erscheint, ich bei der momentanen Kraftlosigkeit wohl auch keins wirklich vorantreiben könnte, sitze ich immer wieder da und suche nach einem Fingerzeig, ja warte gleichsam auf ein Zeichen.
Noch einmal schreibe ich ihre Lebensdaten auf ein Blatt Papier und versuche, sie in mancherlei Beziehungen zu bringen. Aber auf die Andeutung irgendeines Gesetzes, oder gar irgendeinen Sinn, stoße ich auch dabei nicht.
Doch sind nicht zum Beispiel die Mayas davon überzeugt gewesen, daß die Zahl der Schlüssel zum Schicksal eines Menschen ist? Und hatte nicht auch Pythagoras sie als das Wesen aller Dinge bezeichnet? So völlig infantil und töricht mag ich bei meinen Gedanken vielleicht doch nicht sein.

Noch einmal: Meine Jugend, ihre Jugend endete gewaltsam mit zweiundzwanzig. Doch für sie endete auch das Leben.
Übrigens: Die Quersumme von 1957 (da ich zweiundzwanzig war) ergibt – 22. Die von 1984 – ebenfalls 22.
Es besagt nichts. Und ist doch eine kleine Seltsamkeit.
Sehe ich es einmal bloß von mir selbst her: Wenn *Schattenlinien* (wie Conrad das nannte) überschritten werden mußten, wurde ich jedesmal zu Abschieden der übelsten Art gezwungen. Vor den mittleren Jahren starb wie gesagt mein Vater (allzu früh an Krebs). Und nun ist das Alter herangekommen, und da ereignete sich das denkbar Schlimmste von allem: Ich verlor meine liebe Tochter.
Es bezeichnen also immer die Prügelstrafen im Angesicht einer feixenden Menge die unabänderlichen Veränderungen in meinem Leben. Und vielleicht ist darüber hinaus bezeichnend für mich, daß ich mich niemals kontinuierlich entwickelt habe und weitergegangen bin, sondern gleichsam viele Jahre lang derselbe blieb und dann plötzlich brutal in eine andere, um vieles häßlichere Region gestoßen wurde.
Wir beschränkten Menschen empfinden das Ende eines Menschenlebens offenbar als um so unerträglicher, je weniger Sinn wir in diesem Ende zu erkennen vermögen. So reden manche von einem Schicksal, das sich erfüllt habe, und andere von einer Uhr, die abgelaufen gewesen sei.
Und einige (zu denen ich mich nun erst recht nicht zählen kann) sprechen sogar von einem Willen Gottes und geben oft noch eins drauf: Es sei von Gott in jedem Falle alles wohlgetan.
Freunde berichteten uns von einem schweren Verkehrsunfall, den sie im Ausland gehabt hatten. Sah man sich die Fotos des zertrümmerten Autos an, so mußte man es in der Tat für ein glattes Wunder halten, daß niemand getötet worden war. Und hierzu die Wendung unseres Freundes: Unsre Uhr war noch nicht abgelaufen.
Kann man das akzeptieren? Und die Uhr der Heike, eines

zweiundzwanzigjährigen Mädchens, soll also abgelaufen gewesen sein?
Weshalb?
Je mehr ich mich mit den Einzelheiten des schrecklichen Ereignisses befasse, um so rätselhafter wird es mir. Es mehren sich bloß die Fragezeichen.
Es geht nicht darum, daß ich jenen XY, der die Heike fahrlässig tötete (wie die Juristen das formulieren), womöglich einer schlimmeren Straftat überführen könnte, als die Justiz ihn anzuklagen vorhat.
Einen Vorsatz: daß er sie vor ihrem Auto gesehen haben könnte und aus werweißwas für einem Antrieb heraus auf sie zufuhr, darf ich nicht unterstellen, und ich will das meiner Art nach auch nicht.
Die Heike parkte das Auto vor der Diskothek jenseits eines breiten weißen Streifens am Straßenrand wie andere Jugendliche ihre Autos auch.
Irgendwann bald nach Mitternacht kam sie mit ihrem Freund aus dem Lokal zu dem Fahrzeug zurück. Sie war im Begriff, es aufzuschließen, als jener Betrunkene sich rasend näherte. Dabei fuhr er, wie ein verläßlicher Zeuge, nüchterner britischer Offizier, aussagte, etwas einhundertfünfzig, einhundertsechzig Stundenkilometer, wo Geschwindigkeitsbegrenzung herrscht: achtzig km/h.
Wie lange braucht man, um ein Auto aufzuschließen? Ich probiere das aus: benötige etwa zwei Sekunden, dann habe ich die Tür bereits offen.
Und wie lange benötigt jemand, der mit der festgestellten rasenden Geschwindigkeit die Spur seiner Straße verläßt, um jenen Punkt zu passieren, an dem die Heike stand?
Und es war also reiner Zufall, daß beide Zeiten auf *einen* Punkt fielen?
Und: Zwischen der Kneipe, in der der XY nach eigener Aussage sich betrunken hatte, und der Wohnung, zu der er fuhr, lagen etwa zwölf Kilometer gleich *zwölftausend* Meter. Und seine Fahrt wurde auf dieser langen Strecke *einmal* aus-

gerechnet so verändert, daß er sie präzise für jenen *einen* Meter zu einer Kollision verließ, an dem eine junge Frau sich vor ihrem Auto befand?

O grenzenloses Wunder des Zufalls!

Diese eine Frage, denke ich, dürfte erlaubt sein: Die nach der *Wahrscheinlichkeit* eines solchen *Zufalls.*

Ich habe einmal jenes Buch von Wilhelm von Scholz gelesen, in dem er seine jahrzehntelangen Untersuchungen und Überlegungen zum Zufall und zum sogenannten Schicksal niedergelegt hat...

Und zwangsläufig denke ich in diesem Zusammenhang an jenes Erlebnis im Oberschwäbischen, als ich einundzwanzig oder *zweiundzwanzig* war.

Eines Abends kam ich bei Dunkelheit mit dem Fahrrad aus der Stadt, wollte nach Hause. Ich könnte die Stelle noch heute ziemlich genau angeben, es war auf der Landstraße kurz vor dem Kirchdorf A..., als ich schon von weitem einen Mopedfahrer mir entgegenkommen hörte und sah.

Daran war noch überhaupt nichts Ungewöhnliches.

Doch dann war er nur noch fünfzehn, zwanzig Meter von mir entfernt auf der andern Straßenseite, und da änderte er plötzlich seine Fahrtrichtung, kam wie magisch gelenkt diagonal über die Straße direkt auf mich zu gefahren!

Das war so sehr gegen alle Erwartung, daß ich wohl erst nach der sogenannten Schrecksekunde reagierte, mich dann aber durch ein rasches Ausweichmanöver rettete. Er fuhr haarscharf an mir vorbei, stürzte hinter mir in den Straßengraben.

Ich hielt an, ging aufgebracht zu ihm hin. Da stellte ich sofort fest, daß er betrunken war. Es interessierte ihn nichts weiter als liegenbleiben und schlafen. Noch während ich mich, immer noch aufgebracht, entfernte, begann er zu schnarchen.

Was aber hatte ihn dazu bewegt, mich über den Haufen fahren zu wollen?

Und ist völlig auszuschließen, daß ein ähnlicher Drang in

jenem XY wirksam war, der betrunken meine Tochter tötete?
Man komme mir jedenfalls nicht mit Zufall...

7

Die Tage gehen völlig unbeeindruckt weiter, als sei nichts Furchtbares geschehen.
Ein großes Mädchen (die Zeitungsberichte formulierten: eine junge Frau), das tagsüber im Beruf stand, sich an manchen Abenden und an den Wochenenden mit andern jungen Menschen traf, sonntags gern ins Fußballstadion ging, weitere weitreichende Pläne für den Beruf hatte, sich bald eine Sportwagen kaufen wollte und (ja) irgendwann heiraten – ist tot und von der Erde geschafft, in einem finstern Sarg unten –
Und das ist durch nichts mehr ungeschehen zu machen.
Aber die Tage gehen gleichgültig weiter.
Wie oft denke ich nun an jene melancholische Stelle in Hamsuns letztem Buch über den Stern Mira, »der kommt, ein wenig leuchtet und verschwindet«:
»Das ist der ganze Lebenslauf. Und Mensch, hier denke ich an dich. Von allem Lebenden auf der Welt bist du zu beinahe nichts geboren... Du kommst aus dem Nebel und gehst wieder in den Nebel zurück, so herzlich unwillkommen bist du.«
Viel mehr noch als für den großen Prosadichter, der immerhin ein biblisches Alter erreichte, gilt das für meine Tochter, die gerade erst anfing, ihre Vorstellungen zu verwirklichen und nicht die *Chance* dafür bekam. »Wandernde Lichter, alle miteinander, sie kommen, leuchten ein wenig und verschwinden, kommen und gehen, wie ich kam und ging.«
Ich erkenne unmißverständlich die völlige Mitleidslosigkeit des (sagen wir) Weltenlaufs; auf diese Weise wird unser aller Schicksal abgetan. Und da beginne ich mich zu empö-

ren gegen diese brutale und minderwertige Instanz, die uns alle früher oder später herabwürdigt und zutiefst beleidigt. So wie die Heike aufgesprungen wäre gegen die Schindludereien und Verludertheiten des »Schicksals«.

War es der zweite Sonntag nach ihrem Tod oder sogar schon der erste? Etwas später erscheint es mir fast unvorstellbar, daß ich in der Zeit der allertiefsten Erschütterung in der Lage gewesen sein soll, das überhaupt anzufangen und durchzustehen: Mir alle Fotos von ihr anzusehen, um die besten von ihnen zu einem Tableau zusammenzustellen.

Nun da sie nicht mehr da ist, soll dieses Tableau in unserem Wohnzimmer hängen und immer anschaubar sein.

Berge Dias. Ich habe an die sechstausend in den letzten zwanzig Jahren gemacht. Aber jetzt interessieren mich nur noch jene, die die Heike zeigen.

Auch das sind noch mehrere hundert. Wenn ich's bedenke: Erstaunlich viele! Denn sie war mit zunehmendem Alter eher abweisend, wenn ich fotografieren wollte; Ilse sagte noch in diesen Tagen: Sie ließ sich ja nicht gern fotografieren.

Obwohl auch das in ihrem Leben, ihrem nicht leicht beschreibbaren Leben, nicht ohne Widerspruch war. Letzte Weihnachten habe ich nicht fotografiert wie in allen Jahren davor, wohl aus Gedankenlosigkeit heraus oder Trägheit; und da hat sie sich Ilse gegenüber deswegen beklagt.

Ja, mein liebes Kind: Und auch an deinem letzten Geburtstag, von dem wir nun wissen, daß ihm keiner folgen wird, fotografierte ich dich nicht.

Die letzten Dias von dir sind aus dem Sommer davor in Skandinavien, bald ein Jahr alt. Das letzte Bild ist: Als du aus Jütland abreistest, während wir noch ein paar Tage dort blieben. Du sitzt im Auto jenes Bekannten, der dich abholte. Ich fotografierte dich im Profil, während du schon im Auto saßt, die Scheibe war halb heruntergekurbelt. Und

dachte die ganze Zeit über: Er bringt sie doch hoffentlich heil nach Hause…
Abreise. Dies das letzte Bild.
Wie fern davon längst die früheste, von heute aus gesehen rührendste Zeit!
Und Ilse, und ich: Bilder von der Hälfte unseres bisherigen Lebens. Und ja: Wir wie halbe Kinder noch, sieht man zurück aus einer Zeit, da man doppelt so alt ist und so geschlagen.
– und da erscheint es mir, und das erschüttert mich sehr, als hätte ich das meiste davon gar nicht miterlebt. Als sähe ich plötzlich ein kleines Mädchen, das ich so nicht sah, als man es wirklich neben sich hatte. Oder als habe ich das alles viel zu rasch vergessen bis zur Unkenntlichkeit.
Wie muß ich mir das erklären? Ist es vielleicht Teil einer Geschichte von einem Menschen, der ich wäre und der sich nicht genug um das Leben der Seinen um sich gekümmert hat?
Oder war es nicht auch eine der Eigenschaften der Heike von kleinauf, sich einem niemals ganz so zu zeigen, wie sie wirklich war? Immer etwas fremd zu bleiben? *Und an wen aus der Familie denke ich bei dieser Feststellung noch?*
Und denke auch dies:
Wieviel halten wir denn überhaupt fest von dem, was an uns vorbeiläuft, ja neben uns hergeht und sogar durch uns hindurch?
Wohl fast nichts. Und werden wir nach einigen Jahren daran erinnert, so erkennen wir es nicht wieder.
Ja: So gut wie nichts! Es ist also alles unsagbar flüchtig gewesen und bloß ein weiteres kleines Stück für das unendlich große Aufgefressenwerden mit Namen Vergessen.
Wir halten so gut wie nichts wirklich fest in unserem Leben.
Und mit uns selbst stirbt eines Tages auch der letzte winzige Rest.
Das erstemal Weihnachten mit unserer Tochter!
Ilse hält sie auf dem Arm vor dem geschmückten Baum,

und die Heike ist fasziniert von ihm und will nach all dem Geglitzer greifen.
Sie bekam ihren ersten Schlafanzug, jenes bei uns bald berühmt-berüchtigte »Katzen-La« (wie sie es dann selbst nannte – La stand für Schlafanzug, Katzen für die aufgedruckten kleinen Kätzchen). Jahrelang schlief sie nicht ein, wenn sie nicht dieses »La« anhatte oder wenigstens mit in ihrem Bett in der Hand. Erst dann steckte sie den Daumen in den Mund, legte sich beruhigt auf die Seite, und alles war gut…
Als sie etwa ein Jahr alt war, bot sich ein guter Porträtist an, ein Aquarell von ihr zu machen. Es wurde ein vorzügliches Bild, das mir immer ein bißchen wie ein Gegenstück jenes berühmten Rubens-Porträts erscheint, das er von seinem Sohn Titus gemacht hat.
An den Wochenenden nahm ich sie immer noch mit auf meinen Spaziergängen hinaus in die Felder.
Einmal setzte ich sie auf eine Bank und ging ein paar Schritte zurück, um sie zu fotografieren – da fing sie fürchterlich zu weinen an, befürchtete wohl, ich gehe fort.
Was ich natürlich nicht vorhatte.
Die Fäustchen, die Händchen eines kleinen Kindes. Wie man ein solches Händchen in seiner großen Hand hielt… Sein Lachen, wenn es einen wiedererkannte. Anderswann sein offensichtlicher Kummer. All das ist unvergleichlich.
Die frühen Bilder zeigen ein auffallend freundliches Kind, ein helles, fröhliches Gesicht. Irgendwann hat sie die ersten kleinen Jeans an. Auf andern Bildern ein hübsches Dirndl-Kleid.
Ja: Das alles hat keinerlei ungewöhnliche Züge. Oder: Die Geschichte war damals allenfalls ein kleines bißchen anders als solche Geschichten sind.
Stimmt das?
Schon wie ich es formuliere, bekomme ich die größten Zweifel daran.
Nun weiß ich ja: Kein einziger Lebenslauf ist wie der ande-

re; und der der Heike ist radikal anders durch das Ende. Aber beileibe nicht nur deshalb.
Als sie drei Jahre alt war, fuhren wir mit ihr in eins der kleineren Seebäder an der Ostseeküste. Wir hatten für vierzehn Tage ein Ferienhaus gemietet. Ich erinnere mich an nicht unerhebliche Sensibilitäten, die sie dort zeigte, an ausgeprägte Eigenwilligkeiten: sie gewann rasch an Charakter.
Die Toilette in dem an sich gepflegten Haus roch ihr zu sehr; sie wollte sie nicht benutzen trotz all unsrer Manipulationen. Das ging tagelang so und wuchs sich zu einem Problem aus.
Wir fuhren über die Vogelfluglinie mit der Bahn nach Dänemark hinein und Kopenhagen, übernachteten in einem bescheidenen Hotel in Bahnhofsnähe. Waren in dem berühmten Tivoli: Ein Foto, das Ilse gemacht hat, zeigt die Heike und mich in einem Autoscooter.
Solch eine Reise war, sieht man unsere damaligen finanziellen Möglichkeiten, schon eine große Entscheidung.
Denn wir mußten doch ziemlich rechnen. Einer der folgenden Urlaube in einer Hotelpension in einem mittelmäßigen Ort an der See kam allen Ernstes nach einem Lottogewinn zustande. Und unsere Autos: Es waren ausnahmslos bescheidene Gebrauchtwagen, etwas anderes war nicht möglich damals. Und alles erschien mir immer, schon wegen meines dürftigen Gesundheitszustands, unsicher und voller Gefahren – aber ist das nicht stets und für jeden so, und die meisten machen sich das nur niemals bewußt?
Unsre Fotos aus jenen Jahren zeigen trotzdem viel »heile Welt«.
Nun ja, wenn man es so formulieren will. Oder, besser gesagt: Wenn es so war, dann war es so.
Es ging uns in der Tat ganz ordentlich. Die Kurve zeigte vorsichtig nach oben.

8

Wie wenig von der damaligen Welt, sagen wir: zum Beispiel den politischen Ereignissen, spiegeln unsere persönlichen Fotos. So gut wie nichts. Es ist kaum etwas Außenstehendes in sie gekommen.
Die Frage, ob es das je tut. Ob alte Familienfotos uns über das Interesse an Personen hinaus nicht immer erst dann beschäftigen, wenn die Mode, die Äußerlichkeiten, uns so fremd geworden sind, daß sie uns als Stücke aus dem Raritäten-Kabinett lächeln machen.
Einmal zwar steht die kleine Heike in einem offenen Fenster (ich weiß noch: im ersten Stock eines Hauses in der Innenstadt), ein britisches Papierfähnchen in der Hand. Die englische Königin besuchte damals unsre Stadt, weil in ihr in erheblicher Zahl britische Truppen stationiert sind.
Aber auch das kein Ereignis, das Schlagzeilen in der Überregionalen Presse gemacht hätte, so daß man sagen könnte, wir hätten ein historisches Geschehnis intensiver erlebt, für deutlichere Erinnerungen. Die englische Königin da und dort und also auch in W… – na und?
Es macht einige Mühe, sich zu erinnern, was damals die Zeit: die Mitte der sechziger Jahre, bestimmt hat. Und warum sollte man es dann unbedingt heraufholen wollen, da es doch tiefere Eindrücke nicht hinterlassen hat?
Erinnere ich mich zutreffend, so war einer der Sonntage in einem Ostsee-Urlaub Wahltag, und wir hörten abends im Radio, daß Ludwig Erhard eine dicke Mehrheit bekommen hatte. Ilse und mir mißfiel dieses Ergebnis: Wir waren junge Menschen, und pausbäckige bürgerliche Selbstzufriedenheit war damals alles andere als unsere Sache.
Doch damit war es für uns auch schon erledigt.
Und doch war's für uns, für mich, nicht bloß eine Zeit des Leisetretens in den hinteren Gliedern, um sich durchzumogeln; durchaus nicht.
In der frühesten Kindheit meiner Tochter schrieb ich an

dem ersten meiner drei Brachingen-Romane. Der Arbeitstitel war (auf die jugendliche Hauptfigur bezogen): Abschied von Brachingen. Mit dem Verleger verständigte ich mich dann auf ein Nietzsche-Zitat: Erst wenn du die Stadt verlassen hast.

Erst nach dem Abschiednehmen zeigt sich einem das wahre Bild eines Ortes.

»...schrieb ich...«: Das klingt ein bißchen hochtrabend. Man kennt Bilder von seriös aussehenden Herren an mächtigen Schreibtischen, assoziiert vielleicht so etwas. Aber das wäre ganz unzutreffend. Wir besaßen eine Dreizimmer-Mietwohnung: kleines Wohnzimmer, Schlafzimmer, Kinderzimmer. Ein Arbeitszimmer oder auch nur einen kleinen Arbeitsplatz hatte ich nirgendwo. Aber ich bekam am Couchtisch oder irgendwo auf den Knien einen kleinen Roman fertig, und der erste Verleger, der ihn las, hat ihn veröffentlicht.

Es erstaunt mich heute, daß ich unter den denkbar ungünstigsten äußeren Bedingungen mehrere hundert Seiten Prosa schrieb, die gedruckt wurden. Doch so war es.

Seltsame Zeit überhaupt, damals! Die ersten Erfolge; und ebenso oft, ja vielleicht öfter noch Enttäuschungen. Aber das alles ist so gut wie vergessen. Scheint von heute aus gesehen doch nicht tief deprimierend gewesen zu sein; die Schmerzen hielten sich offenbar in Grenzen.

Bald zwei Jahrzehnte später mischt sich allerhand Selbstkritik bei der Erinnerung an das erste meiner Bücher, das erschien, als ich vierunddreißig war. Doch ich will das nicht präzisieren und könnte es vielleicht auch kaum, denn ich habe es nie wieder gelesen.

Sicher hatte ich wesentlich mehr vor, als ich fertiggebracht habe. Und ich möchte mich heute auch nicht mehr für alle damaligen Ansichten schmeißen – was Wunder, ich bin nun fünfzehn Jahre älter.

Aber hier geht es nicht um so etwas Nebensächliches wie meine Romane. Ich belasse es bei diesen Andeutungen.

Wie oft sind wir in jenen Jahren, und auch noch später, in der kleinen Stadt K... im Unterfränkischen gewesen! Wie viele Fotos, ich sehe sie nun wieder, habe ich dort gemacht!
Ilse ist in K... aufgewachsen, noch lebte dort ihre Mutter; und die Heike ist in K... geboren worden. Und ich fuhr nicht nur deshalb gern dort hin. (Die andere, einst in ihrer Geschichte und für mich in der Jugend bedeutendere Stadt im Süddeutschen, B..., wo mein Vater begraben liegt, blieb für meine Frau und meine Tochter eigentlich ohne Belang.)
Es gab eine lange Zeit, viele Jahre, da war ich der gewissen Faszination solcher kleiner Städte wie K... und B... ziemlich einschränkungslos erlegen. Es war ein Thema in allen drei Brachingen-Romanen, am ausgeprägtesten in dem ersten von ihnen.
Weshalb?
Diese äußerlich oft so hübschen, kleinen Städte in der süddeutschen Provinz! Alt, wie man sagt: historisch, und irgendwann beiseitegelegt wie Brügge in Flandern oder Visby auf Gotland. Die großen Straßen wurden an ihnen vorbei projiziert und gebaut, sie spielten dann keine zentrale Rolle mehr, wurden sozusagen zu den Stillen im Land; vieles in ihnen fiel in einen Dornröschenschlaf. Einst Grenzfestung oder sogar Freie Reichsstadt mit einer durchaus beachtlichen Kultur; heute gerade zehn- oder zwanzig- oder meinethalben auch dreißigtausend Einwohner, während die wirklichen Metropolen mindestens nach Hunderttausenden rechnen.
Aber wenn wir nach K... kamen, und es war Herbst und wir hatten noch milde Tage, dann lag in den jahrhundertealten engen Gassen und um die Häuser des Marktplatzes, so schien mir, noch etwas von dem Licht und dem Ton einer früheren, anspruchsloseren und, wie ich überzeugt war, bedeutenderen Zeit. Und die Menschen anscheinend immer noch schlichter, bescheidener als anderswo, vielleicht auch natürlicher.

Das, wie gesagt, hat mich lange bewegt und auf seine Weise durchaus fasziniert.
Es war zweifellos die mehr als übliche Unzufriedenheit von jemandem mit den gewöhnlichen Umgebungen, der sich an Besseres erinnerte. Der aus einer masurischen Kindheit herkam, in der es keinerlei Zivilisations-Humbug gegeben hatte, bloß lauter Unverstelltheit. Es war die unverhüllte Sehnsucht nach der verlorenen Nestwärme, den viel bescheideneren und menschlicheren Dimensionen.
Bilder der kleine Heike in K... in jenen Jahren. Auf dem mächtigen Balkon des großbürgerlichen schwiegerelterlichen Hauses. Im Garten unten bei den Bäumen und den Blumen der Großmutter, die sie bis ins hohe Alter hinein gepflegt hat. Auf dem hübschen weiträumigen Marktplatz. An einem der drei alten Brunnen, Eis essend.
Ja: Lange habe ich in kleinen Städten wie K... oder B... eine Art Gegenpol zu den Metropolen mit ihrer Tongeber-Rolle in puncto heutigem Lebensstil gesehen: ihrem Lärmen, ihren maßlosen Schwätzigkeiten und all dem anderen Unfug. In den kleineren Orten, so dachte ich eine Zeitlang, stößt man noch eher auf Redlichkeit, um nicht zu sagen: die von mir herbeigewünschte Unaufgeregtheit und Einfachheit.
Dieses Bild ist mir zunehmend fragwürdiger geworden. Etwa eineinhalb Jahre bevor die Heike getötet wurde, notierte ich:
Wie lange kenne ich nun diesen Ort? Ziemlich genau fünfundzwanzig Jahre, länger also als die Hälfte meines Lebens. Vermutlich werde ich noch als Greis hier in K... umhertappen, und bis dahin wird nichts weiter von Belang geschehen sein; und dann ist es vorbei.
Was habe ich hier eigentlich erlebt? Dies, das – im Grunde fast gar nichts. Aber irgendwie hänge ich doch, trotz manchem, an diesem Nest. Ich sehe inzwischen die nicht unerhebliche Enge, und daß vieles bloß gestrig ist und kleinkariert, und daß es vielen hier (vielleicht den meisten) an Be-

reitschaft oder sogar der Fähigkeit fehlt, Kritik überhaupt anzunehmen, ja daß ihnen eine gewisse menschliche Großzügigkeit, von Überlegenheit gar nicht zu reden, abgeht – und doch hat auch dieser Ort für mich *heimatliche* Züge, und ich fühle mich hier ein wenig zu Hause.

Die kleine Stadt, die so viele Jahre lang unser bevorzugtes Reiseziel gewesen ist, als unsere Tochter und dann auch unser Sohn noch klein waren, hatte mir immer klarer ihren wirklichen Charakter gezeigt. Danach waren Stilisierungen und Romantisierungen nicht mehr möglich. Es war ein erheblicher Verlust.

Doch es blieb die Verläßlichkeit der schönen Landschaft. Der Hügel und der Wälder um K..., wo sich mir großartige Bilder im blühenden Frühling gezeigt haben wie auch an Herbsttagen. Zum Beispiel in der Osterzeit, wenn wir so gut wie jedes Jahr dort waren. Dann standen einige Wälder voller Leberblümchen, Märzbecher, Himmelsschlüssel. Die Kinder haben begeistert Sträußchen gepflückt für ihre Großmutter. Ich bewahre einige sehr schöne Fotos davon auf.

Seit meine Tochter Heike tot ist, fällt das Verdikt über kleine Städte noch eindeutiger aus.

Habe ich es mir nicht allzu lange allzu einfach gemacht? (Aber dasselbe gilt dann auch für andere, Rousseau zum Beispiel, in mancherlei Hinsicht auch für Hamsun.) Und das war doch nicht wirklich so etwas wie ein Ersatz für die verlorene masurische Heimat?

Die Behinderungen für den einzelnen, der sich nicht anpaßt, sind in einem Ort, wo »jeder jeden kennt«, zermürbender als in den Metropolen mit ihrer Anonymität. Die Bedrückungen durch ein einmal ausgegebenes Gerücht, von einem begründeten Urteil weit entfernt, sind zerstörender als anderswo. Und irgendein bedenkenloser Biedermann findet sich immer, der zur Hatz auffordert. Ja: Die Schlaumeier sind, da einförmiger angelegt und engherziger, noch um eine deutliche Spur unerträglicher.

Kurz: Die Menschen (sagen wir) in Brachingen sind aufs Ganze gesehen auch nicht besser als anderswo und die Menschen überhaupt.
Und ihre Fernseher haben sie heutzutage ja genauso in den kleinen Städten, und die lassen niemanden aus: Sie sorgen dafür, daß die Welten überall immer sich gleicher und dünner werden. Oben und Unten, Rechts und Links (und was auch immer) treffen sich auf dem dürftigsten gemeinsamen Nenner.
Zuletzt kam gegen die kleinen Städte noch dies hinzu: Jemand wie die Heike hätte in ihnen nicht leben können.
Weshalb nicht?
Ich hatte mich wohl doch zu sehr von persönlichen Erinnerungen an eigene Jugendtage in zwei süddeutschen Städten beeindrucken lassen. Aber ließ sich daraus schon eine abschließende Antwort ableiten auf die gängigen Zivilisations-Albernheiten heutiger Machart?
Eine Antwort: Das mag sein und mag bleiben. Aber noch keine ganz ausreichende.

Die Bilder der Heike, bevor jene fünfeinhalb Jahre endeten, in denen sie unser einziges Kind gewesen ist.
Als sie noch vier war, fuhren wir wieder in ein Bad an die Ostsee. Der Sommer war schön geworden und warm; ich fotografierte unsere kleine Tochter mehrmals beim Baden.
Wir waren in Bremen und in Worpswede. Und im Herbst dann wieder in K... Die Heike war, die Fotos zeigen es, inzwischen schlank und für ihr Alter groß geworden: eine »lange Latte«. Sie spielte mit Puppen, und am liebsten Friseur. Manchmal mußte auch ich mit meinem Kopf dafür herhalten, und einmal hat Ilse es fotografiert.
Im Mai des folgenden Jahres reisten wir für drei Tage nach Holland. Übernachteten in Zandvoort an der Nordsee, wo bald sieben Jahre davor Ilse und ich gewesen waren auf unserer winzigen Hochzeitsreise.
Damals begann ich Farbdias zu machen.

Die Heike vor einem der letzten noch blühenden Tulpenfelder in Hillegom. Und vor einem der alten Bauernhäuser im vorzüglichen Openlucht-Museum in Arnheim: klein, allein, fast wie verloren.
Ein solches Bild fällt heraus, ist die Ausnahme. Knapp zwei Monate später, im frühen Juli, mit die schönsten Fotos, die es von ihr gibt: ein kleines hübsches Mädchen pflückt Blumen auf der großartig in Blüte stehenden Hochrhön.
Da ist sie ganz in ihrem Element.
Blicke ich auf die ersten fünf Jahre der Heike zurück:
Noch einmal: Es ist viel Fröhlichkeit auf den Bildern. Sie macht offensichtlich auch ganz bewußt manchen Spaß.
Aus der weiten Entfernung von heute scheint mir, daß sie niemals so durchgehend unbekümmert und zufrieden gewesen ist wie damals. Man darf mit Recht auf eine ausgesprochen glückliche frühe Kindheit schließen.
So ganz stimmt dieses Fazit aber vielleicht doch nicht; wann stimmt sowas je ganz.
Ich erinnre mich deutlich an ihre Scheu, zu andern Kindern zu gehen, an erhebliche Empfindlichkeiten und auch Überreaktionen.
Und wie bekannt ist mir das alles aus mir selbst heraus!
Es wurde immer offensichtlicher, wie nahe in seinem Wesen mir dieses erste unserer Kinder stand.
Auch das alles gehört zum Bild. Mindestens so sehr wie die vielen freundlichen und heute bis zu Tränen rührenden Fotos.
Ich schließe das letzte der Alben. Von nun an, wie gesagt, Dias.
Ich denke: Jene ersten sechs Jahre, die hier noch einmal heraufstiegen: in denen ein kleines Mädchen, *unser* Mädchen, neben uns aufwuchs – sie sind uns ja nicht erst fortgenommen worden, als die Heike umgebracht wurde. All das war ja schon vergangen seit bald zwanzig Jahren und lag schon weit zurück und kam so wenig noch einmal wieder wie die eigene verlorene Kindheit.

Aber zugleich war es doch dagewesen und Teil unseres Lebens und durch nichts ungeschehen zu machen, was immer auch sich noch ereignen mochte.

9

Ich komme in mein Zimmer. Auf dem Tisch liegen noch immer die Häufchen der Dias von ihr, für jedes Jahr ein Häufchen.
Ich nehme die letzten drei Fotos, halte sie gegen das Licht. Es sind nun fünf Wochen vergangen seit ihrem Sterben, und es durchläuft mich schon jetzt wie Erschrecken beim Anblick von etwas höchst Erstaunlichem: So also hat sie ausgesehen. Alle drei Bilder zeigen sie in »ihrer« Ecke der Couch im Wohnzimmer.
So also ist sie unter uns gewesen...
Dann fahren wir für ein paar Tage, sechs Tage zu den nächsten Verwandten ins Süddeutsche.
Es ist um Ostern.
Die Vorstellung einer längeren Autofahrt ist mir noch nicht wieder erträglich; wir reisen mit der Bahn.
Vorher noch einmal, wie jeden Tag, an ihrem Grab.
Fast mag ich da nicht mehr fahren, es allein lassen.

Fahrt am Rhein entlang.
Ich erkläre Felix einiges Historische und Kunsthistorische.
Am frühen Nachmittag überschlagen wir in Stuttgart einen Zug, gehen die Königsstraße hinauf zum Schloßplatz, sind angetan von dem ungezwungenen Treiben bei schönem Frühlingswetter.
Dieses Nebeneinander: Breakdancer und Heilsarmee, bäuerliche Figuren in Trachtenjanker, Bürger in korrekt konventioneller Bekleidung, daneben Rockergestalten und Punker.

Was heutzutage nicht alles zugleich und im Kontrast zueinander lebt! So ausgeprägt war das nicht immer.
Ulm – da bin ich fast schon zu Hause.
Zu Hause? Ich habe hier ganze drei Jahre gelebt, drei von nun fast fünfzig. Und wie lange ist das her!
Aber mein Vater ist hier begraben, meine Mutter lebt hier, und zwei meiner Geschwister sind hier geblieben, längst verheiratet und verwurzelt.
Meine Tochter hatte kaum Beziehungen hierher, und auch die meines Sohnes sind gering. Und ich wohne seit über zweieinhalb Jahrzehnten im Westfälischen.
Zu Hause? Heimat? Das hat wohl nicht unbedingt etwas zu tun mit der Dauer eines Aufenthaltes.
Nur zehn von fünfzig Jahren in Masuren, aber unvergleichliche Heimat. Und gar nur drei Jahre im Oberschwäbischen, aber bis heute ganz einverstanden und doch auch zu Hause. Und dazu quasi die Wahl-Heimaten: Norwegen vielleicht doch eine Spur zu entfernt im Wesen; eine bestimmte Region in Dänemark weitaus bescheidener, und doch der Seele näher.
Die letzten fünfundvierzig Kilometer: ein breites Flußtal hinauf.
Über den an dieses Tal grenzenden kleinen Dörfern die schlichten, quadratischen, weißgekalkten Kirchtürme, als oberer Abschluß ein simples Dach.
Als wäre alles noch wie früher, da ich in der Jugend auf den Sportplätzen einiger dieser Dörfer Fußball spielte. Es ist dreißig Jahre her.
So exakt kann man es angeben. Doch eigentlich ist alles noch viel länger her. Ich erinnere es aus einem andern Leben. Eher noch aus einer sagenhaften, unwirklichen Zeit.
Mein Dasein hat ja solche fernen Zeiten. Es reicht sogar zurück bis nach Masuren – und manchmal erscheint mir das schier unendlich fern und wie niemals gewesen.
Aber was heißt das überhaupt: Wirklichkeit. Ich habe ja

nicht die platte Wirklichkeits-Auffassung der sogenannten exakten Wissenschaftler, und darüber bin ich froh.
Die kleine Stadt B... zwischen den beiden sich so erheblich aufwerfenden Rändern des Flußtals. Einst eine der selbstbewußten süddeutschen Reichsstädte; nun eine immer noch hübsche Kreisstadt. Hier ging ich die drei letzten Jahre zur Schule, machte das Abitur und verließ dann den Ort für immer. Hier erlebte ich, denke ich an meinen Vater, die am wenigsten vergessene Jugendzeit. Und zwei Jahre später war er tot, und das hat mich sehr gequält viele Jahre lang, damals fast zerrieben.
Und nun ist mein Kind getötet worden, und das erscheint mir noch viel unerträglicher.
Liebe Menschen, die uns trotz ihrer üblichen täglichen Arbeit in so herzlicher Weise empfangen, sich in so unverbildeter Art mit uns abgeben, daß es uns wohltut.
Aber in mir eine kaum beherrschbare Unruhe. Bloß nicht dasitzen und immer dieselben Gedanken; und immer dieselben Fragen.
Wieder durch die alten Straßen von B..., über den weiträumigen Marktplatz, den im Norden dieses prächtige Ensemble aus Stadtpfarrkirche, Geschäften und dem Giebel des Rathauses abschließt. Dann die Stufen hinauf an den beträchtlichen Resten der alten Stadtmauer entlang zu den beiden erhaltenen Türmen auf dem Berg oben: einem dikken runden und einem zierlichen viereckigen Wachttürmchen.
Felix ist mitgegangen. Gute sechzehn Jahre hindurch hatten wir zwei Kinder. Nun noch dieses eine.
Aber wie wir oben bei dem eckigen Türmchen sind, diesen prächtigen Blick über die Dächer der Stadt unten haben, da denke ich: Hier oben stand ja mit uns auch einmal die Heike. Es war um die Mitte ihres kleinen Lebens, und ist über zehn Jahre her.
Und noch viel früher: Da bin ich, als ich dort unten zur Schule ging, hier sooft gewesen.

Und so vieles war noch nicht geschehen. Das sogenannte Schicksal hatte noch niemanden von uns zu Boden geschlagen und abgewrackt und entstellt.
Ich beklage die Veränderungen im Bild der Stadt nicht von vornherein, ich stelle sie fest. Es gab unterhalb des dicken, runden Turmes zum Beispiel ein hübsches kleines Theater aus dem letzten Jahrhundert, über seinem Eingang ein Vers von Schiller; dort habe ich die erste Opern-Aufführung gesehen, es war für mich ein beachtliches Erlebnis. Nun steht an seiner Stelle eine viel größere Stadthalle ganz nach heutiger Art.
Wie gesagt: Ich registriere das bloß, ich bin nicht ständig hier, muß nicht damit leben. Und eine weitere zu berücksichtigende Tatsache ist, daß die Stadt heute bald doppelt so viele Einwohner hat wie in den fünfziger Jahren, schon das hat sie verändert.
Aber damals war der Ort noch mehr historisch in einem gewachsenen Sinn. In manchem wohl noch so, wie er zunehmend ein bißchen unansehnlicher und grauer geworden war im Lauf der Zeit. Das letzte der Tore, manches alte Gebäude: sie waren noch nicht renoviert und herausgestrichen wie heute und nun so, als seien sie alle miteinander zu gleicher Zeit neu gewesen.
Ob im übrigen auch manche Vorstellung in den Köpfen der Leute eine etwas andere Tönung angenommen hat? Ich will es annehmen, und das wäre ja keinesfalls zu beklagen.
Eine Szene in der Erinnerung. Eines Tages ließ uns der Klassenlehrer des Gymnasiums alle aufstehen, um Angaben angeblich für eine Statistik zu bekommen.
Als erste durften sich die Kinder der Unternehmer setzen; das waren mehr als die Hälfte. Dann die von Beamten etc. – danach stand kaum noch jemand. Irgendeiner war Sohn eines Sparkassen-Angestellten, ein anderer Sohn einer Arztwitwe – immerhin.
Zuletzt standen nur noch mein bester Schulfreund und ich: unsre Väter waren Handwerker und bloß von irgendwel-

chen Firmen angeheuert und jederzeit hinauswerfbar. Und nun waren wir der letzte Rest. Und damit war das klargestellt und demonstriert.
Das war in den fünfziger Jahren, nicht im vorigen Jahrhundert. Jahre später hat der Schulfreund rückblickend gemeint: Uns nahm man dort damals doch gar nicht so richtig ernst, wir zählten eigentlich gar nicht.

Ich bin in diesen Tagen fast immer mit meinem Sohn unterwegs. Er hat kaum gezeigt, was er empfindet zum Tod seiner Schwester. Ich wurde oft schon gefragt, wie denn Ilse, wie er den Schlag hinnehmen, und ihn betreffend kann ich mich nur unscharf äußern – ich weiß es nicht.
Einmal antwortete ich: Sie haben sich gerade in der letzten Zeit gut verstanden.
Das habe ich beobachtet, es ist meine Überzeugung.
Aber irgendwann sagte er, und ich weiß nicht, weshalb: Er habe ja nicht mehr viel zu tun gehabt in den letzten Jahren mit seiner Schwester.
Unsre beiden Kinder waren, verglich man sie in ihrem Wesen miteinander, recht verschieden. Die Heike durchaus kompliziert, introvertiert, überdurchschnittlich begabt und empfindlich. Felix offener, leichter auszurechnen, robuster. Man könnte es noch einfacher sagen: Die Heike von meiner Art, Felix von der Ilses.
Sie hatten manchmal Probleme miteinander wie andere Geschwister auch.
Für die Heike fing das an mit Felix' plötzlichem Dasein; und verlor sich nie ganz, bis zuletzt nicht.
Über fünf Jahre lang, eine lange Zeit, war sie diejenige gewesen, der alleine alle Aufmerksamkeit gegolten hatte. Und dann war da jemand hinzugekommen, der neu war und unbeholfen und soviel Aufmerksamkeit auf sich zog.
Kam Besuch, so wollte man zuallererst den Kleinen in seinem Bettchen sehen...
Wieder gelegentlich gewisse Überreaktionen, obwohl wir

von Anfang an versucht haben, sie möglichst in alles hineinzuziehen, bei allem beteiligt sein zu lassen.
Es gibt hübsche Fotos, die die beiden Kinder zusammen zeigen. Fotos, auf denen auch die Heike so fröhlich und so unbeschwert erscheint wie in den Jahren davor. Auf einem der Bilder gibt Ilse Felix das Fläschchen, und die Heike gibt eine kleinere ihrem Hasen, und der hat auch ein Baby-Kleid an. Ein anderes Foto zeigt Ilse mit dem Kinderwagen im Zentrum der Stadt, und daneben die Heike, die selbstbewußt ihren Puppenwagen schiebt.
Auf mehreren der Bilder sitzen die Kinder guter Dinge zusammen in der Badewanne, liegen sie zusammen im Bett. Im ersten Winter nach Felix' Geburt fahren Ilse und die Heike zusammen im Stadtpark Schlitten; und an Weihnachten sitzt die Heike auf Ilses Schoß und drückt ihren großen Teddybär fest an sich.
Und doch fühlte Heike sich wie gesagt aus dem Zentrum gedrängt, und das hat ihr Kummer gemacht. Wie gesagt: Bis zuletzt.
Es gibt dazu ein vielsagendes von ihr gemaltes Bild; es hängt über meinem Schreibtisch. Auf seiner Rückseite hat es einen Text.
Es zeigt einen dunkel gekleideten Mann, eine Frau und ein kleines Mädchen; die drei halten sich an der Hand. Frau und Kind sind blond – die Heike kannte ja meine gewisse Vorliebe für blonde Frauen (sie war, wie Ilse, dunkel).
Der Text lautet: Dieses Bild mit Vater, Mutter und Kind soll für dich ganz allein sein. Die Blume soll nur eine Wand sein. Die zwei grünen und der eine gelbe Streifen soll auch Wand sein. Ich würde mich sehr freuen, wenn dir das Bild gefällt. Grüße und Küßchen, deine Heike.
Darunter das Datum: 6.5.1970.
Damals war sie also acht Jahre alt, und ihr nicht berücksichtigter Bruder war schon über zwei Jahre bei uns.
Aber wie hübsch, wie selbstbewußt erscheint sie auf andern Dias der Zeit!

Zum Beispiel auf jenem Foto als Prinzessin beim Kinderfasching, eine goldene Krone auf dem Kopf.

Ich sage zu den andern, daß ich zu Vaters Grab gehen will. Und da heißt es: Man müßte nun ohnehin im Frühjahr einiges neu pflanzen, das Grab sei ziemlich kahl nach den Wintermonaten, ein paar Stiefmütterchen wären gut.
Wir holen die Stiefmütterchen vom Markt, und dann fahren wir zu mehreren zum Friedhof vor der Stadt.
Man überläßt es mir, die Blumen zu pflanzen, und ich tue das erstaunlich ungerührt, fast wie etwas Gleichgültiges.
Und wie bewegt bin ich sonst immer hierher gekommen, anhaltend erschüttert über die vielen Jahre hin. Und bin ich nicht einmal bei einer ähnlichen Tätigkeit deutlich erschrocken, als ich einen Regenwurm ausgrub?
Nun grabe ich mehrere Würmer aus, und auch das berührt mich nicht weiter. So ist das nun mal, in der Erde Würmer.
Dieses überaus Ungewöhnliche: Der Tod meiner Tochter hat keineswegs dieselbe heftige Todesfurcht in mir ausgelöst wie damals, vor siebenundzwanzig Jahren, der Tod meines Vaters. Ja im Gegenteil: Nun habe ich mit einem Schlag offenbar jede Furcht vor dem Tod verloren. Er brächte mich ja in denselben Zustand wie die Heike.
Trotz allem habe ich damals nicht ganz begriffen, was das wirklich heißt: Einem Menschen wird sein Leben beendet. Ein Leben ist plötzlich absolut zu Ende. Ein Mensch, der mit einem lebte, niemals mehr da.
Doch das Schicksal (sprechen wir denn von dem Räuber Schicksal) hat wohl gemeint, mir auch diese Erfahrung nicht vorenthalten zu sollen.
Mein Vater ist nur fünfundfünfzig Jahre alt geworden.
Geboren um die Jahrhundertwende in Masuren, diesem entferntesten, fast wie kaum noch dazugehörenden Ende Deutschlands. Dritter Sohn eines sehr kleinen Bauern. Schule; Erlernen eines Handwerks. Dann doch Übernahme des kleinen Hofs, von seinem Vater dazu bestimmt vor des-

sen Tod. Die beiden älteren Brüder waren ja hinausgegangen, Offizier und Polizeibeamter geworden – die so abgelegene dörfliche Welt war ihnen wohl zu eng und vielleicht auch zu popelig gewesen.
Vater war immer gelassen und schweigsam. Er tat nichts in unangebrachter Eile. Er nannte sich Landwirt, arbeitete aber auch als Handwerker, kam zu etwas Geld, vergrößerte den winzigen Hof erheblich.
Er heiratete erst mit über dreißig. Das Hochzeitsbild: Er überaus ernst, fast erstarrt – ein Kind hätte das etwas fürchten lassen können, was ganz abwegig gewesen wäre, ich habe ihn immer nur als überaus gutherzig erlebt.
Eine Ehe für ganze sechs Jahre. Denn dann der Krieg; er machte ihn von Anfang an mit und über dessen Ende hinaus, kam in russische Gefangenschaft. Als er endlich heimkonnte, war der masurische Hof, für den er sich viele Jahre krummgelegt hatte, verloren, die Familie nach der Flucht in desolatem Zustand: in einer neuen dörflichen Umgebung am Ende des sozialen Gefüges.
Er schuftete für sie noch etwa ein Jahrzehnt in einer unvergeßbar klaglosen, gar nicht auffälligen Weise. Erwarb spät nochmals einen kleinen Hof im Oberschwäbischen. Immer behindert durch ein Leiden, das ihm die Gefangenschaft zugefügt hatte und das zu seinem Ende führte.
Auch dies ein deutscher Lebenslauf aus der ersten Hälfte unseres Jahrhunderts. Einer von denen, die heutzutage meistens verschwiegen werden.
Denke ich an meinen Vater: So sind da vor allem seine Gelassenheit, seine Verläßlichkeit, seine Güte, auch seine Verschlossenheit den meisten gegenüber.
In meiner frühesten Jugend habe ich ihn an einem Abend vor Weihnachten in Hamburg in der Mönkebergstraße beobachtet. Er überquerte die sehr belebte Straße, und ich hatte zunächst etwas Angst um ihn. Dann aber hatte ich die Vorstellung, ja Gewißheit, *er* gehe unversehrbar durch alles hindurch.

Mörike über den Vater des Horaz, der ein Mann von bescheidener Herkunft gewesen ist: Er »dachte gleichwohl edel genug, der höhern Erziehung seines Sohnes jedes Opfer zu bringen«.

Soviel, zunächst, über meinen Vater.

Sagte ich, die Heike sei sehr von meiner Art gewesen? Und ich bin sehr von der Art meines Vaters. Dies die Verbindung zwischen der Heike und meinem Vater.

In einer der Nächte in B... habe ich einen üblen Traum:

Ich träume, daß ich mit Ilse und Felix (denn die Heike ist tot) durch mooriges Waldgebiet gehe. Und mein Sohn, der etwas zurückgeblieben ist, versinkt plötzlich in einem Moorstrudel, ist augenblicklich völlig verschwunden. Ich werfe mich sofort auf den Bauch, greife hinterher, fahre mit dem rechten Arm soweit wie möglich in die Tiefe – ich erreiche ihn nicht mehr.

Ich weiß, daß ich auch dieses zweite meiner Kinder nicht mehr retten kann. Bis ich irgendwelche Hilfe da hätte, wäre es längst völlig verloren.

Ich kann ihm nicht helfen – so wie ich meiner Tochter nicht helfen konnte. Und der Raub der Heike durch ein widerliches Schicksal ist also noch steigerbar durch den Raub des zweiten Kindes.

Ich will dem Felix keinesfalls Unrecht tun. Vielleicht habe ich seine Reaktion auf den Tod der Heike bloß falsch verstanden.

Irgendwann spricht er von sich aus darüber, daß er nun ein Einzelkind sei. Und das sei nicht gut: Man stände ja ganz allein da, später einmal –.

Das bewegt mich sehr.

Vor der Schule in B..., in die ich ging zwischen dem siebzehnten und zwanzigsten Jahr. Sie ist nur zum Teil erhalten geblieben; und das noch vorhandene eine der beiden Gebäude dient einem andern Zweck.

Unlängst bin ich bei uns in W... auf den Hof der Schule ge-

gangen, die die erste der Heike gewesen ist. Ja: Wenige Monate nach der Geburt ihres Bruders mußte sie zur Schule. Dort ist fast alles wie früher. Noch da jener Brunnen, vor dem ich die Heike fotografiert habe an ihrem ersten Schultag, zusammen mit mehreren andern Mädchen aus der Nachbarschaft. Sie hatte ein rotes Kostüm an und eine zu große Schultüte im Arm.
Ich hatte mir freigenommen, um sie an diesem so wichtigen Tag zu begleiten. Ich fand, daß sie süß aussah.
Das ist sechzehn Jahre her.
In einer der weiteren Nächte in B... träume ich, ich sei auf der Suche nach einem Gedichte-Band, und dann fällt mir ein Vers von Tagore ein: ZEIT UND EWIGKEIT.
Und ich spiele mich in dem Traum vor einem Schulfreund auf, doziere: Ich kenne einen alten Bericht über eine Lesung Tagores in Deutschland, nachdem er den Nobelpreis für Literatur bekommen hatte. Er hat in seiner Sprache gelesen, und Deutsche, die kein Wort davon verstanden, waren gleichwohl fasziniert von der Musik seiner Verse, hörten ihm mit Begeisterung zu.
Gibt es eine Zeile von Tagore, die in der Übersetzung lautet: Zeit und Ewigkeit?
Ich finde in meinen Anthologien nur sehr wenige Gedichte von diesem Dichter, und nicht diese Wendung.
Es ist ja auch vielmehr *mein* Thema in dieser Zeit, nicht das eines andern. Mag sein, daß es irgendwann auch das des großen Inders gewesen ist; doch eine solche Formulierung wie die von mir geträumte hat er wohl nie gebraucht.
Was ist das, frage ich zu verschiedenen Zeiten immer wieder: Leben eines Menschen?
Ich weiß: Heutzutage gilt eine solche Frage eher als suspekt, als gestrig, zumindest als naiv.
Das ändert jedoch nichts daran, daß sie eine der wichtigsten Fragen für uns Menschen ist. Und diejenigen, die sie nicht mehr gestellt haben wollen, wissen ja auch nicht besser, was das ist: Leben eines Menschen.

Noch ein paar kleine Spaziergänge in und um B..., ehe wir wieder abreisen.
Oberhalb des Flußtals im Westen zum Beispiel. Dort, schon in den Feldern, einige Male mit Julia in einer nicht mehr gültigen Zeit. Doch, irgendwann, auch mit einer andern. Wieviel hieß das damals. Und wie fast gar nichts mehr heute. Inzwischen könnte man geradezu leichthin darüber ein bißchen scherzen. Wenn einem in diesen Wochen nach Scherzen zumute wäre. Darüber lachen; es ist inzwischen etwas für Anekdoten und lauter Unbeschwertheit.
Aber unten in der Kiesgrube hart am Rand der Höhe über dem Tal damals Vater als ein Handwerker des Betriebs; und dort wurde ihm eines Tages durch herabstürzendes Gestein ein Fuß zerschlagen; und im Krankenhaus kam dann auch auf, daß er Krebs hatte und nicht mehr lange zu leben.
Ja: Die Sentimentalitäten irgendwelcher frühen Jahre, diese Eichendorff- und »Victoria«-Empfindungen, sie sind inzwischen ganz herausgefallen aus meinem Dasein, nun für immer zurückgeblieben, das sogenannte Schicksal hat sie wie ein Stück Papier in seiner Hand zerknüllt und achtlos weggeworfen.
Oder der Bahnhof in B... Völlig renoviert in jüngerer Zeit und dabei umgebaut. Äußerst schlicht nun, um nicht zu sagen steril; ich finde mich kaum noch zurecht.
Wo links früher ein Telefon war in einem allerdings schäbigen Loch von Telefonzelle und von wo aus ich einige Male mit Julia telefonierte, ist nun eine weiße Tür installiert, mit einem Sicherheitsschloß versehen.
Oh, diese großen Veränderungen, von denen viele sagen: Verbesserungen!
Links in der Halle früher der Zeitungs- und Bücherkiosk. Dort kaufte ich mir 1952 Hamsuns »Mysterien« in der rororo-Ausgabe. Und die Romane Hamsuns: Das war einer der bedeutsamsten Anfänge in meinem Leben.
Nun stoße ich dort links auf den Fahrkartenschalter.
Die alte Stadt, in der ich das Zurschulegehn abschloß. Nun

stelle ich in meinem Verhältnis zu ihr eine radikale Veränderung fest:
Die Ereignisse meiner frühen Jugend hier, die mich solange festgehalten haben, erscheinen mir zum erstenmal so gut wie gleichgültig.
Und die alten kleinen Stätten hier, an die ich über Jahrzehnte hin Anhänglichkeit bewahrt habe: Sie bewegen mich nicht mehr.
Liegt das nur an dem anderen, viel stärkeren und (in seiner schlimmsten Erscheinungsform) wichtigeren Ereignis, das mit einem Schlag das meiste zur Bedeutungslosigkeit herabgestuft hat? Bin ich jetzt für alle Zukunft mit der eigenen Jugend fertig, die ja seit langem schon zu Ende ist?
Gleicht all das nur noch der Erinnerung auf einer Postkarte: flächig und auswechselbar?
Nach W… zurück.
In den letzten Jahren, als die Heike nicht mehr mit uns verreiste, haben wir ihr von unterwegs immer etwas mitgebracht.
Nun liegt sie auf dem Friedhof.

10

Wir kamen daheim an, als es zu dunkeln begann.
Unterwegs hatten wir viele blühende Sträucher gesehen, ganze Gärten blühend, immer wieder gefragt: Um wieviel wird auch unser Garten weiter sein nach diesen sonnigen Tagen?
Und er überfällt uns in der späten Dämmerung mit blühenden Kirschen und Pflaumen, die Felsenbirne steht in voller Blüte, auch die Zierjohannisbeere, am schönsten aber die Magnolie vor dem Schlafzimmerfenster. Und alles, alles hat stark ausgetrieben, die vielen Stauden und die Rosen und die Birken und der Jasmin. Sogar die ersten Tulpen zeigten sich schon.

Da bricht es vollends über mich herein, und stärker als an allen bisherigen schlimmen Tagen: als ich sie tot gesehen habe auf einer Bahre in einem so schäbigen Krankenhausraum; als ich Erde geworfen habe auf ihren Sarg unten in der entsetzlichen Grube, die gleich danach für immer geschlossen werden sollte.
Es ist so überwältigend Frühling geworden, und sie erlebt ihn nicht mehr, erlebt das niemals mehr. Und ich gehe noch auf dem Gartenweg, den sie eines Nachts zum letzten Mal gegangen ist und niemals mehr zurückkommen wird. Kein Frühling, der je so unerträglich war.
Und das ist nicht bloß eine momentane Schwäche meinerseits nach einer taglangen Fahrt. Am nächsten Tag ist es nicht besser, im Gegenteil: Ich ertrage all dieses Blühen nicht. Ich kann nicht draußen sein in der Frühlingssonne, und sie, die Sonne und Wärme immer so sehr gemocht hat, liegt unten in einem dunklen Sarg.
Die Uhren, meine fünf Uhren im Wohnzimmer, sind während unsrer Abwesenheit natürlich stehengeblieben; ich ziehe eine nach der andern auf.
In der letzten Zeit bevor die Heike getötet wurde, habe ich mich oft darüber geärgert, daß zwei dieser Uhren nicht mehr richtig gingen, immer wieder stehenblieben. Leider fehlte es mir an Zeit, sie zum Uhrmacher zu bringen.
Ich ziehe sie alle immer am Sonntag auf. Als ich es nach ihrem Tod weiterhin so tat, sie stellte – blieb erstaunlicherweise keine mehr von ihnen stehen, sie gehen seither problemlos.
Nicht, daß ich meine, es hätte etwas zu sagen. Es ist bloß seltsam und fiel mir auf.

Der 11. Mai: Heute ist die Heike fünf Wochen tot.
Ilse weckt mich; aber mir ist sofort irgend etwas nicht ganz geheuer. Ich sehe auf die Uhr: Es ist zehn nach sechs, nicht nach sieben.
Wie spät ist es? rufe ich ihr hinterher; sie ist bereits ins Bad

gegangen. Sie antwortet nicht gleich; dann aber kommt sie zurück, läßt wortlos die Jalousien wieder hinunter.
Wir versuchen, noch eine knappe Stunde zu schlafen. Ilse gelingt das besser als mir. Ich liege wach, fühle mich wie zerschlagen.
Schließlich schlafe ich doch noch halb ein. Und ich träume von einem Brief. Ich weiß hinterher nicht, was in ihm stand, aber ich habe das Bewußtsein von einer *Nachricht*, die zwei *Sechsen* enthielt, und diese besonders hervorgehoben, nämlich eingekreist.
Nach dem Aufwachen weiß ich zunächst nichts damit anzufangen. Habe *ich* benotet werden sollen, kamen da nur die denkbar schlechtesten Zensuren infrage? Dann wird mir bewußt, daß der 6. der Todestag der Heike ist.
Aber ist das schon alles, was mir gesagt werden sollte? Nichts weiter?
Immer stärker die Vermutung, ja Überzeugung, daß ich so vieles noch gar nicht verstehe. Und daß es vielleicht noch vieles gibt, für das wir wohl zu unzureichend und einfältig denken, um seinen Sinn zu erfassen.
Im Flur unten standen nach ihrem Tod noch ihre Schuhe wie immer; dort stehen von jedem von uns mehrere Paare Schuhe. An der Garderobe im Flur vor ihrem Zimmer blieben der Mantel mit dem Pelzbesatz und die Jacken von ihr hängen. Auf dem Bord darüber lagen weiter die beiden Hüte, quasi Herrenhüte; einen von ihnen hatte sie sich mit zu Weihnachten gewünscht, und ich hatte ihn ihr zusammen mit ihr ausgesucht.
Die Schreibplatte auf ihrem Tisch vor dem Fenster ihres Zimmers: mehrmals neu bezogen, mit den diversesten Notizen.
Eine jedoch eingerahmt: »Rainer Mahler, *15.9.1963, †17.4.1980.«
Er war ein Jahr später als sie geboren worden, ist zwei Jahre früher als sie tödlich verunglückt, mit einem Motorrad in den Tod gefahren.

Damals sagte sie: Wenn sie sterbe, wolle sie auf demselben der mehreren Friedhöfe unserer Stadt begraben werden wie er.
Nun liegt sie nur ein kurzes Stück von ihm entfernt.
Wohl auch eine Notiz aus jener Zeit: Suicide is the only way to get out, but sometimes there is a better way.
Noch ihre vielen Schallplatten. Die Illustrierten. Schon ein Reisekatalog für den Sommer, den sie nicht mehr erlebt: »Sonne 84«.
Wie liebte sie den Sommer!
Auf dem Schrank noch die vielen Spiel-Tiere, die sie so sehr gemocht hatte in der Kindheit und noch später: Teddies und Hunde aus Stoff und ein Koala.
Einmal nach ihrem Tod sagte Ilse:
Immer noch denke ich, es kann doch nicht sein, und sie kommt wieder.
Sie kommt niemals mehr.
Und eines Tages schickt man mir auch die persönlichen Dinge aus dem Schreibtisch, an dem sie arbeitete: zwei Taschenbücher, eine Schallplatte, Papiertaschentücher, eine Bewerbung.
Alles, was dort von ihr zurückgeblieben war.
Ja, es ist eine Suche. Wie bist du, meine Tochter, eigentlich gewesen?
Und natürlich, das alles ist nicht voneinander zu trennen: Es ist auch die ständige, niemals verbindlich beantwortete, niemals ganz zuverlässig zu beantwortende Frage nach dem eigenen Wesen.
Und mir wird immer stärker bewußt, daß sie einige Züge hatte wie niemand sonst von uns; und mit ihr ist das für immer verloren. Einiges seltsam Ferne, auch Schwierige, ja. Es hob sich jedenfalls deutlich vom Üblichen ab, und wieviel ist das schon, heutzutage!
So ist uns weit mehr verlorengegangen als nur der übliche Anteil eines Menschen an einer Familie. Sie hat uns manchmal mehr gefordert und oft mehr gegeben.

Als sie sieben war, Felix zwei, machten wir noch einmal einen Sommerurlaub im Unterfränkischen.
Der Höhepunkt jener Tage: Zu dritt (Ilse, Heike, ich) fuhren wir an einem sonnigen, sehr warmen Tag durch die Mainlandschaft zwischen Schweinfurt und Würzburg, auf der Boxbeutelstraße – durch jene Region, die Baedeker »überaus reizvoll« nennt und von deren altfränkischen Landstädtchen er sagt, daß sie sich mit ihren malerischen, meist nur noch aus alten Kupferstichen bekannten Ortsbildern den berühmten mittelfränkischen Reichsstädten zur Seite stellen können.
Wir waren in Volkach mit seinen Toren und alten Häusern, seiner Wallfahrtskirche in den Weinbergen. Aßen in Escherndorf zu Mittag und tranken etwas von dem berühmten Wein. Doch nicht deshalb sangen wir dann während der Fahrt, nachdem wir die Fenster heruntergekurbelt hatten.
Das schöne Kitzingen, wo ich als Erlanger Student im Haus eines Freundes vor über einem Jahrzehnt die Pfingsttage über gewesen bin. (Monate später hat sich dieser äußerlich immer so fröhliche Studienkollege das Leben genommen.)
Zuletzt das unvergleichliche kleine, noch von Mauern und Teichen umgebene Landstädtchen Prichsenstadt. Ich machte ein Bild, wie Ilse und Heike sich in einem der Brunnen die Hände kühlen. Unverlierbare Erinnerungen.
Ich sage das so schlicht, wie ich es für angebracht halte.
Und ich hielt in jenem Jahr im Foto fest, wie die Heike auf unserm Balkon Seifenblasen in die Luft pustet. Sie hatte damals hübsche Zöpfchen.
Das war noch einmal ein ganz gelöstes Bild – in jener Zeit fing sie an, ein bißchen zu posieren, zu verkrampfen, sobald ich mit dem Fotoapparat in die Nähe kam, es war nicht mehr so ganz die Unbefangenheit der früheren Jahre. Sie ging nun seit etwa einem Jahr zur Schule.
Ein weiteres Foto jenes Jahres zeigt sie in dem roten Kostüm und weißen Kniestrümpfen vor einem Gebäude im Innen-

hof eines Wasserschlosses, nur wenige Kilometer von unserer Stadt entfernt. Zwölf, dreizehn Jahre später habe ich sie einige Male morgens mit dem Auto dorthin gefahren – während ihrer Ausbildung in einer Firma, die auch in einem Teil jenes Schlosses inzwischen eine Filiale eingerichtet hatte.
Welch eine Veränderung im Leben unseres Kindes im Lauf von etwa einem Jahrzehnt! Ich aber hatte jenes alte Bild des kleinen Mädchens noch gut in Erinnerung und dachte an ihre alte Beziehung dorthin und an das schöne Foto.
Nun fahre ich an den Abenden häufiger mit dem Rad an jenem Schloß vorbei; und ich denke dann an das eine wie an das andere.
Und jede auch dieser Radtouren führt sowieso zuletzt zu ihrem Grab.
Weihnachten damals bekam sie ihren größten Wunsch des Jahres erfüllt: die Puppe »Kullertränchen«, die weinen können sollte. Doch mit unserm Exemplar gab es von Anfang an gewisse Probleme – ein Bild zeigt die Verbissenheit der Heike, die zugesagten Tränen aus der Puppe hervorzulokken. Nach meiner Erinnerung hat schließlich unser Kind enttäuscht geweint, nicht Kullertränchen.
(Schon im nächsten Jahr wollte sie eine Barbie-Puppe und bekam sie – die Fernsehwerbung jener Zeit zeigte ihre Wirkung. Man kann ja auch leicht zugeben: Eine Puppe, deren Hauptattraktion Weinen ist, kann nicht länger als allenfalls eine Saison faszinieren.)
Sagte ich, das plötzliche Vorhandensein eines Bruders habe ihr mitunter erhebliche Probleme gemacht? Doch niemals, soviel ich auch nachdenke: nicht ein einziges Mal, hat sie ihn deswegen übel behandelt.

Ich sehe auf das Leben eines Mädchens, das nur zweiundzwanzig Jahre alt wurde, und dieses Mädchen war meine Tochter. Ich erinnere mich an viele kleine Ereignisse; manche davon waren nur von momentaner Bedeutung, andere zeigen einen durchgehenden Zug.

Meine Empfindungen dabei erwähne ich so selten wie irgend möglich.
Es geht ja zuallererst um sie.
Doch ich schreibe keine Biographie meiner Tochter. Ich stelle keine Entwicklung eines Charakters dar, ich erinnere an Bilder. Allenfalls kann man sagen: Bilder einzelner Stationen, wie man sie nach Jahren noch in Erinnerung hat – wenn auch nur noch unvollkommen und verändert durch das persönliche Erlebnis.
Ich halte es überhaupt für Schriftsteller-Anmaßung, den Eindruck zu erwecken, man könne vollständige Biographien geben. Ich halte das rundheraus gesagt für unmöglich. Wir können nicht einmal eine in allem zufriedenstellende Beschreibung jenes Lebens geben, für das wir am ehesten Kompetenz besitzen: das eigene.
Und erst recht können wir das nicht mehr in unserer Zeit. Was entwickelt sich denn noch, heutzutage! Ist nicht das meiste, was wir beobachten, am ehesten Jazz? Die Abläufe der Menschenleben geprägt von den schier unglaublich raschen Veränderungen, von Hast und Hektik und den immer unverschämteren Anforderungen an den einzelnen?
Einst hatten vor allem wir Deutsche den Bildungsroman im Hinblick auf die Entwicklung von Menschen; dies unsre besondere Leuchte auf dem Gebiet der Prosadichtung. Doch freiwillig liest das heutzutage wohl so gut wie niemand mehr; und das ist mir mehr als verständlich. Denn diese Romane waren immer schon Produkte einer idealistischen Erfindung, deutsches Wunschbild und deutsche Weltfremdheit, angesiedelt im Rücken der Wirklichkeit.
Goethe schrieb einen solchen Roman, der Schule machte. So wie er eine dramatische Dichtung schrieb über die edle Menschlichkeit der Iphigenie in altgriechischer Zeit. Doch eine solche Menschlichkeit hat es in jenem Altertum nicht gegeben und so gut wie niemals. Und der Minister Goethe schrieb das, während die Strumpfwirker im nahen Apolda hungerten und die Soldaten überall in Deutschland

noch geprügelt wurden, und auch von dem Goethe so befreundeten Landesherrn höchstselbst. Und der noch nicht sechzigjährige Goethe wäre um ein Haar von marodierenden Franzosen des von ihm geschätzten Napoleon umgebracht worden, der »Faust« hätte dann nie ein Ende bekommen.

Dies also vielmehr die ewige Wirklichkeit als die Literaturprodukte aus idealistischer Grundhaltung: Hunger, Prügel, Krieg, die vielfältigsten Gefahren für das Leben des einzelnen. Hundert Jahre nach den Idealen der deutschen Klassik Auschwitz und Dresden und Hiroshima.

Und danach etwa der schiere Friede? Vierzig Jahre Friede nun schon bei uns (wie man immer liest)?

Der Schriftsteller Peter Jokostra in einem Brief: »Nach dem Ende der Nazizeit, dieses teuflischen Interregnums, haben wir nun die Orwellzeit«; und wir »machen täglich die Erfahrung, daß Krieg ist«. Die Zeichen unsrer Zeit stehen auf Rücksichtslosigkeit, auf Brutalität, auf Zerstörung.

Und die sogenannten *Zufälle*: Genau besehen sind sie nichts anderes als *Symptome* dieser verdammenswerten Zeit. Sie greifen heftiger denn je in ein Menschenleben ein und sind mächtiger als alles andere.

Auf eine inzwischen schon ganz alltägliche Weise morden sie viel häufiger als früher.

Im Herbst 1969 also mein erster Roman. Für die Werbung einer Lizenz-Ausgabe wurde ein Foto meiner kleinen Familie gewünscht.

Vierzehn Jahre später, unmittelbar nach dem Tod der Heike, hat uns der Fotograf eine gerahmte Vergrößerung jenes Bildes geschenkt.

Ich in einem Sessel vor dem Bücherregal sitzend. Vor meinem linken Arm die Heike, Felix rechts von mir stehend: er hat einen Lutscher in der Hand, ist mit dem beschäftigt. Ilse schräg hinter mir.

Die Augen der Heike leuchten. Sie trägt ein Kleid in Schottenmuster mit weißem Kragen, weißen Stulpen.

Im nächsten und auch im übernächsten Jahr fuhren wir im Sommer an die Lübecker Bucht.
Im nachhinein erstaunt es, daß wir uns zweimal auf diese Zumutung eingelassen haben: zwei Erwachsene und zwei Kinder in nur einem Zimmer.
Aber wir hatten Glück mit dem Wetter, waren die Tage über immer am Strand, saßen im Strandkorb, die Kinder spielten im Sand und am Wasser.
Die Heike, nun acht und neun Jahre alt, fand Anschluß bei zwei gleichaltrigen Mädchen; und meine Bilder belegen die Erinnerung: sie hatten viel Spaß miteinander. Vielleicht sind das die heitersten Urlaubsbilder überhaupt, die wir von unsrer Tochter haben.

Plötzlich träume ich in einer Nacht von Sonntag auf Montag von ihr! Es ist sieben Wochen nach ihrem Tod.
Und es sind gleich drei wenn auch nicht ergiebige Träume.
An den ersten, offenbar kurzen kann ich mich nach dem Wachwerden nicht mehr erinnern, soviel ich mich auch darum bemühe. Der zweite: Sie und ihr Bruder bruzzeln etwas (in einer Erdgeschoß-Halle, im Garten?) unterhalb des Studios unseres Hauses; Ilse befindet sich in dem Raum darüber. Das Gebäude macht in allem einen viel aufwendigeren Eindruck, als es unseren Möglichkeiten und der Wirklichkeit entspricht. Trotzdem ist es im Wesentlichen unser Haus mit dem schönen Glasgiebel nach Süden.
Es dampft ordentlich von ihrem Gebrutzel. Und die Heike sagt (und zum erstenmal nach ihrem Tod höre ich sie sprechen, und es ist ihre Stimme in dem Traum): Wir haben morgen Schule, da haben wir MUTIG bekommen!
Genau das sagte sie. Und das Wort mutig, das wird mir klargemacht, muß jedenfalls großgeschrieben werden.
Aber wie hatte ich das zu verstehen? Mir geht etwas Bedrückendes durch das Bewußtsein: Wieviel Angst wir alle vor dem Tod haben, und wieviel *Mut* vor ihm nötig wäre...
In dem letzten der Träume sehe ich sie nicht mehr. In ihm

ist aber ganz unverstellt von einem Todestag, ihrem, die Rede. Es fällt der 1. Juni.
Da wird sie in Wirklichkeit schon genau acht Wochen tot sein –.
Ein überaus schäbiger, ein wahrhaft abstoßender Mai geht zu Ende: lauter trübgraue, naßkalte Tage. Meist ein dürftiger, ja geradezu lächerlicher, aber unangenehmer Regen – doch nicht bessere Zeiten versprechender April, sondern Herbst.
Die täglichen Fahrten auf den Friedhof, sie sind quälend genug; aber die Witterung tut ein Übriges dazu.
Es ist erstaunlich, daß die Nerven nicht noch stärker anzeigen: Es ist übergenug.

11

Es wird Juni.
Als die Heike starb, begann gerade das Frühjahr, und nun geht das Jahr schon in den Sommer hinein.
Wenn sie bloß da wäre:
Wir würden, wie immer, ja nicht viel miteinander reden, aber an manchem warmen Abend oder an den Wochenenden in unserer schönen Gartenlaube sitzen, jeder mit was andrem beschäftigt. Oder wir würden zu dritt oder zu viert Karten spielen oder kniffeln, ein Bier dazu trinken, wie wir's oft gemacht haben in den letzten Jahren, noch im letzten Sommer, und manchmal bis in die Nacht hinein.
Wo *sie* sonst war: Nun eine absolute Leere. Ich empfinde den Abgrund, in den wir, die zurückblieben, gestoßen worden sind.

Sie starb am 6. April; und heute haben wir den 6. Juni, und ich bin in München.
Ich war nie mit ihr hier, sie ist nie in dieser Stadt gewesen.
Aber sie wollte noch in diesem Jahr hierher, und da habe ich

das spontan gutgeheißen. Wollte mit einer Freundin eine Zeitlang hier leben. Und ich sagte: Ich komme ja mehrmals im Jahr dorthin, dann lad ich dich zum Essen ein…
Und ich hätte ihr Obletter am Stachus gezeigt und ihr erzählt, wieviele der kleinen Dinge, die ich ihr in vielen Jahren von meinen Reisen mitgebracht habe, als sie Kind war, aus diesem Spielwaren-Geschäft gekommen sind.
Vorbei. Wir werden nie hier zusammen stehen und darüber reden, und weitergehen und von unseren Erinnerungen sprechen und den Plänen.
Durch die Innenstadt. Ich sehe die Damen und die Alltäglichen und die Schlunzen, die offensichtlichen Manager und die Krachledernen, die jungen Menschen der unterschiedlichsten Art, alte Weiblein, Nonnen und Penner.
Ich bin sehr im Zweifel, daß das die richtige Umgebung für die Heike gewesen wäre. Sie wie ich sind wohl nichts für die großen Städte: Wir sehen lieber über eine Wiese, auf Kühe, Pferde oder Schafe; haben lieber den Garten, der voller Vögel ist, und wir vertreiben die Katzen, die manchmal hinter ihnen her sind, dieses Raubvieh. Wir halten uns an das Überschaubare, Bescheidenere, die wenn möglich einfachen und eindeutigen Empfindungen.
Und nun zum erstenmal nach ihrem Tod wieder hier. Und immer noch in der Nähe von Obletter. Und nun gehe ich sogar zu einem der Schaufenster, wie man zu einem Bekannten geht. Es ist voller Trachtenpüppchen; und das nächste ist dekoriert mit Steiff-Tieren. Und gerade solche Sachen mochte sie, so etwas habe ich ihr von hier mitgenommen.
Und noch höre ich, wie sie dann sagte: Odanke! Es mit einem stark betonten A sagte; sich freute.
Die mir folgende Generation, der sie angehörte, eher als ich *vernichtet*. Ich bin mir dadurch jedenfalls entschieden gleichgültiger geworden. Gäbe es nicht weitere Menschen, die mir etwas bedeuten, so sagte ich jetzt: Ich erscheine mir überflüssig. Und damit wäre es gesagt.
Mittags im Spatenhaus vorm Nationaltheater. Wie immer

esse ich die Spezialitäten der Region: Leberknödelsuppe, Weißwürste. Und habe dabei einen Kloß im Hals wie seit Wochen. So kann man doch nicht essen; ich habe die größte Mühe, Tränen zurückzuhalten. Besonders das linke Auge wird immer wieder feucht, macht mir die scheußlichsten Schwierigkeiten.

Hier habe ich früher oft mit einem väterlichen Freund gesessen, einer Berühmtheit seit einem halben Jahrhundert. Und dies war eins der Lokale, in das ich auch mit der Heike zum Essen gegangen wäre. In meiner Vorstellung ist alles schon aufs Beste arrangiert gewesen...

Diese zwei Tage hier, allein, sind eine einzige ausgeklügelte Folter. Als ich abreise: Da bin ich völlig mürbe, kraftlos, inwendig wie mit grobem Sandpapier bearbeitet.

Es ist eine Rückkehr nach der Folterung. Mir ist wieder etwas mehr klargemacht worden, was das bedeutet: Man hat sie umgebracht.

Wieder daheim.

Morgens vor der Arbeit fahre ich auf den Friedhof. So bekomme ich wieder einen angemessenen Maßstab für alles, was im Lauf des Tages in meiner Schule sich ereignen wird und was mich in meiner jetzigen Verfassung wesentlich mehr mitnimmt als früher.

Wann beginnt die Auseinandersetzung des einzelnen mit der Umwelt? Seiner Umgebung. Einzelnen Figuren dieser Umgebung. Dann wohl auch seiner Zeit.

Und wann hat ihn das zerrieben, aufgebraucht, aber manchmal auch vorzeitig wie auf einer Treibjagd erledigt, mit einem willkürlichen Schuß von vorn oder auch von hinten niedergestreckt?

Anders gefragt: Wann wird einem bewußt, daß man wehrlos ausgeliefert ist?

Wann wurde es der Heike bewußt?

Ahnte die Zwei-, die Dreijährige es schon, als sie nicht zum Sandkasten unten mochte, wenn Gleichaltrige dort waren, unter denen sich immer einer befand, der einem das Spiel-

zeug wegnahm, die Sandkuchen kaputtmachte, zu stoßen und zu prügeln anfing?
Oder wurde es ihr klar, als sie ein Dackel, dem sie sich in der freundlichsten Weise genähert hatte, ansprang und umwarf, und der Einfaltspinsel von Besitzer auch noch lauter dummes Zeug gegen das Kind vorbrachte, statt sich zu fragen, weshalb er nicht auf den Hund aufgepaßt hatte?
Merkte sie es spätestens in der Schule, die noch die meisten von uns ramponiert und mit Stoffen für Alpträume versorgt hat?
Daß es für jeden von uns die ewigalte Geschichte ist vom Aufeinanderprallen der Egoismen? Und daß dann in der Regel die Gefühls- und Gedankenärmsten, man nennt das: die Robustesten, am weitesten kommen?
Und daß zu denen die Heike niemals zu rechnen war?
Schon in der Grundschule bekam sie gewisse Probleme. Sie ist zweifellos begabt, sagte eine Lehrerin zu uns, *aber zu still*.
Eine Freundin, ein durchaus nettes Mädchen, war, offengesagt, etwas weniger klug, ergriff aber unausgesetzt das Wort, und das wurde nicht als vorlaut, sondern sehr positiv bewertet.
Die Heike, nicht ohne Ehrgeiz, erzählte uns davon und ärgerte sich darüber.
Man kennt auch jetzt noch das Wort von den »Stillen im Land«; doch hat man ihm noch nie einen so negativen, um nicht zu sagen: abqualifizierenden Akzent gegeben, indem man nun jene Zeitgenossen darunter versteht, die törichterweise ihr Licht unter den Scheffel stellen, wo doch nachgerade jeder Trottel weiß, daß sich die Lautesten am besten durchsetzen.
War eine Arbeit der Heike (doch ich will nicht verschweigen, daß ich auch von mir rede) sehr gut, so fand sich immer noch ein Grund, ihr nicht die beste Note zu geben; dem fehlte es manchmal nicht an unfreiwilliger Komik. Und war sie mal schwächer neben anderen Schwachen, so war garantiert sie es, der im Vergleich mit den anderen ein klitz-

kleines Pünktchen nicht gutgeschrieben wurde, das zum Ausreichend noch gelangt hätte.
Anders gesagt: Man hat es todsicher noch jedesmal hinbekommen, daß die »Stillen im Land« etwas weniger gleich bewertet wurden. Wir waren zwar mit dabei, das ließ sich leider nicht vermeiden, aber natürlich von vornherein mit geringeren Zugeständnissen als die andern. Das alles war für unser Selbstbewußtsein verhängnisvoll, um nicht zu sagen katastrophal, und wir waren daher auch stärker gefährdet.
Geschah ausnahmsweise einmal das Wunder, daß wir genauso viel zugestanden bekamen wie andere, so war die doppelte Anstrengung und Leistung unsererseits vorausgegangen. Ganz bestimmt.
Natürlich mußten wir selbst an diesem eigenartigen Phänomen einer chronischen Unterbewertung schuld sein – denn fand sich etwa einmal ein anderer als Schuldiger? Und es hatte ja auch tatsächlich etwas mit unserer Bescheidenheit, Reserviertheit, dem Linksliegenlassen von Beziehungen, also letztlich unsrem Stolz zu tun. Wir biederten uns niemals an, traten lieber scheu beiseite – manchmal allerdings maßlos enttäuscht und auch im Innersten beleidigt.
Gelegentlich platzt einem der Kragen. Mir genauso wie anderen. Dann sehe man sich vor! Es geschieht aber wohl zu selten.
Die Heike bekam eine Zeugnisnote in Deutsch, die nicht ihren Fähigkeiten entsprach. Ich ließ mir unverzüglich einen Gesprächstermin bei dem dafür verantwortlichen Kollegen geben.
Die Heike sei zweifellos begabt, hörte ich wieder, aber leider *zu still*. Und da die Note im Mündlichen, wie ich doch selbst wisse, für die Gesamtnote mit entscheidend sei, habe er seine Entscheidung so treffen müssen...
Da verlor ich die Geduld. Das sollte sich nicht endlos fortsetzen!
Ich trieb den Mann mir gegenüber mit einer mir unübli-

chen, durchaus rücksichtslosen Standhaftigkeit in die Enge. Es brach ihm der Schweiß aus...
Ich stand auf und verabschiedete mich. Die Deutsch-Noten der Heike waren danach übrigens regelmäßig besser...
Warum ging ich nicht öfter so vor?
Zum Beispiel nicht gegen jenen Spießer, der mich einige Jahre später rundheraus zu bedauern anfing, weil die Heike (der nichts so sehr zuwider war wie Bekleidung à la mode) eine schwarze Anzugjacke von mir, ausgetretene Turnschuhe trage – das müsse doch ärgerlich für mich, einen Lehrer sein. Seine eigene Tochter, fügte er hinzu, habe es ihm inzwischen *gedankt*, weil er ihr in einer bestimmten Phase ihrer Entwicklung öfter eine runtergehauen habe, wenn sie sich nicht »wie üblich« benahm.
Gott erhalte dich, du Tropf, samt deiner Tochter! Glaub mir: Das meine ich sogar ernst! Ich bedaure nur, dir damals nicht in den Hintern getreten zu haben...
Und was meine Tochter betrifft: Sie ist ja nun tot, und jeder Stein des Anstoßes ist damit zuverlässig beseitigt...
Und warum bin ich nicht gegen jene offensichtlich beschränkte ältere Ärztin vorgegangen, deren einzige mir bekanntgewordene Reaktion auf die Tötung der Heike so gelautet hat: Was hat denn ein Mädchen noch nachts an einer Straße zu suchen...
Allen Ernstes: Geäußert zu unserer Zeit, und von einer Ärztin...
Damals, als die Heike elf oder zwölf war, passierte auch die Geschichte mit einer sogenannten Freundin. Wie gut kannte ich auch solche Schäbigkeiten aus der eigenen frühen Jugend!
Ja: Ich wurde so oft aufgeschreckt, widerwillig fasziniert davon, wie Konstellationen und sogar Ereignisse sich wiederholten, wie ich sie verblüffend ähnlich knapp dreißig Jahre früher erlebt hatte.
Die Heike glaubte gutmütig, eine Freundin zu haben. Das ging eine Zeitlang, dann kam ein anderes Mädchen dazu,

und die Heike war von einem Tag zum andern ausgebootet. Das handhabten die beiden andern so radikal, daß kaum noch ein Gespräch, geschweige denn mehr zwischen der Heike und ihrer bisher guten Bekannten möglich war.
Die Heike kam sich schäbig ausgetrickst vor, und sie litt offensichtlich darunter. Ich sagte sinngemäß dies: Wenn sie sich nun so verhält, dann weißt du doch jetzt, was du von ihr zu halten hast, und das ist doch auch etwas wert.
Die Fotos aus jenen Jahren, als die Heike zehn und elf und zwölf war: Das meist nur angedeutete, aber nun doch unübersehbar *Schüchterne* in den meisten Situationen. Eine gewisse Zaghaftigkeit. Schon mag sie gewußt oder doch geahnt haben: Sie wurde meistens benachteiligt. Besser, man näherte sich allem eher vorsichtig.
Und wo schließlich andere vielleicht nur ein paar Kratzer abbekommen hätten, wurde sie umgebracht.

Immer wieder sehe ich sie. Weil ich sie überall suche?
Eines Morgens sitzt in einem Auto vor mir eine junge Frau, bei deren ungefährem Anblick es mir durch die Vorstellung zuckt (und im ersten Augenblick ist es fast ein Erschrecken): die Heike!
Ich bleibe hinter diesem Auto. Soweit ich das sehen kann: Diese unglaubliche Ähnlichkeit!
Dann muß ich abbiegen; die Frau aber fährt geradeaus.
Soll ich hinterherfahren?
Die Heike ist doch tot!
Nur kurze Zeit darauf in Großenbrode in Holstein beim alten Fährhafen im Angesicht der Vogelflug-Brücke ein Mädchen im Profil, das aus einiger Distanz der Heike zum Verwechseln ähnlich sieht.
Sie steht auf dem kleinen Parkplatz bei einem Fahrrad, und sie hat einen bescheidenen Rucksack auf dem Rücken, es ist ein anrührendes Bild...
Die Ähnlichkeit war auf den ersten Blick so stark, daß ich mich beim Nähergehen scheute, nochmals hinzusehen.

Aber sie war etwas kleiner als die Heike. Und die Heike hätte kaum einen solchen Rucksack getragen. Sie tat leicht mal etwas Ungewöhnliches, Verblüffendes; doch ich konnte mir nicht vorstellen, wie sie auf einen Rucksack hätte verfallen können.
Oder: Schräg gegenüber einer Gaststätte, an der ich täglich vorbeikomme, sehe ich eines Tages ein Mädchen vor einem Auto stehen. Es ist zunächst bloß die Körperhaltung, die mich an die Heike denken läßt. Doch dann erschien mir das Mädchen der Heike so ähnlich, daß ich dachte…
Bald danach sah ich sie in einer unsrer kleinen Nachbarstädte vor einem Uhrenladen. Es war am Abend kurz vor Sonnenuntergang; ich fuhr auf einer meiner Radtouren vorbei. Ich hielt gleich darauf an, sprang ab – da war sie verschwunden, ich nehme an: durch den Flur ins Haus gegangen.
Es sind vor allem das schmale Gesicht, das leicht betonte Kinn gewesen, und auch die Frisur, wie sie sie zuletzt gehabt hat. Einige Bilder zeigen sie uns noch so.
Zum bislang letzten Mal sah ich sie vor wenigen Tagen in einem kleinen auffallend dunklen Auto: einer Luxusversion eines an sich sehr häufigen Modells. Ich sah eine junge Frau von der Seite, und das sehr rasch, sie fuhr sehr flott vorbei. Aber die Illusion war diesmal so vollkommen wie wohl noch niemals vorher, daß ich einen Moment lang vage dachte: Vielleicht ist sie wirklich nur von uns fortgegangen und führt ihr Leben weiter irgendwo von uns entfernt, und auf der Bahre und im Sarg: Das war sie doch gar nicht.

In Wirklichkeit wird es zwischen den Enden der Ewigkeit niemals mehr diesen einen Menschen geben: *sie,* die Heike.
Und irgendwann denke ich auch dies:
Indem du einem Kind zum Leben verhilfst, hast du dich zum Scharfrichter gemacht: ein Todesurteil ausgesprochen.
Notiz:
Und er krampft die Hände zu festen Fäusten, als wolle er er-

starren und dann so verharren, Reglosigkeit gewinnen, dem Schmerz damit entkommen, Tränen verhindern.
Eins der zutreffendsten Fotos von der Heike aus jener Zeit, ich hatte von dem Dia ein Poster machen lassen und es ihr geschenkt, sie hatte es bis zuletzt in ihrem Zimmer hängen, und nun befindet es sich in dem Flur davor, so daß man ihr Gesicht gleich lebensgroß vor sich hat, wenn man die Treppe hinaufgeht:
Die Zwölfjährige steht da und lächelt. Ihr braunes Haar ist glatt, das Gesicht schon ganz ausgebildet mit dem leicht betonten Kinn. Doch schaut einen noch ein Kind an; und die umgebracht wurde, war eine junge Frau.
Ich erinnere mich gut daran, wie dieses Bild entstanden ist: Im Spätsommer, frühen Herbst jenes Jahres waren wir mit Freunden nach Cuxhaven gefahren, und als wir durch den Hafen schlenderten, habe ich einige Fotos von den Meinen gemacht.

Auch der Juni geht zu Ende, sie ist nun bald ein Vierteljahr nicht mehr bei uns. Mir ist das immer noch wie nicht wirklich, sagt Ilse; ich denke, es kann nicht sein.
Wie töricht führen wir uns auf in unsern Gedanken und Vorstellungen! Und ich wohl am kindischsten. Aber mein großes Kind kehrt niemals mehr in unser Haus zurück.

Eines Tages greife ich zu den mir erreichbaren Lexika, schlage das Stichwort *Schicksal* nach.
Man referiert die sogenannten geisteswissenschaftlichen Erkenntnisse. Schicksal, heißt es unter anderem, sei das, was dem Menschen an Außergewöhnlichem widerfährt: »tief in sein Leben eingreift und mit seiner Wesensart oder seinen Wünschen in Widerspruch steht.«
Nun gut, darauf könnte man, durchschnittliche Intelligenz vorausgesetzt, wohl auch selbst kommen.
Weiter: Als Schicksal gelte auch »das Ganze eines Lebenslaufs, sofern dieser nicht durch eigenes Handeln oder Stre-

ben, sondern durch Verhältnisse und Mächte bestimmt wird, auf die der Wille keinen Einfluß hat«. Folglich kann Schicksal »als eine überpersönliche und übernatürliche Lenkung des menschlichen Geschicks empfunden werden«. Oder (nach einem andern Lexikon) als die »Macht, die den Lebensweg des Menschen bestimmt«.
Hört sich das alles nicht einigermaßen einleuchtend, sprich: unwissenschaftlich, an?
Die *Macht*, die den Lebensweg des Menschen bestimmt, ohne sich um seine Wünsche zu kümmern.
Ja. Und auch den folgenden Allgemeinplatz kann man noch hinnehmen: Schicksal begegne dem Menschen »als dunkle Verkettung aller Lebensumstände *oder als Zufall*«.
Und dann ist die Rede von der Haltung des Menschen dem Schicksal gegenüber und was das für Religion und Ethik besagt. Ich überfliege es bloß. Aber mir leuchtet schließlich die philosophische Ansicht ein, die Schicksal als *Aufhebung der menschlichen Freiheit* erklärt.
Menschliche Freiheit! Was für ein gewaltiges Wort! Und seit ich das Bild in mir habe von der brutal umgebrachten Heike am Straßenrand, den Körper zerstört, ertrage ich einen solchen Begriff nicht mehr, es ist schieres Geschwätz.
Sogenanntes *Schicksal*: Nun will ich auch dir meine Meinung zukommen lassen, du hast sie dir redlich verdient! Nun soll hier von *meiner* Haltung dir gegenüber die Rede sein!
Gehe ich davon aus, wie ich selbst dich erlebt habe: als den brutalen Vernichter eines absolut guten Menschen, so bist du deinem Charakter nach am ehesten irgendwelchen Steinzeit-Wilden und Vorzeit-Barbaren an die Seite zu stellen oder altorientalischen Despoten, die als die denkbar schlimmsten Menschenschinder in die Geschichte eingegangen sind und vor deren Brutalitäten wir uns noch nach Jahrtausenden entsetzt und angewidert abwenden. Oder neben die feigsten Mörder unter den reißenden Tieren, die sich niemals auf eine offene Auseinandersetzung einlassen, sondern von hinten kommen und sich sogar dafür die

Wehrlosesten suchen, um dann mit noch blutigem Maul ungesehen im Schlupfwinkel zu verschwinden.
Du bist das schlechthin Unedle in der Welt, die Gemeinheit, die immer wieder anschaulich werdende Niedertracht.
Dieses Denkmal möchte ich dir, Schicksal, setzen.
Ein Mensch kann Größe erreichen. Das Leben der Heike, deines wehrlosen Opfers, dauerte nur zweiundzwanzig Jahre, aber es hatte in vielem seine eigene Größe. Du bist bloß ein blinder und empfindungsloser Räuber.
Ich rede das nicht so daher, ich besitze den Beweis für deine Erbärmlichkeit.
Wie bist du noch, allmächtiges unbezwingbares Schicksal?
Wenn wir Menschen (sagen wir: von Staats wegen) unsere Gemeinschaft so organisierten wie du, Schicksal, handelst, so läse sich das Ganze wie die Geschichte eines Irren, der zu unbeschränkter Herrschaft gekommen ist: Täglich würden zahllose Menschen grundlos umgebracht (erschossen, vergiftet, enthauptet, gevierteilt etc.) nach völlig undurchschaubarer Wahl. Vielleicht ließe man den größten Deppen im Land auf irgendwelche Zeichen zeigen o. ä.; es könnte jeden treffen und jeden nicht, die Willkür wäre total.
Wenn es aber doch nicht der völlige Zufall war, wenn dahinter irgendeine Vorstellung stand: So war es nicht nur absolut ungerecht an unserm Kind gehandelt, sondern auch schändlich an uns, seiner Familie. Deren Gutmütigkeit, Redlichkeit, Bescheidenheit sicher außer Frage steht.
Und man komme mir nicht mit dem Geschwätz, daß wir Menschen zu beschränkt angelegt sind, um jede Tat einer höhern Instanz zu begreifen, aber grundsätzlich sei sie wohlgetan.
Von einer über uns stehenden Instanz (für die wir bezeichnenderweise nicht einmal eine allgemeinverbindliche Bezeichnung haben) ist doch wohl zu erwarten, daß sie uns über den Sinn der zentralsten Fragen unsrer Existenz nicht völlig im Unklaren läßt. Ein halbwegs zivilisierter Mensch prügelt doch auch nicht plötzlich stumm auf seine Kinder

ein, statt sie lieber mit verständlichen Äußerungen zu überzeugen.
Man mag der Macht des Schicksals gegenüber eine Milbe und eine Null sein; aber eine solche Null ist doch niemand, um nicht dies zu erkennen: Der Charakter des Schicksals erreicht bei weitem nicht den Rang von zivilisierten Menschen, sondern er gleicht dem von triebhaft handelnden Wesen, für die moralische Grundsätze nicht gelten, so daß man nach einem Sinn in ihrem Tun besser erst gar nicht fragt.
Ein grenzenloser Zorn füllt mich aus gegen dieses sogenannte Schicksal. Eine hilflose *menschliche* Wut.
Wer ist denn verantwortlich für all die unbestreitbare schreiende Ungerechtigkeit in der Welt? Als wir Kinder waren, brachte man uns dazu allerdings etwas bei (»fürs Leben«, wie es hieß). Darf ich nun fragen: Wer ist es, der diese Ungerechtigkeit duldet, wie's den Anschein hat: ewig gleichgültig darauf herabsehend? Oder wer verhindert sie jedenfalls nicht?
Du hast es jedenfalls entschieden zu weit mit meinem Kind und mit mir getrieben, Schicksal. Sogar für Gangster-Syndikate kann ich noch ein gewisses winziges Begreifen aufbringen: sie morden selten völlig ohne Motiv. Dir gegenüber aber, grotesker Schmarotzer, wäre jedes Verstehenwollen unangemessen: Denn um dir eine gewisse Aufmerksamkeit zu erhalten, ist dir jedes Mittel recht: verschaffst du dir ungeniert die Interessantheit des Räubers und Mörders.
So bist du schlechthin das Niedrigste, was ich kenne.
Nein: Kein geduckter Gang gegenüber dieser allmächtig scheinenden Macht namens Schicksal, allmächtig bloß durch die Möglichkeit der brutalen Unberechenbarkeit!
Ich bin ein noch aufrecht stehender Gegner. Mir kann hinterrücks ein Bein gestellt, ich kann in den Rücken gestochen werden. Aber ich bleibe *Gegner* bis zu meinem letzten Atemzug. Ich winsle nicht und gebe die menschliche Wür-

de nicht auf. Bleibe *Mensch* gegen das sogenannte Schicksal. Ich hab die Faust gegen dich in der Tasche geballt. Aber du bist so minderwertig, daß deinem Niveau Schlagring und Klappmesser angemessener sind. Ich kann dich nur abgestoßen verachten.
Man sehe in mir den entschiedensten Gegner des Schicksals, den es je gab und irgendwann geben wird.
Von niemandem will ich mich darin je übertreffen lassen. –

In der ersten Hälfte des Juni haben an den Straßenrändern Hahnenfuß und Taglichtnelken geblüht, vor allem: Margeriten in Menge; ich pflückte jedesmal einen Strauß der schönsten von ihnen für das Grab der Heike, fand bald auch einige Kornblumen dazu. Nach vielem Regen zeigten sich die Wiesen, die Bäume so saftig grün wie selten in einem Frühjahr.
Und während der Juni endet, werden die Wiesen gemäht; ich beobachte auch das vom Fahrrad aus. Es riecht kräftig und schwer nach dem welkenden Gras. Die Gerstenfelder bekommen Ähren. Im Garten sind die Rosen aufgebrochen. Der Frühling geht schon in den Sommer über.
Ja, ich war viel mit dem Rad unterwegs in diesem Frühjahr. An manchen Wochenenden und sogar unter der Woche nach Feierabend noch über fünfzig Kilometer. Ich trieb es manchmal bis an den Rand der Erschöpfung.
Und ich wählte die Route weiterhin so, daß sie schließlich zum Friedhof führte. Und einen Strauß Feldblumen bringe ich meinem toten Kind jedesmal mit.
Und ich stehe vor dem Grab und spreche immer noch zu ihr, in Gedanken und manchmal auch vor mich hin...
Die sogenannten vernünftigen Menschen würden mich für wunderlich halten, bekämen sie mit, daß ich mein Kind immer noch bitte, mir ein Zeichen zu geben. Zum Beispiel bei völliger Windstille eine bestimmte Blume deutlich zu bewegen. Laß die gelbe Rose aus dem Glas fallen! sage ich; stoß sie raus!

Aber niemals geschieht etwas Ungewöhnliches; die Rose bleibt völlig unbewegt, soviel ich auch rede und warte. Die Heike ist tot. Jede Verbindung von ihr zu mir ist für immer beendet.

12

In diesem so schwer erträglichen Sommer ein kleiner Urlaub in Marielyst auf der dänischen Insel Falster. Richtiger gesagt: In dem von uns allen immer so sehr geliebten Marielyst.
Besonders die Heike ist immer so gern dorthin mitgefahren. Und kann das nun niemals mehr.
Am Abend vorher an ihrem Grab. Und ich erinnere mich in vielen Einzelheiten, daß sie noch vor vier Jahren, als sie schon achtzehn war und volljährig, mit uns dorthin gereist ist. Als ich sagte: Wir wollen wieder nach Marielyst – kommst du mit?, da hat sie sofort und mit großem Nachdruck geantwortet: Nach Marielyst – *immer*!
Und nun liegt sie in der Erde... Und ich kann nur noch völlig sinnlos zu ihr sprechen und sagen wie zum Trost: Ich bin ja bald wieder hier...
Ein sonnig-diesiger Vormittag.
Wir sitzen an Deck der »Gedser« in gedämpft freundlicher Wärme. Nach etwa zweieinhalb Stunden Seereise taucht aus dem Dunst über dem Wasser die dänische Südküste bei Gedser/Gedser Odde auf: jedesmal Urzeit-Land, das aus dem Meer sich erhebt wie etwas völlig Archaisches. Flaches Land, über dem sich dann bald die Gebäude des Fährhafens abheben, die bescheidenen Fischräuchereien, die kleine Kirche und im äußersten Osten des Landes der helle Leuchtturm.
Wie sehr kennen wir das; und wie kannte und mochte es die Heike! Wie oft sind wir hierher gekommen in den letzten fünfzehn Jahren: auf diese schlanke Insel, die immer im

Wind des Meeres liegt, Getreide- und vor allem Zuckerrüben-Land, von Stürmen sooft überbraust, daß viele der alten Bäume ganz schräg stehen gleich ramponierten Invaliden...

Und der schöne, so wenig mitteleuropäisch (zum Zwecke des größten Profits) organisierte Sandstrand von Marielyst und Bøtø! Hierher immer wieder mit unseren Kindern; und nun werden wir eins von ihnen niemals mehr mitbringen.

Wir stehen noch hoch an Deck, während die »Gedser« ins Hafenbecken steuert. Und wieder erstrebe ich eine gewisse Bewegungslosigkeit in meinem Innern...

Schon in der ersten Nacht träume ich etwas von einem Friedhof und meinen Gräbern.

Sie liegen in dem Traum an einem sanften Hang (so wie mein Vater vor siebenundzwanzig Jahren in B... an einem Hang beigesetzt wurde); und die Oberfläche von allem ist ockergelb, d. h. es ist nackter Schotter, ohne jeden Schmuck. Die Tristheit, absolute Armseligkeit dieser Grabanlagen wird noch unterstrichen durch die Enge unter ihnen, sie sind wie Teile eines Puzzles aneinandergepreßt. Eins meiner Gräber liegt dabei quer, das andere längs.

Und wie ich mich ihnen nähere, ist unmittelbar davor ein anderer Trauernder damit beschäftigt, eigenhändig eine Grube auszuheben. Und ich gehe rasch an ihm vorbei, da ich nicht mitbekommen möchte, wenn er vielleicht ein Gebein eines früher hier Beerdigten nach oben wirft.

Träume! mag man abwertend sagen. Was ist denn das schon! Sind das nicht bloß zufällige Hirngespinste! Themen, wie man sie in irgendwelchen obskuren Traumbüchern findet von den alten Ägyptern bis in unsere Tage! Wer wird denn sowas ernst nehmen!

In meinem bislang letzten Roman, dem endgültig letzten eines zu Ende gegangenen Lebens, setzte ich vor allem auf den Traum. Niemand, nicht *eine* Rezension, sprach je davon –.

Und nun konnte man unlängst einen kleinen Bericht in einer angesehenen Monatszeitschrift unter dem Titel lesen: »Träume sind Schwerstarbeit«.
Die Hirnforschung habe mit modernster Technologie erhärtet: DER TRAUM IST WIRKLICHER ALS DIE WIRKLICHKEIT.
In keinem andern Bewußtseinszustand arbeite das Gehirn so stark wie während der Traumarbeit. Im traumlosen Tiefschlaf verbrauche es weniger Energie als in der Hektik des Wachbewußtseins; im Traumschlaf dagegen werde *mehr* Energie verbraucht als im Wachzustand.
Träume strapazieren also unsere Geisteskräfte mehr als das wache Leben. Sie scheinen also »keine Sinnestäuschungen zu sein, sondern anspruchsvolle Kopfarbeit«.

Unser schönes Haus 1972 in Marielyst am Kamillevej!
Die Kinder schaukelten gern; oder wir spielten mit ihnen auf dem Rasen hinterm Haus Boccia. Die Heike mit ihren langen dünnen Beinen.
Die Ostsee war in jenem Jahr so warm, daß wir jeden Tag badeten, manchmal mehrmals.
Ich suche das Haus, in dem wir damals gelebt haben in glücklichen Wochen, und ich finde es, und es ist fast unverändert. Finde es zwar nicht gleich, alles ist über zehn Jahre her, die Bäume und Sträucher zur Straße hin sind stark gewachsen, überragen nun das flache Haus aus großen weißen Steinen erheblich, schirmen es ab.
Aber ich habe großes Glück: niemand wohnt gerade hier. So gehe ich um das Gebäude, komme hinten zur Terrasse, auf deren kleiner Mauer einst unsre Kinder so gern saßen, ihre Späße machten und lachten.
Doch diese Mauer gibt es nicht mehr, ein neuer Besitzer (ich las einen andern Namen am Briefkasten) hat sie abgetragen. Und hier ist die Heike so glücklich gewesen, in der Mitte ihres kleinen Lebens.
Das Haus wird, wie damals, gut in Ordnung gehalten. Ich

schaue durch die großen Glasfenster ins Wohnzimmer und erkenne vieles wieder: *Wie gut ist es uns damals hier ergangen*! Es liegt ja ein *Glanz* über vielem bei der Erinnerung daran. Wir saßen stundenlang am Rand der Dünen zum weißen Sand und zum Wasser hin, bis es auf den Abend ging und kühler wurde; und dann meistens eine weitere Stunde in den noch warmen grasbestandenen Dünen.
Einer der Urlaube hier fiel in die Juni-Zeit: morgens riefen Kuckucke in den noch jungen Baumanpflanzungen um die vielen Sommerhäuser. Und Laub und Gras hatten noch ihr frühes ungebrochenes Grün... Und am ersten Abend brannten am Strand unten viele Kilometer weit die Mittsommernachtsfeuer, und die Familien der Einheimischen hatten sich eingefunden mit leuchtenden Augen, und manche Flasche kreiste...
Wenn ich heute gefragt würde, welches eigentlich die schönste Zeit war mit unsern beiden Kindern, nicht die aufwendigste und spektakulärste, sondern die einfach-glücklichste: Ich würde ohne zu zögern sagen, daß es die Marielyst-Urlaube zu Beginn der siebziger Jahre gewesen sind.
Was denn fehlte uns damals? Offenbar nichts. Unsere finanziellen Mittel zwar waren begrenzt, wir mußten uns unbedingt einschränken, aber das war unerheblich.
Daß man es doch selten erkennt, wenn man einen Höhepunkt erlebt und passiert und hinter sich lassen muß. In der Zeit vor dem Tod der Heike hatte ich eine ziemlich törichte Phase, in der mir die Zeit seit der frühen Jugend als überwiegend mittelgrau erschien, die wirklich hochfliegenden Träume waren nicht in Erfüllung gegangen.
Was für einen Unsinn ich mir einredete! Wie ungerecht das war gegenüber der Familie, den Kindern!

Halber Mond. Es ist im Lauf des Nachmittags windiger geworden, das Meer rauscht stärker herüber.
Ich eile, stolpere den Pfad durch den Waldgürtel vor Dünen und Strand, es bläst erheblich. Ich laufe durch die Dünen

und zum Sand hinunter, komme ans Wasser. Das Mondlicht liegt in einem diffusen Streifen über dem Meer zu mir her. Ich höre eine Zeitlang dem Brausen der Wellen zu.
Dann eile ich in dem halben Mondlicht zurück. In den Dünen halte ich an, werfe die Arme in die Luft und schreie aus Leibeskräften: Heike! Heike!
Ich blicke nach allen Richtungen. Aber ich sehe nur die kleinen Birken, die vereinzelten Sträucher; nirgendwo eine Gestalt. Es ist bloß verrückt, was ich tue. Ich führe mich auf wie ein Narr.
Ich eile wieder auf dem Pfad durch den Wald und komme bald zu unserm Haus zurück.
Wenn es das geben sollte: daß man einen Gestorbenen irgendwann wiedersieht: Hier in Marielyst, meine ich, wären die Voraussetzungen besonders günstig dafür. Hier hat die Heike sich so gern aufgehalten. Und mondhelle Nächte nun, der breite Strand, das Wasser, aber doch weit entfernt von der desillusionierenden Helle des Tages.
Ich gehe an diesen Abenden immer wieder an den Strand hinaus; und bin dort allein; und bleibe es. Niemand sonst ist um diese Zeit noch da weit und breit.
Hier hat die Heike am Strand gelegen in längst vergangenen Jahren; gespielt, gelacht; hierher könnte sie, wenn das möglich wäre, doch noch einmal zurückkommen.
Meine ohnehin vagen, sehr zögernd vorgestellten Hoffnungen bleiben unerfüllt.
Ich habe ja schon viele jener Geschichten gelesen, in denen Verstorbene den Lebenden erscheinen; das kam mir nicht in allen Fällen völlig unglaubwürdig vor. Oder sind es mehr noch die Erinnerungen an Masurisches in meiner Kindheit: wo die Leute von so etwas erzählten wie von etwas Wirklichem, Selbstverständlichem?
Beinahe ernstlich bin ich deswegen zwischen Hoffen und Bangen: Hoffen, weil ich damit doch eine Art Überzeugung gewinnen könnte, daß für sie nicht alles vorbei ist (und das wünsche ich ihr doch so sehr). Bangen, weil ich nicht weiß,

wie sehr es mich aus der Fassung bringen, ja erschrecken würde.
Einmal vor kurzem fuhr ich abends unter den hohen Bäumen am Friedhof entlang, und es war schon ziemlich dunkel; da kam mir jemand, der schlank und groß war wie die Heike, mitten auf der Straße entgegen, mein Herz klopfte wild in den Hals.
Es war dann aber ein junger Mann.
Ein anderes Mal in der Dämmerung glaubte ich jemanden auf einem der Rücksitze des Autos zu sehen, als ich von ihrem Grab zum Parkplatz zurückkam. Wieder als erste Reaktion ein Erschrecken.
Wieder hatte ich mich geirrt. Das Auto war leer.
Aber ich müßte sie ja nicht unbedingt sehen, denke ich manchmal.
Erzählten die für so wirklich wie die Wirklichkeit genommenen masurischen Geschichten nicht auch von unerklärlichen Geräuschen, Lichtzeichen und anderen übernatürlichen Dingen?
Wie oft habe ich vor dem Einschlafen im Bett gelegen und gelauscht, ob sich nicht etwas regte in dem von ihr verlassenen Zimmer über unserm Schlafzimmer. Sich nicht Geräusche hören ließen nach Art jener, die sie früher gemacht hatte, wenn sie abends heimgekommen war. Und ich könnte nach oben gehen, und sie war natürlich nicht da, war niemals mehr da, – aber das Licht brannte vielleicht, und nur sie konnte es angemacht haben, oder ihr Radio spielte...
Wie albern auch das alles! Und ist es vielleicht bloß Egoismus, obwohl es doch nur um sie gehen sollte?

Wieder am Strand von Marielyst wie in den verlorenen glücklichsten Jahren. In einer kleinen Kuhle am Rand des Dünengürtels zum Wasser hin wie damals. Die Blätter mit Notizen auf den Knien – als hätte sich nichts verändert.
Damals arbeitete ich hier an meinem zweiten Roman.
Aber inzwischen ist mir der Sinn für alles Literarische, der

schon immer gemengt war mit der Abneigung gegen das, was sich betont »literarisch« gab, erst recht verlorengegangen. Ich bin wohl zu ernst dafür geworden oder besser gesagt zu aufrichtig. Noch niemals haben mich die Theorien und Redensarten (wie Benn das nannte) der Tonangeber der literarischen »Szene« so in Abwehr versetzt. Denn keine von ihnen, die über das Zweifelhafte, ewig Unzulängliche aller literarischen Möglichkeiten hinausführen könnte. Und angesichts der zunehmenden Flüchtigkeit jeder Gegenwart wird zum Beispiel die Forderung nach einer jeweils »modernen« Tönung aller literarischen Hervorbringungen bis zur Lächerlichkeit überschätzt.

Heute, mich betreffend: Erheblich geschärftes Empfinden für das Torsohafte, mittendrin Zerstörte, die Verlogenheit »runder«, »vollständiger« Geschichten, die am Ende irgendeinen »Sinn« zeigen sollen. Das überlasse man der Trivialliteratur, den Lutschbrötchen für die Zeit vorm Einschlafen.

Einem Lebenslauf entsprechend ist wohl nur eine Reihung kurzer Skizzen der unterschiedlichsten Art – die Karten sind zufällig gemischt, nun werd' fertig damit!

Andererseits: Roman und Erzählung werden immer etwas mit Erzählen zu tun haben: den Jahrmärkten und den winterlichen Spinnstuben und manchmal auch dem Jägerlatein und den Münchhausiaden.

Als die Heike wenig über zehn war, gab sie mir eines Tages einige Seiten eines »Romans« zu lesen, die sie mit einer Freundin zusammen geschrieben hatte. Wie ungewöhnlich war das in mancherlei Hinsicht: Sie hatten, neben anderem, detailliert eine Geburt zu beschreiben versucht! Ich sprach sie vor allem darauf an: Woher sie denn sowas wüßte! Die Heike lachte vergnügt: Wir sind doch nicht von gestern!

Aus jenen Jahren habe ich eine Reihe von Zeichnungen von ihr; ich hatte sie lange an meinem Platz im Lehrerzimmer. Nach ihrem Tod habe ich sie aber nach Hause genommen, um sie nicht bei einer Säuberungsaktion zu verlieren.

Damals, in den ersten Jahren ihres Gymnasium-Besuchs, kam sie häufiger gegen Mittag zu mir, um mit mir nach Hause zu fahren. (Wir waren erst verhältnismäßig spät damit einverstanden, daß sie mit dem Rad in die belebte Innenstadt fuhr – aus Furcht vor der Rücksichtslosigkeit von Autofahrern.) Während sie auf mich wartete, hat sie die Zeichnungen auf kleinen Blättern gezeichnet.
Meistens zeichnete sie Mädchen mit Zöpfen und großen Augen. Erscheint es mir erst heute so, daß diese kleinen Mädchen alle irgendwie verloren und ein bißchen traurig dastehen?
Einmal ein Reh. Aber auch das erscheint mir nun einsam wie die Mädchen.

Doch wie gesagt, gerade meine Marielyst-Bilder zeigen die Heike meistens sehr fröhlich.
Ilse, wenn die Heike sich wiedermal ausschütten wollte vor Lachen und gar nicht mehr damit aufhörte: Sie hat jetzt ihre albernen fünf Minuten.
Nicht wegen ihrer Schreibversuche (das verlor sich bald bis auf ein paar bemerkenswerte späte Tagebuch-Notizen), und auch nicht wegen der vielen, vielen Zeichnungen (dafür ging ihr später die Unbefangenheit verloren): Die bis ins Unglaubliche enge Verwandtschaft des Lebens dieses meiner beiden Kinder mit dem meinen war es, die mir die Vorstellung aufdrängte, daß mit ihr also jemand da war, der etwas *fortsetzen* konnte und *bessermachen* konnte als ich (weil manches Wesentliche bei ihr ausgeprägter war als bei mir).
Und das ist nun geraubt und zunichte gemacht worden für immer.
Und ebenso verloren das Andersartige an ihr. Und sei es nur, daß sie sich so selten am Üblichen orientierte. Das, häufiger, seltsam Unruhige. Das Nebeneinander von sehr Klugem und herzlich Kindlichem bis zuletzt.
Sie hat etwas sehr Bedeutsames in unser Zusammenleben eingebracht, das niemand sonst von uns besaß. Davon ging

manchmal etwas in guter Weise Provozierendes aus, es erzeugte *Lebendigkeit*.
Nun, scheint mir, bin ich in viel größerer Gefahr, (mit einem alten Wort gesagt) zu verliegen, mich mit den Alltagen zu arrangieren.
Im folgenden Jahr waren wir schon wieder in Marielyst in dem Sommerhaus am Kamillevej. Schon war dieser kleine Ort für Sommerurlaube der mir wohl liebste nach der masurischen Heimat geworden und ist das bis heute geblieben – ausgenommen nun die Stadt, in der meine Tochter aufwuchs und lebte und getötet wurde und jetzt in der Erde liegt, so daß ich sie niemals verlassen werde.
Ich bin durch dieses dänische Land auch mit dem Rad gefahren, dann erschien es mir am schönsten. Einmal von Marielyst nach dem Hafen Gedser, und zwar durch die kleinen Dörfer abseits im Westen, die eine gewundene Straße hügelauf, hügelab passiert, und es war sehr windig an jenem Tag – ja: das war unvergeßbar.
Die Landschaft von Falster macht auf den ersten Blick so wenig her, auch in Dänemark gibt es auffallendere Regionen. Aber dem, der näher hinsieht und sich Zeit für sie nimmt, offenbart sie einen geheimen Charme und eine Freundlichkeit, die mir die Höhepunkte von Landschaften für Postkarten-Bilder bei weitem übertreffen.
Die Heike war zehn und Felix wurde fünf, als wir zum erstenmal hier Urlaub machten. Und wohl für immer dieser eigentlich so bescheidenen und für uns doch so unvergleichlichen Region verfielen…
Wir fanden schon beim erstenmal ein sehr hübsches Sommerhaus, mieteten es auch im folgenden Jahr.
Unsere Urlaube in den Jahren, da die Kinder heranwuchsen! Wochen, in denen wir eine kurze Zeitlang aus dem Druck des Berufs-Alltags herausgelöst waren, quasi durchatmen konnten. Den ganzen Tag über mit den Kindern zusammensein konnten, am Strand mit ihnen spielen und im Haus, Ausflüge machten.

Wenn irgendwann im Lauf des Jahres, so machte ich in den Urlauben viele Dias, einhundertfünfzig, zweihundert jedesmal. Und viele von ihnen sind heute, da die Heike tot ist, mein kostbarster Besitz: all jene, die sie in den Jahren zeigen, als sie heranwuchs und erwachsen wurde.
Møns Klint zum Beispiel auf der Nachbarinsel Møn: die mächtigen Kreidefelsen. Strapaziöses Rauf und Runter am Steilhang, und dazu trug ich den kleinen Felix auf den Schultern. Unten am Wasser setzte sich die Heike auf einen großen Stein und stellte die Kopenhagener Meerjungfrau dar. Die nahe Rokoko-Idylle von Liselund. Intensives Gelb der Rapsfelder unter frühsommerlichem Himmel – wie unvergeßbar das alles! In der Kirche der kleinen Stadt Stege auf Møn trugen wir uns, wie so viele Touristen, in ein ausliegendes großes Buch ein – auch dort also der Name eines Mädchens, das nur noch in unserer Erinnerung lebt.
Vor allem aber die unvergleichlichen Stunden in Marielyst an dem breiten Sandstrand.
Die Heike in einem hellblauen Shirt, eine orangegelbe Schirmmütze auf dem Kopf, im Sand sitzend und so herzlich lachend... Und Felix daneben mit meiner ihm viel zu großen Schiffermütze, und auch ein bißchen grinsend... Oder die Heike in einem bunten Frotteekleid, versonnen Sand auf ihren linken Fuß streuend... Oder sie steht in einem leuchtend roten zweiteiligen Badeanzug am Wasser und auch im Wasser, unsere inzwischen »lange Latte«...

Dies einige der Bilder. Ja: Ich machte damals sehr viele... Irgendwann las ich in einem Buch über Nordeuropa, daß dort »alles karger, früher ärmlicher« war.
Also ganz wie bei uns daheim in Masuren! Und so klärt sich mir immer mehr, was mich in Skandinavien so fasziniert.
Und weiter heißt es in dem Text: »Alles ist bescheidener in Dänemark.«
Ja, das ist es vor allem, weshalb ich mich dort so wohlfühle: diese Bescheidenheit. Die sich deutlich abhebt von der Art

zu leben und sich üblicherweise zu geben in Westdeutschland.
Wer ist denn bei uns noch bescheiden! Das riecht ja geradezu nach Genügsamkeit und sogar Verkleinerung, auch nach Mangel an Durchsetzungsvermögen und wohl an Erfolg! Wer von vornherein bescheiden ist, der bringt es doch sicher nicht weit.

Wieder Fotos der Heike auf der niedrigen weißen Mauer des Hauses am Kamillevej. Und ihre Beine sind ja *noch* länger geworden!
Aber es ist vor allem ihre Schlankheit, um nicht zu sagen Dürrheit, die sie groß erscheinen läßt. Denn als sie neben Ilse am Strand geht, da sieht man, daß sie ihr doch erst einen halben Kopf über die Schulter reicht. Später war sie ja erheblich größer als ihre Mutter, so groß wie ich.
Die Heike schaukelt hinterm Haus. Sie läuft am Wasser entlang. Liegt auf einer Decke in Sand und Sonne und schläft. Unsere »lange« Heike. Unser großes Kind.
Dieses eine Jahr zwischen den beiden ersten Marielyst-Urlauben hatte sie sichtbar verändert. Sie erscheint deutlich weniger kleinmädchenhaft, die Züge der Sechzehn-, Achtzehnjährigen hatten sich auszubilden begonnen.
Inzwischen schien sie sich auch bewußt zu sein, daß sie hübsch aussah – im hellblauen Badeanzug posierte sie für den fotografierenden Vater und machte dabei eine ausgesprochen gute Figur, ihre Haltung kann man elegant nennen.
Wieder (wie im vorigen Jahr) nach Kopenhagen. Wir zogen durch Strøget, die Fußgängerzone mit ihren interessanten Geschäften. Waren im Hof von Christiansborg und zum Wachwechsel auf dem Schloßplatz von Amalienborg. Und natürlich bei der kleinen Meerjungfrau an der Langelinie.
Und ich habe meine beiden Kinder im Bild festgehalten, wie sie sich den Bronze-Andersen am Anfang von Andersens Boulevard ansehen. Und die Heike hat also einmal, als sie

elf war, in Kopenhagen an die Innenseite des rechten Knies des Andersen-Sitzbilds gelehnt gestanden, und ihre linke Hand hat dabei auf seinem linken Oberschenkel gelegen.

Natürlich war das einseitig: Dänemark und später Norwegen, und immer wieder Dänemark und Norwegen. Und ich stand nicht an zu behaupten: Italien und Spanien oder, sagen wir, Jugoslawien interessierten mich als Urlaubsland nicht, wie auch ganz Asien und ganz Afrika und ganz Australien nicht, und auch nach Amerika wollte ich eigentlich nicht reisen, was sollte ich dort.

Diese Reiserei brachte es doch sowieso nicht. Goethe zum Beispiel war dort überall auch nicht und sah die Menschen und ihre wesentlichen Probleme trotzdem tiefer als jeder nach ihm unter Zuhilfenahme von Reisen per Eisenbahn, Auto und Düsenjet. Oder wie wenig ist Tolstoi gereist und wie wenig Hamsun, und doch waren beide die wohl bedeutendsten Romanciers, die je gelebt haben.

Goethe war bloß in Italien. Aber schon bei seinem zweiten Aufenthalt dort war sein Interesse an den Italienern sehr abgekühlt, er äußerte sich recht kritisch über sie.

Ich war einmal vierzehn Tage in Italien, es ist ein Vierteljahrhundert her. Und prompt kam ich schwerkrank nach Hause und hatte dann monatelang damit zu tun. Ich wäre also besser auch jenes eine Mal nicht dorthin gefahren.

Das Skandinavische, das eine herausragende Bedeutung für mich bekam, nach und neben dem Masurischen:

Es fing also damit an, daß ich seit meinem siebzehnten Jahr Hamsun las wie keinen Schriftsteller sonst, später Benn ausgenommen. Und so hat Skandinavien für mich vielleicht etwas zu sehr eine Hamsun-Tönung bekommen und behalten. Und Hamsun, das hieß: Hochmütige Vagabunden, tragische Außenseiter, selbstgewählte Einsamkeit. Es hieß auch mit: Nietzsche.

Skandinavien, das war für mich durch Hamsun, aber auch nach der eigenen Beobachtung: die Weltgegend des beton-

ten Individualismus, des ruhigen Selbstbewußtseins, der Wortkargheit – Gegenbild zu allen südländischen Markt-Schreiereien, deren Logorrhöe (Worte-Durchfall) überall so sehr zum Vorbild genommen werden. Gegenstück vor allem zu Amerika (wo, nach Hamsuns Wort, das Leben zum Entgleisen gebracht wurde) und den zahllosen Nachäffern Amerikas in Westdeutschland.
Skandinavien, en réalité, hat sicher genauso sein gestrig aquarelliertes Kleinbürgertum wie, sagen wir, Holland oder die deutsche Provinz. Und doch, unmittelbar daneben, einen Ton und einen Charakter wie kein Teil unserer alten Erdkugel sonst...
Nach Skandinavien sind wir so gut wie jedes Jahr in Urlaub gefahren, seit die Heike zehn war. Einseitigkeit, schon zugegeben. Und es scheint sie so bewegt zu haben wie mich. Noch im letzten Sommer ihres Lebens war sie, schon einundzwanzig, sofort mit dabei, als wir nach Oslo fahren wollten und durch Schweden nach Dänemark.
Und mit Marielyst an der Ostküste Falsters haben wir also den Anfang gemacht. Zwar hätte der gute Robert Crottet, Skoltlappen-Crottet, darüber gelächelt: Skandinavien, sagte er einmal leise korrigierend zu mir (wie es seine behutsame Art war): Skandinavien beginnt doch erst nördlich von Stockholm...
Aber so genau wie ein solcher Kenner mußte ich es für meinen bescheidenen Gebrauch nicht nehmen: Wir fühlten uns schon auf Falster außerhalb der Hektik Mitteleuropas zwischen Elbe und Rhein, Flensburg und Garmisch. Und erst recht später im südnorwegischen Wald Aust-Agders und Telemarks, wo uns einmal kein einziger Brief aus Deutschland zugestellt wurde (aber jeder ist nach unserer Rückkehr in die Bundesrepublik ordnungsgemäß wieder bei seinem Absender gelandet).
Skandinavien, weil keiner von uns Vieren geboren war für das Gängige, den geduckten Gang; wir uns nicht allzu kopf- und charakterlos machen lassen wollten durch die Schlag-

männer einer mauseschäbigen bundesrepublikanischen Wirklichkeit, uns soviel Selbstbewußtsein und Haltung bewahren wollten wie irgend möglich.
Dies unser Erleben des Skandinavischen und unsere Vorstellungen dazu in vielen Jahren.
Ich erinnere mich an eine Kleinigkeit am Rande unserer damaligen Marielyst-Urlaube: Auf der Reise in den zweiten Urlaub machten wir bei Mölln Station des alten großen A. Paul Weber wegen, für dessen »Kritische Graphik« ich damals das Vorwort schrieb.
Und die Heike war in jenem Frühjahr also elf geworden – und das war schon, wie wir heute wissen, die Mitte ihres kleinen Lebens.
Als ich elf war, schrieben wir das Jahr 1946, und wir bekamen wenig zu essen, ich galt als unterernährt.
Damals habe ich eines Tages mit meiner Mutter den Tierpark Hagenbeck bei Hamburg besucht, und vor dem großen Tor machte ein Fotograf ein Erinnerungsbild von uns: Ich war sehr dünn und überhaupt ziemlich mickrig.
Daran habe ich gleich gedacht, als wir während einer Station auf der Durchreise in diesen Zoo gingen; und ich arrangierte ein ähnliches Foto. Und meine Tochter nahm sich zweifellos um einiges respektabler aus als ich so bald nach dem Krieg.
Und dann mußte die Heike in jenem Jahr eine Brille bekommen – das erschien mir wie eine gewisse Verunstaltung unsres hübschen Mädchens. Es machte sie, so schien es mir, ernster, ja fast ein bißchen traurig.
Es tat mir leid für sie.

Wieder hier in Marielyst. War es richtig, an diesen Ort zu fahren, den unsere Tochter niemals mehr sehen wird?
Ich habe lange gezögert. Und war nahe daran, nein zu sagen, so wie ich es schließlich abgelehnt habe, noch einmal an den Oggevatn zu fahren in Norwegen.
Ich habe ja immer wieder daran gedacht, wie es wohl dort

wäre, nachdem eine von uns: die Heike, getötet worden ist. *Und tat es nicht*, weil es ganz besonders falsch gewesen wäre.
Und vielleicht war es vor allem eine Kleinigkeit: Daß noch so deutlich vor mir stand, wie sie bei unsrer letzten Abreise von dort gesagt hat: Und hierher, habe ihr Freund gemeint, werde man doch auch später kommen – (und das hieß wohl: Wenn man selbst Familie habe, vielleicht Kinder –).
Und da erschien es mir in diesem Trauerjahr unerträglich, dorthin zu reisen. Und nur die Gedanken sollen dorthin gehn: nach Rauland in Telemark und Skeie am Eikevann und auf die Insel Tromøy vor Arendal und an den unvergleichlichen Oggevatn; und nach Nørholm, und Oslo –
Und Marielyst: Das war gewissermaßen der immerhin mögliche Kompromiß. War nicht die völlige Entfernung von daheim und die absolute Einsamkeit. Lag zwischen uns und der norwegischen Waldeinsamkeit irgendwo in der Mitte. Lag uns in vielerlei Hinsicht näher.
Monate nach ihrem Tod wieder ein Traum, in dem ich die Heike sehe, wenn auch nur ziemlich flüchtig.
Sie steht auf der andern Straßenseite, genauer: an einer Straßenecke, und es sind farbige (gelbe, rote) Häuser wie in den Nebenstraßen von Nykøbing oder Ringkøbing oder sogar Odense.
Mich beschäftigt vor allem das merkwürdig verkleinerte Bild von ihr: als befände ich mich im Land der Liliputaner. Ich sehe aber nur sie allein so, niemanden sonst.
Da steht sie *einsam*: im grauen Mantel Ilses mit dem Pelzkragen, den sie zuletzt gern trug. Steht still und ernst da.
Wie sie es wohl immer war.
Auch diesmal kein richtiges Bild von ihrem Gesicht. Sie enthält es mir immer noch vor.
Aber meine Tochter.
Du mein so sehr geliebtes Kind. Dem ich nun die Liebe nur noch nachtragen kann, die ich nie richtig aussprach. Und der unbeschreibliche Schmerz darüber, daß du nicht mehr

teilhast am Leben (wie auch immer dieses Leben verlaufen mag).

Es ist sicher richtig, daß einen der Tod eines Menschen um so stärker niederwirft, je mehr man ihn liebt.

Und der Heftikeit der Verletzung des Zurückgebliebenen entspricht das Ausmaß der Selbstvorwürfe: Was man wohl versäumt hat, als dieses Kind noch lebte.

Der letzte Tag in Marielyst. Ich habe hier Urlaub gemacht, da erholt man sich doch – aber ich fühle mich unsagbar ausgelaugt, alle Kraft ist mir entzogen, ich bin ganz widerstandslos, die ganze Zeit über den Tränen nahe.

Mir gehen ständig irgendwelche Prügeleien durch den Sinn, die ich in der Kindheit beobachtete (an denen ich aber niemals teilnahm).

Alles sehr lange her.

Und mir geht durch den Sinn: Schon die kleinen Abschiede bilden, soweit du zurückdenkst, einen Mittelpunkt deiner Alltage. Versetzen dich in eine unaufhebbare Traurigkeit.

– in eine Stimmung, die man der masurischen Landschaft deiner Herkunft als ein Charakteristikum nachsagt (und das du in manchen skandinavischen Regionen, gleichsam am Ende der Welt, wiederzufinden meintest). Und deine masurischen Vorfahren lebten Generation um Generation im Angesicht dieser Landschaft; und vielleicht nicht zuletzt deshalb bist du ein Wesen von der Art, wie du es nun mal bist. Und deine schwermütigen Stimmungen kommen unaufhebbar auch aus den familiären Erinnerungen jahrhundertelang, den Herbst- und Regentagen, Verlusten und ständigen Abschieden.

Und ausgerechnet über dich wurde nun die ärgste der möglichen Verletzungen geworfen, brutal und nicht zu ändern.

Die letzte Nacht in Marielyst. Morgen werden wir wieder an Deck des Schiffes stehn, und werden uns von diesem Land entfernen, in dem wir einst am glücklichsten waren und das uns darum so sehr ans Herz gewachsen ist.

Ich träume etwas von dem *Grauballemann*. Nach dem Aufwachen ist mir aber nur der Name in Erinnerung, dessen Leiche man in einem jütländischen Moor konserviert fand und die nun in einem Vorgeschichtlichen Museum bei Aarhus zu besichtigen ist. Es ist lange her, daß ich mich mal damit beschäftigt habe, und nur flüchtig – um so erstaunlicher, daß sein Name in dem Traum völlig zutreffend aufkommt, als hätte ich gestern darüber gelesen.
Ich versuche mich zu erinnern, was ich sonst noch über ihn weiß, um vielleicht so etwas wie die Deutung des Traums versuchen zu können. Aber ich komme nicht weiter.
Später schlage ich nach, finde ein Bild des Toten: Sein Kopf liegt auf dem Boden, das Gesicht zeigt einen unmißverständlichen Ausdruck: Schmerz. Alles ist zweitausend Jahre her; aber dieses Gesicht ist auch ganz von heute: »Von dem Wunsch zu leben, von der Furcht zu sterben, spricht der Ausdruck des Grauballemanns«, heißt es in dem Buch.

Ich habe mir auch diesmal eine der kleinen Kacheln gekauft mit der Darstellung eines Wikingers; auch das hier wie immer. Diesmal ist es ein Krieger mit einem gezogenen Schwert.
Aber nun erscheint mir das entschieden sinnloser als in den früheren Jahren, da ich noch irgendwelche Hoffnung haben konnte, alles wenigstens in wikingerhafter Haltung durchzustehn.

13

Ich bringe der Heike aus Marielyst ein paar Lärchenzweige mit Zäpfchen für das Grab mit. Das erscheint mir ärmlich; aber Blumen aus dem Dünenland hätten die taglange Reise kaum überstanden.
Ich stehe wieder an ihrem Grab, ja: bin wieder hier. Und daß sie unten in der Erde liegt, ist so schrecklich wie am er-

sten Tag, ich habe noch nichts von dem Schmerz daran verloren.
Wir bleiben nur kurz daheim, wollen dann noch für ein paar Tage ins Süddeutsche: die Stadt meiner Jugend.
Nein, diesmal wie gesagt nicht in den norwegischen Wald. Wie ich es zunächst durchdacht habe und wie es diesmal besonders falsch gewesen wäre. Aber dann ist es Felix, der den Vorschlag macht: Wir sollten uns, wenn wir schon nicht dorthin fahren, wenigstens unsere Norwegen-Dias ansehen. Ja, laß uns das machen!
Viermal Urlaub in Norwegen, herausgehoben das letzte Mal nach einer Pause von vier Jahren: eben die fast unsagbar schöne Zeit am Oggevatn, Abschluß eines Teils unseres Lebens.
Dreimal nacheinander in jenen Jahren in jenem Land, als die Heike zwölf war und dreizehn und vierzehn.
Eine Region wie beiseitegelegt in Telemark – nirgendwo habe ich so oft gedacht: Masuren. Gebiet der kleinen weißen Städte im Sørland (d. h. an der Südküste).
Land Hamsuns!
Andere Welt! Hinter der letzten Verkehrsampel in Drammen endete das uns bekannte Europa.
Etwas vom Masurischen meiner Kindheit hatte so vieles davon; doch damit ist es erst zu einem Teil charakterisiert.
Norwegen war in wesentlichen Zügen anders. Die Eigenarten des viel bescheideneren Masuren wurden auch nicht gleich so deutlich wie das – man muß es so sagen – großartige Norwegen.
Und auch die Menschen, so schien mir, ein bißchen ins Heroische hin: grandiose Landschaften und zugleich überall das Meer; und so gleichsam immer noch ein Wikinger-Zug, und gewiß allerhand Eigensinn.
Ich dachte mir, das müßte ich den Kindern so unaufdringlich wie möglich vermitteln.
Sie sollten es selbst erfahren, was das heißt: Ein Fichtenwald ums Haus rauscht unaufhörlich sein Rauschen, das

dem des Meeres gleicht. Im Laub eines Birkenhains erhebt sich bei jedem Windhauch ein silbriger Ton.
Was das bedeutet: Im Wald leben, und durch die Stämme blinkt das Wasser des Sees herauf. Keine Asphaltstraße, keine mit autorasenden Idioten. Kein Telefon, dessen plötzliches Schrillen einem das Herz stocken ließ.
Auch: Was das heißt, nur mit den nächsten Menschen zusammen zu sein, *einsam zu sein.*
Sie sollten etwas von norwegischem Aufsichgestelltsein erfahren; von norwegischer Geduld und Gelassenheit. Es mochte ihnen später ein bißchen durch die mitteleuropäischen Alltage helfen.
Schon diese Fahrten mit dem Fährschiff von Kiel nach Oslo! Die sternklaren Abende. Und an Nordjütland vorbei, und auf den Skagerrak hinaus. Und da und dort noch Leuchtturm-Feuer: aus Dänemark und Schweden. Und nachts das Wummern des Seegangs gegen die Wände des Schiffs, du hörtest es halb im Schlaf, halb im Traum.
Und diese Morgenfrühen im Oslofjord: Kühle und silbrige Weite. Und das unvergleichliche Heraufkommen der Sonne im Osten über schwedischen Hügeln...
Ich hatte den Meinigen vorher erzählt, was schon der Oslofjord für ein Erlebnis sein kann, wenn man ihn frühmorgens bei halbwegs gutem Wetter hinauffährt. Ilse stand deswegen auf, und tatsächlich auch die Heike (die immer gern lange schlief).
Ich habe die Heike von zwei, drei Stockwerken höher aus fotografiert, wie sie klein und ein bißchen verloren am Heck des Schiffes steht; sie friert wohl etwas.
Sie ist auch auf andern Urlaubsbildern allein. Aber sie wußte sich immer zu beschäftigen. Ich stoße auf das Bild von einem hübschen kleinen Floß, das sie gebaut hat, mit einem schönen orangenen Segel.
Beim ersten Mal Telemark: die rührenden Tage am Totaksee abseits der Reichsstraße, als die Heike zwölf war, der Felix sieben.

Was geht mir da gleich durch den Sinn, ehe ich die Dias gesehen habe!
Wie der große See unten dalag klar und gläsern, wenn man von der Reichsstraße von Süden kam. Gedanke an einen ebengeschliffenen Edelstein, auch an die gewisse Kühle eines Edelsteins. Das Blockhaus aus mächtigen Fichtenstämmen. Der alte norwegische Kaufmann Jon Vaa. Meine Frau und meine Tochter in ihren eher spaßigen Kaminröcken vor dem offenen Kaminfeuer am Abend. Der kleine Friedhof um die weiße Kirche am See unten. Und die Fahrt ins Setesdal, und die in die kleine Stadt Rjukan, und die unvergleichliche durch das Berg- und Seenland zum Sørfjord.
Klare, kühle Luft in fast siebenhundert Meter Höhe. Die mächtigeren der rundgeschliffenen Berge oben schon baumlos, faustmächtig kahl. Nach Norden zu einsamstes Fjell-Land zur Hardanger-Vidda hin und über sie hinaus, ohne einen Ort, eine Fahrstraße achtzig bis hundert Kilometer weit. Einmal fuhren wir zum Rauland-Høgfjells-Hotel hinauf, stiegen ein Stück einen Skihang hoch und sahen über dieses Fjell mit seinen Seen. Berge weit entfernt, auch im Sommer mit Schneeresten.
Zentrum der kleinen Ansiedlung an der Nebenstraße, die am Nordufer des Sees entlangführte, waren der Kramladen »Dagligvarer« von Jon Vaa, ein Mini-Supermarkt, und die Kirche.
Auch wir kauften, wie die Einheimischen, bei Vaa ein.
In einer Ecke dieses Ladens suchte sich eine ältere Norwegerin eine Schürze aus. Vaa bei ihr; sie scherzten, lachten. Das mochte zehn Minuten dauern oder auch eine Viertelstunde; vor der Kasse warteten drei, vier Kunden, doch niemand zeigte Eile oder gar Unwillen. Alles wurde in absoluter Geduldigkeit erledigt, der Schürzenkauf und das Bezahlen; von zu Hause kannten wir sowas ganz anders.
Im Lauf des späten Vormittags kam der Bus von Haukeligrend an der E 76 an, zur Weiterfahrt nach dem Industrieort Rjukan. Der Fahrer stieg aus, kaufte sich bei Vaa einen hal-

ben Liter Milch, setzte sich vor dem Laden in die Sonne und trank in größter Ruhe. Ich beobachtete ihn und seine Fahrgäste – ich sah keinen sich zu ihm umdrehen: ob er denn nicht endlich komme, und weiter!
Wir gingen zu der kleinen Kirche und dem Friedhof am See unten. Auffallend das Fehlen jeder Protzigkeit um die Gräber. Noch Wesentlicher: Kaum jemand war, sah man auf die Lebensdaten auf den schlichten Steinen, in jüngeren oder mittleren Jahren gestorben, fast alle in hohem Alter.
Ein Pfad durch die niedrigen Birken zum See. Das völlig klare Wasser meistens in vollständiger Bewegungslosigkeit. Dort saßen wir in der Sonne manche Stunde lang; zum Baden war das Wasser allerdings zu kalt.
Die Fahrt das urwüchsige Setesdal hinunter bis zu dem berühmten Silberschmied Sylvartun. Wir sahen unterwegs sehr alte Höfe, die sich der Landschaft anduckten. Der wohl älteste von ihnen, er stand schon vor dem Kölner Dom, völlig grau geworden in den Jahrhunderten, heute Museum.
Im Wald an der Straße pflückten die Kinder Heidelbeeren direkt in den Mund. Wir machten Picknick, und ich nahm das vom Stativ aus mit dem Selbstauslöser auf, so daß es eins der ganz wenigen Bilder wurde, auf denen wir alle zu sehen sind.
Wir waren vier.
Und dann zum großartigen Sørfjord, langen Arm des Hardangerfjords nach Süden. Über Haukeligrend und am Berghotel Haukeliseter vorbei zum Dyreskar-Paß hinauf. Dort auch im Sommer Reste von Schnee. Hinunter nach Røldal am See. Und wieder bergauf auf der Austmanlia-Straße; und dann hinab an den Fjord etwa auf Meereshöhe.
Zum erstenmal sahen die Meinen einen Fjord. An seinem milden Ufer Kirschbäume, auf den Bergen der gegenüberliegenden Seite Gletscher.
Am Nachmittag die ganze überaus abenteuerliche Straße zurück in das Blockhaus im Birkenwald am Totaksee.
In jenem Jahr schrieb ich meinen zweiten Roman zu Ende.

Als er erschien, las ich, ich stehe »in der großen Tradition von Knut Hamsun und Thomas Mann«.
Also:
Knut Hamsun, Thomas Mann, (ich).
Knut Hamsun hat mich stärker beeindruckt und beeinflußt als jeder andere Schriftsteller. So hat das, auf dem Weg über mich, auch auf meine Kinder gewirkt; und so mag es hier mit erwähnt sein, wenn ich vor allem an meine tote Tochter erinnere. Unsere gemeinsamen Norwegen-Fahrten waren ja auch der äußerliche, augenfälligste Ausdruck einer tieferen Wirksamkeit.

Im Februar 1952 zogen meine Eltern und Geschwister nach B... im Süddeutschen. Etwa in jenen Tagen sah ich einen Film, der nach einem kleinen sentimentalen deutschen Roman der Vorkriegszeit gedreht worden war. Ich kaufte mir dieses Buch, das Motto war aus dem wohl populärsten Buch Hamsuns genommen, »Victoria«, seinem am wenigsten »harten«. Ich hatte davor keine Zeile von ihm gelesen; in meinem Elternhaus war sein Name nie gefallen.
Im März jenes Jahres folgte ich meiner Familie aus dem Norden in den Süden der Bundesrepublik. Das erste Buch, das ich mir in B... kaufte, war ein Roman von Hamsun, »Mysterien«.
Später erfuhr ich, daß Knut Hamsun ziemlich genau um dieselbe Zeit, als ich auf ihn aufmerksam gemacht worden bin, gestorben war, fast dreiundneunzig Jahre alt.
Im nachhinein ist es so zu sagen: Als Hamsun starb, wir nach Süddeutschland zogen, ich gerade siebzehn geworden war, *begann meine Jugend.* Diese Jugend ist stark bestimmt von meinem Vater, den Werken Knut Hamsuns und vielleicht noch von einem Mädchen, das ich damals gern mochte, nennen wir es Julie.
Vielen seiner Zeitgenossen galt Hamsun als der größte lebende Erzähler. Eine Zeitlang auch besagtem Thomas Mann – später aber bezeichnete der andere als die bedeu-

tendsten, und in der ihm eigenen Unbescheidenheit auch – sich selbst.
Egon Friedell schrieb an Hamsun: »Der einzige Dichter, mit dem man Sie vergleichen kann, ist Homer.«
Siegfried Lenz hat zu Hamsuns hundertstem Geburtstag die Frage gestellt, welche seiner Figuren dem Dichter wohl am nächsten gestanden haben mag, welche für ihn bestimmend war: »ein Traum, ein Lieblingswesen«.
Es war »die Figur des Vagabunden, die für ihn eine Schlüsselfigur ist«.
Ja.
Der Wanderer, der Landstreicher, der Weltumsegler. Der Ungebundene, der aus freiem Entschluß Einsame. *Der Außenseiter.*
Bloß nicht Teil einer Herde sein!
Und dies durchaus auch in einem höheren Sinn. Lenz spricht zu Recht von der »arroganten Freiheit eines Mannes, der nicht bereit war, auch nur einen einzigen moralischen, pädagogischen oder sozialen Grundsatz anzuerkennen, zu dem er nicht selbst gefunden hatte«.
Sein besonderer Feind war der Zeitgeist, schrieb Sten Sparre Nilson. Dabei kam er sich jedoch vor wie Boccaccio während der Pest: »Ich kann die Pest nicht aufhalten.« Er war sowohl Gegner des Kapitalismus wie auch des Sozialismus, der Direktoren wie der Arbeiter, weil er »die Leere der Rekordjagd, die Leere der Jagd nach höherem Lebensstandard« für das eigentliche Verhängnis der Neuzeit hielt.
Er kämpfte zeitlebens an gegen die Entzauberung der Welt, und damit gegen das Amerikanische: gegen den »modernen Gott der Technik«.
Er sah, wie Zivilisation und Technik in die bescheidene Welt seiner Kindheit einbrachen und sich absolut verheerend auswirkten. Die Menschen verloren ihre Wurzeln. Kaum einschätzbar ihre seelischen Verluste.
Heftige ökologische Argumente auch gegen die Schweiz. Selten ist er so sarkastisch, wie wenn er von der Schweiz

spricht: Es sei zum Beispiel eine schweizerische Erfindung, die Natur mit einer Krätze von Hotels und Sanatorien zu überziehen... Im übrigen warf er den Schweizern geistige Nullität vor...

Denke ich einen kleinen Augenblick lang an mich, und auch nur im Hinblick auf eine Äußerlichkeit, die ich mit ihm gemeisam habe:

Ich bin wie er nicht aus einem Haus in einer größeren Stadt mit Bücherschränken und Ölgemälden an den Wänden zur Literatur gekommen (kam ich je zur Literatur?). Unsere Anschrift in der Kindheit und Jugend war nicht Großer Hirschgraben oder Mengstraße; in unsern Dörfern gab es keine Straßennamen und erst recht keine Hausnummern, alles war überschaubar, man brauchte das nicht. Meine Eltern fuhren in Masuren einspännig aufs Feld zur Kartoffel-, zur Rübenernte, ich half als Kind im Sommer beim Einfahren; das macht den Unterschied.

Ich freue mich darüber, daß ich aus einer Kindheit am Ufer eines kleinen masurischen Sees herkomme, von soliden Landwirten und Handwerkern. Auch die Primaner-Gedichte schrieb ich später auf einem Hügel hinterm Haus am Rand eines Dorfes, und in einer selbstgemachten Hängematte in einem Birnbaum, die Wiesen eines Flußtals vor Augen und die Hänge zu den Feldern darüber.

Fechter sah es richtig: »Hamsun ist immer nur vom Wirklichen, niemals von der Literatur, vom Schreibenwollen« ausgegangen.

Er hat sich am Literaturbetrieb seiner Zeit nicht beteiligt. Gelegentlich (nicht nur in der Kareno-Trilogie) hat er die Intellektuellen auf eine schlechthin vernichtende Art verhöhnt.

Ich habe so gut wie nichts zu tun mit eurer mitteleuropäischen sogenannten Geistigkeit. Mein Vater kam wie gesagt tief aus dem Masurischen; mein Wahlvater (um den Begriff Benns aufzunehmen) lebte auf dem Land in Nørholm in Norwegen – und dieser Hamsun wurde nicht müde zu betonen, daß er ein Landmann und Dichter sei und mit Gelehrsamkeit nichts zu tun habe.

Was Wunder, daß mir die »Szenen« und die literarischen Besserwisser mit ihrem Ballyhoo meistens ziemlich komisch vorkommen.

Sigurd Hoel schrieb noch zu Hamsuns Lebzeiten von einem gewissen Heroismus in dessen Dichtung, dem Verlangen nach Trotz gegenüber der Erbärmlichkeit des Lebens; er sprach voller Hohn und Spott über alle kleinbürgerliche Nützlichkeits-Philosophie... Aufrecht bleiben, vor den Erfordernissen des Alltags nicht kapitulieren, auch einer Übermacht sich nicht unterwerfen.

Hamsun glaubte so wenig an eine göttliche Ordnung wie an eine menschliche Entwicklung.

Und das kann man ja wohl auch nicht.

Wenn ich schließlich eine Hamsunsche Figur nennen soll, die *meinem* Herzen besonders nahe ist: so sind das weniger die leidenschaftlich und glücklos Liebenden (Johan Nilsen Nagel, Thomas Glahn, Johannes, Munken Vendt), auch nicht der Landnehmer Isak oder der Wandrer August, so unvergleichlich sie sein mögen – sondern es ist Abel Brodersen, der Dropout, »fasziniert nur vom Außergewöhnlichen, nicht Alltäglichen«. Völlig desinteressiert am üblichen Bürgerlichen und spießigen Etwaswerdenwollen, der Zivilisation. Ein Mensch, für den die Zeit gleichsam stillsteht. Dessen innere Ruhe durch nichts von außen zu erschüttern ist.

Eine souveränere Haltung als die Seine gegenüber aller Unberechenbarkeit und Kläglichkeit des Erdenlebens ist nicht denkbar.

Knut Hamsun. Vor allem: Sein Stil. Nordahl Grieg: »...zwei Bände, in denen nichts geschieht, aber kein anderer hätte sie so schreiben können«.

Astrid Lindgren, die größte lebende Jugendbuch-Autorin, um 1980 auf die Frage nach ihrem liebsten Romanhelden: »Isak in Segen der Erde.« Zur Frage nach ihrem Lieblings-

schriftsteller: »Habe zu viele, einer unter den vielen Knut Hamsun.«
Martin Held 1981 auf dieselben Fragen: Der liebste Romanheld: Isak in Segen der Erde. Die Lieblingsschriftsteller: Fontane, Hamsun, Jacobsen.
Und schließlich einer der Jüngeren, Michael Heltau, zu seinem liebsten Romanhelden: »Alle bei Hamsun.« Und die Lieblingsschriftsteller? Shakespeare, Dostojewski, Hamsun.
Hamsun habe richtig in die Zukunft gesehen, schrieb Werner Helwig. »Die Vermassung, die unausweichlich auf uns zukommt, und der darin begründete Kulturschwund, die Industrialisierung des ›Segens der Erde‹, und die wiederum aus ihr sich ergebende Zerstörung des Naturhaushaltes...«
Und Joachim Kaiser: »... das ›drop out‹ aus der Gesellschaft, das antizivilisatorische Moment, die ewige Wanderschaft in seinen Romanen sind heute aktueller denn je«.
Thomas Mann: Das ist weitaus kürzer erledigt. In vielem ist er das genaue Gegenstück zu dem Norweger: so überholt und für mich ohne Belang wie die bürgerliche Welt des endenden 19. und frühen 20. Jahrhunderts, deren Sproß und Produkt er war. Sein objektiv einzuschätzender Rang in der deutschen Literatur: Das ist nicht *mein* Thema. Ich spreche, da ich in Beziehung zu ihm gesetzt wurde, von der persönlichen Reaktion auf ihn. Schätzt ihn die westliche Zivilisation nach wie vor, so mag sie ihn sich meinethalben warmhalten. Ich kann weder mit ihm noch mit ihr sonderlich viel anfangen; zunehmend weniger.
Was mir an ihm, dem Menschen wie seinen literarischen Hervorbringungen, immer unübersteigbar unsympathisch war, das ist das Gestelzte, Gezierte, Preziöse, verbunden mit einer kaum überbietbaren persönlichen Anmaßung. Ich sah mich in seinem Arbeitszimmer um: Irgendwo mußte doch eine Art Meisterbrief hängen, seine bekannten Ansprüche signalisierend. Er wirkt auf mich ähnlich unan-

genehm wie gewisse Schauspieler, bei deren Auftreten ich regelmäßig gequält aufschreie: An dem ist doch kaum eine Faser echt!

Was immer etwas mit der Feststellung von Unaufrichtigkeit zu tun hat. Was Wunder, daß man zu Thomas Mann lesen kann, er sei als Person wohl allen immer fremd geblieben, sogar den eigenen Kindern.

Rühmkorf hat ihn 1953 bei einer Lesung des »Krull« beobachtet: »die oblatendünne Ironie genüßlich nachkostend und fast affenhaft in den selbstgemachten Ziericht verliebt«. Brecht zehn Jahre früher: »Der Stehkragen spricht.« Mehr muß man nicht sagen.

Und so erscheint mir seine Prosa; nach Rühmkorf eine Ruhestandsprosa, nach Nossack in einer »pretentiösen humanistischen Schriftsprache« geschrieben, mit der man, spräche man so im Laden oder in der U-Bahn, glatt für verrückt gehalten würde.

Und weiter Nossack, nachdem er den völligen Mangel an Originalität bei diesem Autor festgestellt hat: dieser Stil sei »der Inbegriff der Unehrlichkeit und der Feigheit, sich zu sich selbst zu bekennen«.

Wie habe ich mich einst durch den »Faustus« gequält und aus Bildungsgründen geradezu die Zähne zusammengebissen und heroisch bis zum Ende durchgehalten! Papier, Papier! Tatsächlich muß man, wie Ermatinger das getan hat, an die Romanungetüme der Buchholtz und Lohenstein denken, die Eichendorff tollgewordene Realenzyklopädien nannte.

Wieviel Simplifizierungen, welche Unsicherheiten in einzelnen Formulierungen auch in den von manchen höher eingeschätzten Erzählungen, zum Beispiel »Tonio Kröger«. Eine gekonnte Maniriertheit kann mich nicht täuschen: Im Grunde ist das meiste so simpel konstruiert wie in einem routiniert gemachten Bilderbuch. Manches ist dabei so abgegriffen wie das Bild von den Oberlehrern, die – Klischee des Bilderbuches – »gemessen hinschreiten«. Oder was sind die »sommerlichen Träume« der Ostsee (!), die Tonio

»in den Ferien belauschen durfte«? Und könnte dies nicht auch bei der Courths-Mahler stehen: »Ein Entzücken ergriff sein Herz«? Und einmal habe ich wegen einer der Gestelztheiten laut aufgelacht: »Die Erfahrung lehrte ihn, daß dies die Liebe sei.«

Nur der »Erwählte« hat mir einst ein gewisses begrenztes Vergnügen bereitet: als ein Buch, dessen Thema und Problematik mich nicht im geringsten etwas angingen, das ich in Einzelheiten aber durchaus hübsch fand.

Am treffendsten, ich sage unbekümmert: großartigsten, ist er vielleicht von Robert Crottet gesehn worden, weil Crottet absolut kein Polemiker ist, sondern auch in der Gegnerschaft noch von Gutseinwollen bestimmt wird.

»Im Grunde wollte ich absolut sein Talent nicht haben«, schrieb Crottet. »Ich hatte ihn im Verdacht, von Zeit zu Zeit ein eben abgeschlossenes Kapitel wieder zu lesen und die literarische Vollkommenheit seiner so reichen und klaren Sätze, trotz ihrer endlosen Länge, zu bewundern und zu genießen.« Und schließlich: »Sein Tod traf mich, aber leider brachte er mich ihm so wenig näher wie seinen Büchern, die meiner Phantasie zu wenig Raum ließen.«

Zu Goethe hat ein Masure wie ich, meint Jokostra, einen weiten Weg. Aber ich weiß, daß dieser Weg ohne weiteres zu bewältigen ist, weil Goethe immer nah beim nachvollziehbaren Erleben, bei der Wirklichkeit war.

Schier endlos weit weg dagegen bleibt mir Thomas Mann: ist Meinung, allzu Künstliches, Gewolltes.

Ganz in der Nähe aber liegt mir Knut Hamsun. Sellanraa und Sirilund und Segelfoss: abgelegenste Nester in einer abgelegenen Weltecke; – mußte sich da die Erinnerung an eine andere solche Region: Masuren, nicht immer wieder ganz von selbst einstellen?

Eine Zeitlang noch habe ich immer wieder versucht, meine Ansicht über Thomas Mann zu überprüfen, um sie in meiner Neigung zu Sachlichkeit und Gerechtigkeit vielleicht wenigstens abzumildern. Vergebne Liebesmüh!

Und dann war der Fall für mich beiseitegetan, sozusagen überholt und nicht mehr im Blickfeld.
Aber ich hatte erfahren, in welche Richtung ich *nicht* wollte. Das, wenn man so will, verdanke ich Thomas Mann.
Knut Hamsun und Thomas Mann: Beider Werk ist also zum Maßstab für mich geworden. Aus meiner so unterschiedlichen Reaktion darauf konnte ich gut ablesen, woran mir selbst lag und woran mir nicht lag.
Soviel zu Knut Hamsun, Thomas Mann und meiner Wenigkeit.

Die Monate vergingen. Es wurde Winter und Frühjahr. Und wir feierten den dreizehnten Geburtstag der Heike.
Um die Zeit dieses Geburtstags machte ich während eines Spaziergangs einige Bilder meiner beiden Kinder.
Die Heike hatte für den Winter eine braune Langjacke aus Webfell bekommen; und noch war es so kühl draußen, daß sie sie trug.
Auch auf den Bildern nicht zu übersehen: So etwas wie ein Zug von Unzufriedenheit in ihrem Gesicht. Eine momentane Laune, vorübergehende Lustlosigkeit?
Eine Zeitlang war es ein bißchen mehr als das.
Im folgenden Sommer wieder im norwegischen Südland.
Diesmal fuhren wir mit dem Auto durch Jütland, übernachteten schon nah der Nordspitze, von wo die Fährschiffe über den Skagerrak nach Norwegen gehen.
Ilse, Felix und ich litten bei der Überfahrt unter der dort so gut wie immer unruhigen See. Der Heike jedoch machte das nichts aus; sie aß im Restaurant mit gutem Appetit und spielte mit Freunden, die mit uns fuhren, Karten.
Sowas, eine Überlegenheit auf irgendeinem Gebiet, machte ihr einen nicht geringen Spaß. (In solchen Situationen: wenn ihr etwas überraschend gelang, erinnerte sie mich an etwas schon Fernes: meinen Vater. Wie stolz war auch er manchmal über etwas gewesen – und hat dann doch nur ein kleines Understatement-Lächeln gezeigt.)

Die norwegische Küste mit den Felseninseln davor! Das Land steigt aus dem Meer auf in Gestein und Wäldern. Und diesmal fuhren wir in die Nähe von Arendal und Grimstad und Lillesand, und das hieß ja: von Nørholm, dem Gutshof Knut Hamsuns, wo er dreißig Jahre gelebt hat!
Auf die Insel Tromøy vor der Küste und auf schmaler Straße durch den Wald zu unserm Sommerhaus Solbakken (Sonnenhügel) – sicher dem schönstgelegenen: ein dunkelgelbes Holzhäuschen auf einem zum Meer hin vorspringenden Felsen im Kiefernwald, nur über einen steinigen Fußpfad zu erreichen.
Offen also der Blick nach Süden zum großen Wasser, woher auch die Sonne kam. Auf eine winzige Bucht und eine vorgelagerte Felseninsel, die mit einem Holzkahn nach wenigen Ruderschlägen erreicht war. Das alles war ganz nach meiner Art, der ich von einem masurischen See herkam.
Die Heike in der Sonne im Badeanzug auf dieser Insel. Mit Ilse vertreibt sie sich die Zeit bei einem Kartenspiel.
Zu viert sind wir in einem kleinen Motorboot nach Arendal gefahren: mein Freund L..., dem es gehörte, seine Tochter, die Heike, ich. Für den Rückweg wurde das Meer sehr unruhig, und so bestanden wir darauf, daß die Mädchen Schwimmwesten anlegten. Im übrigen aber war die Heike bei so etwas guter Dinge, unbekümmert, ja fröhlich...
In dem kleinen Lillesand, wo der junge Hamsun gegen Ende des letzten Jahrhunderts »Mysterien« angesiedelt hat, habe ich die Heike fotografiert, als sie sich an einen großen, auf einer Rasenfläche liegenden Anker vor einem der schönsten weißen Holzhäuser lehnte.
Und wir fuhren auch diesmal ins abenteuerlich-schöne Setesdal, nun von Süden hinauf bis zum Silberschmied Sylvartun. Der Fluß Otra durch dieses Tal voller Abwechslung: mal bescheiden schmal, dann seenartig ausgeweitet, später aufgeregt in Stromschnellen. Die Gelassenheit, die Ruhe über allem auch hier. Das quasi Selbstverständliche.
Sonnige Sommerwochen im Wald am Meer.

Mit dem Motorboot, auch dem Ruderboot, fuhren wir hinaus auf den Skagerrak zum Angeln. Wieviel Unbekümmertheit in uns; das hat sich als eine intensive Stimmung in der Erinnerung gehalten; ich muß mir keine Fotos ansehen, um es wieder heraufzuholen. Wir grillten unter den Kiefernbäumen vor der Hütte, tranken dabei Bier aus Dosen. Die Kinder spielten.
Ja, das alles ist einmal gewesen. Vor neun Jahren. Es ist tatsächlich nur neun Jahre her. Und war doch in einem früheren Leben.
Noch sehe ich es vor mir: Wie die Heike den Felsenpfad vom Haus weg hintergeht und irgendwann wieder heraufkommt.
Wie gut, daß man niemals weiß, was einem eine kleine oder größere Zeitlang später zustoßen wird. Daß wir es damals nicht als eine Möglichkeit annahmen, sondern in den Tag hinein lebten, als werde es noch lange in etwa so weitergehen.

Auf den Spuren des alten Hamsun: seinen »überwachsenen Pfaden«.
Das Krankenhaus in Grimstad, wohin man ihn 1945 steckte seiner deutschfreundlichen Haltung während des Krieges wegen, um den weltberühmten Sechsundachtzigjährigen nicht ins Gefängnis zu sperren. Ich steige hinter dem Krankenhaus den kahlen Felsen hinauf, den er, der Greis, sich mühsam erkämpfen mußte, um dann von oben zum Hafen blicken zu können und zum offenen Meer.
Ich beschreibe an Ort und Stelle, was ich von dort oben sehe, vergleiche am Abend mit seiner Schilderung vor dreißig Jahren. Faszinierendes Ergebnis: Seine Darstellung ist in den Einzelheiten weniger genau als meine präzise ins Detail gehende – trotzdem scheint er mehr Wirkung zu erzielen. Alter Frans Hals, der mit ein paar gar nicht so genauen Pinselstrichen und wenigen Farben ein grandioses Porträt schaffen konnte...

Überhaupt: Grimstad! Ibsen (den Hamsun nicht mochte) hat hier eine Gedenktafel an einem der weißen Häuser bekommen und im Garten davor eine Art Obelisk, eine Ibsen-Büste obenauf.
Und, kaum zu glauben: Dort noch genauso Grefstads Jernvarehandel mit dem Briefkasten davor! Hier also wurde der berühmte Nobelpreisträger von einem jungen Polizisten angeflegelt, weil er unerlaubt Post nach Hause aufgab...
Und auch jenes weißgekalkte Gebäude fand ich, an dem eine Tafel »Radmannen i Grimstad« befestigt ist. Hier also der Prozeß gegen den Dichter, in dem man ihn um seine Einkünfte aus der lebenslangen Arbeit brachte.
Es war exemplarisch die ewigalte Geschichte: Wie es einem ergeht, wenn man sich konsequent eine Meinung erlaubt, die nicht die Meinung der großen Mehrheit ist.
Nach Resten von Smith Petersens niedergebrannter Villa habe ich nicht gesucht. Hamsun nahm das Schicksal der Dynastie Smith Petersen zum Anlaß, um darüber nachzudenken, daß so wenige Dinge Dauer haben. *»Es gibt so wenig, das dauert, die Zeit frißt es, die Zeit frißt alles und alle«.* Auch das Grandiose stürzt; und wenn das eine zusammenbricht, erhebt sich ein andres, spielt sich eine Weile gewaltig auf und stirbt dann auch. Menschen kommen, sind ein kleines kurzlebiges Licht, verschwinden.
Das gilt für alle.
Es gilt für den reichen Mann und für den berühmten Dichter und für meine Tochter Heike, der ihr Leben geraubt wurde, bevor es überhaupt aufsteigen konnte und sich ganz ausbilden. Es gilt ganz besonders für dieses Leben, daß es jenem Stern Mira gleicht, der kommt, ein wenig leuchtet und verschwindet. Und es treten andere Lichter an seine Stelle...
Jener unvergeßbare Abend mit Arild Hamsun, ältestem Sohn des Dichters, auf der Bank unter einem alten Baum vor dem Herrenhaus Nørholm.
Welch ein munteres Gespräch mit viel Humor und Lachen!

Natürlich ging es vor allem um den großen Knut; doch ich versuchte, es nicht zu übertreiben mit meinen Fragen. Thorkild Hansen war gerade dagewesen, man war durch Südnorwegen gefahren, Arild erzählte davon – bald danach erschien sein großes Hamsun-Buch, erregte viel Aufsehen.

Weihnachten 1975. Die Heike hatte sich eine kleine Feier einfallen lassen: trug mit dem Felix, den sie eingeübt hatte, ein Programm aus Geschichten, Gedichten, Liedern vor. Dann gab's wie immer die Geschenke.
In jenem Jahr fuhren wir nach Weihnachten für ein paar Tage an die holsteinische Ostseeküste. Gingen dort pummelig dick angezogen am winterlichen Strand spazieren.
Und die Heike war inzwischen genauso groß wie die Ilse!
Und wir fuhren nach Hohwacht, suchten noch einmal jenes Haus auf, wo wir vor zehn Jahren mit der kleinen Heike Urlaub gemacht hatten, als der Felix noch gar nicht geboren war.
Noch einmal stand ich mit der Heike vor dem Haus wie ein Jahrzehnt früher; und die Ilse hielt's im Bild fest.
Auch dorthin werden wir zusammen nun niemals mehr fahren.
Und im folgenden Sommer noch einmal miteinander an die norwegische Südküste, und dann mehrere Jahre lang nicht mehr.
Aber, aus einiger Distanz gesehen, war das in mehr als einer Hinsicht wie ein Ausklingen. Etwas Halbes nur noch, nicht mehr ganz so Ausgeprägtes, Begeisterndes.
Wir waren spürbar in eine Zeit der Veränderungen gekommen; am meisten galt das für die Heike und mich. Es erscheint mir durchaus sinnvoll, daß wir dann eine Pause von mehreren Jahren machten, ehe wir wieder über den Skagerrak nach Norwegen fuhren – und den Höhepunkt in jenem Land erlebten und das Ende für immer.
Ich machte mir immer häufiger Gedanken darüber, ob wir der Kinder wegen nicht auch anderswohin reisen sollten.

War es vielleicht doch *zu* egoistisch, daß ich jedesmal nach Dänemark, nach Norwegen fuhr?
Ich dachte das vor allem im Hinblick auf Heike. Sie war vierzehn inzwischen – wollte sie nicht lieber unter Gleichaltrigen sein, die sie im norwegischen Wald wochenlang nicht traf?
Es gibt ein Foto, das solche Vorstellungen zu bestätigen scheint, und das ging mir auch damals durch den Kopf, als ich es aufnahm. Eines Abends fotografierte ich den Kinderspielplatz (in dieser Sommerhaus-Siedlung auf einer bewaldeten Insel war einiges schon stärker konfektioniert als in Norwegen üblich): eine Rutsche, zwei Schaukeln, sieben Kinder – und die Heike bald einen Kopf größer als das größte der übrigen...
Noch erinnere ich mich zu diesem Dia, daß sie auf die andern eingeredet hat, etwas zu arrangieren versuchte, daß die aber offenbar nicht so recht auf sie hörten. Vielleicht empfand ich unzutreffend, als sie mir in diesen Augenblikken ein bißchen leidtat...
Sie gehörte noch nicht zu den Erwachsenen, aber mit jenen deutlich Jüngeren konnte sie auch nicht mehr viel anfangen.
Doch für mich auch schöne Erinnerungen! Aus dem Wohnzimmerfenster fiel der Blick zwischen Fichtenstämmen zum See hinunter; ich entsinne mich, daß das Wasser des Eikevatn in der Zeit der Dämmerung die hübschesten Farben annahm: bernsteingelb leuchtete und in den verschiedensten Rottönen.
Ich hatte eine Hängematte zwischen zwei Stämme des Waldes gebunden; in ihr lag die Heike und las. Als ich allerdings schon an einem der ersten Tage in der Nähe unseres Hauses plötzlich eine kleine Kreuzotter erblickte, band ich dieses Netz lieber auf die sonnige der beiden Terrassen. Und ein Foto aus jenen Tagen zeigt *beide* Kinder in dieser Matte, die Köpfe zu den Enden des Netzes hin.
Und wir hatten ein Spiel mitgenommen, das eifrig benutzt

wurde: eine Zielscheibe, auf die wir aus einem Blasrohr und auch aus einer Pistole Pfeile schossen, die vorn einen Sauggummi hatten und kleben blieben.
Die Heike gehörte zu den wenigen, die im kalten Wasser des Sees wenigstens eine kurze Zeit schwammen.
Eins der Fotos ist besonders hübsch: Unsre beiden Kinder gucken gleichzeitig aus Fenstern ihrer kleinen Zimmer.
Wenn ich von heute aus gesehen meine, dieser Norwegen-Urlaub habe uns nicht mehr so begeistert wie die vorhergehenden, so mag das deshalb zu sehr von mir aus gesehen sein: Ich hatte in den vergangenen etwa zehn Jahren drei Romane geschrieben, die sich mit zerquälter Jugend beschäftigten; und inzwischen war ich den Jahren nach nicht mehr jung und an den Anfang eines Übergangs gekommen und vielleicht nicht weniger unsicher als die Heike.
Hatte ich bislang die Urlaube weitgehend dazu verwendet, an meinen Büchern zu arbeiten, so fummelte und damelte ich diesmal belanglos vor mich hin, schrieb vor allem irgendwelche Verse, die ich zu Hause weglegte und niemals wieder ansah. Ich hätte ebensogut als Maler dilettieren oder irgend etwas schnitzen können, um mir die Zeit zu vertreiben. Nichts davon war der Rede wert.
Die Heike ist in diesem Jahr konfirmiert worden.
Der Fotograf hat die Konfirmanden zu dem üblichen Gruppenfoto arrangiert; und ich habe das genutzt und ebenfalls mehrere Aufnahmen gemacht.
Die Heike fällt auf diesen Bildern dadurch auf, daß sie nicht die übliche Konfirmations-Kluft trägt (womöglich ein schwarzes Kleid), sondern eine Strickjacke in Blau und Weiß.
Dies hatte nun immer deutlicher hervorzutreten begonnen, und eines Tages sprach sie es auch aus, und damit war klar, daß es eine bewußte Haltung war: Das Übliche, erst recht die Moden, ließen sie völlig gleichgültig. So zog sie an, was ihr gefiel, nicht, was irgendwer für einen bestimmten Zweck vorschrieb.

Die Beine auf einem der Konfirmations-Bilder verstellt. Ich kann das nun nicht mehr sehen, ohne daran denken zu müssen, wie die Stellung ihrer brutal gebrochenen Beine von Zeugen beschrieben wurde, nachdem jener Betrunkene sie zu Tode gefahren hatte.
Weihnachten wieder eine der kleinen von ihr gestalteten Aufführungen zusammen mit Felix. Und an jene ist die Erinnerung auch deshalb so deutlich, weil ich glücklich bin, noch das Programm zu besitzen, das sie für uns schrieb.
Über meinem Schreibtisch hängt an der Wand ein Zettel mit der Überschrift »Unser Programm 1976«. Sie hat es verziert mit zwei aufgeklebten selbstgemachten Papiersternen.
Sie schrieb es vor nur acht Jahren, es lautet so:

1. Ansprache
2. O du fröhliche
3. Weihnachtsgeschichte
4. Besprechung der Geschichte
5. Stille Nacht
6. Was ist eine Weihnachtsgeschichte?
7. Kling Glöckchen
8. Krippenspiel
9. Ihr Kinderlein kommet
10. Verabschiedung.

Hinter die Lieder hat sie jeweils zwei durch einen Balken verbundene Viertelnoten gemalt.
Meine Fotos zeigen die Aufführung, mit der sie uns Freude machte, es war ganz allein ihre Idee. Sie spielte Flöte. Lachte über ihren Bruder, der offenbar gepatzt hatte. Auf dem nächsten Bild lachen sie beide.
Das ist schön. Durch das allgegenwärtige Bewußtsein ihres schrecklichen Endes dringt immer noch ein solches Bild, das unsere Tochter ganz gelöst fröhlich zeigt.

14

Zerfahrene drei Wochen Urlaub in diesem Jahr, so hilflos wie alles in diesen Monaten.

Nach Marielyst eine Woche daheim, für die ich mir allerhand vorgenommen hatte, das erledigt werden mußte. *Doch ich schaffte so gut wie nichts davon.* Wurde deswegen völlig überreizt.

Und dann hierher nach B... im Oberschwäbischen; und Felix und ich haben unsere Räder mitgebracht. Und das ist vielleicht noch das Sinnvollste (auch wenn mir der Glaube an Tröstungen durch den Anblick der Natur ebenfalls längst abhanden gekommen ist): daß wir fast jeden Tag mit unsern Rädern aufbrechen, durch Oberschwaben und am Bodensee entlang und auf die Alb. Gegen Abend erschöpft zurückkommen.

Das geht noch einmal, und nun wohl zum letzten Mal, tief in die eigene Jugend hinein. Die begonnen hat, als ich *siebzehn* war und wir aus Norddeutschland hierher übersiedelten. Und schon endete, als ich *zweiundzwanzig* war und mein Vater starb.

Als meine frühen Jugendjahre so gnadenlos abgeschnitten wurden wie nun die mittleren Jahre.

Mein Leben, das äußerlich das eines zurückhaltenden, empfindlichen, auf Ausgleich bedachten, nicht in Extreme tendierenden Menschen zu sein scheint, ist ja tatsächlich eine Geschichte mit einigen heftigen, äußerst düsteren Ereignissen. *Ich müßte nachdrücklich vor mir warnen.*

Sehe ich zum Beispiel auf die Jugend, so sind die fünf Häuser, in denen ich gelebt habe, ausnahmslos vom Erdboden verschwunden, restlos zerstört – ich hinterließ sozusagen überall Verbrannte Erde.

Zwar wird sicher nie jemand auf die Idee verfallen, mir eines fernen Tages ein Denkmal setzen oder auch nur eine Gedenktafel anbringen zu wollen – doch das wäre auch nirgendwo möglich, jedenfalls hinter mir nicht einmal mehr

Ruinen dafür, sondern totale Beseitigungen durch Brandstiftung, Blitzschlag, Abbruch.
Viel schlimmer die Verluste der Menschen, die mir am meisten bedeutet haben. Sie leben nicht mehr: mein Vater, meine Tochter.
Aber es soll hier ja nicht um mich, sondern vor allem um das kurze Leben meines umgebrachten Kindes gehen.
Nicht nur. Es geht auch um mich; wenn auch nur insofern, als ich mir (als bald Fünfzigjähriger) das wohl schwierigste und komplizierteste von allen Lebensaltern für einen andern: meine Tochter, nicht ausreichend vorzustellen vermag ohne das Hervorholen der Erinnerungen an das Erleben in der eigenen frühen Jugend. Für einen Menschen, der nicht mehr Kind ist und noch nicht zwanzig und erwachsen.
Der sich plötzlich in jene Phase der ebenso erlebten Begegnungen wie tief verletzenden Verluste gestoßen sieht, der hochfliegenden Illusionen wie auch gleich sehr heftig einsetzenden Enttäuschungen – heute, da ich selbst darauf zurückblicke, als sei es ein früheres Leben gewesen oder sogar das eines andern, darf ich vielleicht vorsichtig die Frage stellen, ob all das in meinem Fall nicht für eine frühe Jugend exemplarisch ausgeprägt gewesen ist.
Drei Jahre nur, die ich hier in der kleinen Stadt B… gelebt habe. Doch wie heben die sich ab von dem Vorher und dem unmittelbaren Nachher! Wie lang erscheinen mir diese drei Jahre neben andern Zeiten, die in Wirklichkeit erheblich länger dauerten.
Als ich siebzehn war, zogen wir aus Norddeutschland hierher. Das war ein deutlicher Fortschritt vor allem die Wohnverhältnisse betreffend: Wir hatten sieben Jahre lang in einer früheren Wehrmachtsbaracke gelebt, nun bekamen wir ein Haus zur Miete.
In einer Märznacht erreichte der Zug, in dem ich meinen Eltern und Geschwistern folgte, den Main bei Gemünden vor Würzburg und damit Süddeutschland.
(Als ich viele Jahre später wieder einmal Gemünden im Zug

passierte, dachte ich mir humorig, die Überschreitung des Delaware durch George Washington, des Rubicon durch Cäsar, oder des Rheins durch Joseph Beuys: das sind doch bloß Strickstrumpf-Stories gegen das von mir vollzogene beispiellose, singuläre Ereignis in der Nacht von Dienstag, 18., auf Mittwoch, 19. März 1952. Ich verstehe nicht, weshalb die Geschichtsschreibung davon soviel hermacht; gegen meine Tat: Überschreitung des Mains nach Süden in die Jugend hinein, ist das doch bloß Plunder!)

Wieder einmal ist es mein besonnener Vater gewesen, der die entscheidende Weiche für meine Zukunft schon gestellt hatte, als ich B... erreichte. Ich hatte vor, nach der Mittleren Reife eine Berufsausbildung anzufangen; er überraschte mich damit, daß er mit dem Direktor des Gymnasiums bereits gesprochen hatte: Ich sollte die höhere Schule besuchen bis zum Abitur.

Und ob ich das im Grunde wollte!

(Ich hatte erst wenige Tage davor bei meiner Großmutter an der Ostsee einen etwas sentimentalen Film nach einem noch ein bißchen sentimentaleren Roman gesehen, der unter Primanern gespielt hatte... Es war übrigens derselbe kleine Roman, der mich durch sein Motto aus einem Roman Hamsuns zu dem großen Norweger hinführte. (Soviel im übrigen auch dazu, von welcher Art die literarischen Werke manchmal sind, die auf uns entscheidend wirken, während die angeblichen Spitzenprodukte der Literatur uns bloß in der Schule geplagt und kein bißchen bewegt haben.)

Kurz vor dem siebzehnten Geburtstag der Heike wurde unser Haus im Süden von W... fertig; Anfang März konnten wir einziehen. Es war am Ende eines strengen Winters.

Ich habe es noch vor mir, wie an einem klaren kalten Tag um die Jahreswende die Heike und ich mit dem Rodelschlitten an der Leine zu dem im Rohbau fertigen Gebäude gegangen sind, weil ich ihr zeigen wollte, wo ihr großes Zimmer unter dem Dach mit dem Giebelfenster sein würde,

und gegenüber das kleine Bad vor allem für sie (und daneben mein kleines Arbeitszimmer).
Und als wir dann einzogen, entwickelte sie eine für ihr Alter ungewöhnliche Aktivität: innerhalb nur weniger Stunden hatte sie ihr Zimmer hergerichtet und auf ihre Art geprägt: mit Postern, die ihr zusagten, einem Strohherz vorm Fenster. Sie schien also mit ihrer Unterbringung sehr zufrieden zu sein. Sie mochte damals Rot, hatte einiges in Rot bekommen: die Gardinen, das Kissen auf dem Stuhl vor dem Schreibtisch, den Spiegelrahmen, die Tischlampe, und ich hatte ihr das alte Bücherregal rot gestrichen.
Ich erinnere mich auch noch daran, wie sie in die Stadt fuhr und das Strohherz für sich kaufte und eins für uns, das vor die Glastür zwischen Windfang und Flur kam, damit niemand das Glas übersah. Dort hängt es noch immer, wie auch das Ihre vor dem Fenster im Giebel, durch das sie nun niemals mehr hindurchsieht.
Noch einmal: Diese schier unglaublichen Parallelen in den Daten, sehe ich auf unser beider frühe Jugend! Auch waren wir beide also siebzehn, als wir in recht andere Umgebungen zogen und Häuser nur für unsere Familien bekamen mit Gärten. In ein anderes Niveau sozusagen, ja wie in eine bessere Zeit für uns.
Und die Heike erschien mir von Anfang an gleichsam erwachsener.

Und nun diese Radfahrten um B...: auch sie führen mich zu meinem Vater, mit dem ich per Rad am Bodensee war, auf dem Bussen, auf der Alb – wie nun mit meinem Sohn.
Bei der ersten Tour sind auch mein alter Freund J... aus fernen Schülertagen dabei und seine beiden Kinder. Und wir fahren aus seinem Dorf hinaus nach Osten wie manchmal vor dreißig Jahren; in einigen Dörfern wollen wir uns die schönen Barock-Kirchen ansehen.
Aber als erstes kommen wir bald hinter dem Dorf an eine bestimmte Wald-Ecke, und als ich hier vor den besagten

dreißig Jahren zum erstenmal mit der Julie vorbeiging, da rutschte gerade der schwere Schnee von einem Ast, und da sagte sie zu mir: Der erkennt dich wieder! Denn, wie gesagt, hier war ich schon oft mit dem J… umhergelaufen, kannten wir jeden Winkel.

Und wie immer man das nimmt nach einem Menschenalter: Wenige hundert Meter weiter frozzelt der gute J… mit dem Blick nach links auf einen Gutshof etwas von meinen »früheren Jagdgründen«, und da mache auch ich einen Scherz darüber…

Vieles ist ja gar nicht mehr richtig vorstellbar: Dort auf dem Gutshof wohnte damals die Julie. Hier war das alles; und ist nun schon so lange vergangen.

Mir gefiel, als ich achtzehn war und neunzehn wurde, ein blondes, hübsches Mädchen, hinter dem aber auch andere her waren und, so meinte ich, viel bessere Chancen hatten. Julie. Sie zählte damals zweifellos zu den »Stars« unter den Schulmädchen in unserer Stadt.

Sie kam aus einer zu Zeiten alter gesellschaftlicher Strukturen als ziemlich nobel geltenden Familie; und obwohl die Voraussetzungen für Standes-Überheblichkeiten sich inzwischen ziemlich verschlechtert hatten: nach dem Selbstverständnis der davon Betroffenen zählte das immer noch eine Menge.

Ich hingegen war auf einem kleinen Hof in Masuren geboren worden, und auch den hatten wir ja verloren und mußten uns seither mit noch weniger zufriedengeben.

Doch dann geschah das für mich ganz Ungewöhnliche, schier Wundersame: Trotz all ihrer andern Möglichkeiten ermunterte mich die Julie, so wagte ich mich ihr zu nähern, und wir wurden Freunde nach der Art damaliger Schülerlieben.

Das konnte kaum längere Zeit gutgehn, wir schrieben ja noch die fünfziger Jahre; und das tat es denn auch nicht. Zwar zog sich unsere Beziehung (das Wort ist nicht ganz zutreffend, aber andere sind es noch weniger) über Monate und sogar Jahre hin, doch bald unter großen Behinderungen.

Später habe ich mich gefragt, ob sie nicht gerade wegen dieser Probleme so lange dauerte und nachklang und im Bewußtsein sogar noch über die dann doch arrangierte endgültige Trennung hinaus. Habe ich diese Beziehung nur deshalb nicht genauso vergessen wie die andern jener Zeit, weil sie immer eine nicht zugelassene Sache war und blieb?

Ich habe, viele Jahre später, versucht, die Geschichte zu gestalten zu einer Erzählung. Und zwar wollte ich ausdrücklich von den wirklichen Ereignissen ausgehen. Da wurde mir erst bewußt, wie wenig an äußerem Sichereignen zwischen uns eigentlich geschehen war, außer unsern Treffen und den Schwierigkeiten, sie vor den andern zu verbergen. (Wir trafen uns nie in Gebäuden, nie zusammen mit andern Menschen, so daß wir uns niemals in der Konfrontation mit einem Stück Welt gesehen haben.)

Obwohl eine – ich sage: klassische – Konstellation ausgeprägt dagewesen ist, gaben die tatsächlichen Vorkommnisse eine Erzählung nicht so recht her.

Julie. Manchmal sprach ich den Namen französisch aus: Djüli – das erschien mir hübscher, mädchenhafter und liebevoller.

Sie hatte auch gewisse Züge, die mir etwas überspannt erschienen. Aber wie alt waren wir denn damals, mein Gott, wer von uns (bis auf ein paar ausgemachte Langweiler) hatte die nicht! Ich, der erklärte »Dichter« der Klasse, muß grad von Überspanntheiten bei andern reden!

Mal schwärmte sie für »Ausdruckstanz« (was immer das sein mochte), konnte es damit nicht genug sein lassen. Anderswann waren es ähnliche kleine Marotten – Dinge, auf die sie gerade gestoßen war; in unsrer Provinzstadt waren die Anregungen dafür niemals groß.

Später galt B... eine Zeitlang als eine der Hochburgen der APO in Süddeutschland. Da dachte ich: Wäre das zehn Jahre früher gekommen, hätte sie ganz gut wohl auch vorüber-

gehend eine Barrikaden-Tante werden können. Oder noch zehn Jahre später eine ausgesprochene Emanze. Oder, sonstwann, eine Verfechterin der Freien Liebe. All das nur eine Zeitlang, bis sich ihre größere Substanz und Tiefe durchsetzte. Wir geraten mit unsrem Leben zufällig in eine bestimmte Zeit und bestimmte Konstellationen, entgehen dem nicht, so daß es kaum lohnt, lange darüber nachzudenken.
Aber damals, als das Politische vorübergehend stark im Vordergrund stand, war sie schon in eine noch betontere Provinz gezogen. Alles kam in bestimmte Bahnen; und aus und vorbei.
Freilich war sie ihrer ganzen Art nach doch wohl zu konservativ, um etwas, das übertreibende Züge hatte, längere Zeit durchzuhalten. Es legte sich bei ihr von selbst.
Ich kratze ganz schön herum an unserer alten, kleinen Geschichte, die schon so lange vorbei ist, meine liebe Julie aus fernen Jugendtagen. Blut tritt aus, Schorf wird sich bilden; hinterher wird das nicht mehr so hübsch aussehen. Vielleicht gestriger als bisher und auch etwas sentimentaler.
Aber irgendwann konnte ich der Frage nicht entgehen, wie es denn *wirklich* gewesen ist.
Ich sagte etwas von geradezu klassischer Konstellation. Ich hatte unlängst die »Victoria« verschlungen wie noch kein anderes Buch: die ein bißchen triviale, bittersüße Geschichte vom begabten Jungen armer Müllersleute und dem ewig unerreichbaren Schloßfräulein; es gleich noch einmal gelesen geradezu wie einen apodiktischen Text – dieses von allen Werken Hamsuns vielleicht anfechtbarste (wenngleich für mich bis heute außerordentlich gut gestaltete und dichterisch schöne). Wurde dadurch, ich muß es so deutlich sagen, daß Ganze für mich erst zu einem *Verhängnis*?
Dieser unwiderlegliche Satz bei Goethe: Die meisten Menschen lieben nicht das an dem andern, was er tatsächlich ist, sondern bloß ihre Vorstellung von ihm. Erschien die Julie mir vielleicht nur deshalb unerreichbar, weil ich sie in mei-

ner Vorstellung ganz dazu gemacht hatte, *es im Grunde gar nicht anders wollte*? Wäre ein glatter, sozusagen glücklicher Ausgang für mich damals viel zu alltäglich gewesen?
Unlängst blätterte ich in einer illustrierten Ausgabe der »Victoria« – und da immer noch etwas vom alten Herzklopfen: als sei dies keine Literatur, sondern eine gefährliche dunkle Droge.
Wie hätte ich dem dreißig Jahre früher nicht verfallen können?
Eigentlich hätte gerade ich damals gegen die herkömmlichen Strukturen opponieren sollen, ja müssen wie kaum ein anderer, da sie mich doch behinderten. Ich hätte alles Konventionelle kurz und klein schlagen müssen. Doch ich machte nicht die geringsten Anstalten dazu; im Gegenteil: vielleicht stand ich niemals wieder so sehr in Gefahr, zu sehr ins Herkömmliche, Festgelegte zu fallen. (Ganz bin ich dem allerdings auch später nicht entgangen: neigte dazu, das Archaische gegen das Zeitgebundene zu stellen, und nach irgendwelchen »ewigen Wahrheiten« zu suchen, von denen ich heute sicher zu sein glaube, daß es sie nicht gibt.)
Mit alledem hatte die Julie schon nichts mehr zu tun. Wie sie überhaupt an irgendwelchem Unheil für mich keine Schuld hat. Sie hatte die ganze Zeit über den schwereren Part von uns beiden, mich bedrängte niemand außer meinen Vorstellungen, ich muß ihr unbedingt vieles nachsehen.
Unheil? Ist das nicht ohnehin ein viel zu großes Wort? Muß man nicht eher sagen: Einiges wirkte zweifellos sehr negativ in mir weiter, anderes aber positiv, so daß es sich letztlich wohl in etwa ausglich?
Hatte diese Geschichte, so verquer, so verlustreich, ja so verheerend sie für mein ohnehin nur außerordentlich zart ausgeprägtes Selbstbewußtsein gewesen sein mochte, mich durch ihre Ungewöhnlichkeit nicht auf ein erhebliches Niveau gehoben, weiterwirkend wie eine Art Schutzimpfung, und mich vor allzu deutlichen Ausrutschern bewahrend?

Und es gibt nur ganz wenige, die je soviel Nachsicht für mich aufgebracht haben, Djüli; auch das ist absolut wahr. Es ist richtig: Durch dich erfuhr ich viel zu früh, als ich dafür noch nicht mit einer Rüstung versehen war, etwas von Grenzen für mich. Aber vom selben Augenblick an bist du diejenige gewesen, die mir die Medizin einzuflößen versuchte in meiner Heillosigkeit.
Sela!
(Danach ist nur noch der Punkt zu setzen.)

Später.
Ich heiratete. Sie heiratete. Wir haben uns nicht mehr wiedergesehen. Und ich bin heute immer noch unsicher, wie ich alles abschließend einschätzen soll. Ist es richtig, bloß zu sagen: Alles so lange her! Schon längst kein Mailied-Leuchten mehr. Lassen wir's dort weit hinten in Pastellfarben-Gleichgültigkeit... (Und doch ist nichts, was einmal war, irgendwann völlig gleichgültig.)
Meine Bücher, sofern sie auf sie stieß, dürften ihr nicht sonderlich gefallen haben. Ich kenne ihre Vorstellungen, ihren Geschmack, daran hat sich entscheidend wohl nichts mehr geändert. Besonders werden ihr die (wenigen) Szenen sexueller Kontakte ausgesprochen unangenehm gewesen sein. In einer Diskussion mit mir hätte sie sicher ihr ästhetisches Empfinden gegen meinen konsequenten Realismus ins Feld geführt (der solche Szenen ja nicht deshalb für legitim hielt, weil sie in Mode gekommen waren).
Im Geheimen nannte ich sie bei solchen Gedanken meine Frau von Stein (wohl wissend, wie sehr dieser Vergleich hinkte: die Charlotte zu Weimar hatte stets »Mäßigung dem heißen Blute« getropft, von den immer etwas melancholisch scheinenden feinen Manieren mehr gehalten als von Vitalität).
Und Julie tat das in meinem Falle vielleicht noch, obwohl sie es in Wirklichkeit gar nicht tat, da wir ganz entfernt voneinander lebten.

Muß ich nicht, falls denn Vorhaltungen zu machen wären, sie viel eher mir machen? Daß ich damals nicht mehr Stolz gezeigt habe und auch Gestaltungswillen?
Leider erst erheblich später ist mir klargeworden, daß ich mir vieles keinesfalls hätte gefallenlassen dürfen. Mir wurde ja demonstriert, daß ich zumindest gesellschaftlich angeblich nicht mithalten sollte – das hätte ich als eine mich kränkende und verletzende Unanständigkeit mit lange anhaltender Wirkung einfach nicht unwidersprochen lassen dürfen. Ein Wort der Abgrenzung von einem solchen Verhalten hätte nicht nur den tatsächlichen eigenen Rang wiederhergestellt, sondern (ich darf das nun wohl sagen) mich über das Verhalten der Gegenseite erhoben.
Und nichts wäre für mich damals wichtiger gewesen als das. Und so war es ein unverzeihlicher Fehler, es nicht getan zu haben.

Als die Heike schon tot war, sagte ihre Freundin zu mir: Der H… (ihr letzter Freund) war wohl ihr gegenüber etwas gehemmt; er wußte doch, aus was für einem Haus sie kam…
Ich bin darüber ziemlich erschrocken. Hörte denn sowas niemals auf? Spielte das auch dreißig Jahre später immer noch eine Rolle?
Jedenfalls doch nicht für die Heike; für sie am allerwenigsten.
Und könnte ich je auf die Vorstellung verfallen, mich aufzuführen, wie's bei den Provinz-Größen meiner Jugend wohl noch gang und gäbe war?
Jedenfalls bist du, meine Tochter, nicht schlechter dran gewesen als ich, weil deine Liebesgeschichten vielleicht üblicher, alltäglicher gewesen sind als meine frühen Erfahrungen. Nach allem, was ich davon ausgeplaudert habe, wird man mir das wohl abnehmen.
Aber ist es denn richtig, daß ihre Geschichten bloß alltäglich waren?!
Als sie achtzehn war, starb, wie gesagt, ihr Freund R…,

siebzehn Jahre alt. Und ich weiß doch, daß es nichts Erschütternderes, das weitere Leben Veränderndere gibt als den Tod eines nahen Menschen.
Es war auch für ihn ein Verkehrsunfall: Er war mit einem schweren Motorrad gefahren, hatte es – der eher schmächtig war – bei zu hoher Geschwindigkeit nicht mehr halten können, sich erschlagen.
Sein Bild hängt noch jetzt in ihrem Zimmer. Auf der Schreibunterlage des Tisches ist wie seit Jahren zu lesen: »Geliebt und unvergessen: R. M.«. Hinzugefügt sind die Lebensdaten.
Sie hat es als einzige ihrer dortigen Notizen eingerahmt, so fällt es gleich ins Auge. Ihre späteren Freunde lasen es, hatten sich damit abzufinden.
Ich weiß natürlich nicht, wie sich das entwickelt hätte zwischen den beiden, wenn der R... nicht so früh umgekommen wäre. Ob es nicht auf eine sehr alltägliche Weise geendet hätte.
Aber das ist ganz unwichtig. Entscheidend ist gewesen, daß die Geschichte von außen auf die denkbar eindeutigste Weise beendet worden ist. Und daß diese Geschichte dadurch nur umso lebendiger blieb.
Ich weiß auch nicht, was damals wirklich in ihr vorging und sich festsetzte und dann für immer blieb, als er plötzlich tot war. Ein anderer bekommt nur die äußeren Ereignisse mit, kaum mehr.
Ich erinnere mich an den Abend nach seiner Beerdigung. Freunde von ihr hatten angerufen und uns geraten, sie aus einer Diskothek abzuholen; sie sei in einem miserablen Zustand. Sie war ärgerlich, als sie uns vor sich sah, hatte auch einiges getrunken. Aber sie kam mit. Ich hatte dann viel Mühe in ihrem Zimmer oben, daß sie ruhiger wurde. Ilse hatte mich gebeten, mit ihr zu reden: Sie sei sehr unglücklich!
Es dauerte, bis es überhaupt zu einem richtigen Gespräch kam.

Irgendwann im Lauf einer längeren Zeit gelang es mir dann, daß sie über irgend etwas ein bißchen lächelte. Da wußte ich: Es ist gewonnen...
Und schließlich kam sie zu uns nach unten ins Wohnzimmer wie immer.
Gewisse Selbstaufgabegedanken, damals. Ich hielt es für richtig, sie genauer zu beobachten, ihr möglichst ihre Wünsche zu erfüllen.
Irgendwann sagte sie das damals: Wenn sie sterbe, wolle sie auf demselben Friedhof begraben werden wie er.
Das war eine von den mehreren ungewöhnlichen Bemerkungen, die sie im Hinblick auf ihren Tod gemacht hat und die wir nicht ernst nahmen. Ein so junges Mädchen, das (wie man sagt) noch ein ganzes Leben vor sich hatte – wir würden doch früher abtreten als sie und das also gar nicht für sie arrangieren können.
Wenn ich sterbe! Bis dahin vergingen doch wohl noch Jahrzehnte, und wir waren dann jedenfalls nicht mehr da, und sie selbst hatte es längst vergessen!
Und nun liegt sie schon dort, nur ein kleines Stück von ihm entfernt. Folgte ihm nach nur vier Jahren.
Und manchmal gehen wir auch an seinem Grab vorbei und bleiben dort ein bißchen stehen –.
Ich verfalle auf die Frage, wie sie reagiert hätte, wenn ihr ein Kind umgebracht worden wäre.
Ich denke, sie hätte ihre Empfindungen nicht so zu verbergen versucht wie ich. Hätte eindeutig und deutlich ihren großen Schmerz gezeigt, gleichgültig, in wessen Gegenwart.
Auch darin war sie mir überlegen.
Je öfter ich mir vorzustellen versuche, wie du dies oder das empfunden haben magst, von dem ich äußerlich etwas weiß, um so häufiger bin ich ganz unglücklich über meine Unfähigkeit, sagen zu können: So war es!
Ein ähnlich scheinendes eigenes Erleben war bei näherem Hinsehn doch nur vage verwandt: Nichts wiederholt sich

wirklich. Ich kann zwar vermuten, was das eine oder das andere dir bedeutet haben mag, aber zuverlässig weiß ich es nicht und werde es niemals wissen.
Abgesehen davon, daß ich ja auch nicht mehr sicher bin nach allem, was seit gewissen meiner Erfahrungen geschah: die Zeit, die uns alle verändernde Zeit, ist um eine Generation weitergeeilt, die Welt hat sich so rasch verändert wie nie zuvor. Wie könnte da jemand, der um 1955 jung war, sagen, er wisse, wie ein Zwanzigjähriger heute empfunden hat!
Das Bild, das ich von dir zu geben und zu erhalten versuche, muß also sehr unzulänglich bleiben.
Aber nicht nur wegen der notorischen Grenzen aller Beschreibbarkeit, die trotz allen Erzählenkönnens der besten der Schriftsteller immer nur zu Bildern von Menschen wie auf Postkarten führt. Sondern weil du uns einen erheblichen Teils deines Soseins und Empfindens immer vorenthalten hast. So wie ich es allen vorenthalte. Wie es mein Vater uns vorenthielt. Wir sind so; mögen andre darauf mit Unverständnis reagieren.
Weil ich mehr über dein Empfinden beim Tod deines Freundes erfahren will, um dir noch näherzukommen, greife ich zu deinem kleinen Tagebuch.
Es erscheint mir zugleich nicht anständig, daß ich darin blättere – es sind ja intime Notizen, so etwas sollte man nicht ohne Erlaubnis des Menschen, der sie niederschrieb, lesen. Aber du, die mir diese Erlaubnis geben, oder verweigern, könntest, kannst das nicht mehr tun.
Ist nicht auch das eine Form der Fledderei, was ich tue, und verwerflich?
Ich finde dies:
Daß du nach dem Tod des R... ein erstaunliches Gedicht geschrieben hast, in dem du ihn mit Ikarus vergleichst. Das Heim sei ihm zu eng geworden, seine Ungeduld habe ihn hinausgetrieben, da griff er zum Motorrad, »sprang vom Boden ab und fuhr und fuhr«.

Und damals schriebst du dies nieder (und auch ich könnte das gesagt haben in der Verzweiflung über deinen Tod, und mit nur unerheblich anderem Vokabular):
»Gott und Jesus Christus und den ganzen Schmalz gibt es nicht. Sonst wäre niemals ein Mensch wie R…, der noch soviele Träume hatte, gestorben.«
Es blieb, das weiß ich seit langem, immer etwas Fremdes um dich. In einigem warst du wie niemand sonst, *unvergleichlich.* Etwas an dir schien von weither zu kommen – und ich weiß nicht, woher: vielleicht aus irgendwelchen Vorfahren oder der Vergangenheit bei pruzzischen Waldleuten oder ostpreußischen Gutsbesitzern oder masurischen Kätnern oder preußischen hohen Beamten. Auch das ist niemals auszumachen.
Jedenfalls hatte manches einen andern Ton als unsre üblichen Reaktionen und Gefühlsäußerungen, es kam wie aus einer uns nicht bekannten Welt.
Auch so ist es noch nicht anschaulich genug gesagt; aber anschaulicher kann ich es nicht machen. Häufiger erschienst du mir empfindlicher als die andern, gefährdeter. Aber ich will mich davor hüten, anzunehmen, dir sei tatsächlich – wie du geäußert hast – etwas von deinem frühen Ende als eine Ahnung bewußt gewesen, und damit sei manches sonst nicht Verständliche doch erklärt.
Es bleibt mir nichts anderes übrig, als es bei solchen Mutmaßungen zu belassen.

15

Aber das war ja in meiner Jugend keine nur ungewöhnliche Zeit hier in B…, im Sinne von Aufbruch, hochfliegenden Träumen, und groß noch in aller Traurigkeit!
Da regten sich auch quälend, um nicht zu sagen: beängstigend, die düsteren Züge; auch das zum erstenmal. Ich weiß nicht, aus welchen Gründen das kam; weiß nur: als ich ge-

rade zwanzig geworden war, überfiel mich mit einemmal, und dann wiederholt, Todesangst. Einige Jahre später hat ein guter Psychologe sogar von latenter Todesfurcht gesprochen. Und er fuhr fort: Ich müsse offenbar den Tod meines Vaters (der da vier Jahre tot war) noch einmal sterben...

Eins daran traf nicht zu: es bloß von Vaters Tod herzuleiten. Denn die ersten Symptome sind wie gesagt erheblich früher aufgetreten, die Wurzeln waren also andere.

Unüblich für einen jungen Menschen. War ich tatsächlich sehr gefährdet? Stärker vielleicht noch, als sich mir mitteilte und als mir seither bewußt ist (da ich das damalige, mit inzwischen erträglichen Narben, durchgestanden habe)?

Denn wurde ich nicht sogar auf mehrfache Weise in Bedrängnis gebracht: aus meinem Innern heraus und zugleich auch von außen (zum Beispiel durch jenen ominösen Motorradfahrer, der quer über die Straße auf mich zukam und mich um ein Haar erwischt hätte)?

Oder war das in meinem Fall nur eine Erprobung im Hinblick auf die Heike und ihr Ende eine Generation später? Kein abwegiger Gedanke...

Fiel damals ein Schatten über mein Leben und blieb darüber? Und erreichte dann die Heike?

Manchmal stelle ich mir nun vor, was es bedeutet hätte, wenn ich damals tatsächlich gestorben wäre wie jetzt sie, im *gleichen* Alter. Als ein noch ganz unbeschriebenes Blatt, dem man kaum irgend etwas hätte nachsagen können.

(Und sie, wäre sie nun am Leben geblieben wie damals ich, hätte in den folgenden Jahren, das kann geradezu hochgerechnet werden, zweifellos mehr geleistet als ich.)

Ich erinnere mich an ein Detail aus der Zeit, da ich zwanzig war; es belegt, wie sehr die erwähnte Todesfurcht lange Zeit alles überzog und daß sie (für Außenstehende) bis ins Lächerliche reichte: Als ich unmittelbar nach dem Abitur in einer Universitätsstadt ein Zimmer suchte, schrieb ich an

die dortige Zimmervermittlung, daß der Blick aus dem Fenster aber keinesfalls auf einen Friedhof gehen dürfe...
Und das zu einer Zeit, als noch niemand von uns wußte, daß Vater Krebs hatte und zwei Jahre später sterben würde.
Meine mehr als ungewöhnliche Beziehung zu Friedhöfen hat sich im Lauf der Jahrzehnte erheblich verändert, aber niemals verloren.
Über Storm ist gesagt worden, der Tod habe ihn von früh an ständig beschäftigt und verdüstert; der Abgrund des Nichts sei wohl in jeder Stunde in seinem Bewußtsein gewesen.
Nun: Das gilt nicht nur für Storm...
Ein Friedhof: Er erteilt einem jedesmal eine rabiat handgreifliche Lektion über das Menschenleben, das sogenannte Schicksal des einzelnen. Dort wie nirgendwo sonst wird es einem eingebläut. Ich ziehe diese absolut unwiderlegbare Belehrung zum Beispiel jeder Bibel-Lektüre vor (wie der alte Brecht sie betrieb).
Wie war sowas bei der Heike, als sie um die zwanzig war?
Es gibt zwei Äußerungen von ihr, die wir für Jungmädchen-Überspanntheit hielten (obgleich sie uns erschreckend erschienen) und nicht *zu* ernst nahmen, die aber auf eine Ahnung ihres frühen Todes schließen lassen könnten (doch ich zögere auch heute noch, da es bewiesen zu sein scheint, so zu denken).
Die erste dieser Bemerkungen fiel am Eßtisch, als Ilse ihr zuredete, regelmäßiger und besser zu essen; darauf antwortete sie: Warum? Ich werde doch sowieso nicht alt.
Die andere, noch erstaunlichere, ebenfalls zu ihrer Mutter: Wenn ich mal nicht mehr da bin, dann trag keine schwarzen Sachen, das steht dir nicht.

Es ist nun Monate her, daß die Heike umgebracht wurde. Und vernichtend weiterhin die Vorstellung, daß wir unser großes, schönes Mädchen in die Erde haben tun müssen, in einen dunklen Sarg – sie, die so gern gelebt, so vieles bewußt getan hat!

Was hätte das für ein Sommer für uns hier in B... werden können! Was kann es nun bloß für ein Sommer werden –.
Und wir bauen uns die Selbsttröstungen auf, so töricht wie vieles, was Menschen in ihrer heillosen Not tun: Wer weiß, was ihr vielleicht erspart blieb! sagen Ilse und ich.
Lange, hoffnungslose Krankheit möglicherweise (sprach sie nicht häufiger von Magenbeschwerden, zeigte manchmal Appetitlosigkeit?). Und wenn ich an meine Kindheit dachte und die Flucht aus Masuren: wie Rache wahllos die Menschen zertrat, Vergewaltigungen und Brutalitäten jeder Art unseresgleichen umbrachte – war da nicht jeder glücklich dran, dessen zweiundzwanzig Jahre in lauter Friedenszeit lagen?
Doch wie ich in meinen Gedanken anhalte, stelle ich fest, daß auch eine solche Vorstellung die Verzweiflung kein bißchen mindert.
Und ist *Friedenszeit*, wenn Betrunkene ungehindert rasen und unterwegs töten? Was macht es für den, der umgebracht wird, für einen Unterschied, ob ihn ein Panzer überrollt und ihm die Glieder zertrümmert oder ob jene das Auto eines Betrunkenen erfaßt?
Gänge durch B..., die alte und immer noch so charaktervolle Stadt.
Ein bescheidenes niedriges Eckhaus; im Erdgeschoß noch das Fahrradgeschäft wir vor über dreißig Jahren.
Ich betrete es, will eine Kleinigkeit für Felix' Rad kaufen. Ein älterer stämmiger Mann (gut möglich, daß er schon vor dreißig Jahren hinter dem Ladentisch stand): Da gibt's ein'n Haufe Zuig (Zeug).
Ich bin nahe daran zu sagen: Hier bei Ihnen hab ich mein erstes Sportrad bekommen, vor genau zweiunddreißig Jahren. (Vater übernahm damals mein altes Rad, das neue bot er von vornherein mir an...)
Doch ich wage es nicht. Was hätte es für den Alten schon bedeutet. Aber ein Kloß im Hals (fast ein Dauerzustand nun seit Wochen). Sentimentalität zu allem andern, ja.

(All diese Dummköpfe, die heutzutage Empfindsamkeit bloß noch in Verbindung mit Schnulzen sehen: sie sind zu eindeutigen Empfindungen offenbar nicht mehr in der Lage; die meisten von ihnen trockene Registratoren. Vergiß diese Typen; schneller als über sie wird die Zeit über niemanden hinweggehn.)

Das alte Gymnasium (heute ein Altenheim).

Was mag Vater, den Landwirt und Handwerker aus Masuren, bewegt haben, den Mann, der selbst eine kleine Volksschule in einem der abgelegensten Nester Masurens besucht hatte, als er hier eines Tages sein Fahrrad an die Hauswand stellte und zu den studierten Direktoren und Studienräten hineinging, um zu sagen: Ich hab einen Sohn, der hat gerade die Mittlere Reife gemacht – ich möchte, daß er hier weiter zur Schule geht.

Warum tat er das? Hatte ihm der Junge noch nicht lange genug auf der Tasche gelegen, war es nicht Zeit, daß er endlich in eine Lehre kam und auch einen Beitrag zum Lebensunterhalt der Familie leistete, die es dicke weiß Gott nicht hatte?

Wer sonst aus dem Dorf, in das wir gezogen waren, besuchte etwas anderes als die Volksschule? (Damals kein zweiter.) Der Junge hatte immerhin Realschule; man war doch nicht kleinlich gewesen…

Unvergleichlicher Mann, es war eine deiner erstaunlichsten Taten! Vergleichbar jener von biblischer Größe, da du als Kind mit dem Stein in der Hand auf einen großen Lehrer losgingst, der deinen Bruder durchprügeln wollte und es danach niemals mehr wagte… Großer Mann, nie kann man ein Loblied für dich ausreichend singen…

Wenn ich an mein Erleben in Beziehung zu meinem Vater in jenen Jahren in Süddeutschland zurückdenke, so zeigt sich mir spontan eine überwiegend sanfte, freundliche Zeit. Es fallen mir gleich die damaligen abgelegenen Straßen zwischen den rückständigen Dörfern ein, die noch so gar nichts »Modernes« hatten. Wie sie an mildsonnigen Spätsommertagen dalagen in dem hügeligen Land: gewundene Schotterstraßen bergauf und bergab, staubig (welch eine Rauchfahne zog ein Auto hinter sich her!), gesäumt von alten, windschiefen Apfelbäumen.

Dieses Bild soll offenbar auch für die so ruhige, gütige Art meines Vaters stehen, wie vielleicht zugleich für den Charakter jener Zeit.

Das ist mehr als erstaunlich, denke ich an die Erkrankung Vaters und sein langes, qualvolles Sterben, das in seiner Brutalität dem Ende meines Kindes gleicht.

Viele Jahre nach Vaters Tod begann ich ein Buch über ihn, im Lauf etwa eines Jahrzehnts wurden es Hunderte von Seiten, unzusammenhängend vielleicht über tausend. Es kam dann die Welle der Vater-Romane, ich las einiges davon, akzeptierte aber letztlich nur einen Roman über einen Vater, den »Sekundanten« des Schweden Enquist – und der hatte natürlich nichts mit den bundesrepublikanischen literarischen Moden zu tun.

Und die Zeit ging auch über die Welle der Vater-Romane hinweg, diese mir mitunter schwer nachvollziehbaren Gerichtstage von den ungefährdeten Schreibtischen einer glücklicheren Zeit aus.

Und ich bekam mein Buch über meinen Vater niemals auch nur entfernt fertig.

Weitere Einzelheiten.

Ich wuchs in Masuren auf zur Zeit des Dritten Reiches, es wurde damals viel geprügelt, in den Familien, den Schulen, den Parteistellen. Es wurden Kinder geprügelt und Erwachsene.

Mein Vater hat sowas nie getan.

Er mußte Soldat werden vom ersten Tag an. War mit in Polen, dann in Rußland von Anfang bis Ende.

Ich erinnere mich an eine Äußerung von ihm in jenen Jahren, ich gebe sie wohl wörtlich wieder, jedenfalls ohne den Inhalt zu verändern: Hoffentlich machen die mit uns nicht eines Tages, was unsre dort mit den Juden machen.

Es klang bedrückt. Und ich bin sicher, daß er gesagt hat: Was unsre … machen; nicht: Was wir … machen.
Einige Jahre später konnte man Deutsche mit der Lupe suchen, die so etwas eingestanden; die hohen und höchsten Ränge erklärten durchweg, darüber völlig uninformiert geblieben zu sein.
Den Stabsgefreiten, üblicherweise großer Schweiger, hatte es jedoch zu der wiedergegebenen Aussage gedrängt.
Aber nun geht es hier nur um die Frage, ob ich das Verhalten, das dieser einfache, durch eine Schule fast ungebildete Mann mir vorgelebt hat, so begriffen habe, daß ich meinen beiden Kindern etwa gleich viel bedeuten konnte wie er mir.
In einem der Norwegen-Urlaube verfiel ich zum Beispiel auf die Idee, ich sollte den beiden eine bestimmte Stunde in jeder Woche für ein Gespräch anbieten: Da mochten sie sich von der Seele reden, was ihnen mißfiel und ein Problem war.
Dann jedoch schien mir, das sei eine zu bürokratische Handhabung, so steif sollte man es nicht lösen.
Aber vielleicht ist die Absicht gar nicht so falsch gewesen? Jedenfalls besser, als überhaupt nichts dergleichen tun? Der intellektuell dressierte Kritiker siegt über den Menschen mit seinen spontanen gutgemeinten Einfällen – das wird immer die falsche Entscheidung sein.
So sprach ich nie mit meinen Kindern über so etwas.
Und eines Tages resultierten aus solchen Unterlassungen Selbstvorwürfe der heftigsten Art.

Während Felix und ich uns an einem sehr warmen Tag in der Mittagszeit zum Bussen, dem »heiligen Berg« der Oberschwaben, hinaufplagen, unsre Räder schiebend, um dann die großartige Aussicht weit über das schöne Land hin zu haben, denke ich wieder daran, welch eine ungleich größere Strapaze Vater eines Tages auf sich nahm, um sich einen Traum zu erfüllen: einmal die Burg Hohenzollern zu sehen!

Es muß ihm, der sich zeitlebens mit Historischem beschäftigt hat (der Geschichte des Deutschen Ordens in seiner Heimat Ostpreußen vor allem, Preußischem) sehr viel bedeutet haben. So stiegen wir eines Morgens, es war nach meiner Erinnerung der Himmelfahrtstag, auf unsre Fahrräder, etwas anderes kam finanziell nicht in Frage. Er war da zweiundfünfzig, ich neunzehn.

Es war die Tour aller unserer Touren.

Von uns aus durch die kleinen Dörfer und am Bussen vorbei zur Donau. Dann auf den Buckel der Schwäbischen Alb hinauf und später nach Gammertingen hinab ins Lauchert-tal. (Vater sprach in seiner masurischen Weise aus: Jammertingen.) Und weiter über Burladingen und Jungingen (Vater sagte Jungjingen, es erinnerte ihn an den Hochmeister bei Tannenberg, Ulrich von Jungingen). Dann, endlich, der Hohenzollern, ein herrlich aufragender bewaldeter Kegel von immerhin fast neunhundert Meter Höhe, mit der vieltürmigen Burg! Das muß Vater erschienen sein wie einst jemandem die legendäre Gralsburg oder etwas ähnlich Großartiges, fast schon Unwirkliches! Und schließlich wir oben, und durch das Tor, und die Türme um uns, und der Burghof und der Mauerkranz, und der herrliche Blick übers Land! Und ich habe das fotografiert.

Aber dann hatten wir ja den ganzen verdammt strapaziösen Weg noch einmal zu fahren: zurück. Und was uns auf der Hinfahrt begeistert hatte als etwas uns Neues, versuchten wir nun bloß noch hinter uns zu bringen.

Und eine kleine Pause haben wir nur in Riedlingen gemacht, und jeder hat dort ein Glas Sprudel getrunken.

Und allmählich wurde es dunkel. Und ich erinnere mich, daß Vater mir zuletzt nicht mehr so recht folgen konnte, wiederholt sah ich mich nach ihm um, und sah ihn etwas schief auf seinem Rad hängen. Und dann waren wir endlich wieder daheim und fielen erschöpft in unsre Betten, und Vater noch vor mir (und ich meine mich zu erinnern: ohne etwas zu essen).

Und am nächsten frühen Morgen fuhr er zur Arbeit mit dem Rad wie immer, und ich mußte wieder zur Schule.
Wir sind an jenem Tag etwa 170 Kilometer gefahren, mit unsern einfachen Rädern, und über die bergige Alb.
Ich könnte mich in Auto setzen und jene lange Straße wiedersehen, die wir vor dreißig Jahren mit dem Rad gefahren sind, und Vater ist nun schon siebenundzwanzig Jahre tot, hat diese grandiose Tour nur um drei Jahre überlebt.
Noch einmal am Fuß jener mächtigen Burg stehen wie damals! Und dann zu ihr hinauf! Danach wäre auch eine präzisere Beschreibung von vielem möglich: die Fotos, die ich machte, besitze ich nicht mehr.
Aber es wäre ja bei weitem nicht dasselbe. Es kann niemals mehr dasselbe sein. Ich würde wahrscheinlich bloß einige einzigartige Vorstellungen verwischen. Ich würde die Burg zum Beispiel als das ansehen, was sie wirklich ist: ein Gebilde des 19. Jahrhunderts nach irgendwelchen alten Plänen, eine Aufrichtung nach romantisch-historisierenden Vorstellungen mit vielen Zimmern und sieben Türmen – ein Bilderbuch-Bauwerk, quasi Museumsstück, es könnte sogar der wenig freundliche Gedanke aufkommen an eine Art Disneyland.
Damals aber war es etwas nach den Vorstellungen Vaters und auch meiner noch unverbildeten Phantasie: also etwas ganz Großartiges auf der Höhe über dem Wald!
Pah –! sagte er; – uneinnehmbar! Dort kam doch niemand rauf und konnte diese Burg besiegen! Einzigartig!
Und wir sahen geradezu Ritter reiten mit Helm und Rüstung, Schild und Speer.
Es war damals mit Vater etwas völlig anderes, als es nun je auch nur entfernt noch sein kann.
Tatsächlich ist die Burg einmal »das vesteste Haus in teutschen Landen« gewesen; erst nach einer einjährigen Belagerung konnte sie eingenommen werden. Und ein späterer Neubau konnte auch nur durch Aushungerung bezwungen werden.

Viele Jahre später während eines historischen Festes in Rothenburg ob der Tauber.
Plötzlich sah ich einen alten Mann in Ritterrüstung, der meinem Vater so ähnlich sah, daß ich erschrak.
Was hatte mich, über die Ähnlichkeit hinaus (von der ich ja wußte, daß sie völlig zufällig war) so erschüttert?
Daß es damit formuliert war, was in meiner Vorstellung sich seit der frühen Jugend bewegte. Daß die Metapher endlich gefunden war: Vater ein Ritter!
Zeitlebens ein Ritter. Auch wenn es seit Jahrhunderten niemanden mehr gab, der eine Blechrüstung mit Helm und Visier trug, außer bei historischen Umzügen.
Ich trieb es in den Jahren danach noch erheblich toller, wenn ich daran dachte. Vielleicht war er der *letzte* Ritter, ging mir eines Tages durch den Sinn – hatte er sich nicht etwas von der Haltung jenes Gepanzerten bewahrt gehabt, den Dürer an Tod und Teufel vorbeireiten läßt?
Ja: Er hatte wenig sogenannte Schulbildung. Aber er hätte Analphabet sein können und nie auch nur eine Zeile gelesen haben, er wäre klüger gewesen als alle, die ich je kennenlernte, *und wäre gewesen der Dürersche Ritter*.
Vater ein Ritter? In seinen speckigen Maurerhosen, die verbeulte Skimütze auf dem Kopf, wenn wir durchs Land radelten? War er nicht allenfalls ein solcher Saurier wie jener Windmühlen-Gegner von der traurigen Gestalt?
Ja, ich trug ganz außerordentlich dick auf. Keine Frage.
Das Glanzstück meiner Phantasie aber war zweifellos ein detailliert ausgemalter Kampf zwischen Vater, dem letzten Ritter (längst dahingegangener Welt- und Lebenshaltung), und dem »Ritter« Donald Duck (Wildwest/Comic-Welt: unsere Gegenwart).
Denn heute soll es keine Ritter mehr geben?! Aber Freunde! Eines Tages habe ich an einem Zeitungskiosk ein Buch mit dem Titel entdeckt: »Ritter Donald ist der beste«.
Wie habe ich nur vom letzten Ritter reden und darüber vergessen können, daß es ja noch jenen einen gibt mit seiner

Sprechblasen-Sprache, von dem heutzutage (wie es in dem Buch heißt) »Kunde in alle Lande dringt«! Diesen allbekannten Wicht mit seinem Uff! und Ächz! und Schluck! und Purzel!
Von dem es in einer deutschen Enzyklopädie heißt, er sei eine »Enterich-Karikatur mit den Zügen der Geschwätzigkeit. Sie typisiert schwatzhaftes Verhalten und Passives und Härte im Nehmen«.
Also ich glaube, ich habe da durchaus zwei Exponenten (Antipoden) ihrer Zeitalter zusammengeführt. Insofern kann ich mir nichts vorwerfen.
Es tut mir sehr leid: Meine Zeit hat mich zu sehr hergenommen, sich angepaßt, verkrüppelt, als daß ich meinen Kindern noch ein Bild hätte abgeben können, wie es so mein Vater für mich gewesen ist, und noch weit über seinen Tod hinaus.
Vaters Welt in meiner Kindheit! Sie erscheint mir inzwischen schon so fern, daß es mir immer weniger Probleme macht zu sagen: Das war ja gleichsam Mittelalter, noch Ritterzeit!
Und heute –! Pah –! Merde!
Der Anfang von Vaters Ende ereignete sich etwa zur selben Zeit, als ich zum Studium fortging. Damals war ohnehin so vieles zu Ende: und einen Kraftakt wie die Hohenzollern-Fahrt hätten wir kein zweites Mal unternommen. Und meine Fußballspiele in einem Kreisklasse-Verein hörten ebenfalls auf, zu denen er immer mit seinem Rad gekommen war, wie weit wir auch gereist waren. (Meistens traf er später ein, wir hatten schon angefangen; ich stand im Tor und sah ihn kommen.) Es war, als sei vor allem die Zeit für seine Art, seinen Typus im Verenden.
Er mußte ins Krankenhaus, nachdem ihm ein Fuß zertrümmert worden war. Im Lauf der langwierigen Behandlung kam dann auch sein altes Magenleiden zur Sprache (mitgebracht aus der russischen Gefangenschaft, bald zehn Jahre her), und jetzt diagnostizierte man zutreffend Krebs.
Ich habe mich irgendwann gefragt, ob diese Fußverletzung

überhaupt ein lupenreiner Unfall gewesen ist. Ich traue dem alten Schweiger und immer aufs Praktische gerichteten Denker durchaus zu, daß es ein fingierter Selbsttötungsversuch gewesen ist, weil das die Zurückbleibenden bessergestellt hätte als der Krebstod.
(Später, als alles klar war, lief das nicht mehr – da konnte er nur noch möglichst lange durchhalten. Ich erinnere mich, wie erstaunt der Pfarrer gewesen ist, als ich ihm auf seine Frage hin berichtete, daß Vater immer wieder zwischen den Krankenhaus-Aufenthalten und buchstäblich bis zum letzten möglichen Tag berufstätig gewesen war.)
Die Jahre zwischen meiner mit seinem Tod endenden frühen Jugend und dem Ende meiner Tochter:
Nach dem Abitur studierte ich also im Hinblick auf den Höheren Schuldienst. Lebte in mehreren mittelgroßen Universitätsstädten; darüber vergingen einige Jahre.
In einer kleinen abgelegenen Stadt lernte ich Ilse kennen. Sie war in selbstbewußter bürgerlicher Welt aufgewachsen, man sah auf Großgrundbesitzer, Staatsbeamte, Ärzte zurück, liebte klassische Musik, die gängige Literatur: alles schien getönt durch ein nicht ungewöhnliches und nicht geringes konservatives Niveau. Ich dachte an die Solidität und schlichte Schönheit von Biedermeier.
Auch davon kommen meine Kinder her.
Und das Getöse der Welt ging weiter und erschien mir immer schriller, den einzelnen bedrängender. Und ich selbst kam in die Tretmühle einer sogenannten Berufstätigkeit. Schon übte man sich mit Wasserstoff-Bomben ein; und es gab Verantwortungsbewußte, die dagegen protestierten, wenn auch aufs Ganze gesehen völlig vergebens. Und die Großmächte schossen Flugkörper in Umlaufbahnen um die Erde. Und es begann die Zeit der Düsen-Passagierflugzeuge; und immer mehr Autos kamen auf die Straßen. Und viele Menschen wurden im Empfinden immer träger und stumpfer und uninteressierter durch all den allgemeinen Wohlstand.

In der UdSSR rechnete man mit Stalin ab, in Ungarn gab es einen Aufstand. Durch Berlin wurde eine Barriere gemauert. In jenem Jahr haben Ilse und ich geheiratet; und das war gut so.
Und da war die große Zeit des Rock'n'Roll auch schon fast vorbei, diese unvergleichliche Zeit meiner Jugend. Und etwas später waren die Beatles die Nummer eins.
In den USA wurden die Besten durch Attentate erledigt: die Brüder Kennedy und Martin Luther King. Und in Vietnam führte diese Nation einen Krieg, den viele auch im eigenen Land als dreckig bezeichneten. Und die sogenannte Adenauer-Ära ging zu Ende. Und es kamen die so erregten sechziger Jahre, und gingen vorbei wie alles, und hatten vieles vom Herkömmlichen zertrümmert – und man mochte von dem Neuen, das niemand mehr ganz eliminieren konnte, halten, was man wollte: die Welt sah nach den Barrikaden und heftigen Protesten nicht mehr ganz so aus wie früher, und würde es nie mehr ganz so sein.
Und wir hatten die Mini-Mode (die mir gefiel) und dann das Gegenteil davon: die Maxi-Mode (die ich scheußlich fand). Und es war die Rede von einer sexuellen Revolution; und tatsächlich gaben sich die Jüngeren in der Liebe anders als wir früher, die wir unsere Liebschaften eher verborgen haben (ob das nötig war oder nicht).
Und es gab dies und das in der großen Politik. Wir bekamen einen Bundeskanzler Brandt und dann einen Bundeskanzler Schmidt. Und die Maschinen machten sich immer wichtiger, und die Automation wurde rigoros vorangetrieben. Und mein Eindruck war, man frage nach den Menschen immer weniger und werde immer nur egoistischer und schwafle überhaupt immer mehr.
Die Unterhaltungs-Elektronik war gewaltig aufgestiegen. Und ein Mensch stand eines Nachts auf dem Mond, und wir saßen vor dem Fernseher und waren auf diese Weise dabei.
Und auf der alten Erde begann man allmählich einzusehen,

wie brutal man mit dieser Heimat des Menschen umgegangen war und immer noch umging, wie rücksichtslos man sie gefleddert hatte und immer noch fledderte, und daß man sie eines Tages ganz abgewrackt haben würde.
So verging ein Vierteljahrhundert seit meiner frühen Jugend. Und sah ich auf all diese Jahre zurück, so fand ich: Es war kaum ein Stein auf dem andern geblieben.
Was Wunder, daß mir die eigene Jugend (und das hieß auch: die Vater-Zeit) heute nur noch wenig wahrscheinlich erscheint. Oder wie eine kaum noch scheidbare Mischung aus Gedachtem und in der Erinnerung längst Verändertem. Und der Anteil an Wirklichkeit in dem Erinnerten verliert sich immer noch mehr.
Aber wie das auch sei: Die starke Beziehung zu meiner Jugend hat sich nicht verloren.
Und immer noch (und manchmal ist das sicher zu dominierend) das Unsichre, Zögerliche in der eignen Haltung wie in der Jugend, ja quasi Unselbständige – als benötige man noch die Hand des Älteren, Erfahrenen an seiner Seite, der den Weg weiß und ihn ruhig geht. Und es gibt ihn schon lange nicht mehr. Und es ist längst schon die nächste Generation da, die eine gewisse Führung braucht und für die man selbst nun der verläßliche Vater sein sollte, der weiß, wo's langgeht, und der Welt trotzt und einem alles wieder ins Lot bringt.
Und so hat also keiner der Lebenden noch den großen Mann neben sich mit dem sichren Durchblick, wir nicht und unsre Kinder nicht; die Unsicherheiten sind anscheinend immer unheimlicher und heilloser geworden, die Sehnsüchte nach einem bißchen Geborgenheit immer quälender.
Und bei näherem Hinsehn wird alles noch schlimmer: Neben den andern (die so oft Wölfe sind, und die Hölle) tritt plötzlich das unberechenbare, reißende Tier mit Namen Schicksal, und vor dieser Bestie ist man ganz ungeschützt, muß wie im Sperrfeuer über die Runden.

Und so wird einem alles immer nur noch fragwürdiger; und ein Sinn von allem jedenfalls immer unvorstellbarer.
Da mich hier in B... so sehr Erinnerungen bedrängen: Was Wunder, daß da auch die Erinnerung an Julie noch in meinen Träumen ist.
Ilse, Julie, ich.
Julie und ich an einem Kaffeehaus-Tisch; Ilse sitzt in einer kleinen Distanz dazu, aber Julie und mir zugekehrt.
Jemand spricht Julie als meine Frau an. Aber nein! sagt die bestimmt, weist auf Ilse hin.
Und dann ein Gespräch darüber mit Julie, daß auch sie unter Umständen meine Frau hätte werden können. (Einzelheiten weiß ich nach dem Aufwachen nicht mehr.)
Da beginnt mit Julie etwas Seltsames, Befremdendes zu geschehen: Sie läßt dunklen Schokoladenbrei aus dem Mund hervorquellen, der bald ihre Unterlippe halb bis zum Kinn bedeckt. (Hat sie ihn hochgewürgt, wo kommt er her?)
Ich nehme eine Serviette, fange an, diesen Brei wegzuputzen. Es wird ein verknautschtes, verschmiertes Papiertuch; das Zeug klebt mir auch unangenehm an den Fingern. Und ich habe Julie ja durchaus nicht ganz sauber bekommen; sie ist nun verschmiert wie ein kleines Kind.
Und man fällt über mich her: Was ich denn angerichtet habe! Welch ein Schmierkram! Wie anstößig das Ganze!

Wie war das, als ich meine Tochter zum letzten Mal im Leben sah? Es ist drei Monate her, die Erinnerung daran ist außerordentlich deutlich.
Meinen Vater habe ich lebend zum letzten Mal vor siebenundzwanzig Jahren gesehen.
Er lag in einem Zimmer des Krankenhauses in B... zusammen mit einem grauen alten Mann, der offensichtlich im Sterben war. Wohl aus Rücksicht auf mich (Vater gegenüber war man weniger feinfühlig) schob man Vaters Bett vorübergehend in eine Nische auf dem Flur, damit wir uns dort unterhalten konnten.

Wußte Vater (was mir erstaunlicherweise überhaupt nicht bewußt gewesen zu sein scheint), daß wir danach niemals mehr miteinander sprechen würden, da ich ja zum Studium abreiste und ihm nicht mehr viel Zeit blieb?
Ich habe später mitbekommen, wie ein andrer Krebskranker starb – da erfuhr ich viel mehr von Schmerzen und Phantasien und Wachträume und dem üblichen Bild solch eines geschlagenen Mannes.
Vater aber schien absolut klar in unserem letzten Gespräch, ganz wie immer, es war geradezu wie gewöhnlich zwischen uns, wir sprachen über den Stand der Arbeiten in unserer Landwirtschaft und von alltäglichen Dingen, bis ich sagte: Nun will ich mal wieder gehen.
Keinerlei Erinnerung mehr an den letzten Händedruck: Mir war ja nicht bewußt, daß es der letzte war, so habe ich nicht darauf geachtet.
Auch das bewirkte noch mein Vater. Er hatte alles in der Hand bis zuletzt. Es war die denkbar souveränste Haltung gegenüber einem völlig unangebrachten Schicksal. Er zeigte sich unbedingt größer als dieses Schicksal.
Aber es wird mir immer jener Augenblick in Erinnerung bleiben, als er mir den letzten Blick zuwarf, ich hatte mich da schon ein bißchen von ihm entfernt. Er *lächelte* leicht (und ich nahm das so hin, dachte nicht, daß er in fünf Tagen tot sein würde) – *und hob die rechte Hand zu einem Wink*
Sein letztes Lebewohl –.
Ich habe danach bis heute diese Geste bei einer Abreise, einem kleinen Abschied niemals machen können.
Doch das ist nicht ganz richtig gesagt. Natürlich war auch ich in gewissen Situationen drauf und dran, die rechte Hand zu einem Adieu-Wink zu heben. Doch dann stand sofort jener letzte Gruß vor mir, und ich machte nur irgendeine ähnliche Bewegung: Krampf, Murks.
Es ist noch einmal ein wohlwollendes, wenn auch schon müdes Lächeln meines Vaters gewesen: Alles Gute, mein Lieber, wir haben so manches zusammen unternommen

und erlebt, es ist zu Ende, es war immer alles gut zwischen uns –.
Dieser Abschied hat für mich bis heute seine Einzigartigkeit behalten: daß es ihm bis zuletzt gelang, so sicher und so selbstverständlich zu erscheinen wie immer.
Es müssen für ihn Augenblicke einer schier unglaublichen Selbstbeherrschung gewesen sein.

Als ich ihn noch einmal sah, da lag er im offenen Sarg, und es war eine schreckliche Starre über seine Brust, sein Gesicht gefallen.
Ein Anblick, dem nun nach vielen Jahren ein noch schlimmerer gefolgt ist: Als ich mein Kind tot auf einer Bahre ansehen mußte.
Einen Tag nachdem vor einem Vierteljahr meine Tochter getötet wurde, bin ich auf dem Friedhof, wo mein Vater begraben ist.
Die mächtige alte Friedhofskapelle. Ich zögere, sie zu öffnen: Dort hat Vaters offener Sarg gestanden, dort hat der Pfarrer gepredigt, nachdem er von mir den Konfirmationsspruch des Toten bekommen hatte.
Das ist also über ein Vierteljahrhundert her.
Ich nehme den breiten Weg, auf dem Vater zu Grabe getragen wurde. Hinter dem Chor der Kirche vorbei. Dann wird der Weg zum Pfad, steigt an der Nordseite des Friedhofs hinauf, ziemlich steil. Ich denke, daß es hier keine leichte Arbeit für die Sargträger ist. Ein kleines Stück weiter oben kamen sie damals an uns vorbei, es geht weiterhin schräg bergauf, es wurde eng, der Sarg streifte uns fast.
Wieder am Grab meines Vaters, wie so oft in den letzten Jahren. Ich lebe nun schon so lange nicht mehr hier, doch ich komme ja immer wieder hierher. Zwei, drei Jahre nach seinem Tod fragte mich Mutter bei einem meiner Besuche in B...: Warst du schon auf dem Friedhof? Er hat doch früher immer so gewartet, daß du nach Hause gefahren kamst.
Ich lese den Namen Vaters, metallen auf eine bescheidene

Steinplatte gesetzt, die Lebensdaten. Er starb, erst fünfundfünfzigjährig, und in meiner Jugend, und damals erschien er mir *alt* und überlegen, und ich habe dieses Alter nun fast erreicht, und bei mir von irgendeiner Überlegenheit nicht die Spur.

Und wie lange ist sein Tod nun schon her.

Wie schon unvorstellbar lange.

Und nun empfinde ich vor diesem Grab, das mich immer so sehr bewegt hat, auch spürbar nicht mehr das, was ich hier in allen Jahren empfand. Und ich registriere das fast nüchtern.

Der Tod meines Kindes hat auch das gleichsam Geschichte werden lassen, es ist Menschengeschichte, eine der zahllosen Menschengeschichten, wenn auch zweifellos eine große, nun plötzlich mir stärker entrückt, gestellt in Zeit-Koordinaten.

Lange her. Lange her.

Ich habe vor dem Grab meines Vaters immer etwas zu sagen gehabt, nichts Großes und Ausführliches, das war niemals unsere Art; und meistens haben wir uns, als er lebte, bloß ein bißchen zugelächelt. Nun aber bin ich wie ausgeleert von allem, ich bringe nur noch hervor: Mein Lieber –.

Ein anderes Grab, einige hundert Kilometer von hier entfernt, bekommt nun alle meine Ansprachen: Das meines Mädchens, das man umgebracht hat.

B... und alles hier nun gleichsam hinter mir.

Hätte ich nicht bisher – unreflektiert, spontan – immer gesagt: Wenn überhaupt noch Heimat für mich, nach der masurischen, dann hier.

Und nun habe ich spürbar davon abzurücken begonnen: Auch dies war alles vor dem 6. April, und zu Hause bin ich jetzt dort, wo das Grab meines Kindes ist.

Auch in B... also keine Wurzeln, was bewegt mich hier noch, es sind für mich neuerdings Bilderbuch-Ansichten, und ich habe das alles doch schon früher gesehen, mehr ist darüber nicht zu sagen.

Auch erinnere ich mich, wenn denn schon, an einige alte Ärgerlichkeiten: in der frühen und nun ganz verwehten Jugend. Alles miteinander vergangen!
Ich werde ausgesprochen ernüchtert von hier abreisen.

16

September.
Dieses schreckliche Ereignis hat mich also insofern verändert: Ich denke über vieles, was mir früh zustieß und dann über Jahrzehnte hin zäh im Bewußtsein blieb, plötzlich anders. Ernster, älter. An manches denke ich gar nicht mehr. Und während ich das feststelle, geschieht es fast ohne Bewegung.
Es ist mir unangenehm und wie etwas Unanständiges, Gestohlenes, daß ich in dieser Weise vom Tod meines Kindes profitiere – wie könnte ich es anders bezeichnen.
Ich ordne die Papiere auf meinem Schreibtisch, wie sie sich in den letzten Wochen angesammelt haben.
Einiges an Post. Und die Steuerkarte meiner Tochter ist zurückgekommen (Steuerklasse Eins, Zahl der Kinder: Keine, nicht verheiratet). Und eine Bescheinigung zu ihrer Sozialversicherung.
Und ich gehe noch einmal an meine ersten Entwürfe für den Grabstein. Ich denke nicht an das Gängige: irgendeine glattgeschliffene Steintafel oder sowas, sondern an einen Findling und eine »ewige« Schrift, wie man sie schon auf alten römischen Grabmälern findet, zweitausend Jahre alt.
Meine Tochter war der seltsamste und merkwürdigste Mensch, der mir je begegnet ist. Ich sage das nach ruhigem Überlegen, der Überprüfung aller mir möglicher Einwände. Anders kann ich es nicht sagen.
Freilich weiß ich durchaus, daß es mehrere etwas unterschiedliche Bilder von ihr gibt. Ich habe sicher ein etwas anderes, als sie selbst es von sich hatte. Und jene, die sie nur in

ihrer Freizeit und in irgendwelchen Diskos getroffen haben, wieder ein davon verschiedenes. Und vielleicht gibt es ein weiteres in der Vorstellung jener, die sie vom Arbeitsplatz her in Erinnerung haben.
Bald nach ihrem Tod sagte eine gute Bekannte der Heike zu Ilse, sie könne ihr vielleicht einiges über sie erzählen, was wir noch nicht wüßten.
Das war zweifellos gutgemeint, aber Ilse reagierte auf eine Weise, die ich für die völlig richtige halte: Die kleinen Geheimnisse, die die Heike mit ins Grab genommen habe, wolle sie ihr doch lieber belassen.
Ich zeichne *mein* Bild von ihr, mein mir bewußt sehr unzureichendes Bild, Und von einigem anderen sah ich manchmal bloß etwas durch den schmalen Spalt einer kaum offenen Tür. Und damit soll es für immer gut sein.
Im März 1980 wurde sie achtzehn Jahre alt, und wir waren damit einverstanden, daß sie diesen Geburtstag groß feierte. Ich richtete einen Raum des Kellers her, und es kamen an die fünfzig junge Leute.
Wir waren vielleicht zu ängstlich, zu wenig großzügig; hielten das Ganze eher für einen Heuschreckenschwarm, der hoffentlich nicht zu lange in unserm Haus blieb.
Ein gutes Jahr später war's ernstlich gefährlicher. Wir waren mit Felix in Urlaub in Süddeutschland, die Heike hatte nicht mehr mitgewollt, blieb allein in dem Haus. Aber nicht lange allein. Es muß gewesen sein, als fiele feindliche Besatzung über das Anwesen her, einer zog den andern nach, nicht jeden davon hätte man freiwillig hereingelassen. Man bediente sich ungeniert aus Eisschrank und Keller, und ließ dann einiges auch an Wertgegenständen mitgehn. Der Heike war das aus der Hand geglitten. Sie rief mich unglücklich an, daß leider nicht mehr alles heil sei im Haus. Ich beruhigte sie. Und sie überraschte mich dann mit einer Flasche Weinbrand, zum Dank für mein Verständnis.
Es muß überhaupt nicht verschwiegen werden: Dies war eine Phase der Unsicherheiten unserer Tochter und gewis-

ser Reaktionen, die uns Sorge machten. Mancher Gereiztheiten auf beiden Seiten und Trotzigkeiten wie offensichtlich auch Traurigkeiten.

Doch sie hat das bald so gut wie ganz hinter sich gelassen. Gerade darin zeigte sie Niveau, ja bald auch Überlegenheit.

Damals hatte sie nicht wenige Geschichten mit Jungen. Eine hat sie in ein paar kleinen Notizen festgehalten, die bezeichnend für sie sind:

Sie meinte ihn zu lieben (und das über Jahre hin). Doch sie registrierte, daß er (der aus gutem Haus kam) klaue, »was nicht niet- und nagelfest ist«, und »alles kaputt« machte: »Das ist sein neuer Punk-Lebenstick.«

Es sei Angabe, meinte sie, oder »meiner Meinung nach Schwachsinn«.

Sie liebte ihn; aber »sein Charakter mißfällt mir so sehr, daß ich gar nichts mehr von ihm will«.

Und ich befaßte mich stärker mit der Generation, die auf meine folgte, den jungen Menschen, zu denen meine Tochter gehörte: geschniegelten Burschen wie auch Rockern und Punkern und der großen Mehrheit, die keinem Extrem zuneigte.

Sie hatten allerhand Probleme, die uns in meiner Jugend völlig fremd gewesen waren. Das so gefährliche, hinterhältige Drogenproblem zum Beispiel. Die Heike erzählte uns freimütig, daß Gleichaltrige spritzten, die uns bekannt seien (doch sie war niemals zu bewegen, einen Namen zu nennen). Auch ihr sei mehrmals was angeboten worden...

Und dazu diffizilere Schwierigkeiten, die viele von uns Älteren wohl für belangloser hielten und die es doch auch nicht waren.

Einmal, wir fuhren zusammen im Auto, sprachen wir über die offenbar tiefe Unzufriedenheit der Jugend heute.

Es scheint mir jedenfalls, daß sie unzufriedener ist, sagte ich. Und äußerlich, das ist doch wohl keine Frage, hatten wir es weit weniger üppig: Krieg, und die ersten Jahre nach dem Krieg, ich könnte das leicht mit Details belegen, die

sich schon wie Legenden zum Thema Armseligkeit anhören...
Dagegen doch heute bei den meisten ein zumindest viel größerer materieller Wohlstand, um nur das zu nehmen. Was also meinst du, ist der Grund?
Vielleicht ist es das –? sagte sie.
Damit war sicher noch nicht viel gesagt. Meine Frage ist zu simpel gewesen.

Immer häufiger fragte ich nach dem Charakter der Zeit, in der wir leben. Der Zeit, die dann auch mein Kind getötet hat. Unsere Zeit: sie wollte ich wenn möglich beim Kragen packen! Ich zog wie ein Süchtiger an mich heran, was ich über diese Zeit erfahren konnte.
Die Gegenwart war zweifellos durch allerhand negativ zu nehmende Empfindungen geprägt. Mißmut, Unzufriedenheit waren die Vokabeln, auf die ich am häufigsten stieß. Dazu: Unruhe, Unsicherheit. Von Glücksunfähigkeit war die Rede (sie resultiere »aus dem generellen Verlust von Hoffnung« – Kunert). Von Mutlosigkeit im Hinblick auf die Zukunft: So vieles liege im argen, und die große Mehrheit lebe allzu unbewegt vor sich hin.
Ein allgemeines Katastrophenbewußtsein habe sich über die Menschheit gelegt. Man verspüre eine globale Bedrohung bislang nicht gekannten Ausmaßes. Jeder Optimismus sei dahin. Angst »drohe fast zum modernen Kult zu werden« (Robert Leicht).
Der Grund, zumindest für die Unzufriedenheit? (Nach Albert Hofmann:) Unfähigkeit zu einer Sinngebung der eigenen Existenz, in der Gesellschaft, im heutigen Weltgeschehen.
Für das Bewußtsein einer *Endzeit* fand ich schier zahllose Formulierungen. Nach Kunert driften wir dem Untergang entgegen, nach Grass hat die Vernichtung der Menschheit schon begonnen, nach Augstein sind wir Saurier, zum Aussterben angetreten. Der eine (Löbsack) nannte ein Buch

»Die letzten Jahre der Menschheit«; und anderswo fand ich die Wendung, das Totenglöckchen unserer Zivilisation werde schon geläutet.
Dies nur ein kleiner Teil meiner täglichen Blütenlese.
Und zur Gesellschaft!
Ihr auffallendster Charakterzug sei ihre immer noch zunehmende Rücksichtslosigkeit. Es gehe mit Volldampf und Pauken und Trompeten in eine Welt ganz ohne Herz. Seele und Gewissen würden sich allmählich völlig verlieren. Die bezeichnendste Wendung von Birgit Weidinger: »Unsere verrottete, gnadenlos nach den Gesetzen von Markt und Prestige funktionierende bundesrepublikanische Leistungsgesellschaft.«
Peter Lauster hält fest: Im deutschen Konsum- und Wohlstandsalltag nimmt sich jede Stunde ein Mensch das Leben.
War das alles gar so weit weg von der spontanen kleine Diagnose der Heike? Und wie, wenn ich an diesem Punkt einen Augenblick lang an Masuren dachte: die eher ärmliche Welt meiner behüteten Kindheit, *doch wohl die genaue Gegen-Welt*?
Bei vielen Jugendlichen, die keine Zukunft sehen, stauen sich Aggressionen auf. Die Extreme: die berüchtigten Streetgangs von New York hätten längst ihre Nachahmer in den Straßenbanden unserer Großstädte gefunden. Weltanschauung: »Irgendwann lernst du, als erster zu schlagen.«
(Notiz, 1982:) Überhaupt werde die Gegenwart immer brutaler. In der Zunahme der Gewaltverbrechen nähern wir uns nach neuesten polizeilichen Angaben durchaus amerikanischen Verhältnissen. Die Massenmedien trügen zu dieser Ausbildung von Brutalität bei: ein US-amerikanisches Kind hat, bevor es vierzehn ist, im Fernsehen etwa 11000 Tote gesehen.
Sieht man auf die Menschheit: Viele ihrer Kritiker sind überzeugt, daß sie immer mehr von der Humanität zur Bestialität hintreibt.
Jörg Fauser spricht vom Zeitalter des Wahnsinns, Friedrich

Hacker vom Zeitalter der Grausamkeit und der Zukunft der Unmenschlichkeit. Der homo sapiens habe sich in den homo brutalis verwandelt, »die entfesselte Bestie ohne Hemmungen«.
Tagtäglich liefere man uns das neue Massaker. Der internationale Terrorismus sei lawinenartig angewachsen, als ultima ratio der Fanatiker wie der völligen Spinner. Totalitäre Regime übertreffen sich an Grausamkeit. In Kambodscha, wo Millionen Menschen zu Tode gequält worden sein sollen, ließ man besondere Grausamkeiten Kleinkindern zukommen: man schleuderte sie gegen Baumstämme, warf sie Krokodilen zum Fraß vor.
Es ist unerträglich! Man weiß ja erst dann, wovon die Rede ist, wenn man sich vorstellt: Dies sind meine Kinder, denen *Menschen* das antun.
Amnesty International: Die Zahl der Todesopfer durch Mord und Folter wird immer größer.
Und von der rasend zunehmenden Überbevölkerung, von der Drohung eines Atomkriegs habe ich noch gar nicht gesprochen...
Wolf Biermann: Es sieht so aus, als ob die Gattung Mensch nur noch entscheiden kann, ob sie sich durch Krieg ausrottet oder durch den heutigen »Frieden«.
Dies alles ist nicht zu widerlegen, zweifellos nicht, dachte ich. *Und wir dürfen es uns nicht länger gefallenlassen*!
Und viele Jugendliche fühlen sich abgelehnt, empfinden sich in einer solchen Welt als überflüssig. Und wie ist es mit uns: Wie antworten wir auf ihr Bedürfnis nach Zugehörigkeit, nach Liebe?
Ich meine, daß auch ich niemals ausreichend darauf geantwortet habe.
Wenn ich durch unsere Großstädte gehe, wird mir das Gefährdete unseres Lebens besonders bewußt. Das Bedenkliche jeder menschlichen Existenz. Wie kurz ist der Weg zwischen oben auf der Leiter und unten, denke ich...
München: die Penner, die armseligen Frauen, Nutten rüh-

ren mich zu Tränen. Wie, wenn jemand aus der eigenen Familie so absänke!
Die Zahl der Bettler, auch der bettelnden Frauen, soll angeblich zugenommen haben.
Man sollte keine Kinder mehr in die Welt setzen!
Sie könnten Menschen in die Hände fallen, die schlimmer sind als reißende Tiere. Sie können als Bettler enden, und man geht an ihnen vorbei und hat sie im nächsten Augenblick schon vergessen.
Und sie werden einem hinweggetötet, so wie mein Kind umgebracht wurde.
Wie oft denke ich nun an sie, wenn ich morgens die großen Mädchen zur Schule kommen sehe, oder auf dem Pausenhof, oder wann und wo auch immer.
Wir haben einige ausgesprochene Schönheiten, die sich dessen bewußt sind und sich entsprechend geben. Bei ihnen geht mir das Bild der Heike aber nicht durch den Sinn. Und auch nicht bei jenen, die zum Damenhaften neigen.
Nein. Sondern eher bei dieser oder jener mit einer rührenden Unvollkommenheit. Und das Seltsame daran ist, daß die Heike ja gar keine solche Unvollkommenheit hatte, aber mit meiner Reaktion ganz einverstanden wäre.
Was mich nun, wenn ich zurückblicke auf etwas, das zu Ende gegangen ist, so sehr fasziniert, ist bei der Heike diese Sicherheit schon mit achtzehn, zwanzig Jahren:
DIE MEINUNG DER LEUTE LIESS SIE VÖLLIG GLEICHGÜLTIG.
Und das war nicht bloß eine so dahingesagte Behauptung oder angestrengt durchgehaltene Pose: davon war sie überzeugt und durchdrungen.
Ich denke an diesen erschütternden Augenblick, als der Polizeibeamte in seinem Büro mich fragte, ob er mir die Jacke zeigen dürfe, die sie bei ihrem Sterben angehabt hatte (damit ich sie als die Ihre bestätige) – und aus einer großen Plastiktüte in einer etwas verschatteten Ecke des Zimmers eine (von dem grauenhaften Unfall?, dem Liegen in der Tüte?)

zerknautschte Lederjacke zog, die ich als die Meine zu erkennen glaubte (später stellte sich heraus, daß es die sehr ähnliche Ilses war).
Ja: Sie trug eine Zeitlang mit Vorliebe eine schwarze Jacke von mir, die mir längst zu eng gewordene meines Hochzeitsanzugs. Hatte sich dann einen alten, aus der Mode gekommenen Mantel Ilses angeeignet, hing an dem besonders; undsoweiter. Zu ihrem letzten Weihnachten hatte sie sich von mir einen Herrenhut gewünscht, und sie und ich hatten ihn gemeinsam in einem Warenhaus ausgesucht (er stand ihr übrigens vorzüglich).
DIE MODE INTERESSIERT MICH ÜBERHAUPT NICHT, sagte sie irgendwann, als ich mit ihr darüber diskutierte. Dies und das sei wohl gerade modern für Mädchen wie sie, aber da es ihr nun mal nicht gefalle, so kümmere sie sich darum nicht, und damit erledigt.
Ich nehme diese Ansicht nun auf und will mich künftig in ihrem Sinn verhalten.
Ich meine nicht nur, daß ich das der Heike schuldig bin. Es ist eine von ihr als meinem Lehrmeister mit ganzem Herzen angenommene Überzeugung.
So ist sie erstaunlich bald zu einem souveränen Menschen geworden. Sie ließ sich von andern kaum noch zu etwas überreden. Ich aber habe mir allzu lange von allerhand Narren dreinreden lassen, noch heute bin ich wohl zu sehr ein Biedermann für alle möglichen Brandstifter.
Und ich erinnere mich an einen Sonntag-Morgen. Das Telefon ging – die Heike hatte mit einer Freundin zusammen zehn, zwölf Kilometer auswärts gefeiert, wünschte abgeholt zu werden. Wir stehen vor der Wirtschaft XY, sagte sie; es ist links bei einer Tankstelle an der Hauptstraße.
Ich fuhr hin. Fand sie, an einem kühlen, grauen Morgen, es war kaum schon jemand unterwegs, dort stehen; sie schienen ein bißchen zu frieren. Was Wunder: die Freundin hatte bloß eine Strumpfhose an und keinen Rock, nichts darüber, und die Heike sah ähnlich exotisch aus.

Ihr zwei Gänschen, dachte ich gutmütig – so steht ihr nun da und friert!
Auch dies eins der eigenartigsten Bilder in meiner Erinnerung. Ein bißchen kurios, und unvergeßbar.
Die beste Freundin liegt im Krankenhaus, und es ist keine Sache, die man auf die leichte Schulter nehmen könnte. Ilse besucht sie.
Wir waren doch zwei fröhliche Mädchen, die Heike und ich, sagt sie. Und nun liegt die eine auf dem Friedhof und die andere hier –.

Im Oktober noch einmal eine Woche in Marielyst, dem liebsten Ort aus der Kindheit unsrer Kinder.
Stille, melancholische Tage. In einem Seebad nun kaum noch Menschen. Und das ewige Rauschen des Meeres – wir wohnen diesmal in unmittelbarer Nähe des Strandes.
Und Kopenhagen!
Das Tivoli im Zentrum hat schon geschlossen. Es ist bald zwanzig Jahre her, daß ich hier mit einem kleinen Mädchen Autoscooter fuhr…
Und drüben das Andersen-Denkmal. Auch diesmal ein Blick dorthin. Es steht nun kein Kind vor ihm, aber ich fotografiere es wie zwanghaft. Damals, bei unserer zweiten Kopenhagen-Reise, dort also die Heike und der kleine Felix…
Ja: Nun der Platz neben der Figur leer. Aber vor mir das Bild mit meinen beiden Kindern. Und so wird es immer sein.
Später Schloß Christiansborg. Im Torhäuschen einiges Gekritzel wohl von jugendlichen Touristen: diverse Namen (Peter, Kurt, Lilly) und Daten.
Und groß oben drüber: SIMPLE MINDS.
Ich nehme das sofort auf: Simple Minds. Es trifft ja eine meiner zentralen Vorstellungen; und auch das hat etwas mit meiner Herkunft und Heimat zu tun. Hieß das nicht: Einfache Ansichten? Dahin kommen wir schließlich doch wohl immer, wir müssen nur genügend gebeutelt werden, um komplizierte Gedanken-Verrenkungen als Gedanken-

Kitsch zu durchschauen. Letztlich läuft anscheinend alles auf ein paar einfache Striche hinaus, während wir noch dastehn und eine viel umständlichere Erklärung erwarten.
(Und als mir kurz darauf Felix, den ich auf die Notiz hinweise, sagt: Das ist der Name einer Pop-Gruppe, da irritiert mich das kein bißchen.)

Fünf Monate nach dem Sterben unsres Kindes ist der Grabstein aufgestellt worden.
Es hat noch Probleme mit der Behörde gegeben wegen des Findlings, monumentalen Steinkörpers. Kein Ort, für den es nicht noch Bürokratie und Vorschriften gäbe.
Aber nun steht der Stein und zeigt in schlichten Antiqua-Buchstaben unseren Familien-Namen (denn hier wollen auch wir irgendwann beerdigt werden), den Namen unsrer toten Tochter, ihre Lebensdaten.
Der Kloß im Hals. Ja: Eine chronische Sache.
Ganz wird diese Wunde niemals heilen, hat die Lehrerin geschrieben.
Nichts davon ist zu Ende, der Schmerz wird kein bißchen geringer.
Doch davon will ich nun möglichst nichts mehr erzählen.

17

Niemals mehr wird die Heike auf der Erde sein.
Niemals mehr vor einem von uns stehen. Auf der Couch am Abend bei uns sitzen, dort in »ihrer« Ecke, wo noch die kamelhaarfarbene Decke zusammengefaltet genauso daliegt wie früher. Mit uns reden und spielen und fernsehen. Dort sah ich sie zum letzten Mal kurz vor ihrem Tod. Ehe sie an mir vorbei wegging, um niemals mehr wiederzukommen.
Die schwere Haustür: Wie oft hat sie ihren Griff draußen in der Hand gehabt, wenn sie sie beim Fortgehn zuzog. Und wenn sie zurückkam und sie aufschloß. Niemals mehr.

Ich gehe den Plattenweg unter dem Giebel des Hauses vorbei, wie sie es immer getan hat, seit wir hier wohnen. Ja, ich gebe es zu: Die eine Lampe zwischen Carport und entfernter Hausecke habe ich im letzten Herbst zusätzlich ihretwegen installiert. Sie war ja häufiger noch abends im Dunkeln unterwegs, und sie sollte es beim Heimkommen doch den ganzen Weg über erleuchtet haben.

An diesem Weg schon nahe der Haustür steht eine Rose, die ihr gehört. Als ich im vorletzten Herbst ein paar Rosen zusätzlich pflanzen wollte, fragte ich sie, welche sie denn möge, und sie antwortete: Die Norita (die »schwarze« Rose. Aber ich will nicht auch darin einen gewissen Hang zum Dunklen sehen und ein Vorzeichen.) Leider stellte sich dann im Sommer heraus, daß ich vom Gärtner nicht die gewünschte dunkelrote Sorte, sondern irgendeine hellere bekommen hatte – aber der Strauch steht gut da und hat stark geblüht, und ich habe ihr manche dieser Rosen zum Grab mitgenommen.

Am Zaun zum Nachbarn im Norden die inzwischen schon bis zur Regenrinne hinaufreichende Schwarzkiefer. Dort liegt ihre Schildkröte begraben, die sie durch die Kindheit begleitet hat. Sie starb plötzlich, als die Heike siebzehn war, wir waren erst kurze Zeit hier in unserm Haus – uns allen ging das nahe.

Über ihrem Grab ein kleiner Strauch Zwergrosen.

Damals schrieb die Heike in ihr Tagebuch: Beerdigung meiner Schildkröte Kröt-Kröt. Sie lebte bei uns seit zehn Jahren und hat uns in der Zeit viel Freude bereitet.

Möge sie es gut haben, dort wo sie jetzt auch immer sein mag.

Heute habe ich die unteren Zweige der Birken im Süden des Gartens entfernt, der Fußweg ist nun freier und lichter geworden. Und in Gedanken rede ich dabei mit der Heike, mache sie darauf aufmerksam.

Sie hätte zustimmend genickt, irgendwas gesagt wie: Oh, prima! Sie wird hier nun nie mehr etwas sehen, natürlich

nicht. Ich werde nie mehr ein Wort mit ihr darüber sprechen, und über nichts mehr.
Und selbst wenn etwas daran wäre, daß wir eines Tages wiedergeboren werden und vielleicht sogar, unvorstellbar!, in dieselben Familien und dieselben Umgebungen: sie würde sich nicht erinnern, hier schon einmal gewesen zu sein. Und wann wäre das; nicht mehr zu meiner Zeit.
Es ist zu Ende. Kein Selbstbetrug!: für ewig zu Ende.
Ich gehe immer wieder durch den Garten. Es drängen sich Möglichkeiten auf, ihn zu verbessern.
Doch nein. Ich will nichts mehr verändern. Ein paar kleine Retuschen, das schon, aber nichts von Belang.
Es soll alles so bleiben, wie die Heike es kennt.
...und kommt sie nach vielleicht tausend Jahren noch einmal hierher, so soll sie doch etwas wiedererkennen:
Hier war ich einmal zu Hause. Und mein Daddy –

In diesen Tagen fahre ich ein weiteres Mal nach ihrem Tod in der Nähe des Hauses vorbei, in dem wir unsre erste Wohnung hatten und gelebt haben, bis die Heike sechs war.
Ich halte auch diesmal an, steige aus.
Ja, dort der Sandkasten. Dort der Rasen zwischen den Häusern – es gibt das Foto von einem fernen Sommertag, das ein paar fröhlich spielende Kinder von etwa fünf Jahren zeigt, darunter die Heike; und wegen der Hitze hatten die Eltern ihnen Badewannen mit Wasser hingestellt, damit sie sich zwischendurch abkühlen konnten. Und ich stehe vor dem Hauseingang und unter dem Fenster, hinter dem das Kinderzimmer ihrer ersten Jahre lag. Dort lasen wir ihr abends vor aus ihren Kinderbüchern, bis sie einschlief.
Aber was soll es, daß ich hier stehe, zwanzig Jahre danach. Und ihre Kindheit war längst vorbei; und sie lebt ja schon gar nicht mehr.
Dort in ihrem Zimmer nagelte ich eines Tages eine Latte auf den Schrank, die über ihr Bett reichte, damit ihr gebrochener Arm hochliegend daran befestigt werden konnte.

Aber was war das für eine unerhebliche Verletzung im Vergleich mit denen, die ihr jener zufügte, der nichts davon mitbekommen haben will, als er sie getötet hat.
In einer dieser Nächte träume ich, ich sehe auf meinen Kopf, und es bearbeitet jemand wie ein Friseur mein Haar: und dieses Haar ist ziemlich rasch ganz grau geworden.
Ich gestehe, daß ich in letzter Zeit immer wieder gedacht habe: Nun werde ich sicher bald ergrauen. Daß ich das erwartet habe. Ich gebe zu, daß es jedesmal eine unerfreuliche Vorstellung für mich war.
An sich war ich dafür wohl nicht so disponiert wie andre; einige Gleichaltrige sind längst völlig grau. Meine Großmutter väterlicherseits zum Beispiel, pruzzischer Herkunft, hatte bei ihrem Tod im fünfundachtzigsten Jahr das Haar noch völlig schwarz. Und auch mein Vater lag noch im Sarg ohne ein graues Haar.

Es ist Oktober; und nun ist der Prozeß angesetzt worden gegen jenen, der die Heike tödlich verletzte und dann davonfuhr. Erst viele Stunden später hat er sich gestellt, nachdem eine Großfahndung längst eingeleitet war.
Ich fahre an jenen Ort, wo sie getötet wurde. Stelle das Auto ab, wo das ihre stand, sie in den Dreck und den Tod gerissen wurde.
Ich stelle mich hinter mein Fahrzeug, will wissen: Wie fahren hier Autos üblicherweise vorbei?
Die Raser. Was sind das für Leute? Bloß junge, gedankenlose Schnösel?
Einer der ersten paßt genau zu dieser Vorstellung. Altes, aufgemotztes Fahrzeug, und Bleifuß. Aber dann ein gar nicht schlecht aussehendes und gepflegtes Mädchen: doch sie erscheint mir ganz fanatisch, überholt mit verbissenem Gesicht, geradezu wütend, daß plötzlich jemand vor ihr ist... Von wieder ganz andrer Art ein weiterer Schnellfahrer: älterer Mann schon, ich halte ihn dem Aussehen nach für einen Spießer und Verfechter von Recht und Ordnung,

er würde erstaunt sein, wenn man ihn drauf anspräche, daß er entschieden zu schnell fährt, es bewegt ihn doch so wenig dabei, daß er es gar nicht registriert, hat das von vornherein immer so gemacht, es ist die Selbstverständlichkeit bei einem etwas beschränkten Menschen...
Auf einen Nenner lassen sich die Beobachtungen nicht bringen.
Hier an dieser Stelle starb also vor einigen Monaten ein Mädchen, das ging doch auch durch die Zeitungen – hat das irgendwen nachdenklich gemacht und Konsequenzen gehabt?
Offenbar nicht. Es wird gerast wie eh und je.
Der Tod des Mädchens war völlig vermeidbar und hätte leicht vermieden werden können, wenn sich nicht jemand betrunken hätte und doppelt so schnell gefahren wäre wie erlaubt.
Aber bei wohl niemandem deswegen ein Einsehen.
Ja: So scheint es zu sein. Ist es wohl immer. So sind die Menschen. Nichts zu machen!
Ich gehe auf die linke Seite des Autos: die zur Straße und dem Verkehr hin. Hier etwa befand sich die Heike, als es geschah. Einen Moment lang eine höchst fatale Vorstellung in mir, fast schon eine Neigung... Aber dann habe ich doch die Tür aufgeschlossen, mich ans Steuer gesetzt.
Ich sitze im Garten draußen, blättere noch einmal in den Prozeß-Unterlagen, wir treten als Nebenkläger auf.
Ich lese das Schlimmste von allem: den Obduktions-Befund. Und bekomme ein anderes Bild als bisher (wo ich es vielleicht nicht fertiggebracht habe, mir all die Verletzungen meines Kindes zu vergegenwärtigen). Der Tod, heißt es, sei durch akutes Herz- und Kreislaufversagen eingetreten bei mehrfachen Knochenbrüchen und Einriß der großen Körperschlagader.
Aber nicht die Brüche beider Oberschenkel und des rechten Oberarms bedrängen mich nun vor allem, sondern die fürchterlichen Verletzungen, Zerstörungen ihres schönen

Kopfes. Ich sehe mein hübsches, großes Mädchen vor mir, und habe vor meinen Augen, was man ihm Grauenvolles angetan hat.
Die Tränen laufen mir unaufhaltsam übers Gesicht.
Dann füllt eine grenzenlose Wut mich ganz aus.
Plötzlich geschieht etwas höchst Seltsames: Es knackt heftig in meiner Nähe.
Ich denke zuerst an einen Vogel, sehe mich um, aber es ist keiner da.
Doch ein kräftiger Rittersporn vor mir ist mittendurch gebrochen! Seine Blüte hängt nach unten.
Umgeknickt bei völliger Windstille!
Ich will sichergehen, versuche, den Stiel des Rittesporns noch einmal zu brechen – dazu ist einiges an Gewalt nötig, es hätte zweifellos eines Sturms bedurft.
Die andern Rittesporn-Blüten vor mir stehen auf ihren Stielen ruhig und sicher da.
Vom Prozeß nur das Nötigste. Dem meisten davon täte man zuviel Ehre an, indem man es wiedergäbe.
Der Richter ist ein älterer, offenbar lebenserfahrener Mann.
Die Schöffen.
Der Angeklagte, ich sehe ihn nun zum ersten Mal: Jemand um die zwanzig. Er wird durch nichts auffallend charakterisiert; fiele mir nirgendwo irgendwie auf. Ich nehme an, daß ich ihn trotz der Erfahrung des Prozesses und des Schlimmsten: daß er meine Tochter getötet hat, bald nicht mehr wiedererkennen werde.
Der Anwalt des Angeklagten.
Ihnen gegenüber sitzend der Staatsanwalt, unser Anwalt, Ilse und ich.
Dazu Sachverständige. Presseleute. Zahlreiche Zuhörer (darunter eine Schulklasse).
Dies war uns schon vorab mitgeteilt worden:
Jener, der angeklagt werden würde, die Heike fahrlässig getötet zu haben, gebe zu, den Schaden an ihrem Fahrzeug verursacht zu haben. Er behaupte aber, sich *nicht erinnern*

zu können, auch an ihrem tödlichen Unfall schuld zu sein. Ich habe das mehrmals gelesen.
Die Beschädigungen an ihrem Fahrzeug ernstlich zu leugnen war gar nicht möglich: Das war exakt belegt. Aber es war doch ebenso wenig möglich, zu widerlegen, daß er sie getötet hatte: Ihr Kopf, ihr Gesicht waren nachweisbar an seinem Auto verletzt worden und hatten dort Spuren hinterlassen.
Ich fragte mich, wieweit die Kläglichkeit eines Menschen gehen kann, für sein Tun nicht einzustehen. Und wieweit sowas für einen zutiefst betroffenen Beobachter noch einigermaßen erträglich ist.
Die Verhöre, Ausfragungen. Des Angeklagten. Der Zeugen.
Ich erinnerte mich natürlich daran, daß ich als achtzehnjähriger Schüler mit der Klasse eine Gerichtsverhandlung besucht hatte; und am nächsten Tag war der Richter zu uns gekommen, und als wir ihn auf Widersprüche in den einzelnen Aussagen aufmerksam gemacht hatten, die nicht weiter beachtet worden waren, hatte er gesagt: Man wisse, daß vor Gericht soviel gelogen werde wie nirgendwo sonst, aber man hätte viel zu tun, wenn man das alles belangen wollte.
Und mitten im Verlauf der Erhebungen die Präsentation der Fotos vom Unfallort; ich aber kannte sie bereits. Die Heike hatte also ihr Auto am Straßenrand geparkt, jenseits eines dicken durchgezogenen Strichs auf einem sogenannten Mehrzweckstreifen. Als sie es nach dem Besuch der Diskothek aufschließen wollte, um nach Hause zu fahren, war der Angeklagte zunächst in den hinteren Teil ihres Fahrzeugs hineingerast, hatte dann sie erfaßt, fortgerissen und getötet.
Aus einem Fernschreiben der Polizei: »Der Unfallverursacher entfernte sich anschließend unerlaubt vom Unfallort.«
Drei der Fotos tragen die Unterschrift »Blutlache«.
Ich, der ich seit vielen Jahren mit der deutschen Sprache et-

was bewußter umgehe als andere, sehe mich bald angeregt, einige Überlegungen im Hinblick auf diese Sprache noch einmal von vorn anzufangen. Vor allem mir die Frage zu stellen: Was kann man mit Sprache alles machen?
Seine Gedanken, seine Gefühle zum Ausdruck bringen. (Auch bei durchaus nicht übelwollender Einschätzung: der Angeklagte äußerte meiner Ansicht nach wohl kaum etwas, was man eindeutig als einen gewichtigen Gedanken hätte bezeichnen müssen.)
Eine Frage beantworten.
Einen Sachverhalt darstellen.
Das wahrheitsgemäß tun. Wie's vor Gericht heißt: Nichts hinzufügen, nichts verschweigen.
Oder es nicht wahrheitsgemäß tun. Falsch darstellen. Irreführen. Die Unwahrheit sagen. Schwindeln. Vorsätzlich täuschen. Lügen, daß sich die Balken biegen.
Ich will meine Meinung darüber so weit wie mir möglich zurückhalten, wie ich die Aufrichtigkeit des Angeklagten einschätzte. Ich greife nur ein Detail heraus. Er konnte im Lauf seiner Vernehmung nicht genug damit tun, zu beteuern, wie betrunken er doch gewesen sei. So daß ihm die Tötung eines Menschen nicht bewußt geworden sei.
Diese Schilderung seines angeblichen Alkoholkonsums sorgte insofern für die einzige Erheiterung an diesem so entsetzlichen Tag, als der anwesende Sachverständige auf die Frage nach dem folglichen Trunkenheitsgrad anmerkte: Bei einem solchen Konsum müßte der Angeklagte ohne jeden Zweifel tot sein.
Im Hinblick darauf ist nur eine Vokabel möglich: Lüge.
(Man kann mit Sprache natürlich noch viel mehr tun, aber das hatte nichts mit diesem Prozeß zu tun. Dichtung erarbeiten – Prosa, Dramen, Lyrik. Reden halten. Die Menschen vollquasseln – Stichwort: Logorrhöe. Die Sprache verhunzen – heute durch immer mehr Amerikanismen – vor allem in der Sprache mancher Marketing-Strategen und Werbetexter.)

Und wieder im Hinblick auf die Rechtsprechung: Gesetze formulieren.
Urteile sprechen. (Das soll der Gerechtigkeit unter den Menschen dienen.)
»Die Sprache ist die ursprünglichste aller geistigen Leistungen des Menschen.«
Um es vorwegzunehmen in einer Marginalie: Das Urteil in dem Prozeß ist auch nicht der Rede wert.
Der ergiebigste Zeuge war übrigens ein britischer Offizier, dessen Kolonne von dem Angeklagten überholt worden war und der den Ablauf des Unfalls kurz danach vor sich gesehen hatte. Er sagte präzise aus, absolut unangreifbar.
Jener, der die Heike getötet hat, ist durchweg geradeaus gefahren. Nur *dieses eine Mal* hat er einen Schlenker gemacht und sie dabei erfaßt. Dann sei er mit 150, 160 Stundenkilometern geflohen (erlaubt waren dort 80). Das Wetter war übrigens gut, es war trocken, Licht war ausreichend vorhanden.
Das Gericht: *Der Unfall war »absolut vermeidbar«.*
Das Phänomen des *Zufalls* hat mich seit diesem Unfall nicht mehr losgelassen. Ich habe alles zu diesem Thema gelesen, was mir erreichbar war.
Seit alter Zeit wird der Zufall als die unerforschliche, ja blinde Macht des sogenannten Schicksals empfunden, die von außen in ein Menschenleben eingreift. Weitere Klärung, las ich, wird von einer Grundlegung der Theorie der Wahrscheinlichkeit erwartet.
Dies meine zentrale Frage: Gibt es nicht auch für den Zufall Grenzen? Kann noch ohne erhebliche Zweifel von Zufall ausgegangen werden, wenn sich jemand wie üblich auf einer Straße bewegt, und sie nur genau an jenem Punkt der etwa zwölf Kilometer, zwölftausend Meter, langen Strecke zu einem Schlenker (wie der britische Offizier aussagte) verläßt, an dem am Straßenrand ein Mädchen vor dem Auto steht? Und danach wieder, trotz hoher Geschwindigkeit

und inzwischen beschädigtem Fahrzeug, eine offensichtlich unproblematische Fahrt bis vor die Haustür?
Hinzu kommt der Faktor der Zeit. Er erreichte das Auto der Heike ausgerechnet in jenem Augenblick, da sie es aufschließen wollte und dabei zwangsläufig nicht so auf den Verkehr auf der Straße achtete wie üblich.
Wenn es aber kein Zufall gewesen wäre: Was dann?
Ich darf nicht alles offen äußern, was ich über das Ereignis denke und den Angeklagten; und das will ich auch gar nicht.
Ich darf aber wohl sagen, daß ich der Version bloß von einer Verkettung von lauter verhängnisvollen Zufällen nicht glauben kann. Ich mag mit meiner Sicht allein bleiben; dann ist es so.
Noch einmal zu jenem unvergessenen eigenen Erlebnis, als ich so alt war wie die Heike bei ihrem Tod und auch um ein Haar zumindest über den Haufen gefahren worden wäre. So daß ich es heute fast wie einen Fingerzeig nehmen möchte, so viele Jahre vorher. Als sei der Tod, den dann sie starb, schon einmal angelegt gewesen, doch aus irgendeinem unerfindlichen Grund noch nicht ausgeführt worden. Es war noch nicht ich, gegen den es gehen sollte, sondern die nächste Generation: mein Kind. (Aber damit doch auch gegen mich.)
Ich fuhr also mit dem Fahrrad auf einer dunklen Landstraße nach Hause. So gut wie kein Verkehr. Das mir entgegenkommende Leichtmotorrad hörte ich schon von weitem.
Was trieb den Mann plötzlich schräg über die Straße direkt auf mich zu, um mich umzufahren?
Ich bin dem Verhängnis im letzten Augenblick entgangen. Meine Tochter wurde sein Opfer.
Immer wieder die Beteuerungen des Angeklagten, daß er von dem Unfall nichts wisse. Schließlich mußte man fast erstaunt darüber sein, daß er nicht ungerührt meinte: Folglich gehe ihn das Ganze doch eigentlich gar nichts an.
Ich sah, daß er sich in der Pause mit irgendwelchen Bekann-

ten, die gekommen waren, um zuzugucken, unterhielt. Dabei guter Dinge zu sein schien. Etc. (Genug davon.)
Auf Befragen des Staatsanwalts sagte ich aus, daß er uns nicht das geringste Zeichen eines Bedauern gegeben hatte.
Mein Anwalt stellte ihm die Frage, ob er es gewesen sei, der uns anonym angerufen und gesagt hatte: Tu mich am Arsch lecken.
Ich war in solchen Augenblicken fast erstaunt über meine Selbstbeherrschung.
Mir ging vieles ziemlich ruhig durch den Kopf; so dies: Wenn der Angeklagte sich von vornherein zu seiner Tat bekannt hätte, statt bloß durchgehend von seinem Betrunkensein zu reden, wenn er ein überzeugendes Bedauern, ja wenigstens an manchen Punkten eine gewisse Erschütterung hätte erkennen lassen, wie es doch menschlich verständlich gewesen wäre, dann hätte er bei mir trotz allem ein angemessenes Verständnis gefunden.
So aber, wie er sich gab, konnte ich bloß beleidigt sein.
Ja, *Beleidigung* ist die richtige Vokabel! Natürlich beleidigte es vor allem die Heike, daß es ein so schäbiges Ende für sie geworden war. Ein so brutaler Unfall. Und der ihn verursacht hatte, zeigte ein so –. (Wie bezeichnet man es angemessen? Es gibt Augenblicke, da muß man zugeben, sprachlos zu sein.)
Deprimierender war so etwas kaum denkbar.
Später am Tag hole ich daheim noch einmal das kleine Tagebuch der Heike hervor.
Halte es in der Hand. Sehe dann auf den Text der letzten Seite: »Beginn dieses Tagebuchs:
Am 30. Dezember 1974.«
Letzter Eintragetermin:
»Am«

Ilse und ich fahren nach der Verkündung des Urteils auf den Friedhof, bringen der Heike frische Blumen.
Stehen vor ihrem Grab.

Das, was man das gerichtliche Nachspiel des furchtbaren Ereignisses nennt: daß sie nun für immer in der Erde im Sarg liegt, ist also auch zu Ende.

18

November.
Ein nebligtrüber Tag draußen.
Montagmorgen. Eine Woche beginnt. Und ich bin schon an diesem Anfang so ausgelaugt, wie ich es früher allenfalls mal an ihrem Ende war.
Ein lästiges Kribbeln und leises Schmerzen im ganzen Körper. Als ob eine gewisse Schwerkraft mich zu Boden zöge. Der Leib dumpf, spannungslos, schmerzempfindlich. Brennen um die Augen.
Ja, ich bin zermürbt. Und wie ich einmal lache, als mich jemand anspricht, läuft das ab wie die Fröhlichkeit eines zum Schafott Fahrenden.
Was Wunder. Selbst bei einem Fleischerhund wären Auswirkungen zu erwarten, nach diesen Monaten. Und ich bin wohl nicht gerade mit den Nerven eines Fleischerhunds ausgestattet.
Ich bin wohl mit einem Schlag zum maßlos enttäuschten alten Mann geworden.
Mitunter, wie gesagt, lache ich noch in einem Gespräch, gebe ihm mit etwas Ironie und sogar Selbstironie eine Wendung ins Aufgelockerte. Doch mittendrin wird mir das Unaufrichtige dieses Verhaltens bewußt, ich mache den andern was vor und denke: Vielleicht sind auch sie darüber erstaunt.
Es entspricht nicht meiner Verfassung, es ist bloß eine blöde Routine, mir immer noch ab und zu den Anstrich des eigentlich halbwegs gescheiten und witzigen Kerls zu geben.
Ende November / Anfang Dezember Nieselregen.

Ein ständiger Wechsel zwischen Treibhauswärme und Frost. Einmal sogar ein extrem niedriger Luftdruck – das Barometer steht bereits über den Regen-Bereich hinaus, steigt auf Sturm. Dann wieder ein ausgesprochen hoher.
Eine Reihe von Abgängen bei den Mittfünfzigern. Schlage ich die Zeitung auf, so ist zuverlässig jemand dieses Alters eines plötzlichen Tods gestorben.
Eines Morgens ist sogar ein guter Bekannter darunter.
Ich bleibe merkwürdig unberührt davon.
Aber es beherrscht mich ja auch keine Todesfurcht mehr. Das Sterben der Heike hat mir ja jede Angst vor dem Tod genommen. Das geradezu ins Gegenteil verwandelt. Die jahre-, jahrzehntelangen Verkrampfungen sind völlig ausgelöscht.
Ad acta gelegt wie eine Bücher-Fabel! Die Jugend und was daran hing und noch so lange nachklang: Es ist endgültig zu Ende.
Traum:
An dünnen Nylonfäden, die werweißwo oben am Himmel befestigt sind, und noch gefährlich hoch über dem Boden hängen, turnt ein Kind.
Ich denke furchtüberflutet: Hoffentlich passiert nichts! Na, dieses eine Kind mögen die Fäden halten.
Doch später turnen *zwei* Kinder an diesen dünnen Fäden!
Und kurz darauf hängen auch noch zwei Fahrräder mit dran mit ihrem Gewicht…
Ich hätte nicht Kinder in die Welt setzen sollen!
Diesen Satz schrieb ich nicht in letzter Zeit, ich notierte ihn im Herbst des letzten Jahres, ein halbes Jahr vor dem Tod der Heike.
Ich schrieb weiter: Schon deshalb nicht, weil es mich zu sehr bedrückt, daß ich nicht weiß, wieweit ich für sie da sein kann. Ich meine: Sie beschützen kann. Wann ich vielleicht, wie man so sagt, mir die Kartoffeln von unten ansehe – und sie sind allein… (Niedergeschrieben, wie gesagt, nicht nach dem Tod der Heike; jetzt bloß wiedergefunden.)

Wie eigentümlich schon immer, daß mir die Erinnerung an frühere Zeiten am intensivsten im melancholischen späten Herbst zudriftet.
So denke ich plötzlich an eines der wenngleich belanglosen, so doch hübschesten Erlebnisse mit der Heike in jenem Jahr, als wir das Haus bezogen hatten; sie war da siebzehn.
Felix, zwölf, war mit seinem Fußballtrainer und der ganzen Mannschaft an den Möhnesee gefahren, sie wollten am Südufer zelten. Ich hatte versprochen, hinterherzukommen; und die Heike wollte überraschend mit.
Wir bekamen noch einen Platz zugewiesen und schlugen unser Zelt auf. Und dann wurde es Abend und Nacht – und ein Wolkenbruch jagte den andern! Wir bekamen kaum ein Auge zu. Aber betrübte uns das? Im Gegenteil. Wir aßen und tranken, was wir mitgenommen hatten, amüsierten uns über unser Pech mit dem Wetter. Bei Hellwerden, wir waren inzwischen naß auch im Zelt, kroch ich hinaus, stieß auf die ersten andern »Opfer«: bei den einen hatten im Zelt die Luftmatratzen zu schwimmen angefangen...
Wir brachen das Zelt ab und fuhren heim. Noch vor der Aufstehzeit (Ilse schlief fest) kamen wir zu Hause an.
Ja: Es war ein Spaß gewesen, was hatten wir uns amüsiert in dieser Nacht...
Und, wie selten, mit *beiden* Kindern zusammen.
Ich empfinde Schuld. Das unterscheidet mich nicht nur von jenem einen, das unterscheidet mich von so vielen heutzutage. Denn wer empfindet noch Schuld? Es gibt Kreaturen, die am Tod vieler Menschen Mitschuld haben, aber sie erklären sich, wenn es zum Prozeß kommt, als nicht schuldig.
Wenngleich die Heike als Erwachsene umkam, längst handeln konnte, wie sie wollte: Jedes Ereignis erscheint mir als ein Glied in einer langen Kette, und ich schaue vom Ende her auf die vorhergehenden Glieder.
Weshalb habe ich dich nicht öfter zu Ähnlichem angeregt wie jener Zeltnacht? Kleinen gemeinsamen Unternehmungen?

Als du noch befreundet warst jene lange Zeit mit dem E..., da gefiel mir eines Tages in der kleinen Stadt, wo du geboren wurdest, ein jahrhundertealter Weinkeller, mittelalterliches Gewölbe, in dem man vorzüglichen Wein ausschenkt.
Hierher sollten doch mal die beiden fahren, habe ich gedacht, und ich lade sie ein!
Ich habe niemals mit dir darüber gesprochen.
Oder Berlin. Noch wenige Wochen vor deinem Tod war ich dort und entschlossen, bald mit der ganzen Familie wiederzukommen.
Unterlassen auch das. Dir gegenüber nicht einmal erwähnt.
Oder das Schalke-Stadion. (Du interessiertest dich doch sehr für Fußball und hattest meine Schalke-Manie übernommen – wie ich von meinem Vater.)
Niemals für dich und mich und den Felix arrangiert. Unterlassen.
Man mag sagen: Das waren doch bloß Kleinigkeiten. Und das hätte womöglich eine Rolle spielen sollen?
Ich antworte: Ja, so etwas spielt eine Rolle.
Für mich, der ich bis zuletzt gern alle bei mir hatte, wenn wir irgendwohin reisten, nur dann wirklich Begeisterung empfand, war das immer von erheblicher Bedeutung. Das hast du gespürt und gewußt, so war es also auch für dich von Belang.
Und auch von dir aus sahst du es nicht anders. Und so zählt es.
Ich bin nicht großzügig gewesen, jedenfalls nicht wirklich überlegen großzügig.
Und nun, da es mir bewußt geworden ist, kann ich es niemals mehr gutmachen.
Wie oft denke ich jetzt, sage es in Gedanken zu dir: Nimm mein Auto, wenn du dich getraust, es zu fahren. Oder: Wenn du dir den Sportwagen kaufen willst (wie du es gesagt hast): Das Fehlende leih ich dir.
Verpaßt. Versäumt. Niemals mehr auszugleichen.

Im Sommer nach ihrem achtzehnten Geburtstag noch jenes eine letzte Mal mit ihr in unserm Marielyst!
Ja: Sie ist sofort begeistert dabeigewesen! Die Zeit vor sieben, vor acht Jahren hatte sich ihr offenbar als sehr erfreulich eingeprägt.
Wir waren dieses letzte Mal mit ihr nur eine Woche dort. Doch in meinen Dias ist es festgehalten: sonnige Tage, wir alle in Badezeug am Strand, die Kinder schwammen (die Heike lacht fröhlich, als ich sie fotografiere).
Es war noch früh im Jahr. Noch einmal eines Abends die Sonnenwendfeuer der Dänen den ganzen Strand soweit man ihn überblicken konnte entlang: die vielen Kilometer von Gedser Odde im Süden bis nach Hesnaes hinauf... Man war wieder auf den Beinen mit Kind und Kegel, schwatzte, lachte, prostete sich zu im Schein der Flammen...
Die Heike zum letzten Mal.
Doch niemand von uns weiß, was morgen sein wird oder in einigen wenigen Jahren. Ob er nicht einen Flecken Erde oder einen Menschen, die er besonders gern hat, niemals wiedersehen wird.

Diese zermürbende, ja zertrümmernde Melancholie!
Hat es überhaupt einen Sinn, etwas anderes zu tun, als bewegungslos dem sogenannten Leben zuzusehn, bis zu seinem zufälligen Ende?
Vielleicht nicht.
Herbert Eisenreich, in dem mir seit langem liebsten aller deutschen Essays »Im Anblick der Ruine«: Wenn der Mensch ein logisches Wesen wäre, müßte er in diesem Augenblick die Hände sinken lassen und für immer verstummen.
Aber das sind wir ja nicht: logische Wesen.
Die Ruinen belehren uns so sehr, aber wir machen trotzdem tapfer weiter – leben, als hätten wir geradezu ewig zu leben. Und nicht nur, daß das »gefräßige Maul der Vergeblichkeit« alles verschluckt! Wir vor allem die kontinuierlichen VER-

LUSTE zu Protokoll zu geben haben. Und daß alles ZERSTÖRUNG ist von Anfang bis Ende, uns alles kaputtgemacht wird. Und ich als ein weiteres Charakteristikum des Menschenlebens die schreienden UNGERECHTIGKEITEN notiere.
Nicht der betrunkene Raser bricht sich das Genick, sondern die absolut Unschuldige wird hingetötet. Und der Täter läuft eines Tages zu einer sogenannten Gerichtsverhandlung auf und ist doch offensichtlich guter Dinge.
Gegen all die Willkür (des sogenannten Schicksals, des zufälligen Todes, etc.) sträubt sich unsere Vernunft.
Aber auch das völlig vergebens! Wir haben am Ende wohl nichts, absolut nichts, weiter als unsere kleine Haltung: das Aushalten gegen die große Flut des Üblichen und des Minderwertigen.

Als die Heike achtzehn geworden war, mochte sie nicht mehr zur Schule gehen. Sie sah keinen Sinn darin, das Abitur zu machen und dann erst eine Lehre anzufangen. Noch zwei Jahre Schule, meinte sie, und sie wäre nur genauso weit.
Dieser einzigartige Vorgang, als sie sich eines Tages ein bißchen herrichtete, aufs Rad stieg und unsere Straße hinunter davonfuhr, um sich in einem Krankenhaus vorzustellen im Hinblick auf eine Schwestern-Lehre. Und Ilse und ich standen draußen und riefen ihr hinterher: Alles Gute!
Wir hätten das nicht ungern gesehen: Sie in einem Krankenhaus beschäftigt. Ihr Großvater mütterlicherseits Chirurg, ihre Mutter seine Praxis-Helferin – sie hätte das fortgesetzt. Doch obwohl sie die Lehrstelle bekommen konnte: plötzlich mochte sie das nicht mehr. Sie habe auf einer Holland-Reise einen schweren Unfall gesehen, Kopfverletzung und viel Blut, und sei dem doch wohl nicht gewachsen.
Ich weiß nicht, ob das der einzige Grund war und überhaupt der eigentliche Grund. Wir haben jedenfalls nicht versucht, sie zu überreden.

Damals, als sie davonradelte, um sich vorzustellen, sagte Ilse zu mir: Mein Gott, nun ist sie schon *so* weit:
Und eines Nachts sahen wir sie so weit, daß sie in jenem Krankenhaus tot auf der Bahre lag.

Nach einem dreiviertel Jahr wieder auf einer Beerdigung. Ein früherer Kollege ist gestorben.
Wieder eine Friedhofs-Kapelle. Vorn, auf dem Katafalk, der Sarg.
Dann kommen die Angehörigen herein, schieben sie unsicher weiter in der Nähe des schrecklichen Sarges. Die Kinder, es sind wohl die Enkel des Verstorbenen, erscheinen mir besonders hilflos.
So wird man auch uns gesehen haben vor Monaten.
Der Beginn der Trauerfeier.
Ein Pfarrer der älteren Generation macht das besonders pastoral in der konventionellen Weise. Einige Wendungen erscheinen mir nicht unzutreffend, wenn auch sehr abgegriffen. Daß wir Menschen jeden irgendwann in die Dunkelheit des Grabes legen müssen. Daß wir alle zeitlebens im Schatten des eigenen Todes wandeln. Daß wir (nach der Ansicht des Kirchenvaters Hieronymus) über den Verlust eines lieben Menschen nicht bloß traurig sein sollten, sondern auch dankbar dafür, daß wir ihn besaßen – und noch besitzen.
Doch mir fällt auf, daß dies lauter Äußerungen sind, die Menschenerfahrung wiedergeben, in keinerlei Beziehung zu einer jenseitigen Macht stehen.
Geduld! Die übliche Trostrede kommt dann ja. Nach dem Motto: Was Gott tut, das ist wohlgetan. Er hat doch auch dem eigenen Sohn den Tod nicht erspart. Wir beugen uns in Demut vor seinem Willen.
Das wird routiniert dahergesagt. Wie oft mag der Schwarzrock das gepredigt haben in seinem schon jahrzehntelangen Pfarrerdasein.
Mich spricht es rundheraus gesagt nicht an. Nach der eig-

nen Erfahrung meine ich: Der Mensch muß das wohl eher alles allein, ohne irgendeine Hilfe, durchstehen. Mir jedenfalls haben irgendwelche großen Weltgebäude in der ärgsten Verzweiflung kein bißchen beigestanden.
Ich habe mich unlängst einem fromm gewordenen, um nicht zu sagen: leider neuerdings frömmelnden, Mann mittleren Alters gegenüber ziemlich unbeliebt gemacht, als ich ein bißchen unernst sagte: Der alte Mann mit dem langen weißen Bart: er hat sich in meinem Fall leider überhaupt nicht so aufgeführt, daß ich mit ihm noch etwas am Hut haben könnte.
Früher hatte ich Gott (oder wie man auch immer sagen will) gegenüber, wie wohl viele meiner Generation, eine eher etwas distanzierte Haltung – muß ich sagen: gleichgültige? Ich war nicht ausgesprochen einer seiner Anhänger, aber auch nicht erklärtermaßen sein Gegner. Sagen wir: Darüber dachte ich kaum nach.
Das ist anders geworden.–
Schon die ersten Frostnächte.
Einige Rosenblüten gibt es aber immer noch; sie erfrieren auch nachts noch nicht.
So kann ich der Heike immer noch etwas »von zu Hause« mitnehmen, auf ihr Grab stellen.
Das ist sicher lächerlich menschlich gedacht und empfunden, man mag sagen: sentimental. Es hat wahrscheinlich wenig zu tun mit Totsein für immer und der absoluten Mitleidlosigkeit des unzählbaren ständigen Werdens und Vergehens.

Ein drei oder vier Jahre altes Bild aus jener Zeit, da die Heike die Berufsausbildung begann (sie war als Auszubildende in einen großen Betrieb gegangen). Ilse hat es gemacht mit einer Polaroid-Kamera, nun hängt es über meinem Schreibtisch:
Die Heike, der Felix, ich auf der Couch unter den Bildern von Munch und Monet. Es ist Weihnachtszeit. Und die Hei-

ke mit einem sehr ruhigen, schönen Gesicht. Und sie hat ein Buch in der Hand, als ob sie liest.
Ich sehe mir dieses Buch näher an, es ist ein Krimi von Agatha Christie. Ich kann den Titel nicht ganz lesen, offenbar aber sind es zwei Wörter, und das zweite lautet: Geister.
Ich springe auf, eile in ihr Zimmer. Und tatsächlich steht dieses Buch unter ihren andern Büchern! Ich nehme es heraus: sie hat es also einmal in ihren Händen gehalten und damals wohl auch gelesen. Und dieses Buch gibt es also noch; nur sie ist nicht mehr da.
Ich lese den vollständigen Titel: Rächende Geister.
Ja, mein Kind, vielleicht gibt es das tatsächlich: Daß Geister etwas rächen, was uns in der diesseitigen Welt der Lebenden so schreiend ungerecht erscheint und nicht ausgeglichen wird.
Die alten Völker hatten die Vorstellung von Erinnyen, den »Grollenden«. Rachegöttinnen, die Frevler verfolgten, besonders bei unerträglichen Verbrechen.
Du und ich: Wir sind im übrigen nicht für eine Rache angelegt, die der üblichen menschlichen Vorstellung davon entspricht. Mag man uns deswegen auch für gutmütige Toren halten: so sind wir nun mal.
Aber damit ist nicht gesagt, daß wir nicht auf irgendeine andere Weise auf deine Tötung reagieren. Es so einfach hinnehmen: Das tun doch auch wir nicht.
Wir beide machen das anders als andere; aber wir reagieren auch.

Totensonntag.
Diese früher immer etwas gefürchtete Nacht. Als ich der masurischen Kindheit und auch den masurischen Vorstellungen von Gespenstern und Geistern zeitlich noch näher war; und auch dem Tod meines Vaters.
Früher die Frage: Was würde ich träumen; würden es nicht vielleicht vernichtende Fingerzeige sein? Würde vielleicht ein Verstorbener im finstern Zimmer an mein Bett treten

und Hinweise deutlich werden lassen auf meinen eigenen Tod?
Eine unsagbare Ruhe erfüllt mich nun. Ich habe jetzt ja eine ganz andere Beziehung zu der Welt der Toten.
Die kaum glaubliche Unterschiedlichkeit der Menschenleben. Ein bedeutender Arzt, täglich konfrontiert mit Leben und Sterben (der mich trösten will): Nicht die Länge eines Lebens ist das Entscheidende. Es gibt Leben, die bis achtzig gehn und darüber, und sie sind immer so gut wie leer, fast nichts, eine Angelegenheit beinahe nur für die Statistik. Und manches andere Leben, das uns unter den Händen endet und viel kürzer war, hatte doch eine unvergleichliche Lebendigkeit und einen nachhaltigen Sinn.
Dürftigkeiten, wie wir sie täglich beobachten:
Ein älteres Paar auf einem Bahnhof in Bielefeld.
Er, sehr quengelig: Weshalb fährt der Zug denn nicht weiter, weshalb steht der so lange?
Sie: In Herford steht der immer so lange.
Er: Wie?! In Nerven?!
Sie: In Herford. Da stand der doch damals auch so lange.
Na, eine kleine Episode bloß. Und vielleicht ist der Schluß von dem Ausschnitt auf das Ganze nicht ganz fair; vielleicht ist es auch bloß ein bißchen Alters-Trotteligkeit.
Vielleicht also sollte ich nicht sagen: Leben, die eine Angelegenheit sind bloß für die Statistik. Vielleicht sollte man das von keinem Leben sagen.

In dem Jahr nach dem letzten Marielyst-Urlaub mit der Heike noch einmal für drei Wochen in Norwegen, das letzte Mal.
Ja: Und wohl tatsächlich der schönste unserer Urlaube dort! Und daß er nun die tieftraurige Schönheit eines Epilogs bekommen hat, soll auf einem andern Blatt stehen.
Das hübsche Haus Fjellro im Heide- und Kiefernwald mit dem Blick auf den Ogge-See unten, das aufsteigende Felsenland im Rücken.

Die Kinder auf der Terrasse, auf der Wolldecke vor der Terrasse in der Sonne Tag für Tag; oder im Boot auf dem See. Badend im See. In der Fußgängerzone in Kristiansand.
Und der damalige Freund der Heike war mitgefahren, ein guter Freund über viele Monate hin.
Und noch einmal in dem kleinen weißen Lillesand am Meer; und in Hamsuns Nørholm! Und die Rückreise wieder durch Telemark. Auf einem Foto vor der Heddal-Stabkirche: die Heike mit ihrem Freund.
Und Oslo: bei der Holmenkollen-Sprungschanze oben, mit dem einzigartigen Blick über den Oslo-Fjord. Abends auf der Karl-Johans-Gate. Am nächsten Vormittag noch einmal im Vigeland-Park.
Unvergeßbare Tage!
Die Heike war in jener Zeit nicht nur zufrieden und ausgeglichen.
Ich erinnere mich an eine ziemliche Verstimmung an einem Morgen; der Freund sprach lange mit ihr und konnte sie schließlich beruhigen. Und an einem der Abende wollte sie unbedingt nach Kristiansand und in eine Diskothek; aber ich mochte mich für die Nacht bei den abenteuerlichen Straßen nicht darauf einlassen und sie hinfahren.
Ich habe sie damals stärker beobachtet als anderswann, ihre wesentlichen Züge zu erfassen versucht.
Eine gewisse *Unruhe* hat sie immer beherrscht bis zuletzt. Oder spreche ich besser von latenter Unzufriedenheit, wie sie zwangsläufig jeden mit Ansprüchen auf ein gewisses Niveau der Welt irgendwann zu beherrschen anfängt? Im übrigen ging etwa damals die unausgeglichenste Phase ihres Lebens (mit einem nicht gerade originellen Bild gesagt) wetterleuchtend zu Ende.
Sie mochte sich nicht mit dem Üblichen abfinden. Mit Menschen zum Beispiel nicht, die schon in der frühen Jugend »ruhig«, »solide«, »seriös« sein wollten, konnte sie wenig anfangen. Sie war beherrscht von einem starken Drang, möglichst viel zu sehen, zu erleben.

Wie recht sie, von heute aus gesehen, vor allem damit hatte. Sie hatte ja nur noch einige wenige Jahre...
Ihre *Empfindlichkeit*: das machte mir Sorge. Manchmal schien sie mir nicht besonders gesund und wenig robust. Zu allen Zeiten hielt ich sie für mehr als gewöhnlich gefährdet.
Gelegentlich befürchtete ich eine gewisse Hypochondrie, wie sie bei mehreren Mitgliedern meiner Familie sich zeigt und wie auch ich nicht ganz frei von ihr bin.
Und ich ließ mich nicht täuschen: Sie war ein sehr *ernster* Mensch. Mein Ernst war auch der Ihre – sie war letztlich immer *zu* ernst.
Oder erschien sie ihren Freunden durchaus anders? Das wußte ich nicht.
Mir scheint dieses kurze Leben zu allen Zeiten irgendwie belastet gewesen zu sein. Als habe das frühe Ende schon seinen Schatten darüber geworfen. Oder ist das eine zu obskure Annahme? Was aber war dann die Ursache?
Oder gab es überhaupt keine? Und auch die Belastung, von der ich rede, ist meine Erfindung?
Oder würde ich ihr nicht gerecht werden, wenn ich schließlich gar keine Belastung annähme?
War sie vielleicht manchmal bloß zu einsam? Doch da frage ich mich gleich, ob ein anderer Begriff nicht erheblich zutreffender wäre als Einsamkeit (unter dem ich ja längst nicht etwas so Negatives verstehe wie die heutigen wildentschlossenen Einsamkeits-Experten). Wie, wenn's dieser wäre: Alleingelassensein?
Schließlich ihr vielleicht hervorstechendster Charakterzug: *Gerechtigkeitssinn*, auf sich bezogen wie auch auf andere. Sie trat, wenige Wochen vor ihrem Tod, einer großen politischen Partei bei, und hätte es bestimmt nicht bloß bei einer Kartei-Mitgliedschaft belassen.
Nehme ich alles zusammen, so denke ich spontan auch an eine literarische Figur: die des Nike in einem der Romane Lars Gustafssons. Nike wird von einem Lastwagen totge-

fahren – und gerade von ihm hatte es geheißen: »Er machte immer den Eindruck, für etwas ganz Besonderes bestimmt zu sein«.
Dies also vor allem deprimierend: Daß sie doch *gar keine Chance* bekam, das zu tun, was sie hätte leisten wollen und können. Man sah für dieses Leben noch so viele Möglichkeiten. Es war zweifellos beherrscht von starken Antrieben (Freunde haben das ungefragt bestätigt): das führte über die gewöhnlichen Wünsche und Pläne weit hinaus.
Sie stand vor wichtigen Entscheidungen für sich, und sie hätte sie mutig und eindeutig getroffen, da bin ich sicher.
Und wäre einen nicht gewöhnlichen Weg gegangen.
Und deshalb, Schicksal, verabscheue ich dich so sehr!

Weihnachten kommt immer näher. Und da bewahrheiten sich meine schlimmen Befürchtungen, ja sie werden übertroffen.
Wir versuchen, alles wie immer zu arrangieren, und wissen doch längst: Nichts kann mehr sein wie bisher.
Wir fragen uns gegenseitig nach unseren Wünschen; aber die eine kann nicht mehr fragen; und der größte Wunsch, sie wiederzubekommen, ist ewig unerfüllbar.
Und so mag ich doch gar nichts mehr geschenkt bekommen. Aber auch das gehört ja zu einer gewissen Haltung den andern gegenüber: sich möglichst nichts anmerken zu lassen; also sage ich dies, das.
Und der Weihnachtsbaum; und wir schmücken ihn wie immer. Und wir hängen auch das kleine Glöckchen dran, das die Kinder immer zur Bescherung herbeirief in noch gar nicht fernen und plötzlich so unvorstellbar entfernten Jahren. Und da schlägt eine besonders heftige Welle der Wehmut über mir zusammen.
Und als wir dann einige rote Holzfiguren (Weihnachtsmänner, Herze, Sterne) an den Baum hängen, da lasse ich drei von ihnen in die Hosentasche gleiten. Drehe mich weg.
Die will ich dir nachher auf dein Grab bringen.

Und dann draußen bei dir. Wir bringen dir einen Weihnachtsstrauß.
Und später dunkelt es draußen.
Um diese Zeit haben wir uns immer die Geschenke gegeben und sie ausgepackt. Und das war vielleicht die aufregendste Stunde im ganzen Jahr. Und wir tun das auch diesmal, aber wir sind ja so brutal beraubt: eine unserer Stimmen fehlt. Und ich ertrage das kaum.
Und bevor wir uns beschenkten, haben früher die beiden ja ihre kleine Feier gemacht. Und die Heike ist es gewesen, die das gestaltet hat. Und wir haben zusammen gesungen. Und nun liegt sie auf dem Friedhof; und es wird doch hoffentlich niemand auf die Idee kommen, daß wir Weihnachtslieder singen sollten.
Irgendwann nach ihrem Tod hat die Ilse zu mir gesagt: Sie hat sich letzte Weihnachten darüber beschwert, daß du keine Fotos von allen gemacht hast wie sonst immer.
Weshalb habe ich es bloß nicht getan?
Es wären die letzten Bilder von ihr gewesen.

19

Ein neues Jahr beginnt.
Schlimmer als das letzte, in dem unsere Tochter umgebracht wurde, kann es wohl kaum werden. So beherrscht mich an diesem Jahreswechsel eine große Gleichgültigkeit. Im ersten Monat schon steht mein 50. Geburtstag an. Auch, im weiteren Lauf des Jahres, unsere Silberhochzeit: als ich halb so alt war wie jetzt, haben Ilse und ich geheiratet, und zwei Jahre später wurde unsere Tochter geboren, sieben Jahre später unser Sohn. Der Direktor fragt mich, und er tut es durchaus mit einer gewissen Vorsichtigkeit, wie in etwa ich diesen kommenden 50. Geburtstag zu feiern gedenke. Ich antworte, daß ich vorhabe, ihn gar nicht zu feiern. Und daß man mir den größten Gefallen täte, wenn man ihn völ-

lig ignorieren würde. Mein zu Ende gehendes Jahr sei nicht so gewesen, daß...

Die Andeutung eines Nickens – als wolle er sagen: Das habe ich vermutet, doch ich bin etwas anderer Ansicht.

Ich füge nicht hinzu: Am Tag vor diesem Geburtstag wird es ein Dreivierteljahr her sein, daß meine Tochter endete.

Ein übler Winter hat eingesetzt mit Schnee zunächst, dann anhaltendem strengen Frost. Sogar die fünf Kilometer zum Friedhof sind nun nicht unproblematisch und auf dem letzten Stück auf einem kaum befahrenen Nebenweg nur sehr vorsichtig zu bewältigen.

Ich denke an die Zeit zurück, da die Heike zwanzig war, es ist erst zwei Jahre her. Jenes Jahr habe ich als etwas grau in Erinnerung.

In einem äußerlichen Sinn läßt sich das sogar ziemlich leicht belegen. Zu dritt, ohne die Heike, waren wir im Urlaub in der Rhön. Von unserm Berghotel aus konnte der Blick weit ins Land gehn, nach Unterfranken und nach Thüringen – *konnte;* doch war der Ausblick all die Tage und Wochen über diesig grau verhängt, der Schleier löste sich nicht ein einziges Mal auf.

In jenem Jahr starb ein anderer Freund der Heike, sechs Jahre älter als sie. Ich habe ihn so gut wie gar nicht kennengelernt, die Beziehung lag auch schon etwas zurück.

Sie schrieb in ihr Tagebuch: »Ich habe immer an dich geglaubt, dich immer gemocht. Meine Liebe sei nun immer bei dir. Ruhe in Frieden. Heike«.

Und auch jene doch schon viele Monate lange Beziehung zu jenem jungen Mann ging zu Ende, der mit uns in Norwegen gewesen war am Oggevatn.

Eine entfernte Bekannte der Heike zu mir: Man habe ja geglaubt, daß aus den beiden ein Paar werden würde –.

Aber dafür waren sie letztlich wohl zu unterschiedlich. Mir schien: Die Heike war vielleicht auch noch zu unruhig, in ihren Ansprüchen sehr weitgehend und ungeduldig.

Für ein paar Tage benutze ich die Weckuhr der Heike. Als

sie morgens um sieben läutet, ist mir das überaus lästig, ich fühle mich kaputt –.
Dann denke ich an die Heike und wie oft der Wecker sie wohl gestört, ja geärgert hat. Wenn sie wieder in die Firma mußte –.
Ich war in jener Zeit in nicht geringer Sorge, ob sie durch die berufliche Ausbildung nicht manchmal zu sehr strapaziert werden könnte, wie manche andere Jugendliche auch, deren Eltern mir davon berichteten.
Weiterhin ging sie abends gern aus; doch das taten auch andre ihres Alters, es erschien mir nicht ungewöhnlich. Daheim, vor allem an den Wochenenden, schlief sie dann allerdings viel, an manchen Sonntagen bis in den Nachmittag hinein, und deswegen befürchtete ich doch, sie sei vielleicht nicht ganz gesund.
Das steigerte sich bei mir zu der Vorstellung, sie könnte vielleicht früher als üblich enden. Niemals aber hätte ich an ein so brutales Ende denken können, wie es dann geschah.
Vor allem war ich besorgt darum, wie sie wohl mit der Mittelmäßigkeit und sicher manchmal auch Kleinkariertheit zurechtkommen würde, der im Berufsleben und erst recht in der Ausbildung doch niemand ganz entgeht.
Ist das nicht die Zeit des Eintauchens, Hineinmüssens eines Jugendlichen in eine so oft bornierte Alltäglichkeit?
Ich sah die Heike manchmal auf dem Gelände ihrer Firma. Sie fühlte sich unbeobachtet – zu keiner Zeit ist sie mir so hinhaltend bedrückt erschienen wie damals.
Wenn sie also daran gedacht hätte, es hinzuwerfen: Ich hätte es verstehen *müssen*.
Menschliche Dürftigkeit bei Lehrern hatte ihr schon auf dem Gymnasium zu schaffen gemacht und manchmal schroffe und zweifellos nicht immer geschickte Reaktionen bei ihr provoziert. Es war gut, daß manche Kollegen nie erfuhren, wie meine Tochter über sie dachte – und ich mußte zugeben: nicht ganz falsch über sie dachte…
Aber welch ein Unterschied noch zwischen einer höheren

Schule und der Welt am Arbeitsplatz mit ihren zweifellos gelegentlich erheblich beschränkteren Figuren! Wie konnte ein Mädchen wie die Heike damit zurechtkommen bei ihren Ansprüchen an Menschen, ihrem gelegentlich strengen Urteil, vor allem: ihrem Gerechtigkeitssinn? Würde sie diese übliche Alltäglichkeit verkraften können?

Irgendwann stieß ich auf ein paar Striche zu Wesen und Leben der Karoline Günderode, romantischen Dichterin. Die tötete sich mit sechsundzwanzig Jahren nicht nur aus unglücklicher Liebe, sondern auch, weil sie ein empfindsamer, hochfliegender Geist war, anspruchsvoll und allzu kompromißlos, und weil die Hoffnungen auf Erfolg, auch: auf Familienglück, sich nicht erfüllten, – so wollte sie eines Tages nicht mehr.

Ohne in allem deutliche Parallelen sehen zu wollen (und die Heike wurde *umgebracht*, während die andere sich selbst tötete): Sah vielleicht auch meine Tochter sich in Gefahr, in Alltäglichkeit zu versinken, sich nicht mehr nach ihren Vorstellungen geben zu können?

Im übrigen war die Günderode ein Charakter mit erheblichen Widersprüchen – auch da denke ich allerdings an mein Kind (so wie ich dabei an mich selbst denken muß).

Ich selbst bin wie gesagt ein auf Lebenszeit angestellter Beamter; da liegt im Hinblick auf den Arbeitsplatz vieles anders. (Was nicht heißt, daß man dort nicht ebenso mit viel menschlicher Durchschnittlichkeit und auch Unterdurchschnittlichkeit konfrontiert würde.) Und ich war bislang nicht zwingend genug darauf gestoßen worden, die Welten der Menschen an den Arbeitsplätzen in den Blick zu nehmen.

Auch das für mich eher eine Sache aus der Literatur. Zum Beispiel einer Schilderung bei Maupassant, über einhundert Jahre alt und so wenig vergilbt wie vieles, was dieser große Erzähler hinterlassen hat:

Er berichtet einmal von einem kleinen Beamten und seiner »langen, elenden Knechtschaft«, ja seinem Sträflings-Dasein. Angst vor den Vorgesetzten, die übergangslos an die Stellen der Pauker der Schulen getreten waren. »Beim Überschreiten der Türschwellen dieser Despoten erbebte er von Kopf bis Füßen.« Er betrat seinen Arbeitsplatz »wie ein Verurteilter, der sich im Gefängnis meldet«; und »das Herz erfüllt von Unruhe in der ewigen Erwartung eines Verweises um eines Versehens willen, das ihm vielleicht unterlaufen war«.

Nun, da ich mich mit der Welt der Arbeit beschäftigt habe und weiterhin beschäftige, quält mich vieles davon.

Vor allem ist auch das zunächst eine persönliche Sache: des Selbstvorwurfs, daß ich mich mit der Heike niemals ausführlich genug darüber unterhalten habe. Was sie in der Ausbildung durchzumachen hatte. Was sie darüber dachte. Was andere in ihrer Lage darüber dachten.

Da läuft neben einem eine unzulängliche, für viele zweifellos quälende Sache ab, und eine so erhebliche, ja zentrale, und ich, ein *Lehrer*, habe mich allzu lange nicht damit befaßt.

»Im Mittelpunkt unserer Bemühungen steht der Mensch«, kann man in Verfassungen von Unternehmen lesen. Eigentlich sagen es so gut wie alle.

Welcher Bemühungen?

Wessen Bemühungen? Wer ist da eingesetzt, sich zu bemühen? Wie steht es um dessen charakterliche und moralische Qualifikation?

Jedenfalls: Wenn dein Kind eintritt in die sogenannte Arbeitswelt, ist es davon betroffen.

Es war leicht herauszufinden: unsere hochindustrialisierte Welt hat ganz neue Anforderungen an den Menschen geschaffen. Es werden Männer (vor allem) benötigt und ausgebildet, die einen neuen Typus des Arbeiters oder Mitarbeiters (oder wie immer man will) darstellen.

Kannte, sagen wir, das Barock den Manager oder den Marketing-Man? Aber jetzt sehen wir zum Beispiel auf allen Intercity-Bahnsteigen solche Herren mit den charakteristischen kleinen Aktenköfferchen, korrekt gekleidet: sozusagen immer ein Hauch von betontem leicht überdurchschnittlichem Anspruch. Man höre ihnen zu, sie haben ja längst ihr eigenes Vokabular: ein Kauderwelsch aus Amerikanisch und (schlechtem) Deutsch. Auf dem Hauptbahnhof Hannover (oder Würzburg oder Stuttgart) habe ich unlängst eine ganze Rotte dieser unverkennbaren Spezies belauscht: die Sprache war so kurios, daß ein halbwegs normal veranlagter Deutscher sie kaum noch versteht. Logo. Upper-Headline. Personality. Unser People-Fotograf. Woher hat der diese Power.

Bullshit! fügte ich für mich hinzu.

Die Steigerung dieser offenbar höchst wichtigen, unentbehrlichen Unterabteilung des Wesens Mensch ist wohl der sogenannte Top-Manager: Da werden in vielen Fällen Streß und Belastung offenbar noch größer geschrieben, und Entscheidungen müssen oft wohl noch flinker aus der Pistole. Nun gut! Alles hat seine Vorzüge und seine Nachteile – hier hat der Allgemeinplatz seine ungefähre Berechtigung. Das hohe Gehalt allein bringt's ja noch nicht; es geht auch schnell mal was in die Hose – und bei gewissen Größenordnungen haben dann wohl auch die dranhängenden Folgen gewisse Dimensionen. (Insbesondere für die von einem Topmanager abhängigen Menschen – wovon vielleicht nicht immer ausreichend gesprochen wird.)

Die durchgehenden ganz alltäglichen Trivialitäten: sie sind wohl das eigentlich Schreckliche im Leben, oft schlimmer, aufs Ganze gesehen, als die plötzlichen heftigen Entgleisungen und Ungerechtigkeiten.

Uns werden Menschen vorgesetzt, d. h. mit *Macht* über uns versehen, deren Gewöhnlichkeit mitunter so ist, daß es einen nicht selten peinigt Tag um Tag, Jahr um Jahr.

Ich selbst bin nie ganz darüber hinweggekommen, daß das ganze Berufsleben eine gewisse Tortur dieser Art sein kann: Durchschnittlichkeit, hierarchisch gegliedert. Wie hätte die Heike darüber hinwegsehen können!

Je banaler das Herrschaftsgebaren der sogenannten Vorgesetzten, um so quälender für viele Abhängige. Die Hölle hat diesen Namen: Durchschnittliche Alltäglichkeit.
Als junger Lehrer geriet ich an einen Studiendirektor von exemplarischem Rang. War er etwa nicht ab und zu großzügig? O doch. Aber es war dann eine ausgesprochene Herrenmenschen-Großzügigkeit, natürlich auch mit Herrenmenschen-Ansprüchen, voran dem Recht auf ein unberechenbares, willkürliches Zuckerbrot-und-Peitsche-Gehabe. Er war launisch und rechthaberisch, und niemand hinderte ihn daran. Im übrigen war er ein Dilettant – doch Einwände gegen seine unzulängliche Sicht vermochte er ja kraft seiner Position zu unterbinden. Und das tat er routiniert, wenn auch meistens ohne Härte, aber empfindungslos.
Er hatte dich doch gerade gelobt, dir einen Moment lang seine einzigartige rechte Hand auf die Schulter gelegt? Das war der Augenblick, Rührung zu zeigen! Verpflichtung, es zu tun, um ihn sich in dieser Rührung sonnen zu lassen!
Oder er warf einem ein Versäumnis vor? Er hatte das Talent, irgendeine Nebensächlichkeit aus dem Zylinder zu holen und zu einer Hauptsache aufzublähen. Da war eins gefordert: Auf den Bauch fallen und Zerknirschung zeigen, damit alles wieder gut werden konnte dank seiner Väterlichkeit...

•

Ich bin nie hingegangen und habe die Heike an einem ihrer Ausbildungsplätze besucht. Mir nie diejenigen angesehen und mit ihnen gesprochen, die sie *nicht* mochte (einige hat sie jedoch geschätzt). Habe ihre Leistung dort nicht ein einziges Mal gewürdigt.
Als sie noch lebte, hätte ich sagen können: Dafür bietet sich leider kein Anlaß.
Und nun, vor kurzem, ergab es sich ganz überraschend und zufällig, daß ich in einem Zimmer ihrer Firma zu einem Gespräch saß, das nicht weit entfernt von ihrem letzten Arbeitsplatz liegt. Und es ging auf Feierabend zu, während wir noch redeten; und ich beobachtete zwei, drei junge

Mädchen, die hinter der Glastür im schon etwas dämmerigen Licht nach Hause gingen...
Sie war einmal eine von ihnen...
Welchen Belastungen, welchen Beschwerden muß man eigentlich ein Kind, *sein* Kind aussetzen, fragte ich mich plötzlich, das gezwungenermaßen die Schulen zu durchlaufen hat und die Berufsausbildung, um dann in einen »Beruf« (seltener wohl: Beruf) zu kommen?
In den sogenannten normalen Zeiten bleiben den Menschen immer noch drei Möglichkeiten, andere Menschen unter den Daumen zu kriegen: in der Familie, in der Schule, am Arbeitsplatz. Und sind die ersten beiden Möglichkeiten heute auch nicht mehr so ganz das, was sie früher waren, so kann am Arbeitsplatz immer noch zur Sache gegangen werden. Dort ist der Maßnahmen-Katalog, wegen der entgegengesetzten Bestrebungen um eine sogenannte Humanisierung der Arbeitswelt (terminus technicus), nur um einiges raffinierter und daher auf den ersten Blick nicht mehr so durchschaubar geworden. Bis hin zu gewissen verfeinerten Formen von Sadismus ist vieles denkbar und unter Umständen auch möglich.
Die Betroffenen schlafen in letzter Zeit schlecht? Die Dinge kommen ihnen auf die Decke?
Das besagt doch zunächst einmal nur, daß sie nicht sonderlich belastbar sind. Magenbeschwerden, Herzinfarkt, etc.? Das ist natürlich beklagenswert! Aber man will doch nicht etwa die Firma dafür mitverantwortlich machen?!
Es werden immer mehr Menschen immer früher durch die beruflichen Belastungen krank? Zweifellos! Den darüber gibt es im Ausland (in England, in Schweden) bereits Untersuchungen mit einndeutigen Ergebnissenn.
»Man muß sich fragen«, schreibt Konrad Lorennz, »was der heutigen Menschheit größeren Schaden an ihrer Seele zufügt: die verblendende Geldgier oder die zermürbende Hast«. *Angst* spiele bei dem täglichen Wettlauf aller gegen alle eine wesentliche Rolle: die Angst, irgendwann nicht

mehr mithalten zu können, den nervlichen und seelischhenn Strapazen des »ständig sich verschnellernden Arbeitstempos« nicht mehr gewachsen zu sein.
Aber unter Kostengesichtspunkten scheint es weiterhin das Bestreben zahlreicher Manager zu sein, *immer weniger Menschen immer mehr Arbeit machen zu lassen*.
Irgendwann im Lauf meiner Recherchen meinte ich sicher zu sein: Je empfindungsstumpfer diese westliche Welt wird, um so weniger macht es manchen Managern und amerikanisch/»deutsch« radebrechenden Marketing-Men aus, other men and women rigoros zu verplanen und herzunehmen. In ihnen in erster Linie eine statistische Größe im Produktionsprozeß zu sehen.
Und *deine* Kinder geraten etwa nicht in Gefahr, derart vereinnahmt zu werden? Gerade ihretwegen, meinst du, wird eine Ausnahme gemacht?
Der Mensch in seiner Eigenschaft als Rädchen in einem großen Getriebe. Der Mensch in seiner Verwendbarkeit bei der Herstellung von Furz und Feuerstein.
Der eine »bringt es«; und der andere »bringt es nicht«, den können wir nicht gebrauchen. Dem dritten, der so dazwischen hängt, geben wir bestenfalls »noch eine Chance«.
Das Ganze eine Solidargemeinschaft aus Unternehmern und den bei ihnen Beschäftigten: den Begabten und den, wie die Menschen nun mal sind, weniger Privilegierten? Und wir müssen uns auch den noch Schwächeren, die von uns abhängig sind, verpflichtet fühlen?
Wir, die Manager, sind doch auch bloß Angestellte: um Controlling zu betreiben, uns um die Bilanzen zu kümmern.
»Im Mittelpunkt unserer Bemühungen steht der Mensch.« Trifft das wirklich überall und immer zu?
Aus »Lektüre«: »Wenn auch nicht wörtlich, so wissen Hunderttausende junger Menschen doch ziemlich genau, wie heuchlerisch die Kluft zwischen Reden und Realität gewachsen ist.«

Und diese Jugendlichen wenden sich ab. Nicht mehr mit uns, sagen sie.
Irgendwann war ich dann so verwegen, mich zu fragen: Kann es eigentlich der Sinn des Ganzen sein, daß so viele ausgelaugt werden und dann ausgetauscht, und nur noch fürs Über-die-Runden-Päppeln taugen bis zu ihrem Ende? *Wem dient das eigentlich*? Sollte in einer Gesellschaft nicht alles geschehen im Hinblick auf ein besseres Leben *aller*? Fing so nicht irgendwann eine Übereinkunft zwischen den einen und den andern an?
Und das ist daraus geworden? Daß immer mehr Menschen immer »wissenschaftlicher« verwertet werden? Und irgendwann hängt ihnen die Zunge aus dem Hals; und sie erreichen trotz aller Müh' den Hof doch nicht mehr?
Also: Dient das der Gesellschaft als Ganzer? Benötigt die in der Tat immer noch mehr Produkte des Typs X oder Y; oder ist diese ständige Produktions-Steigerung bloß eine Sache im Rahmen des vielberedeten Konsumzwangs, und im Grunde ist die Gesellschaft weder auf X noch auf Y immer mehr scharf; sie läßt sich äußerstenfalls durch eine immer aufwendigere Werbung zu einem Mehrkauf überreden? Aber eigentlich ist alles von vorn bis hinten ein Windei: Arbeiter müssen ran um einer Produktionssteigerung willen, die nicht nur die Gesellschaft nicht benötigt, sondern deren Ergebnisse man dann auch noch auf das mühsamste jemandem einreden muß?
Wenn dem so ist: Welch ein Unfug das Ganze!
Wenn es aber nicht der Gesellschaft als Ganzer dient: Woher bezieht es dann seine Legitimation?
Kommt mir nicht so: Du als Lehrer verstehst sowas nicht richtig, bist kein Insider; also mach uns nicht nervös.
Ich halte es mit dem halbwegs unverbildeten Menschenverstand und hätte gern, bitteschön, eine Antwort.

Dieser üble Winter!
Helle, windstille Frosttage. Nur wenig Schnee, gleichgültig

übers Land gestreut. Tagelang dünner Dunst über allem: ein bläßlicher Nebel, den die schwache Sonne nicht aufhebt und der alles in Hellgrau gelegt hat: das Filigran der reglosen Baumkronen, den Wald am Horizont.

Aushalten, bis das doch auch wieder zu Ende geht.

Der Friedhof erscheint mir eine Zeitlang wie ein stummer, nicht unhübscher Winterwald: die hohen Tannen, die Kiefern gepudert mit Schnee.

Doch zur Idylle wird das für mich nicht. Ich sehe die Gräber, und mir geht auch jetzt durch den Sinn: Erbarmungslosigkeit des Menschen-Endes.

Und es gibt ja auch an diesen Wintertagen Beerdigungen. Gestorben wird halt immer! denke ich überaus banal. Ja, sieh: Dort ist wieder jemand verscharrt worden, formuliere ich hart.

Das alles ist ebenso simpel gedacht wie unwiderlegbar. »Zu Erde mußt du wieder werden.«

Auch auf dem Grab der Heike die kleinen Sträucher, die beiden Gestecke für die Winterzeit, der letzte Herbstastern-Strauß mit Schnee überdeckt. Nur der Granit-Findling mit ihrem Namen und den Lebensdaten so klar und völlig mitleidlos wie immer.

Vögel in den kleinen Bäumen dahinter. Sie finden wohl auch nichts mehr, die Armen, sagt Ilse; wir sollten ihnen etwas zum Fressen hinhängen.

Ich gehe durch unser Krankenhaus. Auf einem der Flure spricht mich eine ältere Schwester auf die Heike an: Wie geht es Ihrer Tochter?

Hier wurden ihr vor drei oder vier Jahren die Mandeln herausgenommen; und ich habe sie damals öfter besucht.

Ich halte an. Berichte kurz, was mit der Heike geschehen ist.

Die Schwester erschrickt, ist momentan hilflos: Mein Gott –; und ich tappe da so rein...

Sie hat es doch nur gutgemeint. Und weshalb sollte es mir unangenehm sein? Im Gegenteil: Es gibt Menschen, die erinnern sich an unsere Tochter – das ist eine eher tröstliche Vorstellung.

Im letzten Sommer vor ihrem Tod ist die Heike also noch einmal mit uns in Urlaub gefahren; sie war inzwischen einundzwanzig. Wir hatten ein Sommerhaus zum erstenmal an der jütischen Ostsee-Küste gemietet; fuhren aber nicht direkt auf dem Landweg dorthin, sondern ich hatte mir etwas Besonderes ausgedacht: Wir sollten doch von unserm Norwegen auch diesmal wenigstens ein kleines Stück sehen: den Oslofjord und die Hauptstadt Oslo.
Noch einmal mit dem Fährschiff von Kiel aus dorthin. Niemand ahnte: Für die Heike zum letzten Mal, es war ihr Abschied davon. (Und so soll er es auch für mich sein.)
Und dann: Wir waren ja noch nie in Schweden! Also von Oslo nach Süden und an die schwedische Westküste, Sonnenküste, durch die Landschaft Bohuslän nach Göteborg, der zweitgrößten Stadt Schwedens.
Noch einmal eine schöne Fahrt durch den Oslofjord. Wir kamen wie üblich morgens in Oslo an. Und wollten doch wenigstens ein bißchen durch die Innenstadt gehen, die Karl-Johans-Gate entlang, ehe wir weiterfuhren.
Und ich wollte mir, wie bei jedem Besuch auf norwegischem Boden, ein Werk Hamsuns in der Landessprache kaufen.
Und das Juwelier-Geschäft von David-Andersen, das Kopien von Schmuck aus der Wikinger-Zeit vertreibt; Ilse besaß bereits einen Ring von dort. Und nun wollte auch die Heike einen!
Mich freute das sehr, daß es ihr also etwas bedeutete; ich sagte sofort zu.
Sie hat diesen Ring getragen, als sie starb. Sie hätte ihn meinethalben mit ins Grab nehmen sollen; aber der Bestatter hat ihn uns irgendwann gebracht, so ist er bei uns geblieben.
Unsere letzte gemeinsame Reise.

Schweden: Das hatte ein spontanes Interesse in ihr ausgelöst; wohl vor allem deshalb hatte sie sich uns noch einmal angeschlossen.
Wir überquerten die norwegisch-schwedische Grenze bei der Brücke von Svinesund; kamen eine Zeitlang später nach Tanum. Dort gibt es bekanntlich die berühmtesten Felszeichnungen ganz Skandinaviens, dreitausend Jahre alt: Götter zeigend, Schiffe, Krieger, Lurenbläser, Tiere.
Vom Parkplatz zu den Felsen mit diesen Zeichnungen ist es nur ein kurzes Stück. Doch die Heike mochte plötzlich nicht aussteigen und mitgehen. Sie blieb im Auto, als wir uns auf den Weg machten – es interessierte sie nicht, so sah sie es sich nicht an. Auch schien sie ein bißchen zu frieren.
Interessierte es sie wirklich nicht? Ich weiß das nicht, werde es auch nie mehr erfahren.
Doch sollte in ihr wirklich schon die Spur einer Ahnung von ihrem frühen Tod gewesen sein, dann ist mir ihr Verhalten mehr als verständlich: Was sollten ihr da noch irgendwelche uralten Felsbilder, mochten sie noch so eindrucksvoll sein, es war völlig belanglos.
Aber aus ihrer beruflichen Umgebung hörte ich damals nichts von Schwermütigkeit und vielleicht Desinteresse, sondern ganz im Gegenteil: daß sie lebensfroh und engagiert wie eh und je war. Wenn jemand »mit beiden Beinen im Leben steht«, dann sie, hieß es. Also meine Spekulationen um irgendwelche Ahnungen und schon Resignationen sind wohl wirklich abwegig.
Und sie sprach ja auch uns gegenüber davon, daß sie beruflich weiterkommen wolle und deshalb nach München gehn wolle.
Hinaus wolle; unser Haus und unsere Provinzstadt, in der sie ohne Unterbrechung zweiundzwanzig Jahre gelebt hat, verlassen.
Sie hat das alles verlassen – ganz anders, für immer.
Eine Nacht, ein Tag in Göteborg in jenem letzten Urlaub mit

ihr. Wir nahmen uns die Zeit für einen Einkaufsbummel durch die Fußgängerzone, schließlich auch durch jenes überdachte, vor jeder Witterung draußen geschützte Nordstadt-Einkaufszentrum, über das ich bei einem deutschen Skandinavien-Reisenden gelesen hatte, daß einem verglichen damit das Schlaraffenland der Märchen ärmlich vorkomme. Schaufenster reiht sich an Schaufenster; zu keiner Zeit noch sei der Menschheit ein solches Angebot der hervorragendsten Waren gemacht worden.

Wir kauften einiges an modischer Bekleidung.

Und dann mit dem Fährschiff den Göteelv hinunter und durch das Felseninsel-Meer der Schären! Und in strahlendem Sonnenschein über das Kattegat. Ankunft in Frederikshaven in Jütland am Nachmittag. Und über Aalborg und Randers nach der alten Stadt Ebeltoft.

Dort noch einmal in eins der hübschen skandinavischen Sommerhäuser.

Aber die Heike konnte leider nur wenige Tage bei uns bleiben. Wir ruhten aus, badeten im warmen Wasser einer flachen Ostsee-Bucht. Gingen durch die kleine historische Stadt, deren Straßen alle kurz sind und so intim geblieben – trotz der Touristen.

Dann traf schon ein Bekannter der Heike mit dem Auto ein, um sie abzuholen. Sie mußte zurück zur Arbeit.

Ihre Abreise an einem Sommer-Vormittag. Mein letztes Foto zeigt sie durch das halb heruntergedrehte Beifahrer-Fenster. Sie hat schon den Haltegurt angelegt, in der Hand eine Zigarette. Ihr Mund ist halb geöffnet.

So endete ihr letzter aller Urlaube mit uns.

Und dieses Abreise-Bild: daß sie früher als wir davonfuhr und uns zurückließ –

Wir waren an jenem Tag in nicht unerheblicher Sorge, ob sie heil nach Hause kommen werde. Am Abend riefen wir an. Aber ja: sie war daheim, und alles war gut.

Der böse Winter geht zu Ende.

Ich stehe eine halbe Stunde früher auf, fahre zum Friedhof. Noch ist es nicht ganz hell, und die Wege dort sind noch vereist und dazwischen häßlich verschlammt. Das Grab immer noch im Schnee; die Rhododendren und die Zwergkoniferen und unsere Trockengestecke ragen daraus hervor.

Ich stehe ein wenig vor dem Grab meines Kindes. Von solcher Art sind also die »Erfolge« in meinem Leben, denke ich. Dieses Grab.

Ich denke immer wieder in solchen Augenblicken: Ich halte von den Menschen (von denen einer sie tötete) wenig und von dem sogenannten Schicksal gar nichts. Das Leben scheint nach meiner Erfahrung eine äußerst fragwürdige Angelegenheit zu sein.

Danach vor dieser und vor jener Klasse. Was ich vortrage, zu arbeiten aufgebe: Es erscheint mir nun oft ausgesprochen belanglos. Wie überaus unwichtig für den Lauf eines Menschenlebens und erst recht den der Welt.

Wie wir alle so vor uns hindameln mit tausend Unerheblichkeiten. Und kaum etwas davon läßt auf das Ende schließen, das uns doch allen bevorsteht, und gar nichts auf ein vielleicht schon baldiges...

Über einen deutschen Schriftsteller der Gegenwart, Martin Walser, zu dem hin ich nun schon lange eine gewisse distanzierte Anhänglichkeit empfinde, lese ich, in seiner Welt sei »das Leben eine Kette von Niederlagen«, bei denen »die Wohltat des heroischen Scheiterns« fehlt.

»Jede Sekunde arbeitet die Zeit gegen einen.«

»Etwas kleiner, etwas zerfetzter, etwas resignierter« sei einer seiner Helden am Ende eines seiner Bücher.

Man nehme mich nicht auch für einen Roman-Helden; ich bin nicht so abgeschliffen durch Stilisierung. Ich habe es für mich noch unmißverständlicher zu sagen: Ich wurde zusammengeprügelt auf Zwergenmaß; und seither fehlt es mir überhaupt an jeder Orientierung.

Jedenfalls: Ist das nicht eine totale Illusion, man könnte im

Lauf des Lebens oder mit dem Ende steigen? Sind wir nicht in einen Hagel unerbittlicher Niederlagen gestellt und werden immer noch weiter abgewrackt und verschrottet?
Als ich ein Jahr alt war, erkrankte ich lebensgefährlich an Lungenentzündung. Der Arzt hatte mich offenbar schon aufgegeben, als ich zu aller Überraschung doch plötzlich wieder eine deutliche Lebensregung zeigte und schließlich gesundete.
Warum? Warum bin ich damals nicht gestorben? Ich habe keinerlei Erinnerung an diese schlimme Krankheits-Zeit und auch nicht an die Monate davor, weiß alles nur vom Hörensagen. Ich wäre also wieder aus der Welt gegangen, ohne überhaupt so recht zu einem Menschen-Bewußtsein gekommen zu sein; so erscheint mir die Vorstellung nicht weiter bedrückend, daß es damals mit mir schon hätte zu Ende sein können. Ich wäre in dieser, in jener Auflistung wieder gestrichen worden; erledigt.
Vor allem: Meine Tochter wäre nie geboren worden; und so hätte sie auch nicht umgebracht werden können.
Manchmal, nicht in den letzten beiden Jahren, schien mir, die Heike sei unzufrieden mit uns, ihren Eltern. Vielleicht hat sie uns sich etwas großzügiger gewünscht, souveräner, auch *gleichgültiger* gegenüber den Menschen und Sachen.
Aber vielleicht irre ich mich auch darin. Vielleicht war auch das bloß Ausdruck jenes Anteils Andersartigkeit in ihr, der uns unverständlich blieb; so empfanden wir manchmal eine gewisse Distanz zwischen ihr und uns.
Nur: In den letzten Jahren, vor allem den letzten Monaten, schien mir, als habe sich diese Distanz spürbar verringert.
Und dann wurde sie von uns gerissen.
Treffe ich es, wenn ich sage, es sei zuletzt so etwas wie ein tragischer Zug in ihr Leben gekommen? Oder ist auch das zu sehr eine Vorstellung und Formulierung von ihrem Ende her, die ich, dem alle literarischen Stilisierungen inzwischen erst recht gegen den Strich gehen, rasch wieder wegtun möchte?

Dies jedoch erscheint mir sicher: Eine gewisse (nie aber dominierende) Neigung zum Widerspruch, zu Extravaganzen nach Art Jugendlicher (wie es ein amerikanischer Film in seinem Titel so treffend formuliert: Rebel without a cause) hatte sich fast ganz verloren. Sie schien uns auch empfindsamer geworden zu sein. Geblieben waren ihr beherrschender Gerechtigkeitssinn, ihre Güte. Daß sie bei alldem offenbar verletzlicher war als vorher, habe ich vielleicht nicht genügend gesehen.
Die Erinnerung an eine Feststellung zu Schiller mag nicht abwegig sein: seine Beobachtung sei »durch Kränkung geschärft« worden.
Auch sie, auch ich haben im Lauf der Jahre vieles als Kränkung empfunden, und es war dabei nicht entscheidend, ob manches davon bloß aus Unüberlegtheit oder Unachtsamkeit geäußert wurde.
Sie und ich fuhren in meinem Auto. Ein Stück vor uns kam ein VW-Käfer auf die Hauptstraße, hatte Mühe, in Schwung zu kommen.
Ich hatte ihn schon erreicht, blieb noch einen Augenblick hinter ihm, trat dann aufs Gaspedal meiner 135-PS-Maschine, ließ ihn förmlich stehen.
Sie sah mich ironisch an, sagte dann: Du mußt solch einen kleinen Käfer nicht so heruntersetzen.
Pause. Ich schäme mich, sagte ich ernst.
Und ich meinte es so.
Sie schien erheitert und zufrieden.
Ja, noch einmal: Sie war das gutherzigste Geschöpf, das ich je kennengelernt habe. Messe ich an mir: Ich bin nicht immer so aufrichtig, so wohlwollend, so mitfühlend wie sie; und ich stehe doch auch nicht gerade im Geruch, ein unlauterer Charakter zu sein.
Weshalb also wurde gerade sie so brutal ausgelöscht?
Nun haben wir heute unter anderem auch die These, das Ende eines Menschen sei angelegt in seinem Wesen. Ein Unfall sei von dem Betroffenen irgendwie gewollt.

Das ist Geschwätz. Und im Gegensatz zu den Produzenten dieses Geschwätzes weiß ich, wovon ich rede.
Ich erinnere mich an so vieles, was ich mit ihr erlebt habe, an ihr beobachtete, und werde nur immer hilfloser: All das sind bloß kleine Steinchen zu einem Mosaik, und auch zusammen ergibt es nicht das ganze Bild, die ganze Wahrheit.
Ich erkenne immer wieder, wie unmöglich es ist, auch nur annähernd zutreffend einen Menschen darzustellen, wenn man sich nicht mit einem simplifizierten, »abgerundeten« Bild nach Schriftsteller-Art zufriedengibt. Sogar das Bild eines Menschen, der von Geburt an ständig neben einem lebt, behält leere Stellen, bleibt in vielem unsichre Skizze.
Das schmerzliche Bewußtsein von Unzulänglichkeit.
Es interessierten sie die Welten über unsere alltäglichen Wirklichkeiten hinaus. Sie hat sich zum Beispiel ein Traumbuch gekauft (doch ich finde es unter ihren Büchern nicht wieder). Nun: Das tun andere auch.
Und ich erinnere mich an eine Fernseh-Sendung, die Bericht gab über Kontakte mit Verstorbenen via Sprechfunk. Sie und ich saßen vor dem Fernseher, und irgendwann sagte sie zu mir: Das ist sehr interessant!
Heute frage ich mich fast, ob es diese Sendung überhaupt gegeben hat. Ob sie, die heute tot ist, sie mit mir gesehen und tatsächlich so reagiert hat. Es kommt mir beinahe unwirklich vor, daß gerade sie und ich, und nur wenige Wochen vor ihrem Tod!, diese behauptete Möglichkeit eines Kontaktes über die irdische Existenz hinaus präsentiert bekommen haben sollen.
Doch ich höre ja noch den angeblichen Experten einige Details anführen, zum Beispiel dies: daß man die Stimme aus dem Jenseits nicht direkt, sondern nur via Radioempfänger hören könne, und das Problem dabei sei wohl eins der Stärke der Energie. Und er hat auch geäußert: Das Ganze sei nichts für allzu empfindliche Gemüter.
Und ich bin auch sicher, daß die Heike jenen einen Satz gesagt hat.

Heute sehe ich plötzlich das rote Auto wieder, vor dessen Fahrertür sie stand, als sie weggerissen und getötet wurde.
Nach ihrer Tötung war es beschlagnahmt worden. Dann wurde ich aufgefordert, es bei der Polizei abzuholen. Als ich das nicht gleich fertigbrachte, mahnte man mich: Es müsse endlich vom Hof.
Ich fuhr es also noch einmal nach ihr, und öffnete und schloß jene Tür, die sie gerade hatte aufschließen wollen, als der Betrunkene sie wegriß und umbrachte.
Ich stellte es vor unserm Haus ab, wollte es wenigstens noch einmal von allen Seiten fotografieren. Es wies alle Spuren auf, die jener verursacht hatte.
Ich gab es trotz allem ungern fort: Es hatte ja *ihr* gehört, war die einzige wirklich große Anschaffung gewesen, die sie je hatte machen können.
Im Februar erkälte ich mich, huste. Um Ilse nicht zu stören, schlafe ich eine Zeitlang oben in meinem Arbeitszimmer, das neben ihrem Zimmer liegt.
Ich mache kein Licht für die Treppe hinauf. Diese Treppe ging auch sie immer nach oben fünf Jahre lang.
Nur einmal ging sie sie hinunter und danach niemals mehr hinauf.

Seltsame Vorstellung:
Ich möchte nicht, daß es uns irgendwann erheblich besser geht als heute. Da wir uns doch bei jeder etwas größeren Anschaffung überlegen müssen, ob wir sie uns auch wirklich leisten können.
Daß wir sagen könnten: Nun dürften wir auch ihr gegenüber im Materiellen großzügiger sein – wenn unser armes Kind das doch noch erlebt hätte!
Es wäre mir ziemlich unerträglich, wenn es je dahin käme.

20

Was schafft ein Mensch sich im Lauf der Zeit an Welt? Wie sieht er diese Welt, für ihn: *die* Welt?
Während mir das durch den Sinn läuft, fahre ich gerade an einem Firmenschild vorbei (schwarzes Glas, weiße Schrift): »Bestattungen«. Kurz darauf an einem Grabmal-Lager. Später sehe ich, wie gerade eine Grube für eine Beerdigung ausgehoben wird unmittelbar neben einem frischen Grab, auf dem Hügel liegen noch alle Kränze und Sträuße...
Nicht erstaunlich: Ich bin unterwegs zum Friedhof, dann zum Grab meiner Tochter.
Ja: Die Welt eines Menschen. In seinem Bewußtsein. Seine Welt. Und dann ist plötzlich alles zu Ende, absolut und für immer zu Ende. Ich denke verzweifelt daran, hoffnungslos. Die Generationen vor mir mögen da mehr Trost gefunden haben. Oder auch nicht.
Ich habe jedenfalls zu begreifen begonnen, daß ich nicht sonderlich hoch schätzen sollte, was andern noch so wichtig erscheinen mag. Die sogenannten wichtigen Dinge im Leben: sie sind bei näherem Hinsehn doch auch kaum einer Aufmerksamkeit wert. Und manches bislang nicht wichtig Erscheinende kann eine besondere Wichtigkeit bekommen.
Auch stelle ich plötzlich fest, daß ich seit einiger Zeit dazu neige, mich mit andern so unpersönlich zu unterhalten wie möglich: auf diese Weise halte ich sie mir weitgehend fern. Außerdem bin ich herausragend korrekt zu allen und jedem, halte mich möglichst an das Geregelte, ja die gängigen Floskeln: das reduziert Anlässe für Gespräche, und erst recht Diskussionen, auf ein Minimum, macht weitgehend unangreifbar.
Ich bin geschlagen. Damit muß und will ich allein fertigwerden.
Ich müßte mir bald ein neues Auto kaufen, und das heißt: Was brauche ich für die nächsten Jahre.
Ich werde mich von dem jetzigen nur sehr schwer trennen

können. In ihm saß noch oft die Heike, wir fuhren durch Norwegen und Schweden und Dänemark, es waren viele schöne Tage in einer nicht mehr wirklichen Wirklichkeit.
Für die nächsten Jahre? Die Heike ist tot. Felix wird bald volljährig und verläßt in nicht mehr ferner Zeit das Haus. Also ein Auto nur noch für zwei Personen.
Einmal wuchs die Familie, das hatte einen Höhepunkt, dann wurde es mit einem Schlag so viel weniger, und wird immer noch reduziert.
Vor bald dreißig Jahren bin ich zum ersten Mal nach W... gekommen, wo ich seither wohne. Ich erinnere mich noch an die Bahnfahrt aus Richtung Köln hierher und wie ich zuletzt den Schaffner fragte, ob W... die nächste Station sei. Nein, sagte er, wir halten noch in R...
Dieses R..., die kleine Nachbarstadt: Ich kenne dort jeden Winkel von Belang. Doch den Bahnhof dort habe ich nie betreten. Aber nun komme ich an einem Sonntag (es ist sonnig, wenn auch noch kalt) an ihm mit dem Rad vorbei, und steige ab, stelle das Rad ab.
Es ist nicht wegen einer Episode aus der eigenen Jugend, das zählt nicht mehr; sondern die Heike hat eine Zeitlang in der Filiale ihrer Firma hier in R... gearbeitet, und kam auf diesem Bahnhof an, und fuhr von ihm ab nach Hause. Und ich weiß ja noch, daß sie wegen der schlechten Zugverbindung ziemlich früh aufstehen mußte und daß sie das hart ankam.
Mit Ilse weiterhin ständig zum Friedhof. Nicht mehr jeden Tag, das ließ sich in dem schlimmen Winter nicht durchhalten, doch mehrmals in der Woche, so oft wie möglich.
Nun sind wir in wenigen Monaten fünfundzwanzig Jahre verheiratet, und eigentlich erscheint mir ein solches Zusammenleben als ein immer erstaunlicheres Phänomen, und der eine bleibt dem andern in nicht wenigem doch wohl immer fremd.
Diese vielen Jahre, Hälfte meines Lebens, sind aufs Ganze gesehen eher wie ein Traum aus lauter aneinander gereih-

ten Bruchstücken. Ich verstehe längst nicht alles davon; vor allem fehlt es mir dafür an einem einleuchtenden Zeitempfinden.

Immerhin wird mir nun unsere Verbindung insofern deutlicher: Wir stehen an einem Grab, das uns beide in gleicher Weise angeht, und wir sind gleichsam kleiner geworden, alltagsgrauer, unsere Körper werden stärker zur Erde hin gezogen.

Und in dieser Erde also ein Mensch, der von uns beiden hergekommen ist und die meiste unserer gemeinsamen Zeit mit uns war.

Und dadurch ist doch alles Frühere und andere, das nicht zu unser beider gemeinsamem Leben gehörte, wie beiseitegelegt worden für immer: als sei es Episode aus den Leben von anderen. Ist bloß noch etwas von Geschichten-Art: hier ein helles Ereignis, dort ein krauser Traum – Wirklichkeit und Unwirklichkeit, die uns nichts angehen.

Daheim aber, in unser beider gemeinsamem Haus, ist nun ein Zimmer, in dem fünf Jahre lang die Heike gelebt hat, unser beider Kind, für immer ohne Leben.

Eine Kette ist unterbrochen worden? Die mich mit der Zukunft, den mir folgenden Generationen verband?

O nein, nicht unterbrochen. Ein Mensch von meiner Art, niemand ist das so sehr gewesen wie die Heike, wurde *zerstört*.

Das heißt doch: Die Kette ist in vielem zu Ende.

Noch einmal: Die so erheblichen Veränderungen, die ich an der Heike beobachtete im Lauf ihrer letzten zwei, drei Jahre, ja besonders in den letzten Monaten: aus dem Mädchen, das eine Zeitlang am liebsten die schwarze Jacke eines meiner Anzüge trug, war eine selbstbewußte junge Frau geworden. Es erschien mir alles angemessener.

Sie hatte nach der Ausbildung eine gute Anstellung bekommen, verdiente gut. Eines Tages hatte ich Gelegenheit zu beobachten, wie sie mit mehreren anderen ihres Alters aus

dem Auto stieg. Sie hatte sie mitgenommen – *sie* war es, die das Auto besaß, und es schien ihr zu gefallen, daß sie die andern daran teilhaben lassen konnte.
Oder jener Abend, als ich sie vor dem Tor ihrer Firma abholte. Es war ihr vorletzter Geburtstag. Sie hatte gewußt, daß sie Alkohol ausgeben und selbst trinken würde, so hatte sie ihr Auto daheim gelassen.
Sie hatte einen großen Blumenstrauß bekommen und ein Geschenk. Sie war spürbar stolz darauf, daß sie in dieser Weise dazugehörte, akzeptiert war.
Sie zeigte es mir mit deutlichem Vergnügen.
Sie tendierte deutlich mehr zum Üblichen, ohne irgendwelche Grundsätze auch nur im geringsten aufzugeben.
Das mochte ich sehr.
Ihr gefiel der französische Tennisspieler Yannik Noah. Wenn sie mal einen Sohn habe, wolle sie ihn Yannik nennen, sagte sie.
Du hast nie ein Kind, das deins war, im Arm halten dürfen. Das sogenannte Schicksal (in welcher Gestalt auch immer) hat das verhindert.
Es blieb aber immer auch das andere bis zuletzt: Das starke Bewußtsein von den Unzulänglichkeiten im Leben, einer gewissen Dünne der Wirklichkeiten.
Das sogenannte große Liebesglück stellte sich nicht ein. Der eine, hinter dem sie lange her war, hatte anderes im Kopf (sportliche Höchstleistungen) und hielt sich an andere (die eine davon stufte sie in ihrem Tagebuch als »allerletzte Pfanne« ein). Der andere machte halbstark in Kleptomanie und wollte »irgendwo einbrechen«, so daß sie ihm dann aus dem Weg ging. Einer kam durch das Motorrad um. Der vierte konnte nach einiger Zeit offenbar doch nicht ihren Vorstellungen entsprechen.
Eine meiner erschütterndsten Erinnerungen:
An einem Sonntag saß sie am Boden vor dem Schrank ihres Zimmers und weinte. Sie war sehr unglücklich.
Es war nicht lange vor ihrem Tod.

Ich schreibe seit vielen Jahren über meine Notizen das jeweilige Datum. Und nun ertappe ich mich plötzlich dabei, daß ich zuerst immer feststelle, ob's vor dem Tod der Heike liegt oder danach.
Dies (falls es dessen noch bedarf) ein Beleg dafür, daß mit dem Tag ihres Sterbens eine neue Zeitrechnung für mich begann.
Was einst zu stimmen schien, ist nicht mehr richtig. Ich bin nicht mehr derselbe. Die Erde ist fraglos nicht mehr dieselbe, die sie vorher war.
Nie in meinem Leben wurde ein so tiefes Empfinden in mir ausgelöst wie durch ihren Tod.
Als ich an einem der Märztage an einem Radiogeschäft vorbeikomme, sehe ich jene Stereoanlage besonders herausgestellt, von der sie mir vor etwas über einem Jahr erzählt hat, daß sie sie sich kaufen wolle.

Im Herbst ihres letzten Jahres starb ihre Großmutter mütterlicherseits, die auch eine ihrer Patentanten gewesen ist. Sie war mehrere Jahre lang nicht mehr nach K..., ihrem Geburtsort, mitgefahren. Die Familientreffen in dem großen alten Haus hatten sie zu langweilen angefangen. Nun äußerte sie von sich aus den Wunsch, daß sie mitwolle. Wir hatten nicht damit gerechnet – was sie erstaunte.
Ich sehe es noch vor mir, wie sie zusah, als der Sarg in die Grube hinunterglitt; wie sie dann an das offene Grab trat, ihre Blumen auf den Sarg unten warf.
Einige Monate später gab es in der Familie wieder ein solch offenes Grab – das Ihre –.
In ihrem Zimmer hat James Dean, der mit vierundzwanzig tödlich verunglückte, eine eigene Ecke wie niemand sonst: neun ausgeschnittene Bilder an der Wand, darunter, von ihr gezeichnet, sein Name.
Zwei der Bilder tragen eine Unterschrift. Unter dem wohl berühmtesten Standfoto aus »Giganten« steht: »Jimmy, der sich als von der Familie ausgeschlossener, quasi als ›Ge-

kreuzigter‹, fühlt.« Unter dem andern, das ihn am Steuer seines Porsche zeigt: »Das Hobby, das ihm den Tod bringen sollte: Jimmy als Rennfahrer«.
Axel Arens: »Jimmy Dean hatte das schicksalhafte Glück, in der besten Stunde seines Lebens in einen Unfall hineinzugeraten.« (So sei es ihm erspart geblieben, seinem Ruf nicht gerecht werden zu können.)
Ilse: Die Heike hat ihn so sehr verehrt.
Aber James Dean: vier Jahre älter als ich – doch nicht ihre, sondern meine Generation. Das macht die Sache noch erstaunlicher.
Jener ihrer Freunde, der sich mit dem Motorrad erschlug. James Dean. Ihr Tod durch ein Auto.

Ich träume, daß ich am Waschbecken hantiert habe, und dabei ist *der Wikinger-Ring, den ich trug, zerstört worden.*
Er ist gleichsam geschmolzen; ich sammle Stücke zusammen und bin erinnert an das Resultat von Bleigießen (das wir immer mit erheblichem Unbehagen erwartet haben der möglichen bösen Vorzeichen wegen).
Der Ring in dem Traum also dahin. Aber er hat uns ohnehin nicht als gutes Amulett gedient und uns vor dem Schlimmen bewahrt, so will ich das nicht beklagen.
Ich habe die Zeichen nicht erkannt.
Jene Äußerung der Heike Ilse gegenüber, sie werde sowieso nicht alt, mag man noch für Gerede halten. Und auch noch die erschreckendere andere: Wenn ich tot bin, trag kein Schwarz, es steht dir nicht!
Da war zum Beispiel jene ominöse Foto-Geschichte nur wenige Monate vor ihrem Ende.
Eine Tante, Schwester meiner Mutter, hatte uns gebeten, in B... im Süddeutschen auf jenen kleinen Dorffriedhof zu gehen, wo das Grab ihrer Mutter, meiner Großmutter mütterlicherseits, liegt, und ein Foto davon zu machen, damit sie wenigstens ein Bild davon hat.
Ich lieh mir für diesen Zweck eine Polaroid-Kamera aus.

Aber die hatte offenbar einen Defekt: Ich fotografierte dreimal, doch es kam niemals ein Bild heraus, obwohl sie zweifelsfrei mit einer neuen Filmpackung gefüttert worden war.
Ich sagte das später meinem Schwager. Er meinte: Das glaube ich nicht! und drückte auf den Auslöser – und tatsächlich verließ prompt ein Bild die Kamera.
Was ist denn das –?! rief ich überrascht aus. Er sagte: Nun ist alles übereinander: das Grab, du –.
Ich wollte ein solches Bild, das mich schockierte, aber nicht gleich sehen, mich vor der langen Heimfahrt von sechshundert Kilometern nicht damit belasten.
Ich habe es nie gesehen: Als ich mich später dafür interessierte, war es verschwunden.
Was hätten die alten Masuren zu solch einem »Zeichen« gesagt! Ich auf einem Grab! War das deutlicher denn überhaupt noch möglich?!
Doch wieder habe ich das schon nach den Andeutungen des Schwagers nur auf mich bezogen, auf niemanden sonst, schon gar nicht auf eins meiner beiden Kinder.
Eines Tages nicht lange vor ihrem Tod kam die Heike sehr aufgeregt nach Hause: Ein offensichtlich nicht Normaler (was für Idioten doch manchmal den Führerschein bekommen!) habe sie mit seinem Auto über den Haufen fahren wollen, bloß weil sie ihm irgendwie im Weg gewesen war. Andere, vor allem ein anderer Autofahrer, hätten dann gegen ihn Front gemacht: Ob er denn nicht alle Tassen im Schrank habe!
Ich könnte jetzt *tot* sein! sagte sie. Und als wir es offenbar nicht so ganz ernst nahmen, noch einmal: Ich könnte jetzt *tot* sein!
Wenige Wochen vor ihrem Tod wurde ich ziemlich krank: bekam heftigen Schüttelfrost, es war eine nicht ungefährliche Nierenbecken-Entzündung. Doch ich überstand das erstaunlich rasch und gut; hatte auch eine gute Strähne in der Schule, wurde gelobt – heute erscheint mir das wie die übliche besondere Ruhe vor dem Sturm.

Gute gängige Tage. Und auch die Entwicklung der Heike machte uns ja nur Freude, es schien alles in bester Ordnung. Das hätte mir erst recht auffallen müssen als zu rasch für einen nicht auf Harmonie, nicht auf das Gewöhnliche angelegten Menschen. Es war ihr nicht angemessen, daß sie sich derart mit allem zu arrangieren schien.
Aber auch diese totale Beruhigung, Kalme, machte mich nicht stutzig. Und sie hätte mich erst recht nicht in Sicherheit wiegen dürfen. Ich blieb unempfindlich gegenüber allen Zeichen.

Am Abend vor ihrem dreiundzwanzigsten Geburtstag fahren Ilse und ich zu einer Gärtnerei, lassen uns einen Blumenstrauß zusammenstellen für ihr Grab.
Ich bin aufs Äußerste erschüttert: Den Strauß zu ihrem Geburtstag vor einem Jahr habe *ich* ihr morgens hingestellt, und sie war ganz offensichtlich sehr erfreut darüber, daß ich ihn ihr in der Abwesenheit Ilses besorgt hatte.
Und wenige Tage danach wurde sie so brutal umgebracht.
Übrigens war sie auch deswegen an diesem letzten Geburtstag ein bißchen unzufrieden, und auch das paßt nicht ganz ins grobe summarische Bild: daß Ilse einer Sache in ihrer Familie wegen nicht anwesend war.
Um so deutlicher dann ihre Freude, daß ich alles arrangiert hatte wie immer: den Geburtstagstisch, die Blumen, die brennenden Kerzen.
Ich bewundere Ilse, daß sie den Kauf des Geburtstagsstraußes für unser totes Kind so scheinbar ruhig abwickelt. Ich fühle mich hundeelend; und als die Verkäuferin einen Vorschlag für die Zusammenstellung macht, der mir nicht gefällt, reagiere ich ungewohnt schroff.
Dabei sind solche Stilfragen nun doch über alle Maßen gleichgültig. Wieder geht mir durch den Kopf: Wären wir der Lebenden gegenüber doch großzügiger gewesen! Hätten wir das doch bloß sein können! Nun ist es völlig egal, wie ein Strauß aussieht, sie erfährt nichts mehr davon.

Wir bringen ihn noch am selben Abend auf den Friedhof. Ich bin völlig kaputt, kann mich kaum auf den Beinen halten.
Und am nächsten Morgen, dem Geburtstag, fahre ich vor dem Dienst noch einmal allein zu ihrem Grab.
Mag sein, daß ich nicht ganz gerecht bin, als ich frage, wie wenig Glück doch in ihrem kurzen Leben war, *zu* wenig Glück. Und dann dieses *schrecklich* unangemessene Ende.
Und danach soll man mir nichts daherschwafeln von Gerechtigkeit, irdischer und meinethalben auch göttlicher, und wie auch immer – es bringt mich bloß in Wut.
Am Tag ihres letzten Geburtstags sagte sie launig zu mir, ich weiß es wörtlich: Deine Tochter geht auf die Dreißig zu, das mußt du dir mal reinziehn! Ist dir klar, daß ich auf die Dreißig zugeh'?
Ich nahm es in der üblichen Weise und lachte.
Aber es war nur fünfzehn Tage vor ihrem Sterben; und vielleicht habe ich eine Spur von Erstaunen darin überhört, daß sie überhaupt so alt geworden sei?
In unserer Erinnerung wird sie nun immer zweiundzwanzig bleiben.
Und als sie zweiundzwanzig war: Das war unter anderem jene Zeit, als Nino de Angelo »Jenseits von Eden« sang (mochte sie besonders gern), Relax mit »Frankie goes to Hollywood« an der Spitze stand. Es waren erfolgreiche Tage von Paul Young und Michael Jackson und Shakin'Stevens –
– und irgendwann wird auch das lange, lange her sein, und wir selbst Greise oder auch schon von der Erde.
Noch wird auch manchmal »Lady of the Dawn« gespielt (mochten wir beide gern).
Ja: Ganz umdüsterte Tage, da der erste Geburtstag nach ihrem Tod gekommen ist, und vorüber ist, und der erste Todestag kurz bevorsteht.
Ich intensiviere mein Autogenes Training, um das durchzustehen, bemühe mich um Übungen der Oberstufe.

So versuche ich, meine Eigenfarbe herauszubekommen, also die Farbe, die »dem Wesen der eigenen Persönlichkeit am meisten Rechnung trägt«. Vor drei oder fünf Jahren hatte sich dabei ein eigenartiges Rotblau eingestellt.
Doch diesmal zeigt sich keinerlei Farbe. Ich schlafe allmählich fast ein, sehe dabei eine öde Moorlandschaft vor mir, hinter ihr dunkler Wald. Und es geht mir ein Titel durch den Kopf: »Das Moor und der Tod«.
Lächerlich! Verrückt! Bei Hofmannsthal heißt das: »Der Tor und der Tod«.
Noch einmal: Konzentration auf die Eigenfarbe.
Wieder keinerlei Farbe.
Bis ich plötzlich sicher weiß, daß ich doch eine sehe: SCHWARZ.
Kein Zweifel: Ich sehe auf eine von einem grauen Feld umgebene schwarze Fläche!
Schreck durch die Glieder. Das habe ich in der einschlägigen Literatur überhaupt noch nicht gelesen: daß jemand die Eigenfarbe SCHWARZ haben könnte.
In diesen Frühlingstagen wieder in Holland und auch in Zandvoort.
Hier waren Ilse und ich zum ersten Mal in den unmittelbar auf unsere Hochzeit folgenden Wochen. Und hier waren wir mit der Heike, als sie fünf war und unser einziges Kind. Es gibt Fotos auch davon: sie hat ein Lackmäntelchen an und ein Kopftuch auf. Man sieht: Es ist windig und wohl auch kühl.
Die Bilder zeigen: sie sammelt Muscheln am Strand. Mit Mama. Mit Papa und Oma. Mit Mama und Oma.
Zwei der jeweils drei leben heute, achtzehn Jahre später, nicht mehr: die Älteste und die Jüngste.
Mit Papa (verwehtes Haar) auf der Promenade hoch über dem Strand. Auf einer Bank, was essend, *lachend*.
Keiner von uns ahnte, daß von uns allen diesem Kind das gewiß schrecklichste Ende zugedacht war.
Auf der Rückfahrt am Stadtrand von Haarlem an einem Ka-

nal entlang. Ein schwarzer Amsel-Vater sucht Würmer gefährlich nahe der Fahrbahn, ich rufe ihm zu: Vorsicht, Meister!
Was Autos anrichten, wissen wir ja nur zu genau. Wieviel Rücksichtlosigkeit unter Autofahrern anzutreffen ist; man ist manchmal total ratlos angesichts der Dreistigkeit und Frechheit oder auch bloß gefährlichen Dummheit, aber mitunter wohl auch Verrohung.
Und dann, noch am Rand von Haarlem, eine totgefahrene Ente neben der Fahrbahn. Eine der Enten vom Kanal, die nun Junge haben; vielleicht mußte sie die Kleinen hilflos zurücklassen. Auch eine tote Ente ist ein erschütternder Anblick.
Ach Gottchen, sagt Ilse, – die Arme!
Es ist bald ein Jahr her, daß unser Mädchen neben einer Straße lag –.
Auch die Heike hat vor ziemlich genau einem Jahr eine Reise nach Holland gemacht! Es war die letzte Reise ihres Lebens.
Am Tag nach ihrem Geburtstag fuhr sie dorthin mit ihrer besten Freundin. Wir bekamen eine launige Karte aus Amsterdam: »Hallo, Ihr Lieben, gut angekommen sind wir schon mal. Ich kann kaum schreiben, weil meine Hand noch von der schweren Tasche zittert. Das Wetter hier ist einmalig (ich bin viel zu dick angezogen!). Im Augenblick sitzen wir bei MacDonalds, sparsam, wie wir sind.
Ich hoffe, Ihr seid auch alle fit,
keine Tulpen, aber viele Grüße aus Amsterdam,
Eure Heike.«
Die nun schon ein Jahr tot ist: Sie war so lebendig, wie ein junger Mensch von etwa zwanzig Jahren das ist.
Zwei Tage später war sie wieder daheim. Ich erinnere mich an Einzelheiten, wie ich sie und die Freundin von unserm Bahnhof abholte und nach Hause fuhr, als sei es gestern gewesen. Wir sprachen über dies und das, einiges davon weiß ich wörtlich.

Wir gingen damals häufiger zusammen ins Fußball-Stadion; und einmal, ganz zuletzt, fuhren wir zu einem Spiel unserer Oberliga-Mannschaft sogar nach auswärts. Sie schwärmte für einen jungen Spieler – er wurde ihr letzter Freund, war der Letzte, der sie noch lebend gesehen hat.
Es war wieder kälter geworden, sie fror nach dem Spiel sehr, ich ließ also die Autoheizung auf Hochtouren laufen.
Ist es euch zu heiß? fragte ich.
Es kann gar nicht heiß genug sein, sagte sie von hinten.
Wenn sie fror, und dazu neigte sie, hatte sie etwas so Armseliges wie jene durchnäßten Kinder beim herbstlichen Kühehüten in meiner oberschwäbischen Jugend. Es rührte mich.
Ilse und sie hatten viel Spaß bei den Fußballspiel-Besuchen. Sie nannten sich dann die »Geschwister Fürchterlich«. Es gefiel mir sehr, daß sie nun so kameradschaftlich miteinander umgingen.
Manchmal habe ich im Spaß zur Heike gesagt: Du bist meine allerbeste Tochter!
Dann hat sie gelacht und geantwortet: Kunststück! Du hast ja nur eine!
Ich erinnere mich, daß ich das auch noch an einem ihrer letzten Tage, vielleicht sogar am letzten Abend zu ihr gesagt habe, und sie hat auch diesmal ihren Spaß dabei gehabt und gelacht und geantwortet wie immer.
Alles schien wie immer, nichts wies auf eine furchtbare Veränderung hin.
Und wenige Tage später, vielleicht auch nur ein paar Stunden danach, gab es sie nicht mehr.
Ich hab meine Heike nicht mehr.

21

Sonntag.
Grau. Trist. Still.
Gestern sagte Ilse: Der Linus frißt nichts mehr, er kommt kaum noch raus –. Er kriegt die verklebten Augen nicht mehr auf –.
Ja, antwortete ich. Und ich denke: Sein so hübsches Turnen, wenn man zu ihm kam: Es ist nun vorbei für immer.
Er wird es wohl nicht mehr lange machen, sagte sie.
Ich dachte: Dies ist nun das Ende des letzten der Tiere der Heike, die sie bei sich in ihrem Zimmer hatte. Zwei Hamster ließ sie bei ihrem Tod zurück. Auch diesem hat sie noch den Namen gegeben: Linus. Und nun wird auch er nicht mehr bei uns sein.
Ihn habe ich von ihren Tieren besonders gern gemocht; es war fast eine Beziehung zu einem Wesen, mit dem man sich versteht. In seinem Käfig steht ein Laufrad; aber nein: Er hat es immer verschmäht. Er ist hingegen in seinen besten Zeiten ein munterer Kletterer gewesen, und ein anhänglicher Bursche: Wenn man zu ihm kam, wandte er sich einem voll zu, aufrecht sich an den Gitterstäben haltend, einen ansehend.
Aber nicht dieses lächerliche Laufrad! Das nannte ich Charakter! Wenn er stirbt, und damit ist nun zu rechnen, sollte er einen besonderen Ruhe-Platz bekommen; und ich würde den keinem Fremden verraten…
Beim Frühstück beginnt Ilse plötzlich zu weinen:
Dem Linus geht es so schlecht –. Er kann gar nichts mehr –. Wer weiß, wie er sich *quält*, der arme Kerl –. Er kann sich auch nicht mehr zusammenrollen zum Schlafen wie sonst.
Am Nachmittag sind wir zwei Stunden nicht zu Hause.
Als wir wiederkommen, nach ihm sehen: Da atmet er nicht mehr. Wir decken ihn auf in seinem Nest: Sein Kopf bleibt unbewegt, *er ist tot*. Ilse rupft ihm vorsichtig etwas Nestwatte fort, die er zwischen den Zähnen hat…

Ich säge und hämmere. Ich habe nicht für alle toten Tiere eine kleine Kiste gebaut, für ihn tue ich es; er soll angemessen begraben werden.
Ilse ist wieder sehr bewegt, als sie das sieht.
Ein stummes Tier. Aber er war noch der Heike nahe, sie hat mit ihm geredet; und dann uns. Und nun muß auch er in die Erde zu seiner Verwesung.
Grauenvolle Vorstellungen, wie alles heute noch Lebendige morgen zu vergehen beginnt, als sei es bloß Abfall.
Nein! Nein! Nein! Ich ertrag das nicht mehr! Alles stirbt einem weg, stirbt dahin und wird für immer fortgenommen! Dieses unausgesetzte Sterben!
Ich kann die Kinderbilder meines toten Mädchens nicht sehen, ohne in Tränen auszubrechen. Ich bin völlig zerrieben, kaputt. Ich bin am Ende.
Und ich denke völlig illusionslos: All dieses Wachsen der Pflanzen im Frühjahr, ständige Geborenwerden und Sterben der Tiere wie der Menschen: Es hat doch wohl keinen anderen Sinn als den, daß die alte Kugel nicht völlig kahl und ohne Dekoration ist. Einzelheiten sind dabei aber ganz ohne Belang.
Ob du mit irgendeinem deiner Schritte irgendwelche Ameisen oder Milben tottrittst: Was liegt daran. Und der Tod eines Menschen scheint nicht weniger gleichgültig zu sein. Und weshalb sollte für das eine auch etwas anderes gelten als für das andere. Weshalb sollte da eine Grenze sein zwischen den einen und zwischen den anderen Lebewesen, womöglich sogenannten niederen und sogenannten höheren. Warum.
Und diese tiefe Äußerung bei Maupassant, einhundert Jahre alt: »Man muß stets gegen die Natur ankämpfen, weil sie uns unablässig wieder zum Tier macht. Was es an Besonderem, an Hübschem, an Idealem auf Erden gibt, das ist nicht von Gott dort eingesetzt worden, sondern vom Menschen, vom menschlichen Gehirn.«
In der Tageszeitung ein Bericht über einen Unfall einer Ju-

gendlichen, der schon auf den ersten Blick so sehr dem der Heike zu gleichen scheint. Und dann lese ich:
»Bereits im vergangenen Jahr hatte sich vor der Diskothek (es folgt der Name) ein tödlicher Verkehrsunfall ereignet. Die zweiundzwanzigjährige Heike, Tochter des… (es folgt mein Name und meine Tätigkeit in dieser Stadt) war im April beim Einsteigen in ihren Wagen von einem PKW angefahren und tödlich verletzt worden.«
Noch einmal: Ahnte sie ihren frühen Tod?
In ihr Tagebuch schrieb sie vier Jahre davor, etwa sechs Wochen nach dem Ende des besonders geliebten Freundes: »Bin ja mal gespannt, wann ich den Löffel abgebe. Hoffentlich nicht erst als Urgroßmutter.«
Nein: Weit entfernt davon! Und ich denke sehr bitter: Wenigstens dieser Wunsch, wenn er denn auch nur die Spur ernstgemeint gewesen sein sollte, wurde ihr erfüllt.
Doch diese Tagebuch-Eintragung läßt keinesfalls auf eine Ahnung schließen.
Und wenn ich mich daran erinnere, wie gar nicht ungewöhnlich sie sich in den letzten Tagen gab, wie so völlig üblich wir auch an ihrem letzten Abend beieinander saßen, redeten und guter Dinge waren
– nichts deutete die völlige Auslöschung an, uns nicht und ihr wohl ebenso wenig.
Es war Anfang April geworden. Die Nächte waren inzwischen frostfrei, und sie blieben trocken.
Wir konnten ruhiger einschlafen, wenn sie sich abends noch ins Auto setzte und wegfuhr. Mit Glatteis, vor dem wir sie so oft gewarnt hatten, war nicht mehr zu rechnen.

Zwei Wendungen, die sie häufiger gebraucht hat:
Schlechte Karten
Böse Falle

In den Tagen um ihren Tod sind wir in der kleinen Stadt ihrer Geburt.

Es geht also schon das Jahr zu Ende nach ihrer Tötung. Schreckliches Jahr, in dem ich unter lauter schwarzen Ruinen umhergehe, trotz allem: immer noch nach einem Sinn suche, wie auch immer...
Wir wohnen im Haus meiner Schwiegereltern, das aufwendige Tage gesehen hat mit allerhand Personal, darunter einem Chauffeur und Gärtner, als der Schwiegervater noch lebte, Großvater meiner Kinder; dann weniger gute nach seinem plötzlichen Tod.
Was haben wir hier alles gemeinsam erlebt mit unsern beiden Kindern, in all den Jahren!
Quer über die Straße stadtauswärts, nur etwa fünfzig Meter entfernt, steht das Haus, in dem die Heike geboren wurde. Der alte Trakt dieses Kreiskrankenhauses kommt wohl aus der Mitte der ersten Hälfte des Jahrhunderts, ein selbstverständlicher Bau aus Sandsteinquadern, schiefergedeckt. Wohl nur die Fenster wurden seither erneuert: heute sind es die üblichen Einscheibenfenster. (Hinter dem Altbau seit einigen Jahren ein moderner Teil: mehr hermachend, um nicht zu sagen: entschieden großsprecherischer.)
Ich halte es entschieden mit dem alten Teil. Und nicht nur, weil mein Schwiegervater dieses Haus einst leitete. Sondern vor allem, weil mein erstes Kind hier sein Leben begann, das nun schon seit einem Jahr zu Ende ist.
Der Garten hinter dem schwiegerelterlichen Haus, das der Familie nicht mehr gehört: Rasen; Bäume und Sträucher. Wie oft haben hier unsere beiden Kinder in ihren frühesten Jahren gespielt!
In der Südwest-Ecke steht nicht mehr der Holunderbau, von dem ich einen Ableger mitgenommen habe in unseren Garten. Aber es gibt noch die Trauerweide. Und ich sehe wieder die sechsjährige Heike bei ihr auf der gelben Bank vor den bis auf den Boden reichenden Zweigen. Sie hat den linken Arm in Gips, trägt ihn in einer Schlinge; doch sie lächelt, hält in der rechten Hand ein Püppchen.
Oder die Promenade an Graben und Wall entlang um den

Westen und den Süden der Stadt und auch an dem einstigen Besitz der Schwiegereltern vorbei. Und an jenem Internat, in dem ich ein pädagogisches Praktikum machte vor einem Menschenalter, damit meinen Schuldienst begann. So bin ich in diesen kleinen, ein bißchen wie beiseitegelegten Ort gekommen, lernte Ilse kennen. Und bei dem Internat die kleine Kirche, in der wir geheiratet haben.

Hier war das alles.

Lange her. Lange her.

Der 4. April vormittags gegen halb elf. Ich sitze in eiem kleinen Park am Stadtrand, unlängst noch Garten eines bescheidenen Klosters. Es ist ein sonniger, ja der erste wirklich warme Tag des Jahres.

Ein bulliger Alter, Blaumann, fegt die Fußwege. Sonst ist niemand da.

Vor einem Jahr, denke ich, lebte die Heike noch. Und übermorgen werden wir auch das nicht mehr sagen können.

In den frühen Morgenstunden des 6. April wurde unsere Tochter umgebracht. Am Vormittag lag sie schon im Leichenraum des Krankenhauses.

Das sogenannte Trauerjahr für sie ist nun fast vorüber.

Doch während ich diese banale Formulierung denke, bin ich so voller Trauer, wie ich es das ganze Jahr über war. *Nichts ist vorüber*; und das soll es doch auch nicht sein.

Die Zeit heilt alle Wunden? Und wir sollten jetzt nicht mehr Trauer tragen?

Davon trifft nur das letztere zu. Ich weiß ja noch immer nicht richtig, wer unser totes Kind war. Begreife nur, was sie mir bedeutete und was wir mit ihr verloren haben.

Die Zögerlichkeiten im Hinblick auf allzu deutliche Formulierungen beiseitegetan: Es war vor allem ein exemplarisches Ereignis.

Jene Verse Heines: daß »der Menschheit Heer« stets geschieden sein wird »in zwei Parteien: Barbaren und Hellenen«. Und das sogenannte Schicksal in all seiner darüber thronenden Zeitlosigkeit ist von dieser Qualität: Kollidiert ein Betrunkener am Steuer eines Autos mit einem daran völlig Unschuldigen, so bleibt in der Regel nicht der Betrunkene auf der Strecke, sondern der Unschuldige wird zertrümmert.

Soviel zu Zeit und Ewigkeit!

Das Opfer, an das ich so sehr denke, war introvertiert, sensibel, am Sosein der Welt oft leidend, in der Widersprüchlichkeit seines Wesens gewiß nicht »einfach« – das sind niemals die Krakeler im Land, jene mit den eisenbeschlagenen Stiefeln, sondern sie sind das genaue Gegenteil davon. Und noch niemals wurden sie so mit den Ellbogen beiseitegestoßen wie heute.

Und wenn wir noch einen weiteren Augenblick an unsere Zeit verschwenden (die das aber nicht allzu sehr lohnt): Es sieht ganz danach aus, als ob es heutzutage nicht die Hellenen sind, sondern die Barbaren, die sich ausleben können, völlig unverschämt ausleben; ja sie sind geradezu die Stipendiaten unserer Zeit.

Und den weitaus größten Aufwand treibt diese Zeit im Interesse der mittleren Seichtheiten, die, bei näherem Hinsehn, die Tische leerfegen, verrohen und schließlich morden. Täglich ergießt sich über uns die Kloake eines seeleauffressenden Ballyhoo.

Ja: Wohl noch keine Zeit hat es so gut gemeint mit den schieren Schwätzern, lautesten Schreiern und überhaupt allem menschlichen Unrat, die im Schutz ihrer längst unangefochtenen Gewohnheitsrechte schmarotzen und wildern.

Karfreitag. Der letzte Tag vor einem Jahr, an dem sie noch lebte.

Ich erwache durch den Lärm der Ratschen-Buben, die in der Nähe des Hauses ihre hölzernen Ratschen bearbeiten, während die Kirchenglocken an diesem Tag schweigen. In den Pausen singen sie, etwas leiernd, die üblichen religiösen Lieder.

Am Vormittag fahren wir in den Wald, wo nun, wie immer um diese Jahreszeit, Märzbecher zu blühen begonnen ha-

ben und Leberblümchen, und die Himmelsschlüssel drängen schon heraus mit dicken Knospen.
Eine Parklandschaft am Boden des Laubwalds zwischen den noch kahlen alten Bäumen. Ganze Seen von weißen Blüten, sich die Hänge hinaufziehend.
Und hierher sind wir so gut wie jedes Jahr um diese Zeit gekommen, als die Kinder noch kleiner waren. Mir fallen gleich mehrere Episoden ein, ja ganze kleine Geschichten. Wie ich einmal beim Aussteigen aus dem Auto auf seifigem Lehm ausgerutscht bin, blitzschnell hinter dem Fahrzeug verschwunden war… Wie haben die Kinder noch Jahre später darüber gelacht; und die Heike sagte: Daddy, weißt du noch –?
Hier habe ich einige der schönsten Kinderbilder gemacht; so jenes außerordentlich hübsche Bild von uns Vieren, bei dem die Großmutter der Kinder nach meinen Vorstellungen auf den Auslöser drückte: Wir stehen mit unsern Blumensträußen vor dem Waldrand, sind zusammen und fröhlich.

Irgendwann habe ich die Formulierung in mich hineingesaugt: »Sinnbild einer Reinheit, die durch den Tod nicht zu verderben ist.«
Ja. Und ich denke, daß manches, was eine Haltung meiner Tochter war: Gutseinwollen, Gerechtigkeitssinn, durch kein noch so barbarisches Schicksal in meiner Erinnerung zu zerbrechen, zu zerstören ist.
Und wir brauchen solche Bilder, die gegen das viele Abscheuliche in der Welt stehen; und mag dies hier auch eins der allerbescheidensten sein: *Es war eins und bleibt eins*, unverderbbar.

Am Abend spielen wir: Ilse, eine alte Tante, Felix, ich, ein belangloses Spiel, bei dem aus Wörtern auf Würfeln Sätze zu bilden sind. Ich trinke etwas zuviel: zwei halbe Liter Bier, dann etwa eine halbe Flasche Wein. Da ich nicht gerade in

leidlicher Verfassung bin, werde ich schließlich etwas berauscht.
Gegen elf gehen wir ins Bett.
Vor einem Jahr an diesem Abend haben wir zuletzt zu viert im Wohnzimmer gesessen. Ilse, die Heike und der Felix haben ferngesehen, die Heike wie immer von ihrem Platz aus auf der Couch, wo die Wolldecke zusammengelegt liegt.
Ich aber hatte mich in die dem Fernseher entgegengesetzte Ecke begeben, mit dem Kopfhörer eine Platte gehört.
Ilse und Felix sind irgendwann gegangen.
Die Heike blieb noch etwas länger. Dann erhob auch sie sich. Mir fiel auf, daß sie den Fernseher weiterlaufen ließ, obwohl niemand mehr hinsah. (Wie sie später auch, gegen ihre Gewohnheit, das Licht in ihrem Zimmer brennen ließ, als sie zum letzten Mal aus ihm ging.)
Ich sah sie in die Küche gehen, am Flaschenschrank hantieren, sah näher hin, als sie aus der Küche kam: sie hatte sich eine Flasche Sprudel genommen.
Vor einem Jahr.
Ich weiß es wie heute: Sie blickte zu mir her mit einem langen wie fragenden Blick (dies ist keinesfalls eine nachträgliche Überhöhung durch mich); doch da war sie schon im Halbdunkeln, und hatte kein Licht gemacht in dem kleinen Flur, so sah ich den letzten Ausdruck ihres Gesichts nicht mehr richtig. Hatte sie noch etwas sagen wollen, sich dann gedacht: Er hat ja den Kopfhörer auf, versteht es sowieso nicht?
Noch einmal: Wie war dieser Abschied für immer?
Vor wenigen Tagen saß ich wieder in meinem Sessel, hörte etwas von Mozart. Blickte ich nach links, so sah ich, daß es über der Couch hinten heller war: Dort strahlt eine gedämpfte Stehlampe gegen die Decke. In der einen Ecke der Couch hat immer die Heike gesessen, bis vor einem Jahr.
Und schaue ich geradeaus, so fällt mein Blick auf die Schiebetür der Küche fast im Dunkeln, und dort sah ich die Heike in ihrem Leben zum letzten Mal.

Worüber haben wir als Letztes gesprochen? War es wirklich über die Platte von Karat?
Wobei habe ich sie zuletzt gesehen? Das weiß ich viel zuverlässiger. Ich sah hinüber: Nahm sie eine Flasche Bier nach oben oder Sprudel?
Das erzählte kleine Zögern: Als wolle sie noch etwas sagen.
Aber ich hatte ja den Kopfhörer auf; man konnte mit mir nicht reden.
Sie hätte vermutlich auch nichts anderes als Gutenacht gesagt.
(Was wie ein literarischer Einfall erscheint: daß ich zuletzt nicht ansprechbar war, ist die genaue Wiedergabe von Wirklichkeit.)
Ich hüte mich vor allem davor, etwas hinzuzufügen. Ich habe doch gar nicht so genau hingesehen, sondern *alltäglich*, denn ich ahnte ja nicht im entferntesten, daß sie drei Stunden später tot sein würde. Und daß ich sie niemals mehr lebend sehen würde und mit ihr reden können.
Und dann hatte sie die Glastür zu dem kleinen Flur hinter sich geschlossen. Und würde sie niemals mehr öffnen und noch einmal zu uns ins Wohnzimmer zurückkommen.
Und niemals mehr ein Wort zu mir sagen.
Dieses Bild, für immer unvergeßbar:
Das große, schlanke Mädchen schon ziemlich im Dunkeln vor der Glastür, noch einmal zu mir hersehend – Abschiedsblick, für den Rest meines Lebens.
Dann war sie hinaus und nach oben gegangen.
Immer wieder bedrängt mich der Wunsch, daß ich mit dir noch über irgendwas sprechen möchte. Aus deinem Leben. Oder von deinem Tod.
Aber gerade das ist niemals mehr möglich.
Sie hat sich sicher noch hübsch zurechtgemacht. Sie wollte ihm, der sie angerufen hatte, gefallen.
Dann ging sie aus dem Haus, um niemals mehr zurückzukommen.
Der junge Mann, mit dem sie sich traf: Es sei in der Disko-

thek ein erfreulicher Abend gewesen. Die Heike sei temperamentvoll gewesen, man habe sich gut verstanden.
Zur selben Zeit betrank sich jemand. Soll irgendwann sogar vom Stuhl gefallen sein, hieß eine der Behauptungen vor Gericht. Und ich will es nicht zu meiner Sache machen, seine Art, seinen Charakter zu skizzieren. Es war in der Verhandlung zu beobachten; auch andere haben sich ein Urteil bilden können und es vielleicht getan.
Er hat sie in den Dreck der Straße gefahren, es ist ein selten böser Unfall gewesen, schlimmer ist so etwas kaum denkbar. Mein Kind hatte nicht die geringste Chance. Der Bestattungsunternehmer: An dem armen Mädchen war ja kein Knochen mehr heil. Wir sind vieles gewöhnt, aber...
Der Begleiter der Heike über ihre Tötung: Er habe das gar nicht so richtig mitbekommen. Habe es plötzlich knallen gehört (Aufprall des Täters mit seinem Fahrzeug auf das Auto, vor dem die Heike stand). Seine erste Reaktion sei gewesen: Weglaufen. Und da war auch schon alles vorbei. Der Täter hatte Vollgas gegeben und war abgehauen.
Die Heike habe nicht geschrien, nichts mehr gesagt. Sei wohl sofort besinnungslos gewesen oder vielleicht auch gleich tot.

Wir haben also, ein Jahr danach, das geschilderte langweilige Spiel gespielt; und ich habe einiges getrunken.
Und dann gehen wir zu Bett.
Ich bin wie gesagt etwas berauscht und schlafe bald ein.
Ich wache irgendwann auf und weiß sofort: Dies ist die Nacht, in der vor genau einem Jahr unsere Tochter umgebracht wurde.
Ich kann nicht einschätzen, wie spät es ist. Nehme an, es sei in der Nähe ihrer Todesstunde, denn noch fahren Autos auf der Straße am Haus vorbei und lärmende Jugendliche gehen nach Hause.
Aber als ich auf den Nachtschrank greife, die Armbanduhr zu fassen bekomme: Es ist schon gegen halb vier.

Ich bin also nicht zur Zeit ihres Sterbens aufgewacht; nun war sie schon etwa zwei Stunden tot.
Irgendwie überrascht mich das nicht. Auch als sie so fürchterlich in den Tod gerissen wurde, teilte sich mir das nicht mit: Ich habe traumlos geschlafen.
Als ihr Freund bei uns anrief, hat sie vielleicht noch gelebt. Sie ist möglicherweise gestorben, als ich mich im Bad rasch anzog.
Wir sind unterwegs dem Unfallwagen nicht begegnet. Als wir an den Ort des schrecklichen Geschehens kamen, war sie schon weggebracht worden. Als wir etwas später das Krankenhaus betraten, war sie schon tot hineingetragen worden.
Ich versuche zu entspannen; denke verzweifelt: Nichts, nichts ist mehr ungeschehen zu machen.
Ich falle in eine Art Halbschlaf. Bilder stellen sich ein.
Zunächst ein leeres Zimmer. Es ist unlängst erst ausgeräumt worden – gleichsam gefleddert? Mitten im Raum ein nun leeres Bücherregal. Das ganze Zimmer dunkel, ohne jede Ausschmückung und Farbe.
Ist es Heikes Zimmer?
Dann blicke ich auf den Eingang eines Friedhofs. Aber es ist nicht der, auf dem wir die Heike begraben mußten. Der mich deprimierende Anblick eines solchen Gräberfeldes. Hohe Eisenumzäunung, übermenschenhohes, schmiedeeisernes Tor in schlichtem Barock.
Danach ahne ich vor mir so etwas wie eine nüchterne Würstchenbude. Und von der entfernt sich langsam ein Mädchen. Dieses Mädchen ist nicht so groß wie unser totes Kind, doch ich weiß, daß es die Heike ist.
Sie dreht sich im Weggehn nicht um. Doch ich denke: Es ist ja auch ihre Frisur. Sie trägt eine große Tasche an langem Riemen über der linken Schulter.
Man könnte ihre Bewegungen für etwas müde halten; ihr Gang ist schleppend. Ich denke: Irgendwie erscheint sie *gleichgültig*.

Auch dieses Bild sehe ich, wie die andern beiden, in einer einzigen Farbe: Anthrazit.
Und dann bin ich wieder ganz wach und grüble unendlich vor mich hin und weine inwendig; und höre in Abständen von einer Viertelstunde die Uhr vom Kirchturm her schlagen.
Zuletzt höre ich sie gegen halb sechs.

22

Als ich sieben war und also noch daheim in Masuren, starb meine Großmutter väterlicherseits, alte Frau aus pruzzischem Geschlecht Marie Czernio. Eines Vormittags war sie in unserm Wohnzimmer aufgebahrt, es war ein offener Sarg, und auch wir Kinder konnten sie uns ansehen.
Ich halte das für eine gute Sitte. Sie war also in den letzten Stunden auf der Erde nach Hause gebracht worden in das Haus, in dem sie so lange gelebt hatte; und von daheim aus fand die Beerdigung statt.
Heute schaffen wir unsere Toten aus irgendwelchen sterilen Leichenkammern auf den Friedhof in eine Kapelle.
Ich werfe mir ja längst vor, daß ich es versäumt habe, die Heike als Tote noch einmal zu berühren, ihr vielleicht übers Haar zu streichen (aber dieses Haar war ja auch, wohl der Kopfverletzungen wegen, so gut wie ganz zugedeckt).
Und ich habe es also versäumt, mir die Tote noch einmal im Sarg anzusehen.
Ich wußte, daß ich es falsch machte, wie immer auch ich mich verhielt. Ging ich nicht noch einmal zu ihr, so würde ich mir das später immer wieder vorwerfen. Tat ich es aber, so würde sich das Bild der Toten immer noch stärker vor das der Lebenden stellen. Ich folgte dem Rat des erfahrenen Bestattungsmannes.
Aber es war falsch, was ich tat.
So wie auch das Gegenteil davon falsch gewesen wäre.

Die Heike kommt aus der Küche, und sie lächelt mir zu. Ich habe sie vielleicht noch niemals so gelöst lächeln gesehen. Es ist nicht unser Kind am Ende seines Lebens, es ist das Mädchen in dem Alter, wie es uns jenes Poster zeigt, das wir ihr vor Jahren nach einem der schönsten Porträts von ihr machen ließen. Damals war sie elf – genau in der Mitte ihres kleinen Lebens.
Sie trägt, wie sie nun aus der Küche kommt, einen Nicky in verwaschenem Grün, und ich weiß sofort: So einen hat sie doch besessen!
Mir ist natürlich bewußt: In Wirklichkeit ist sie tot, aber nun sehe ich sie, wie ich über solche Erscheinungen von Toten öfter gelesen habe. Und ich bin gar nicht erschrocken darüber, sondern froh: Irgendwie, so meine ich, ist das doch auch wie eine Art von *Weiterleben*.
Und sie geht lächelnd an mir vorbei und geradeaus durchs Wohnzimmer zur Terrassentür. Dort aber ist die Jalousie heruntergelassen, und ich denke, wie ich es in Erscheinungs-Geschichten gelesen habe: Nun wird sie wohl einfach durch die Wand nach draußen gehen.
Doch dann ist es so, daß sich das Bild von ihr vor dem Hindernis auflöst, augenblicksschnell nicht mehr da ist.
Da weiß ich immer noch nicht, daß alles ein Traum ist.
Nach dem Aufwachen erst begreife ich, daß es viel weniger war als eine richtige Erscheinung.
Nur ein Traum.

Ich habe ja die ganze Zeit hindurch eigentlich auf ein Zeichen von ihr gewartet zum Beleg dafür, daß mit ihrem körperlichen Tod für sie nicht alles zu Ende war. Ich habe ihr in der Verzweiflung oft zugeflüstert: Gib mir ein Zeichen!
Ich habe mich andererseits vor etwas allzu Deutlichem, Drastischen gefürchtet.
Aber es blieb alles aus.
Ich habe nie Schritte in ihrem Zimmer gehört, die nur von ihr sein konnten. Es ging nie nachts eine Tür im Haus, ob-

wohl alle schliefen. Ich fand nirgendwo eine schriftliche Mitteilung, die nur sie geschrieben haben konnte – *nach ihrem Tod*.
Ist damit schon das Gegenteil meiner bangenden Hoffnung bewiesen: daß etwas weiterlebt von ihr?

Heute, ein Jahr später, erscheint es mir ganz unwahrscheinlich, daß ich nur wenige Tage nach ihrem Tod fähig gewesen sein soll, mir die Fotos, die wir von ihr besitzen, vorzunehmen und die besten für ein Tableau fürs Wohnzimmer auszusuchen.
Inzwischen muß ich nach dem Anschaun von nur zwei oder drei von ihnen schon abbrechen.
Weil mir inzwischen erst bewußt geworden ist, was geschehen ist? Oder sind meine Nerven inzwischen so sehr Tag für Tag über ein Reibeisen gezogen worden, daß es unaufhörlich mit mir nach unten ging?
Die letzten Bilder von ihr. Und noch einmal die frühen.
Wüßte man nicht, daß dies ein und dasselbe Mädchen ist, man käme wohl kaum darauf. Das so oft fröhliche, lachende Kind der ersten fünf, sechs Jahre mit den runden Backen – der Lauf des Lebens hatte das längst fortgenommen. Es war Vergangenheit geworden, wie alles von Augenblick zu Augenblick unrettbar zu Erinnerung wird und niemals mehr wiederkommt.
Doch zugleich ist es nicht möglich, daß wir etwas, das einmal ein intensives Erlebnis war, ganz verlieren! Und solange unser totes Kind lebhaft und greifbar in unserem Bewußtsein ist, als sähen wir alles noch vor uns, lebt es wenigstens in uns weiter und wird erst dann verloren sein, wenn auch wir gestorben sind.
Ja: *Wir waren vier und wir bleiben vier*, solange noch einer dieser vier lebt.
Die angesprochenen verschiedenen Gesichter der Heike. Das ungewöhnlich hübsche kleine Kind. Das eher zögerliche, immer ein bißchen schüchterne Mädchen von zehn,

zwölf Jahren, das eine Brille bekommen hat. Die doch ein bißchen schwierige Siebzehn-, Achtzehnjährige mit der Neigung, möglichst niemanden wirklich an sich heranzulassen. Und dann die etwa Zwanzigjährige mit ihrem neuen Selbstbewußtsein in der Dürftigkeit unserer heutigen Zeit: hohe Ansprüche und die häufige Erkenntnis, daß sich Wünsche und Träume so oft nicht erfüllen lassen.
Und dies nun macht mir angesichts der Bilder die meiste Sorge: Daß wir kein Foto von ihr aus den letzten beiden Jahren haben, das sie völlig gelöst und zutreffend wiedergibt. Nur einige wenige dürftig ungefähre Bilder besitzen.
Ich befürchte, daß wir uns um so bemühter, ja krampfhafter an dieses Ungefähre halten werden, je länger sie nicht mehr bei uns ist. Bald in zunehmender Unbeholfenheit nicht mehr anders können werden als sagen: So hat sie zuletzt ausgesehen, unsere große Heike.
Aber dieses Tableau der Fotos: Es ist heute schon nicht mehr dasselbe, was es zu Anfang war. Es ist nach und nach auch wieder all das hinzugekommen, was kein Foto zeigt, sondern unsere Erinnerung aufbewahrt: aus der Kindheit und der Schulzeit, der Ausbildung und dem Beruf.
Und so haben wir die Heike, wie sie in ihrem Leben war, immer mehr wiedergewonnen.

Am Tag ihrer Beerdigung vor einem Jahr wieder daheim.
Die Jahreszeit ist inzwischen soweit fortgeschritten, daß ich die Radtouren wieder aufnehmen kann. An den regenfreien Abenden werde ich wieder zwanzig und mehr Kilometer fahren. Und dann bei ihrem Grab vorbeikommen.
Auch die Himmelsschlüssel und Buschwindröschen haben wieder zu blühen begonnen, Leberblümchen und Huflattich.
Ich grabe an einem Waldrand eine Himmelsschlüssel-Pflanze mit vielen Knospen aus, pflanze sie ihr aufs Grab.
Und ich begrüße sie wie immer, indem ich die Hand auf die Erde ihres Grabes lege.

Rede weiterhin zu ihr. Und bekomme wie seit einem Jahr keine Antwort mehr.
Das Ganze wird noch unsinniger, als ich eines Morgens im Weggehn sage: Mach's gut!
Sie kann gar nichts mehr gut oder weniger gut machen.
Und ich verspreche ihr etwas, das einzuhalten nicht leicht sein wird; es hat mit ihrem Ende zu tun. Aber ich will es so konsequent und beharrlich angehn, daß ich doch eine Chance habe…
Und ich sage zu ihr: Sei froh, daß du es hinter dir hast. Wir strampeln uns noch ab, müssen den größten Stuß an sogenanntem Schicksal und Erleben hinnehmen, uns an den Ohren rupfen und in den Hintern treten lassen; was meinst du, wie quälend mir manchmal die sogenannte berufliche Tätigkeit wird…
Und du hast das alles hinter dir.
Du bist uns doch nur vorausgegangen. Früher oder später werden wir doch alle umgebracht durch diese angeblich beste aller Welten.
Dies eine allein ist sicher: Hier, wo du liegst, kommen wir doch alle an.
Diese ständigen Gefahren, diese fürchterlichen Verluste, diese endlosen immer peinigender werdenden Strapazen – und eines Tages liegt hier jeder von uns, und manchmal erscheint mir das nun fast wie ein Trost.

Als ich an einem der Tage maßlos unglücklich und sehr erschöpft dasaß, drängte sich mir die Vorstellung auf, ich rede wieder mit ihr und sage: Das liegt nun auch hinter uns, diese dunkle Zeit, Nächtliches und unsagbar Trauriges.
Aber es ist weiterhin eine Atmosphäre der Düsterkeit und des Beklemmenden um mich, während ich das sage. Und plötzlich frage ich mich, ob diese Wiedervereinigung in meinen Gedanken nicht dort erfolgte, wo sie nun allein noch möglich ist: im Land der Toten.
Daß ich ihr also dorthin gefolgt bin.

Unser schöner Garten im frühen Frühjahr. Und sie kann das niemals mehr sehen.
Aber ich treibe meine Vorstellung vom Aufenthalt im Land der Toten ja noch weiter, oder ich muß richtiger sagen: es treibt sie in mir weiter, drängt mir das immer wieder auf in Träumen und Wachträumen:
Ich komme in diesen Garten zurück nach sehr langer Zeit, vielen Jahren, *Jahren nach meinem Tod,* und zur Straße hin sind die Bäume und Sträucher dicht geworden zu einer Hecke – ganz so, wie ich es mir immer gewünscht habe, als ich diesen Garten plante.
Und auf der Terrasse sehe ich die Heike und ihr Kind.
Und da weiß ich: *Eigentlich war doch ich es, der damals starb.*
Und so war es gut. Aber nun darf ich das alles noch einmal sehen (leise, überaus vage und nicht ganz zutreffende Erinnerung an jenen vergessenen Orpheus), und es ist verändert und doch wie es war – ist bloß weitergegangen, und ich schon so lange nicht mehr dabei.
Manchmal auch stelle ich mir vor, ich hätte einen jahrelangen dunklen Schlaf gehabt, und hebe plötzlich den Kopf ein bißchen und sehe mich vorsichtig um. Und gewisse Ereignisse sind vielleicht gar nicht wirklich geschehen; vieles erscheint ganz anders als in meinem Traumbewußtsein einer so endlosen Zeit.
Ich hebe den Kopf wie nach einer langen betäubenden Krankheit und tiefen Erschöpfung, und bin nun also wieder wach, und weiß nicht gleich, wo ich bin.
WAS IST WIRKLICHKEIT, WAS IST TRAUM?
Aber nach den ersten verwirrten Augenblicken wird mir doch bewußt werden, daß meine Tochter tot ist. Daß es einmal diesen Menschen gegeben hat, und nicht mehr gibt auf der Erde, und niemals mehr geben wird.
Es war einmal: eine Zeit, da hatten wir ein großes, schönes, selbstbewußtes Mädchen. Sie lebte mit uns, gehörte zu uns, war ein Teil unseres Lebens.
Es war einmal –

III

Die Rückreise nach Masuren

Womöglich sind die
abgelegenen Dinge die aller-
wichtigsten gewesen und die
vergessensten die bleibenden.

Gottfried Benn,
Zum Thema Geschichte

1

Ja: Wie man in der Zeit der tiefsten Hilflosigkeit den Blick immer wieder rückwärts wendet: so weit wie nur möglich zurück. Und ich wußte, daß ich gar nicht hilfloser sein konnte, *absolut* hilflos war.
Die Sehnsucht vielleicht aller Wesen nach dem Nest, wo alles anfing und noch so unbewußt und gut war –.
Und immer wieder auch dies: Ob man unterwegs an einer Weg-Gabelung nicht vielleicht die falsche Möglichkeit gewählt hat. Und könnte quasi zurücksteigen und sich noch einmal entscheiden, und es würde nicht so katastrophal werden, man bekäme es ein bißchen besser.
Möglichkeiten, vielleicht, und Illusionen – wie immer im Leben!
Und weiter:
Unlängst las ich, unser altes Europa bedürfe wohl einer tiefen Erschütterung, ja einer großen Katastrophe, um endlich das Wesentliche zu erkennen, sich nicht weiter in einem Wust von Nebensächlichkeiten zu verheddern und zu erschöpfen.
Erschütterung! Katastrophe! Davon kann ich für meine kleine eigene Welt wohl reden! Und: das Wesentliche! Das ewigalte, unausrottbare Verlangen des Menschen nach bloß einigen wenigen großen Linien, einem Geländer wenigstens für eine Hand, einem Halt – kein noch so anspruchsvolles philosophisches Weltgebäude, keine ironische Kanonade, kein intellektueller Sarkasmus hat das aus der Welt schaffen können. Sobald man dem tiefen Schmerz nachgibt, ist es dies geblieben: Die Rückreise an die eigenen Anfänge; und trotz aller Einwände sind es diese Fragen: Was denn vielleicht doch ein Sinn des Ganzen sein könnte; und vielleicht: das Wesentliche.
Ich halte das Auto an, und noch erscheint mir dies wie nicht wirklich:
Vor mir das Dorf Lipowo, früher Leip – und so hieß das

Flüßchen vor zwei, drei Kilometern in deutscher Zeit Griessler, war jahrhundertelang die Grenze zwischen Polen und Ostpreußen.
Wieder in Ostpreußen, dem früheren Ostpreußen! Über ein Jahr nach dem Tod meiner Tochter bin ich in das Land meiner Kindheit gekommen.
Alles wie noch nicht glaubhaft. Wie oft habe ich diese Reise vorgehabt im Lauf der letzten Jahre, und immer stellte sich etwas dazwischen: eine termingebundene Familiensache; etwas Berufliches, nicht verschiebbar; ein Nierenstein, der entfernt werden mußte, als die Fahrt schon gebucht war... Schon sprach jemand von einer möglichen psychischen Sperre.
Und die vielen Jahre nach jener Flucht im schrecklichsten aller Winter: hat sich da nicht eine Vorstellung angehäuft, Masuren sei gar nicht wirklich, sondern eine Region in Sagen, Märchen – gleich Atlantis, Vineta, oder sogar dem Verlorenen Paradies?
Hat erst noch das bestimmende Ereignis in meinem Leben geschehen sollen: der Tod meiner Tochter? Diese Stigmatisierung meiner Existenz ohnegleichen? Weil dies hier so sehr eine Landschaft für Traurigkeit ist, die Melancholie? Und nun erst eine meinem Seelen-Zustand angemessene Region?
Denn zurückgekommen zu dir ist, Land meiner Kinderzeit, erst ein derart Geschlagener!
Es ist ja auch mein bisheriges Leben, das nun in einem Grab in Westdeutschland liegt.
Ich fahre tiefer und tiefer hinein in das alte Ostpreußen. Und ich treffe kaum auf Menschen.
Und es ist ein schöner, sonniger Juni-Nachmittag; und ringsum eine große Stille.
Doch wie gesagt eine schwermütige Stille. Eine Tönung der Melancholie über allem.
Aber vielleicht ist das bloß eine Einbildung meinerseits, liegt bloß an mir? Weil ich seit längerem die Vorstellung ha-

be, ich werde über die Oder fahren und die Weichsel und in ein Land hinter den Strömen kommen, das wie ein *Toten-Land* ist?

Nein. Es ist sicher nicht die Stilisierung durch jemanden, dem unlängst ein Kind umgebracht wurde. Sondern zum Beispiel dies: Alle Menschen, die ich hier kannte, sind nicht mehr hier; oder wenn sie hier sind, wie meine Großmutter väterlicherseits Marie Czernio, mein erster Lehrer Hein, so als Tote in einem Grab. Für uns ist Masuren heute das Land der Friedhöfe unsrer Toten. Wir kommen nur noch hierher zu der Landschaft und zu Gräbern.

Und wie viele Generationen der Familien meines Vaters und meiner Mutter gab es hier vor denen, die ich erlebt habe! Die Großmutter Marie Czernio zum Beispiel: sie kam aus einem pruzzischen Geschlecht, stammte also von den Ureinwohnern des Landes ab, die lebten hier seit Jahrtausenden. Oder jene mit den polnisch klingenden Namen: Anortha Kolbuza, Katharina Zegac – ich bin Nachkomme auch von ihnen. Aber meinesgleichen darf hier seit einem Menschenalter nicht mehr leben.

Nur die in den Gräbern waren eines Tages sicher davor, davongejagt zu werden. Aus den Häusern und Dörfern und Städten, wo sie sich ihr Leben lang abgerackert hatten und gestorben waren. *Toten-Land*.

Und Haus der Verstorbenen, Totenhaus nennt auch ein anderer Sohn Masurens und nun Dichter des Verdämmerns und Vergehens seines Volkes, Erwin Kruk, sein Heimatland, in dem er noch lebt und schwermütige Verse schreibt. Denn hier ist ein ganzes kleines Volk zerstört worden, und die Reste werden auch noch beseitigt: Volk zwischen den Welten, das der Masuren.

Noch vor Osterode in Ostpreußen der erste schöne See! Windstilles Wasser unter hellem Himmel. Und dahinter, aus ihm aufsteigend und sich in ihm spiegelnd, sehr kräftiger dunkler Wald. Ein silbriger Streifen auf dem Wasser ganz unmittelbar vor der Wald-Dunkelheit.

Dies ist noch nicht Masuren, denke ich bewegt; aber es ist wie ein erster Gruß von dort!

Allenstein.
Nach vierzig Jahren werde ich wieder in Ostpreußen schlafen!
Vier Jahrzehnte vorher war dies die erste Station unserer Flucht. Wir wohnten hier vierzehn Tage.
Ziemlich blasse Erinnerungen, nicht der Rede wert. Das Rathaus, das mittelalterliche Hohe Tor, der Markt mit den wiedererstandenen alten Häusern, das Schloß des Deutschen Ordens, in dem eine Zeitlang der große Kopernikus gearbeitet hat.
In einem der Gebäude meine ich das Kino wiederzuerkennen, aus dem man mich eines Sonntags hinauswies – der Film war ab achtzehn, und ich hatte gesagt, ich sei dreizehn, was nicht ausreichte – tatsächlich war ich erst zehn.
Nach einem anstrengenden Tag bald ins Hotel zurück und früh ins Bett. Und da, als ich Ruhe gewonnen habe, von einem Teich in der Nähe Fröschequaken! Ich habe so etwas nicht mehr gehört seit der masurischen Kindheit vor so vielen Jahren; und auch das berührt mich sehr heimatlich.
Dann aber Geräusche von Lokomotiven, Lautsprecher-Durchsagen: zum Bahnhof ist es ebenfalls nicht weit. Doch das löst ganz entgegengesetzte Empfindungen in mir aus, Unbehagen. Nicht wegen eigner Erinnerungen, die Allensteiner Zeit ist so gut wie vergessen. Doch die Schilderungen des Einmarschs der Russen 1945 hier sind mir gegenwärtig, und der Bahnhof spielt dabei die zentrale Rolle.
Dieser Bahnhof war durch Kosaken schon besetzt, als immer noch Züge fahrplanmäßig einliefen, Flüchtlinge ankamen – immer noch Pfeifen der Lokomotiven, Räderquietschen, zischend aus Ventilen entweichender Dampf. Dazwischen aber schon Schreie, Schüsse, weinende Frauen und Kinder.
Was mag in Menschen vorgegangen sein, die in die Hände

derer gefahren worden waren, denen sie in ihrer panischen Angst hatten entkommen wollen...

Manchmal denke ich, wie ungewöhnlich doch jene dran sind, in deren Leben so etwas überhaupt nicht fällt: Krieg, Vergewaltigung, wahllose Erschießungen, Hunger und Not jeder Art.

Und denke das nun im Hinblick auf mein totes Mädchen: Was immer man dem armen Kind angetan hat, von diesem allen ist es doch verschont geblieben.

Und Masuren, mein melancholisch gestimmtes Land, wurde immer ganz besonders hergenommen: Polen, Schweden, Tataren, Russen und Franzosen fielen ein, schlugen Schlachten, raubten, was nicht niet- und nagelfest war, brannten sinnlos nieder, brachten um, was sich ihnen in den Weg stellte – der Mensch als des Menschen Wolf. Zu andern Zeiten war hier ein schreckliches Peststerben, ganze Dörfer kamen um.

Der nächste Morgen.

Und nun nach Masuren, und zu unserm Dorf!

An Wartenburg vorbei; dann Wald. Und plötzlich links Wasser!

Der See ist von Wald ganz eingefaßt, er ist unter dem Sonnenhimmel tiefblau und leicht gekräuselt, er glitzert und funkelt. Ich halte sofort an, steige aus, tauche die Hände in sein Wasser. Wie wir es machten in der Kindheit...

Und wenig später der erste Dorfteich! Ein kleiner Teich nur in Wiesenland vor Dorfkulisse, sein Wasser völlig still und am Ufer leicht schlierig, und die Weide dahinter voller weißer Gänse...

Und dann ganz und gar Masuren, Land meiner Kindheit!

Und bei Sorquitten gleich aus Hügeln und Seen und Wäldern ganz volksliedhaft und wunderschön und unverwechselbar!

Und auch der Himmel mit den weißen Haufenwolken noch wie früher! (Sage niemand, daß der Himmel über allen Landschaften derselbe ist.)

Muß ich mich vor Überschwenglichkeiten in acht nehmen? Keine Gefahr; dafür ist es doch zu sehr ein Sichzulächeln aus Traurigkeit heraus.
Alte masurische Sage: Als Gott dieses Land schuf, soll er gelächelt haben. Aber auch dieses Lächeln war eins durch eine Träne...
Masuren ist schön, sagen so viele. Ich denke nun: Es gibt zweifellos erregendere Landschaften, grandiose – ich kenne Norwegen. Aber diese hier bedrängt niemanden, sie nimmt einen bloß bei sich auf. Hierher kommt man heim; und das war wohl zu allen Zeiten so: pruzzischen und deutschen und vielleicht auch polnischen.
Was las ich nicht für Hymnen über die masurische Landschaft!
Einfach und *groß* nennt Harry Schumann sie. Und dann schrieb er etwas, das sehr von heute zu sein scheint, aber es ist über siebzig Jahre alt, stammt noch aus dem endenden Kaiserreich: »Wie gewaltig müßte eigentlich in unserer Zeit, in unseren Städten und in unserer Gesellschaft allein diese zauberhafte Natur wirken...«
Das ist es vor allem.
Oder ein Autor unserer Tage, Rudolf Braunburg: »Obwohl ich die Tempelstädte Kambodschas, die Urwälder Brasiliens, die Buschsteppen Afrikas kennengelernt habe, zieht es mich immer wieder nach Masuren zurück, zu diesem letzten Fleck europäischer Erde, wo die Natur noch einigermaßen heil und in Ordnung ist.«
Freilich, denke ich, ginge auch dieses kleine Land todsicher vor die Hunde, wenn es bestimmten Strategen aus den Regionen westlich der Elbe zur Gestaltung nach ihrem Gusto in die Hände fiele. Die auf Straßen nicht anders können als rasen; die ihre Motorboote dabei haben müssen; die mit ihren Surfgeräten herfallen über viele europäische Strände. Die auch hier den Ruf erschallen ließen nach immer mehr Touristen-Zentren mit allem Pipapo, Hotel-Kästen à la mode. Auch diese Landschaft wäre kaputtzukriegen.

Alptraumhafte Vision Surminskis, als er aus Masuren kommend wieder »das feinverputzte Travemünde« erreicht: »Wie, wenn die zwischen die Poggenteiche und Schilfgürtel Masurens, an die verträumten Waldränder und auf die Wiesen der Klapperstörche auch so einen Appartementklotz mit zwölf und mehr Stockwerken hinhauen? Dann wäre alles verloren, endgültig verloren.«
– wenn die hierher kämen mit ihren peinlichen Überheblichkeiten, bornierten Rücksichtslosigkeiten, Vermarktungsstrategien zum Zwecke des schnellen Dollars, ihrer ganzen penetranten Was-kostet-die-Welt-Mentalität: diesen Fürchterlichkeiten, die uns daheim Tag für Tag nerven, zermürben, kleinkriegen.
Der Anblick der Natur. Ihre so oft behauptete Wirkung auf den Menschen.
Eine der schönsten Äußerungen dazu fand ich bei einem polnischen Dichter dieser eigenständigen Welt zwischen Ost und West, Jaroslaw Iwaskiewicz:
»Manchmal in einem masowischen oder kujawischen Dorf, auf einem Kleefeld, über dem sich Wolken weißer Schmetterlinge erhoben, in einem nebeldurchzogenen spätherbstlichen Garten, an unserem Teich zu früher Morgenstunde – sprach die Natur unvermutet stark zu mir und hob langsam ein Eckchen des Vorhangs, hinter dem gerade noch der Widerschein der anderen Welt wie der Herbstglanz aufleuchtete.«
Vor allem deshalb habe ich mit meinen beiden Kindern hierher kommen wollen, so wie ich mit ihnen immer wieder nach Skandinavien gefahren bin, um Mitteleuropa eine Zeitlang hinter uns zu lassen. Und nun ist eins der beiden schon tot, und es kann niemals mehr sein, wie ich es mir so sehr gewünscht und ausgemalt habe.
Die Masuren verstanden noch die Sprache der Natur wie vielleicht kein zweites Volk in Europa. Das meint auch Max Töppen, der vor hundert Jahren eine Geschichte Masurens schrieb: »Es kommt noch hinzu, daß in Masuren die Mächte

der Natur länger das Übergewicht über die Cultur behauptet haben als anderwärts.«
Freilich glaubte der gute Mann ganz kindisch an die angeblichen Segnungen der westlichen Kultur, die seiner Ansicht nach auch aus den Masuren erst vollwertige Menschen machen sollte.
Was ich ihm ausgesprochen übelnehme.
Und er treibt es noch erheblich schlimmer: Die Masuren werden nicht weiter fortschreiten, »wenn sie sich der modernen Cultur nicht rückhaltslos anschließen. Dies wird aber vermutlich nicht eher geschehen, als bis mit ihrer heimischen Sprache ihre heimischen Überlieferungen untergegangen sind«.
Dreistestes 19. Jahrhundert, fataler abendländischer Fortschrittswahn! Herbei mit dem Einheitsbrei!
Aber dem guten Mann ist ja geholfen worden: Heute, wie gesagt, sind die Masuren und ihre volklichen Eigenheiten so gut wie ganz untergegangen.

Wiesen-Mähzeit; und Störche!
Einer stolziert hinter einer Mähmaschine her – so kenne ich es aus der Kindheit. Er stößt offenbar immer wieder auf etwas Freßbares.
Der süße Duft welkenden Grases.
Später ein größeres Gehöft. Gleich zwei Wirtschaftsgebäude mit ihren Giebeln zur Straße hin – und auf jedem ein Storchennest, und in jedem steht ein wie gelangweilter Storch.
Auf einer frisch gemähten Wiese sehe ich nicht weniger als sieben Störche.
Frage, ob mein Sohn überhaupt schon einen gesehen hat in Westdeutschland, wo es doch einst auch viele gab.
Noch einmal: Die Natur und der Mensch.
Die Hügel, die Seen, die großen Wälder hier: Das hat sich jedenfalls als weit dauerhafter erwiesen als Menschen und ihre sogenannten Schicksale. Nimmt man die Bilder der of-

fenbar unveränderten Natur und danach die Existenz eines einzelnen von uns in den Blick: so erscheint einem das Menschenleben erst recht wie das Dasein einer Eintagsfliege.
Immer mehr Seen!
Hier einer inmitten von Bauernland; das Kornfeld reicht bis zu den großen alten Bäumen unmittelbar am Wasser.
Oder jener ganz unvergleichliche Anblick: durch Weidengeäst am Ufer auf eine runde Insel inmitten des silbrigen Wassers, dicht bestanden mit riesigen, ja wie aus Vorzeiten herkommenden Laubbäumen.
Irgendwann noch im Lauf des Vormittags über die berühmte Brücke von Nikolaiken.
Und dann weiß ich es sicher: Dies ist noch ganz die Welt von gestern, die Welt meiner Kindheit!
Jedenfalls für jemanden, der aus Westdeutschland kommt, wo die Dörfer »schöner« werden sollten und dann oft nur auswechselbarer und nicht selten lächerlich kleinststädtisch wurden.
Hier sehe ich noch die alten Höfe, manchmal sogar noch die alten masurischen Holzhäuser, Wagen für die Feldarbeit und Pferde davor, Dorftümpel, Hühner, Enten, Gänse...
– es ist, als sei das jemandem wie mir, der hier aufwuchs, aufgehoben worden für ein Wiedersehen nach so langer Zeit.
Und das ist wie ein Wunder.
Und es sind ja auch noch die alten Straßen, von denen aus ich mit meinem Masuren wieder eins werde.
Ich würde sagen: schattige Alleen, wenn »Allee« nicht etwas Prächtiges, sozusagen Anspruchsvolles signalisierte. Doch diese Straßen sind ja nicht breit, wollen nichts hermachen, laufen mit Kurven und Unregelmäßigkeiten durch das schöne Land. Aber auch »laufen« ist eine zu sehr Eile anzeigende Vokabel.
Jedoch Alleen deshalb, weil man Kilometer um Kilometer unter alten Bäumen durch das Land reist: Linden, Eschen, Birken, Ahorn. Wie schattig, wie angenehm. Auch das ha-

ben die Planer im Westen so gut wie ganz kaputtgekriegt, als die Straßen immer schneller und breiter und damit gefährlicher werden mußten. Als die Raser alle Möglichkeiten bekamen.
Hier sind es viele Jahrzehnte alte Bäume – dieselben noch wie in meiner Kindheit vor vierzig Jahren.
Und die Pferdewagen, Panjewagen!
Früher, bei uns, waren es schwere Ackerwagen mit eisenbereiften Holzspeichenrädern, nun sind es flinkere luftbereifte Gefährte. Ein, zwei Pferde davor. Auf dem Kutschbock neben dem Bauern oft die ganze Familie.
Onkel Tobi! denke ich. Das ist eine Figur aus einem Kinderbilderbuch, die Felix sehr geliebt hat, als er drei oder vier Jahre alt war. Onkel Tobi hatte auch solch ein wendiges, lustiges Bauerngefährt und fuhr in die Stadt, um tausenderlei einzukaufen.
In die Stadt, in der es alles gab wie im Märchen! Ich denke daran, daß in meiner Kindheit unsere Kreisstadt Lyck mein Höhepunkt der Welt war, weiter kamen wir niemals in den ersten Jahren meines Lebens, alles andere waren Namen, unter denen ich mir nicht viel vorstellen konnte und die mich daher gleichgültig ließen. In Lyck kaufte Mutter während des Kriegs Bastelbögen, und zusammen schnitten wir am Abend daheim Teile von Fahrzeugen aus, klebten sie zusammen. Unvergessen bis heute.
Und ich war damit vielleicht glücklicher als manches Kind heutzutage mit irgendeiner technischen Rarität für mehrere hundert Mark.
Und die vielen winkenden Kinder! Ob sie irgendwo zusammen spielen oder an der Hand der Mutter gehen: sie wenden sich dem fremden Auto zu und winken. Auch das kenne ich aus meiner Kindheit; und mögen hier heute andere Menschen leben: Es hat sich also daran nichts geändert.
Aus Westdeutschland kenne ich so etwas nicht. Sind unsere Kinder uninteressierter, weniger leicht zu bewegen, um nicht zu sagen mürrischer?

Masurisches Land. So gut wie ganz leergeräumt von Menschen meines kleinen Volkes.
Aber das ist für jemanden wie mich, der der Einsamkeit zugetan ist und zugleich der Welt im eignen Innern, ja nur die eine Seite.
Die andere (und sie ist nicht weniger wirklich): Das sind meine Erinnerungen.
Und so ist für mich vieles noch da, und ich komme mit denen zusammen, die nicht mehr hier sind und auch nicht mehr auf der Erde; und gehe mit ihnen um und rede mit ihnen.
Kleiner See mit einem schmalen Sandufer vor einem Wald. Da ist unvermittelt eine Erinnerung an Onkel Fritz da, jüngsten Bruder meines Vaters: Wie er mich an einem Wintertag zum Angeln mitgenommen hat, auf einen zugefrorenen langgestreckten See hinterm Wald. Es waren einige Löcher ins Eis geschlagen worden, und der Onkel ließ in einem von ihnen seine Schnur mit Haken und Köder hinunter und wartete.
Ich weiß nicht mehr, ob er etwas fing. Jedenfalls dauerte mir das alles zu lange, wurde immer langweiliger. Ich damelte herum, ging ein paar Schritte hierhin und dorthin und dann auch rückwärts – und rutschte plötzlich, schwupp, in eins der Eislöcher. Ich hab sicherlich geschrien, und da sprangst du, Onkel Fritz, herzu und holtest mich schnell aus dem eisigen Wasser.
Verdammt, daß dir das passiert war! Meine Mutter würde dir heimleuchten; vor meiner Mutter hast du immer eine merkwürdige Art von Respekt gehabt.
Und was nun mit mir in den nassen, eiseskalten Klamotten? Bis nach Hause: etwa eine halbe Stunde. Und in diesem Zustand sollte Mutter mich sehen? Lieber nicht!
Es wäre aber noch schöner gewesen, wenn dir, pfiffiger Masur, nicht was Brauchbares eingefallen wäre! Ich sehe dich noch wie heute, wie du schnell trockene Äste sammelst, aufschichtest am Strand, ein Höllenfeuer machst…

Stell dich ran! sagst du; wir werden dich schon trocken kriegen...
Irgendwann kommt ein alter Bauer vorbei, großer Bauer aus unserm Dorf. Was will denn der? Ach, eigentlich gar nichts. Er hat irgendwann den Mantel angezogen, zum Krückstock im Flur gegriffen und ist losgegangen. Bei uns diente ja nicht alles einem Zweck, so vieles machte man aus einer momentanen Laune heraus.
Und er amüsiert sich über mein Unglück und das Feuer, und redet ein bißchen mit uns und geht dann weiter.
Und ich werde tatsächlich trocken, Fritzu, du alter Masure oder Pole oder Schwede, das ist egal, und genug mit der Angelei, wir gehen nach Hause.
Ich fiel damals öfters ins Wasser. Meistens vom »Brett«, dem Steg überm Wasser unterhalb des Hofes. Einmal war es wohl noch kritischer als in dem Eisloch, ich schluckte ziemlich viel Wasser, wurde ohnmächtig – und bin sicher bis heute: sah mich plötzlich von irgendwo oben in meinem grünen Kinderanzug wie tot auf dem Seegrund liegen!
Mutter hat mich gerettet.
Seltsame Anziehung des Wassers.

Wie grundverschieden waren doch die beiden Männer in unserm Haus, neben denen ich in den ersten Jahren meines Lebens aufwuchs: Mein Vater und sein jüngster Bruder Fritz. Ich denke dabei an das Doppelgesicht: den Januskopf, im Wappen unserer Kreisstadt Lyck: links der jüngere, vielleicht beweglichere Mann, rechts ein älterer, vollbärtiger, gleichsam wissend und abwartend.
Bei Ambrassats Formulierung, den Masuren eigne »eine hohe poetische Beanlagung«, denke ich zu allererst an dich, Onkel Fritz. Nicht, daß du auch nur einen literarischen Satz zu Papier gebracht hättest, das weiß ich natürlich. Ich meine dein durchgehendes Verhalten, wenn man will: eine bestimmte Haltung.
Einen größeren Gegensatz zu den Menschen westlich von

Oder und Elbe mit ihrer rastlosen Geschäftigkeit, ihrem penetranten Erfolgsstreben kann ich mir nicht vorstellen. Du bist das Gegenbild. Hast nie einen Beruf erlernt, nie eine feste Anstellung gesucht, nie Besitz angehäuft oder eine Familie geschaffen. Wurdest zu denen gerechnet, die »bis dreißig auf der Weide rumliegen und Kühe hüten«.
Doch andrerseits deine tausend Einfälle bis hin zu allerhand törichtem Zeug und Schabernack. Immer wieder fiel dir irgendeine skurrile Formulierung ein, von denen ich einige nicht vergessen habe. Die vielleicht verrückteste: Brot mit Furz schmeckt wie Apfel.
Oder wenn du uns drohtest, du werdest »dich runterlassen«. Und »ich laß mich runter«, das hieß: Ich häng mich an einem Balken auf dem Boden auf.
Was du natürlich niemals ernsthaft vorhattest. Nie hast du auch nur die geringsten Anstalten dazu gemacht.
Onkel Fritz vertrug nicht viel Alkohol und fing dann fürchterlich das Sabbeln an. Logorrhöe: Worte-Durchfall.
Die Hochzeit bei Filons, da war ich wohl vier. Und plötzlich saß ich auf deinen Schultern, und du wolltest mit mir, betrunken, wie du warst, nach Hause. Und ab ging die Post!
Doch unterwegs ist dir was andres eingefallen. Oder auch gar nichts eingefallen, es war einfach dein besoffner Kopf: Jedenfalls bogst du nach links in die Felder ab...
Mir hatte man wohl auch allerhand zu trinken gegeben, jedenfalls redete ich auf dich ein: »Onkel Fritz, ich muß mal.«
Worauf du aber überhaupt nicht hörtest. Sondern weitergequasselt hast und mit mir auf den Schultern weitermarschiert bist.
Was sollt' ich tun. Ich konnt's doch nicht mehr bei mir behalten. Das Folgende, Onkel Fritz, hattest du dir selbst zuzuschreiben...
Das vollendete Gegenstück dazu mein Vater. Warst du, Fritzu, der um Einfälle nie verlegene Quasselkopf, so war für ihn bezeichnend: Schweigen.
Er der geschickte Handwerker, der Erbe des kleinen Hofes.

Wenn es zutrifft, was Siegfried Lenz über die Masuren sagt: »Gleichgültig und geduldig lebten sie ihre Tage«, so war er die Personifikation dieses Masuren: Verkörperung des ursprünglichen bäuerlichen Lebens in sehr bescheidenen Verhältnissen, dabei sichtlich nicht ohne größere Pläne und Ziele, aber auch das im Rahmen einer gewissen Selbstverständlichkeit und Unauffälligkeit, ohne Eile, dabei für sich selbst ganz anspruchslos und in jedem Zweifelsfall schweigend.

Die absolute Einfachheit, die Anspruchslosigkeit waren ja besonders bezeichnend für die vielen kleinen masurischen Bauern. Ambrassat sagt ihnen sogar eine Anspruchslosigkeit nach, »die man nicht häufig findet«. Und Wilhelm Heise erzählt, sie hätten schon zu Lebzeiten ihren Sarg auf dem Boden stehn gehabt und nicht selten Mehl oder Äpfel in ihm gelagert, bis er seinem eigentlichen Zweck zugeführt wurde. Ja früher sollen sich Brautleute den Sarg geschenkt haben, in dem sie eines Tages begraben werden sollten...

Die Masuren sind ja alles andere als irgendwann verwöhnt worden. Meist waren es wie gesagt kleine Bauern, Waldarbeiter, Fischer.

Die Historiker verschweigen nicht, daß Masuren jahrhundertelang das Stiefkind Preußens und Deutschlands war.

Wir Masuren hatten also keinerlei Anlaß, den Deutschen »im Reich« dankbar zu sein. Keinerlei Nachsicht aus Dankbarkeit. Wenn sie uns (außer beim Steuereintreiben) überhaupt registrierten, so waren wir für sie irgendwelche nicht ganz für voll zu nehmenden Exoten in dem abgelegensten Winkel des Staates; dorthin kam man nie. Sind das denn überhaupt noch Deutsche und nicht schon Polacken? wurde wohl nicht selten ziemlich abfällig gefragt. Von denen die Älteren bis zuletzt, 1945, nicht deutsch, sondern masurisch sprachen, einen vom Polnischen herkommenden Dialekt?

Zu ihnen gehörte meine Großmutter väterlicherseits Marie Czernio, geboren 1861 (als in unserm Kreis Lyck nach einer

Erhebung erst einundzwanzig von hundert Menschen als »Deutschsprechende« bezeichnet wurden). Zu ihr kamen gegen Ende ihres Lebens Volkskundler, um sie über früheres masurisches Leben zu befragen.
Und nur zwei Jahre nach ihrem Tod 1943 der Anfang vom Ende dieses Masurischen: ein kleines Volk aus pruzzischen und deutschen und polnischen Elementen, zu denen auch holländische, schweizerische, salzburgische und gewisse russische gekommen waren, sollte samt seiner jahrhundertealten Volkskultur aus dem »Buch der Art« gestrichen werden. Heute ist das so gut wie erledigt...
Ein alter Masure: Es ist uns gegangen wie den Polen: Wir sind zwischen Hammer und Amboß geraten.
Womit er Russen und Polen, aber auch die Deutschen meinte...
Das Selbstbewußtsein dieses kleinen Volkes: Damit müßte es nach der Einschätzung und Behandlung durch die Deutschen im »Reich« nicht weit her gewesen sein.
Um so erstaunlicher: die Töppen, Ambrassat etc. sagen den Masuren nicht nur Gutmütigkeit, eine gewisse Weichheit, Geradheit und Bescheidenheit nach, sondern Töppen fand auch heraus, daß sie durchaus »ein sehr ausgeprägtes Selbstbewußtsein« besaßen. Sich zum Beispiel Amtspersonen »mit Demut und Unterwürfigkeit« näherten, aber nur scheinbar! Tatsächlich habe diese Unterwürfigkeit einen »Beigeschmack von pfiffiger Verhöhnung« gehabt.
Was mir über die Maßen gefällt!
Nicht besser als den Uniformierten und Bürokraten ist es den Schwarzröcken in Masuren ergangen. Töppen bemängelte, daß man sogar »das Wort ihres Predigers einer strengen Kritik« unterwerfe: Es heiße, »der ist angestellt zum Reden, wir hören, doch ist's nicht nötig, ihm zu gehorchen«.
Freilich gab es in Ostpreußen auch die Dönhoffs und Dohnas und Januschaus; am wenigsten in Masuren. Ein lebenskluger Mann, nachdem er die Marion Dönhoff in einer Diskussion erlebt hatte: Es ist keine Kunst, gelassen zu sein

und überlegen, nachdem man siebenhundert Jahre als Herrschaft auf einem Gutshof gesessen hat.
Hier geht mir durch den Sinn: Ich selbst komme von den masurischen Beutnern und Fischern und Losmännern und Kätnern her, aber meine Kinder auch von den Gutshöfen. Meiner Tochter hat nichts davon geholfen. Es hätte sie nur eine weniger rücksichtslose, im Seelischen weniger verrottete Umgebung nicht umgebracht.

Eckersberg und die schmale Landenge zwischen dem Tirklo- und dem riesigen Spirdingsee, über die die Hauptstraße weiter nach Osten vorstößt.
Vom Spirding, dem »masurischen Meer«, nur ein Zipfel sichtbar, auch noch halb verdeckt durch eine Eisenbahnbrücke. Ein langsam tuckerndes Motorboot.
Wie viele der Erzählungen der beiden Skowronneks, Chronisten des masurischen Volkslebens, spielen am Spirding und in den riesigen Wäldern der Johannisburger Heide, diesem Rest der alten »Wildnis«.
Der Berichtgeber des vorigen Jahrhunderts Max Töppen, der spürbar von oben herab die Masuren ein »liebenswürdiges Naturvölkchen« nennt, kritisiert im selben Atemzug, daß es bei ihnen neben dem Glauben »den krassesten Aberglauben« gibt. Und er erzählt (es ist wie gesagt über hundert Jahre her) von verbreiteten Resten altheidnischer Vorstellungen, dem Glauben an starke Geistermächte, Geister, Kobolde, Mare, gute und böse Himmelszeichen, feststehende Unglückstage.
»Dunkle und geheimnisvolle Mächte üben nach der Vorstellung der Masuren auf das Schicksal der Menschen den unmittelbarsten Einfluß.«
Habe ich nicht selbst erlebt, wie sehr sie das tun? Wie könnte man das übersehen?
Wahrsagerei und Hexerei spielten eine Rolle, es soll Menschen mit gutem und andere mit bösem Blick gegeben haben, Versegner und abergläubische Heilmittel.

Ja: Auch ich erinnere mich noch an die Lebendigkeit solcher Geschichten, und in diesem Falle ist von den dreißiger und vierziger Jahren unseres Jahrhunderts die Rede.
Ich habe noch die Vorstellung erlebt, ein Tier sei bloß deshalb erkrankt, weil die alte XY dagewesen sei und in den Stall geguckt habe; das müsse man in Zukunft unbedingt verhindern, die dürfe einem nicht noch einmal auf den Hof.
Mutter erzählte aus ihrer Jugend diese Geschichte: Man sei Sylvester um Mitternacht nach draußen gegangen. Plötzlich habe die kleine Hoftür zur Straße geknarrt, es sei aber niemand zu sehen gewesen. In einer Kammer im Haus ein Kranker; der erzählte später, der Z..., seit Jahren tot, sei bei ihm gewesen und habe gesagt: Es ist fünf vor zwölf! Dann sei er wieder verschwunden.
Fünf Monate später soll der Kranke gestorben sein.
Von Teufelsaustreibungen öfter etwas. Einen von denen, die wohl dem Schwarzen ihren Wohlstand verdankten, habe man bei Vollmond splitternackt in einem Kornfeld sitzen gesehen.
Pferde erschraken, wenn sie an bestimmte Örtlichkeiten kamen: sie sahen dort angeblich etwas, das den Menschen verborgen blieb. Manchmal bekamen sie einen solchen Schrecken, daß sie durchgingen.
Um die Stradauner Kirche, in der ich getauft worden bin, soll es viel Spuk gegeben haben. Einmal soll sie nachts plötzlich hell erleuchtet gewesen sein, obwohl sie doch verschlossen war und sich niemand in ihr befand. Auch soll es von ihr aus einen langen unterirdischen Flucht-Gang bis werweißwohin gegeben haben. Von dort will man öfter Waffengeklirr von Zweikämpfen mit Schwertern gehört haben...
Nachhall der Kämpfe zwischen Ordensrittern und Polen?
Und klingt vielleicht heute der Untergang des masurischen Volkes auch in solchen Erscheinungen nach?
Aber von uns sind ja nur noch die Toten hier und kaum noch die Lebenden, die davon erzählen könnten.

Die Masuren erlebten die Welt nicht bloß wie die Menschen anderswo auch. Sie war ihnen am Tag und in der Nacht viel belebter, geheimnisvoller, unerklärbarer, als es einem die gebildeten Leute abgenommen hätten.
Keine Frage: Nicht nur der Töppen mit dem damals üblichen Spleen, daß Fortschritt welcher Art auch immer das höchste Ziel aller Entwicklung sei, fühlte sich diesen Masuren sehr überlegen. Und wie rückständig alles in diesem fernen Land, wie hinterwäldlerisch!
Man könne zum Beispiel, meint Töppen, von den Masuren nicht verlangen, daß sie »nach dem Stande ihrer geistigen Bildung… reflektieren wie die Deutschen«. Auch komme bei ihnen manches einfach nicht so richtig an, so der Patriotismus. »Dies Ideenleben der Deutschen war ihnen unverständlich und zündete bei ihnen nicht«.
Aber wie denken nicht wenige heute darüber…

Klaußen: bereits im früheren Kreis Lyck, meinem Heimat-Kreis!
Rechts an der Straße beginnt der schöne See; links über ihm das Dorf mit seiner Backsteinkirche, der Turm spitzbehelmt.
Wie faszinierend dieses Seeufer! Riesige, weitausladende Weidenbäume: Glucken. Üppiges Gras bis ans Wasser mit Pusteblumen, gelbem Hahnenfuß und Schilf und Seerosen und einem kleinen Steg ins Wasser gebaut. Und auch hier am gegenüberliegenden Seeufer der Wald.
Die Asphaltstraße geht unterhalb des Dorfes in das alte Kopfsteinpflaster über. Ich fahre Schrittempo.
Plötzlich ertappe ich mich dabei, daß ich hier im alten Masuren ein Lied von heute vor mich hin pfeife:
»Über sieben Brücken mußt du gehn,
Sieben dunkle Jahre überstehn…
Siebenmal wirst du die Asche sein,
Aber einmal auch der helle Schein!«
Es ist ein Lied der von mir geschätzten DDR-Gruppe Karat;

die auch »König der Welt« geschaffen hat und »Gewitterregen« und den »Schwanenkönig« und das unvergleichliche »Magische Licht«. Und all das ist jedenfalls etwas anderes als die amerikanisch geprägte Dutzendware, die mich so anödet. Die Karat-Texte kommen aus einem andern Empfinden, einer anderen Mentalität, ich möchte sagen: einem anderen Geist. Sagen- und Traumhaftes ist mit hineingenommen, Fernes und auch Gefühlvolles. Das ist nicht westlich der Elbe entstanden; es kommt nicht von ungefähr, daß die Heimat dieser Gruppe weiter im Osten liegt...

Sieben dunkle Jahre? Und einmal auch der helle Schein?

Für mich, der ich so niedergeschlagen worden bin durch den Tod eines meiner Kinder und nun zurückgekommen in das Land des Ursprungs, das zu einem Toten-Land geworden ist, wird es diesen hellen Schein doch wohl niemals mehr geben können.

Dem Lied aber und der Gruppe Karat werde ich auch deshalb ewig verbunden bleiben, weil es wohl das letzte war, worüber ich mit der Heike gesprochen habe.

Es gibt in den Gegenden hier eine Sagengestalt: den Smentek. Ist sie kaschubisch oder masurisch oder beides? Ich weiß es nicht. Sie hatte früher wohl eher etwas Pan- und Bockshaftes: verfolgte die Menschen und fügte ihnen Schaden zu.

Doch heute, so hörte ich, hat der Smentek etwas von der Melancholie des Dunstes über Wasser angenommen. Der Begriff steht nun in der polnischen Sprache für: Wehmut, Trauer.

Töppen nahm sich auch das Gefühlsleben der Masuren vor: dergestalt, daß er scheinheilig meinte, man könne doch wohl nicht verlangen, »daß die Deutschen zu der niederen Stufe des Phantasielebens und der Gefühlsschwärmerei« der Masuren zurückkehrten.

Aber vielleicht war auch das nicht die einzig mögliche und nicht die letzte Wertung darüber? Vielleicht hat mancher heute eine andere?

Nur zweieinhalb Jahrzehnte später, 1896, lobte Ambrassat in seinem Ostpreußen-Buch die masurischen Volkslieder und Gesangsweisen: sie trügen »das Gepräge echter Einfalt und eines unverdorbenen Gefühls in sich«. Manche dieser masurischen Volksmelodien verdienten, »den Schöpfungen bedeutender Tonkünstler an die Seite gestellt zu werden«.

Er schrieb auch das zitierte Wort von der hohen »poetischen Beanlagung« dieses Volkes. Ich aber bin vor allem fasziniert von der *Erzählkunst* meiner Landsleute, wie sie noch lebt: Es ist eine völlig schnörkellose, absolut redliche Prosa, die ich jedem Schriftsteller-Deutsch der Gegenwart vorziehe. (Und ich rede dabei noch nicht einmal von Thomas Mann.)

Niemand erzählt so lakonisch, so sicher und so genau wie meine alten Masuren:

Ich hab ihr gesagt, der Annemarie: Nimm den Emil, der ist fleißig.

Zwanzig Jahre hab ich gearbeitet in der Fabrik, nun ist die Frau tot, ich bin allein. Und ihr, ihr wart sieben, lebt ihr noch alle?

Kein Wort zu wenig, vor allem: keins zuviel!

Sie war meine erste große Liebe, die Irma. Aber dann kam der Walter, mein Cousin, und heiratete sie, da ging es nicht mehr. Als die Hochzeit war, hab ich unter dem Fenster gestanden –.

Welch ein Deutsch im Gegensatz zu jener massakrierten Sprache, die uns heute viele Marketing-Strategen und Werbefritzen tagtäglich um die Ohren hauen.

Und wenn meine Mutter in dieser unvergleichlichen Weise erzählt und mit ihrem Sela! schließt: *So war das!* – dann ist das für mich so gut wie ein Satz bei Homer oder Hamsun.

Nun, da es die Masuren, ihre Art und Kultur kaum noch gibt, und die masurische Landschaft vielleicht auch nicht sicher davor ist, verhunzt zu werden wie fast jede europäische Landschaft, ist *das Masurische* in diesen einzigartigen Rang gekommen.

Wie hieß es doch schon bei Schumann?
»Wie gewaltig müßte eigentlich in unserer Zeit, in unseren Städten und in unserer Gesellschaft allein diese zauberhafte Natur wirken...«
Lyck. Ich stelle das Auto ab und laufe ein bißchen in der Innenstadt umher. Ja, die Kirche. Und unten der See mit seiner berühmten Insel. Aber es ist fast wie eine Pflichtübung. Denn von Schwarzberge/Rydzewen, wo ich geboren wurde und in der frühen Kindheit lebte, trennen mich noch ganze zwölf Kilometer.

2

> Alles ist wirklich. Sogar das Unwirkliche ist wirklich. Auch unsere Fantasie ist wirklich.
>
> Eugène Ionesco

Lieber Willy,
dieser schlechthin bösartige letzte Winter, der erst im späten April wirklich zu Ende ging: uns wurde er wohl noch deutlicher als Dir und den andern. Wir pflegten ein junges Grab nach Kräften, mußten es zum erstenmal in Eis und Schnee erleben. Darunter in einem Sarg unsere große Tochter.
Anfang April der erste Jahrestag ihres gewaltsamen Todes. Das Schreckliche schon ein Jahr her! Mitleidlos ist die Zeit weitergegangen.
Und dann schon Mai; und jetzt Juni.
Und dies eine Reise in Masuren. Dieser Brief kommt aus einem Dir in mehr als einer Hinsicht fernen, sehr fremden Land.
Aber für mich hat hier alles angefangen: dieses wohl keinen Augenblick lang ganz unbelastete Leben. Und so schleppte ich mich auch mit meiner klaffenden Wunde hierher zurück, als sei dies noch mein eigentliches Zuhause. Könnte

ich hier immer noch die Trinkschüssel mit der euterwarmen Milch finden, und die Strohschütte für die Nacht, und das füllige, beruhigende Lachen der rundlichen Mutter. Und der Vater. Und die geschichtenerzählende Großmutter. Und nicht die geringste Ungeduld gegenüber meinen naiven Fragen. Und all das weitere Böotische, von andern geringgeschätzt, aber für mich niemals verloren und vergessen seit der frühen Kindheit.

Alles hier schon immer reduziert, so scheint mir, auf das Schlichteste, Notwendige, und warm und herzlich und gut. Und so auch verfällt man auf die größte aller Menschen-Torheiten: Ob nicht, vielleicht doch, so etwas wie ein neuer Anfang, irgendwann, noch möglich wäre…

Aber man weiß natürlich: Nichts ist noch einmal möglich. Und alles nur einmal: zu seiner unbarmherzig kurzen, todsicher flüchtigen Zeit. Und dann niemals mehr.

Warum ich gerade Dir schreibe?

Das wirst Du Dich zuallererst fragen. Du wirst Dir sagen: Ich war doch nicht derjenige seiner Freunde in der Schulzeit, der ihm am nächsten stand.

Ja.

Mit Dir bin ich niemals in die Ferien gefahren wie mit dem Klaus. Mit Dir war ich nicht entfernt so oft zusammen wie mit meinem lieben Kameraden bis heute Josef E. Wir beiden trafen immer nur aufeinander, wenn ein, zwei andere dabei waren.

Aber keiner von denen, sondern *Du* bist es immer gewesen, für den ich einen (zugegeben: meist etwas mitleidig getönten) Respekt (niemals echte Bewunderung) empfunden habe. Für die andern war es Sympathie, für Dich Respekt.

Du machtest das Zurschulegehen so sehr zu Deiner Sache wie niemand sonst. Alles Schulwissen war ganz Deine Sache.

Und was ich selbst keineswegs zuwege brächte, imponiert mir ja in einer gewissen Weise bei einem andern.

Aber das muß nicht mit einer ausgesprochen freundlichen

Einschätzung einhergehen. Nun ja: Nach einer so langen Zeit kann man es aussprechen – wir haben wohl neben allen andern Empfindungen füreinander auch so etwas wie Geringschätzung empfunden. Du für mich und meine frühe Gleichgültigkeit, wenn nicht Abneigung vielem gegenüber, was gerade Dich besonders in Anspruch nahm; und dann vertat ich ja auch noch viel Zeit mit Gedichteschreiben und ähnlichem…

Wie oft, wenn wir andern am Nachmittag oder Abend etwas vorhatten, was zugegeben bloß Zeitvertreib und Spaß war, hast Du gepaßt: Weil Du für die Schule arbeiten wolltest (*mußtest*, behauptetest Du – dabei hätten wir andern es viel nötiger gehabt als Du, uns die Lehrbücher vorzunehmen, um wenigstens den Anschluß zu halten). Und ich bin sicher: Wenn Du doch einmal mit uns mitkamst, weil Du eigentlich auch da mithalten wolltest, so hattest Du dabei ein schlechtes Gewissen.

Deine Stärke waren die naturwissenschaftlichen Fächer; Deine Noten: durchweg Eins (wir fügten hinzu: mit Stern). Bei mir dagegen lief das so mit: Ich wollte nur ungefähr wissen, worum es dabei ging, und damit genug.

Aber Du hattest den offenbar unbeherrschbaren Ehrgeiz, *überall* der erste zu sein; und zu Deinem nicht geringen Schmerz, ich habe es beobachtet, gelang Dir das auf einigen wenigen Gebieten nur unzureichend. Es genügte Dir ja auch nicht, irgendwo der zweite oder dritte von dreißig zu sein; das schon schmerzte Dich tiefer, als mir ausmachte, mit Mangelhaft in Mathematik an fünfundzwanzigster Stelle zu stehen.

Und es waren ausgerechnet jene Fächer, in denen Du nicht so ganz auf den Grünen Zweig kommen konntest, die *meine* Domäne waren: die sogenannten musischen, aber auch Philosophie und Psychologie.

Dies unsere unaufhebbare Unterschiedlichkeit. Und deshalb bist nun *Du* es, dem ich schreibe, und nicht der Klaus oder der Josef, die mir in vielem viel eher ähneln…

Also ich bin ein Sohn dieses Masuren, in das ich nun zurückgereist bin – was besagt das?
Mensch eines Grenzlandes, unter dem sich schon früher die Deutschen des »Reiches« wenig vorstellen konnten und von dem heute auch die Gebildeten westlich der Elbe kaum noch etwas wissen. Das geringgeschätzt wurde und heute ganz abgeschrieben ist.
Zwei, drei Aspekte in diesem Zusammenhang, mit mehr will ich Dich nicht langweilen.
Das vielleicht Wesentlichste über diese Landschaft bei Carl Jakob Burckhardt: sie weise einen souveränen Zug auf, den große Natur dort besitzt, wo sie menschlichem Wirken, menschlichem Fleiß übergeordnet bleibt, ihm sich wie abgewandt darbietet und gleichzeitig entzieht, als ein Fremdes, dem Urzustand Nahes immer bereit, in Wildwuchs jeder Kultur zu widerstehen.
Schon jetzt weiß ich: Keine Reise, die mich je so bewegt hat! Liegt das nur daran, daß Masuren das Land meiner Kindheit ist?
Weshalb das erkären wollen? Uns wird ja längst nicht alles bewußt, und wir sollten doch um Himmels willen nicht alles zu begründen versuchen.
Und schon in der ersten Nacht geradezu ein Mirakel: So viele Träume wie seit langem nicht mehr! Eine Nacht aus lauter Träumen! Ich wachte mehrmals halb auf und schlief wieder ein und träumte immerzu. Es zeigten sich mir, bis auf eine, keine langen Geschichten, aber doch Schlaglichtartiges, gleichsam Aphoristisches.
Ich will nicht alles erwähnen; manches mag für einen andern zu belanglos sein. Doch daneben die reinsten Juwelen aus dem Unterbewußtsein, und so sehr in Zusammenhang mit dem, was mich am meisten bewegt.
Ich träumte unter anderem etwas von meinem Vater, dessen früher Tod mich jahrzehntelang immer wieder zu ihm hinführte. Und der Traum hatte etwas mit dem kleinen Friedhof unseres Dorfes hier in Masuren zu tun, auf dem

seine Eltern liegen und die im Kindesalter gestorbenen Geschwister (von dreizehn Kindern haben nur fünf Erwachsenenalter erreicht).
Vater schien sich im Traum um eine Beerdigung zu kümmern, und um eine besondere mit Katafalk und hervorragendem Grabmal – sollte etwa *ein Ritter* beerdigt werden – und ging es um Vaters eigene Beerdigung?!
Und ich träumte, in ein und derselben Nacht!, auch von meiner toten Tochter.
Es war ein Traum von einem kleinen Mädchen, das noch nicht zur Schule ging; und zugleich von einem erwachsenen Kind. Und die (unmißverständlich angedeutete) Vorstellung, daß die Große die Kleine »umbringen« wollte. Sicher nicht im Sinne von: physisch vernichten. Aber was war gemeint? Ich fand nach dem Wachwerden keine Ausdeutung dafür.
Mit unserer Gegenwart bringen wir natürlich immer unsere Vergangenheit um. Doch das allein, da bin ich sicher, war nicht der Sinn der Mitteilung.
Und noch im Halbschlaf war mir bewußt, daß die Große getötet worden war.
Wichtige Erkenntnis, fast schon vergessen: das tiefe Bewegtwerden in Träumen. Und ich dachte: Weshalb hat mich nach ihrem Tod der weitgehende Entzug des Träumens zusätzlich bestraft?
Und dann jener lange Traum im Hinblick auf meine tiefen Befürchtungen gewissen Wissenschaftlern gegenüber! Er mag auch Dich interessieren.
Ausgangspunkt wohl ein Leiden im Bereich von Leber oder genauer gesagt Galle. Ich suche daher nach dem renommiertesten Spezialisten im Land.
Man nennt mir einen Fachmann zu A… Zu dem gehe ich also. Ich spreche mit ihm in einem großen, ziemlich leeren, sterilen Raum. Er sitzt, im weißen Kittel, sehr erhöht vor der rechten Wand; ich denke an einen frühneuzeitlichen Lehrer hinterm Katheder, doch es ist noch eher die Höhe

eines Mastkorbs, zu der hinauf eine Leiter führt. Ich stehe, während ich zuhöre, vor ihm auf einer der Sprossen dieser Leiter.
Er redet und redet und redet. *Ich weiß bald, daß der große Wissenschaftler irre redet.* Ich bin einem total Verrückten in die Hände geraten! Der größte Fachmann auf seinem Gebiet ist eindeutig ein Irrer!
Da will ich die Leiter runter und schleunigst ausreißen! Doch in diesem Augenblick bemerke ich, wie er irgendwem, der hinter mir sein muß, mit den Augen ein Zeichen macht. Und wie ich mich umdrehe, sind da zwei Krankenschwestern, und die eine hat schon eine mächtige Spritze parat! Und eine dritte Schwester kommt gerade hinzu, und das ist – meine eigene Frau! (Ja: Weshalb nicht auch sie, wenn's mir an den Kragen gehn soll?!)
Ich springe von der Leiter. Zweifellos soll ich hier umgebracht werden! Panische Angst gibt mir Kraft und Schnelligkeit: Ich entkomme den Weißkitteln, gewinne das Freie.

Ich meine, daß es auch deshalb ein Glück für mich war, hierher nach Masuren zu kommen: Es gibt wohl nirgendwo eine zweite Landschaft, die so selbstverständlich mit meiner Niedergeschlagenheit zusammenklingt.
Bei einer ostpreußischen Dichterin, die nicht mehr lebt: Sie habe das große Glück gehabt, in einer Heimat aufzuwachsen, wo man noch ganz »in den alten Lebensformen und Gebräuchen« gelebt habe. Und dem Land sei man verbunden gewesen »durch eine tiefe, dem heutigen westlichen Denken kaum noch begreifbare mystische Liebe«.
Und während ich selbst mich nun wieder an dieses Land verliere, drängt sich mir diese Frage zwangsläufig am allermeisten auf: ob nicht in dieser unbeachtetsten, vergessensten Region des Deutschen Reiches ein Leben gelebt wurde, das dem sogenannten hochzivilisierten »im Reich« in vielem überlegen war.
Die Antwort hängt selbstverständlich von dem Maßstab ab,

den man anlegt. Wenn Du zum Beispiel an die erste Stelle setzt: größtmöglicher materieller Wohlstand, Komfort, oder eine möglichst aufwendige kulturelle »Szene«, so muß man mir antworten: Nein.
Doch denkbar ist ja immerhin auch etwas anderes: daß man Hamsuns Frage nach der Seele, nach einem beseelteren Leben aufnimmt.
Dann drängen sich sehr alte (aber doch niemals wirklich überholte) Fragen von dieser Art auf: Was hülfe es dem Menschen, wenn er die ganze Welt gewänne, und nähme doch Schaden an seiner Seele!
Das ist Dir (damit kann ich gar nicht irren) zu direkt, zu eindeutig gesagt, ohne jede heutige Hinzufügung an raffinierter Formulierung und ironischer Brechung?
Doch ich belasse es dabei.
Schaden an der Seele? Ist Schaden denn überhaupt noch die richtige Vokabel? Wie weit haben wir es noch bis zum seelischen Nullpunkt?
Nimm die Wendung von Konrad Lorenz: »Erschöpfung und Versandung zwischenmenschlicher Beziehungen zu Erscheinungen der Entmenschlichung«.
Lieblosigkeit. Treulosigkeit. Verweichlichung. Vermessung und unerhörte Vermarktung der menschlichen Arbeitskraft. Reizbarkeit. Rücksichtslosigkeit. Verrohung im Umgang mit andern. Aggressivität.
Und die Masuren und ihre Art zu leben: *dieser ausgeprägte Gegenpol dazu*: sie waren also bloß ein kleines, belangloses, naives »Völkchen«, und nach Ansicht der »gewandten Geschwister« im Westen (wie die Miegel es formuliert hat) mehr noch als die andern Ostpreußen »linkisch und plump«?
O diese gewandten Geschwister und ihr Kobolzen!
Aber wir brauchen uns bei dem Volk der Masuren ja nicht länger aufzuhalten: Die Menschen meiner Kindheit leben, bis auf wenige Ausnahmen, hier nicht mehr, sie wurden aus ihrem (in den Alltagen meist gar nicht paradiesischen)

Paradies hinausgejagt, *die Saurier sind so gut wie ausgestorben.* Wir sprechen von *Erinnerungen.*
Auf mich bezogen ist Masuren natürlich vor allem dies: Land des eigenen Anfangs.
Und wenn ein erheblicher Teil meines Lebens nun abgeschlossen ist durch den Tod des großen Kindes, und man denkt über alles nach in jenem Leben: die Rückreise endet erst hier in Masuren. Anfang und Ende: Masuren.
Ich habe hier doch noch einen erheblichen Teil eines Lebens gelebt, das für die andern Mitteleuropäer längst ein Leben früherer Generationen und eine Sache der Oma- und Opa-Geschichten war. Nach dem man sich heute aber, wenn ich das richtig beobachte, wieder hinsehnt, so daß es zugleich auch eine Möglichkeit für die Zukunft sein könnte, die ich als Kind noch erlebt habe. Träte sie doch, meinen nun schon viele, an die Stelle der von den einseitigen Rationalisten der letzten Jahrhunderte, ihrer Wissenschaftlerei, ihrem öden mechanistischen Weltbild gründlich verpfuschten Art zu leben.
Masuren: Land, in dem das sogenannte Wirkliche und das sogenannte Unwirkliche, einander durchsetzend und wohl so gut wie gleichrangig nebeneinander, für seine Bewohner eine einzige ganze Wirklichkeit waren. Einige Volkskundler des 19. Jahrhunderts haben, gleichsam in Exotischem stochernd, Belege dafür der Nachwelt erhalten. Bei besagtem Töppen war im Hinblick auf uns von einer niederen Stufe des Phantasielebens und der Gefühlsschwärmerei die Rede.
Von heute aus gesehen erlaube ich mir mit der Frage dagegenzuhalten: Bei wievielen im westlicheren Mitteleuropa kann von einem wie auch immer gearteten Phantasieleben überhaupt noch die Rede sein? Und wo findet man noch Gefühlsschwärmerei?
In meinem elften Jahr die Emigration in abweisende Regionen. Als wir nach einem üblen Fluchtwinter zu Fuß, per Bahn, per Schiff aufwachten, hatten wir gerade einen Zug

verlassen, der auf dem Bahnhof einer norddeutschen Stadt angekommen war, deren Namen wir vorher nie gehört hatten, so daß wir nicht wußten, wo wir uns befanden. Jedenfalls hatten wir zuletzt Außenbezirke Hamburgs passiert und die Elbe überquert.

Es folgten Wochen und Monate eines Lebens in unterster Kaste, die den Einheimischen bloß lästig war, so daß man uns manchmal unglaublich schäbig behandelte. Uns bald wieder loszuwerden konnte man leider nicht erhoffen, nachdem die ostdeutschen Gebiete unter polnische und russische Verwaltung gestellt worden waren. In der Verärgerung darüber begann jene bis heute nicht beendete Abqualifizierung der sogenannten Flüchtlinge. Statt ihnen ihr Schicksal erträglicher zu gestalten, da sie doch eine Deutschland als Ganzem geltende Bestrafung hatten auf sich nehmen müssen: für die Westdeutschen mit, war die Regel, sie so lumpig wie irgendeine Krätze abzutun.

Aber ich will mich nicht weiter bei jenen Erbärmlichkeiten aufhalten.

Die Zeiten normalisierten sich bald wenigstens insoweit, daß wir wieder zur Schule mußten. Die herkömmliche Dressur der Kinder begann wieder – ja, damals hieß das noch: ganz im stockautoritären Sinn mit Prügelstrafe und ähnlichem.

Aber das weißt Du wie ich; denn bald danach lernten wir uns kennen.

Damals ergoß sich das ganze Programm einer Unterrichtung in den wissenschaftlichen Erkenntnissen, wie sie ein mathematisch-naturwissenschaftliches Gymnasium anbot, auch über mich; wenn das in meinem Fall auch halbwegs bedeutete: Perlen vor die Säue werfen.

Das mochte man damals jugendlichem Unverstand zuschreiben oder (etwas wohlwollender gesagt) Trägheit oder (weniger rücksichtsvoll formuliert) Faulheit. Dann wäre inzwischen an die Stelle des damaligen Laisser-aller eine bewußte Haltung getreten. Nimm für mich heute in etwa an, was man über einen gewissen Ray Bradbury gesagt hat: Gegner der Roboter-Zivilisation, weil sich damit kein Fortschritt für die Seele verbindet, sondern das genaue Gegenteil.

Zugegeben: Es gab eine Zeit, da stand auch ich der westlichen Zivilisation und ihrem Fortschrittsglauben noch nicht so skeptisch gegenüber wie heute. War ein gewisser Fortschritt denn nicht geeignet, die Mühsal des menschlichen Daseins zu erleichtern? Als mein Vater geboren wurde, war das Auto zwar schon konstruiert, aber es fuhr noch nicht auf masurischen Straßen, in unser Dorf hat sich jedenfalls noch lange keins verirrt. Ja sogar noch in meiner Kindheit waren unsere Gefährte der Pferdewagen und das Fahrrad. Als mein Vater fünfundfünfzigjährig starb, war es zwölf Jahre nach Hiroshima, Düsenflugzeuge jagten über den Himmel. Also: Welch ein Fortschritt in nur einem halben Jahrhundert! Gab es nicht schon die Formulierung, wir würden eines Tages sein wie Götter? Die Arbeiten würden die Maschinen erledigen, wir würden nur noch die Knöpfe drücken und ansonsten in der Hängematte liegen und mit dem Finger Bilder gegen den Himmel malen –.

Wie armselig erschien dagegen unser Alltagsleben in Masuren! Bis zuletzt in unserm Dorf kein fließend Wasser, keine Elektrizität – und das hieß ja: kein Bad im Haus, kein Spülklo, keine Waschmaschine, kein Eisschrank, keine der heute unumgänglichen Küchenmaschinen. Sagst Du da nicht mit einer gewissen Berechtigung: Mein Gott, wie dürftig. Was müßt ihr euch gesehnt haben nach all jenem Komfort, den es bei uns im Westen doch auch damals schon gab.

Durchaus nicht. Die Menschen in Masuren lebten noch fast so wie seit Jahrhunderten. Abgesehen von gewissen sozialen Unterschieden, die aus mehr oder weniger Landbesitz abgeleitet wurden, ging es in puncto Bequemlichkeit allen in etwa gleich; insoweit also kein Neid. Und uns machte ja auch noch nicht eine Reklame-Industrie verrückt, wie es heute geschieht.

Alles wurde für uns anders westlich der Elbe, als auch noch hinzukam, daß viele nicht nur werden wollten wie die Menschen hier, um von ihnen für voll genommen zu werden, sondern sie möglichst in ihrer Art noch zu übertreffen versuchten.

Freilich hat sich mir, Mensch des deutschen Ostens und Sohn Masurens, allerhand Skepsis nie verloren, wenn sich das auch viele Jahre lang nicht zu einem deutlichen Bewußtsein und zu Formulierungen durchrang.

Das aber war bloß eine Frage der Zeit. Zum Beleg dafür nenne ich meine drei Romane, veröffentlicht in meinen dreißiger und frühen vierziger Jahren: sie sind durchzogen von Polemik gegen eine hemmungslose Wissenschaftlerei und den Fortschrittsfanatismus.

Aber ich fiel ja auch aus der Reihe, indem ich damals nicht mit den Produkten einer zunehmend intellektualisierten Literatur konkurrierte; sondern ich kam von den großen skandinavischen Erzählern her und ihrer frühen Erkenntnis von der zerstörerischen Zivilisation als dem tödlich gefährlichen Widersacher eines sinnlichen, beseelten Lebens. Von den Deutschen las ich lieber einige ältere Autoren: Eichendorff und Goethe – aber auch deren Kosmos war ja nicht gerade die gängige westeuropäische wissenschaftlich angestrichene Welt. (Siehe zum Beispiel die Ausführungen Albrecht Schönes über Goethe und seine Farbenlehre: »Die Mühe seines halben Lebens galt dem so verzweifelten Versuch, dieser…Naturwissenschaft eine andere Richtung zu geben: sie auf das sinnenhaft Begreifliche, das sinnvoll Zusammenhängende, das sittlich Verantwortbare zu verpflichten und damit den Menschen heimisch zu halten in dieser Welt, ›in der wir leben, weben und sind‹.«) Von den Autoren unseres Jahrhunderts las ich vor allem Benn – ebenfalls von östlicher Landschaft geprägt und viel zu klug, um fortschrittsgläubig zu sein.

Ich stieß auf ein Wort von Maurois: »Und was den Fortschritt betrifft, so haben wir festgestellt, daß die Macht, die dem Menschen gegeben wurde, nur Hungersnot, Terror, Unordnung, Qualen und Geistesverwirrung zur Folge gehabt haben.«

Und der Lauf der Zeiten gab allen Skeptikern mehr als recht. Stärker als je zuvor erkannten breitere Kreise, wohin die westliche intellektuelle Überheblichkeit sie brachte. Welche fürchterlichen Wunden eine schiere »Sachlichkeit« der Erde und den Menschen schon gerissen hatte und weiter riß. Was alles sie schon umgebracht hat und weiter ausrottet.

Wie, mein wissenschaftlicher Freund, magst Du heute zu alledem stehen?

Ich denke, Du beobachtest die Veränderungen ebenso wie ich, aber Du ziehst daraus andere Schlüsse. Auch Du bist irritiert, aber Du richtest die Anklage nicht gegen die Urheber der Verheerungen, sondern Du ergehst Dich nun in weiteren Utopien: Wenn der herkömmliche Mensch mit der immer wissenschaftlicher und technischer werdenden Welt nicht mehr mithalten kann, so muß dieser Mensch endlich verändert werden!

So magst Du denken. Doch ich will nicht weiter darüber spekulieren.

Ob die meßbaren Veränderungen der Welt durch Wissenschaft und Technik: Vergiftungen von Luft und Wasser und Nahrungsmitteln, Verluderung des genetischen Kapitals der Menschheit, aber überhaupt der gravierendste Teil der Verheerungen ist? Ob nicht noch Schlimmeres angerichtet wurde?

Nämlich: Wie weit ist die rationalistische »Entzauberung der Welt« (Max Weber) schon fortgeschritten, ja zum Ende gekommen?

In einem großen Sachbuch unseres Jahrhunderts, Jacques Monods »Zufall und Notwendigkeit«: Es gebe ein größeres Unglück als Atombombe, Naturzerstörung und Bevölkerungsexplosion: die Demontage der einfachen, animalistischen Mythologien durch die Wissenschaft. Der Mensch

aber brauche diese Mythologien, sie weisen ihm seine Stelle im Dasein an; und der zum Überleben nötige Gruppenzusammenhalt werde vor allem von ihnen gesichert.
Und heute leben wir bestenfalls noch in ihren Ruinen.
Der jahrhundertelange Frontalangriff des Rationalismus und der Wissenschaftlerei haben uns nicht entscheidend weitergebracht, sondern, im Gegenteil, die Bedingungen für unsere Existenz in eine Trümmerlandschaft verwandelt.
Und an diesem Punkt bringe ich noch einmal mein kleines Masuren ins Gespräch. Und das ist durchaus nicht die übliche eigene Sehnsucht nach der längst vergangenen Kindheit hier: *Es ist abermals der Hinweis auf eine andere Einstellung zum Leben*. Es wurde, zum Beispiel, nichts zerredet, nichts gewaltsam verändert, es wurde selbstverständlich gelebt.
Der kilometerlange, gewundene Schotterweg in unser kleines Dorf am See. Dieser See gab das nötige Wasser. Manchmal fingen wir Fische oder Krebse. Von den Feldern kam das Getreide, Kartoffeln und Rüben, Futter fürs Vieh. Das war es schon. Mühevolle Alltage. Sorgen und kleine Freuden. Vor allem die erwähnte mystische Liebe zum Land. Die Natur ringsum voller Erscheinungen und Geschichten, immer wieder geheimnisvoll. Das ohne Frage zufriedenere Leben. Das *beseeltere*.
Also, ob das nun jemandem gefällt oder nicht: *Gegenbild Masuren*.
Die ewigalten Menschheitserfahrungen: sie haben zweifellos nirgendwo in Deutschland so lange gelebt wie hier. Und so habe ich schon vor Jahren meine Absage an die Intellektualität, sprich: Kälte und Kaltschnäuzigkeit vom Gedanklichen her, formuliert und veröffentlicht: »Es gibt Augenblikke, da frage ich mich, ob es nicht besser wäre, mit der Zivilisation westlich der Elbe nichts zu tun zu haben«.
Du meinst, der Tod meines Kindes sei es, der auch meine Aversion gegen die westliche Welt, in der es (ich aber sage: *durch die* es) umkam, aufs höchste verstärkt, ja radikalisiert?
Aber ein Vorwurf in diesem Zusammenhang kann meiner

Ansicht nach nur lauten: Daß meine Kritik erst jetzt diese Eindeutigkeit erreicht hat.
Drei Jahrzehnte zwischen dem zwanzigsten und dem fünfzigsten Jahr, in denen ich weitgehend in der üblichen Weise vor mich hinwurstelte, ohne mich deutlich für etwas zu engagieren und Aufsehen zu erregen. Immerhin die drei Romane, die allerdings auch unter dieses Verdikt fallen. Einigen Kritikern gefielen sie wegen ihrer Solidität (wer sonst nimmt sich heutzutage noch die Zeit für solche Handwerksarbeit).
Zwei Kinder wurden Ilse und mir geboren, als ich siebenundzwanzig und zweiunddreißig war.
Wir haben eine Tochter gehabt. Ihr Leben begann bei uns, als wir halb so alt waren wie heute, und dauerte eine Zeitlang, und wurde dann auf das Brutalste zerstört. Warum.
Und fast erstaunt konstatiert man: Und ich noch da; und weshalb eigentlich; was hat das für einen SINN.
SINN? Da ist es wieder, dieses fatale Wort, von dem wohl nicht wenige von denen, die sich auf der Höhe der Zeit wähnen, nicht viel halten. Auch Du.
Ich aber, ich denke nun manchmal auf meine nicht so maßgebende Weise: Wie, wenn die Wissenschaften sich nicht derart einseitig nur um den rein funktionalen Teil der sogenannten Wirklichkeit kümmerten. Wenn nicht gar so wenige Forscher sich dem Essentiellen zuwenden würden: und mit ihren wissenschaftlichen Methoden versuchten, die Grenzen der Erkenntnis möglichst weit hinauszuschieben in die Nacht, das Land des Todes, das Jenseits. Diese Bereiche, die doch ebenso zum Menschen gehören und seinen großen Fragen. Und die man nicht so sehr den Spekulanten und Phantasten überlassen sollte.
Und dies also mein zweites Anliegen: Was haben die Wissenschaften eigentlich geleistet zur Beantwortung von Fragen wie der nach dem Sinn der menschlichen Existenz; oder der: Ob mit dem Tod des Menschen wirklich alles zu Ende ist. Und weshalb lassen sie das so links liegen.

Ich halte mich trotz allem an die Wissenschaften, denn die Weltgebäude der großen Denker haben mir in der ärgsten Bedrängnis, höchsten Gefährdung *gar nicht* geholfen: die Tötung meines Kindes degradierte auch sie zu Nebensächlichkeiten, um nicht zu sagen: Gerede. Ich sah mich plötzlich an einen Anfang gestellt und mußte sehn, wie ich überlebte.
Allen intellektuellen Einwänden zum Trotz sind wir doch, ob uneingestanden oder bewußt, auf der Suche nach dem verlorenen (wenn es ihn einmal gab) HALT. Und je heilloser die Welt um uns sich gebärdet, nur um so sehnsüchtiger, manchmal auch verzweifelter.
Ich bin nun fünfzig Jahre alt, sagen wir ungeniert großzügig: habe zwei Drittel meines Lebens hinter mir. Doch die großen Fragen zur menschlichen Existenz sind mir immer noch so fürchterlich unbeantwortet, ja sie sind eigentlich im Lauf meines Lebens immer nur größer geworden. Sollte ich mich damit abfinden müssen: Vollkommene Unwägbarkeit des menschlichen Lebens?

Noch einmal: Was ist das: Wirklichkeit, Leben hier auf der Erdkugel? Was besagt das Schlimmste von allem: Ein Mensch stirbt, ist tot? Was wissen wir eigentlich über uns, die Menschen?
Sah ich bislang bei solchen Grübeleien immer nur auf Teile des eigenen Lebens vom jeweiligen Heute aus; allenfalls: das ganze bisherige eigene Leben, so ist nun eine neue Dimension in die Nachdenklichkeiten gekommen: Nach dem Tod eines Menschen, der von Anfang bis Ende bei uns gelebt hat, blicke ich *auf das Leben überhaupt*.
Was also ist das: ein Leben?
Und wenn es mir Schwierigkeiten machte, dieses Fragen durchzuhalten, so ginge ich in mein Zimmer und schriebe hundertmal: Stell, wenn es dich aus dir heraus dazu drängt, unbedingt deine Fragen – gleichgültig, was sonstwer davon hält!

Bin ich deshalb damit so hartnäckig, weil mich die Vorstellung bedrängt, mit dem Tod meiner Tochter sei stellvertretend etwas für mich geschehen?
Das sei barer Unsinn?
Aber dafür ist das Bewußtsein davon zu intensiv, drängt es sich immer wieder zu sehr in den Vordergrund; und hält unvermindert an.
Keine Antworten. Ich weiß, daß Du mir sagen mußt: Darauf keine Antworten.
Und ist die Frage nach dem Zweck, einem Sinn des ganzen vielleicht tatsächlich nur eine kleine menschliche Marotte, eng gesehen und ein bißchen albern? Wie überhaupt das meiste in unserm Nachdenken?
Müßten wir nicht längst herausgefunden haben, das alles tatsächlich von einer Riesen-Sinnlosigkeit ist? Daß mit nichts davon eine Absicht verfolgt wird, und schon gar nicht eine auf den betroffenen einzelnen Menschen bezogene? Und nur wir unzulänglichen Menschen meinen, uns entwickeln zu müssen, »strebend«, um irgendeiner obskuren »Erlösung« willen zu bemühen – und es wäre genau besehen angebrachter, allem möglichst klaglos standzuhalten, geduldig und besser noch mit einer gewissen Verachtung das eigene Ende abzuwarten?
Weshalb Verachtung?
Weil ich erfahren mußte, wie absolut hoffnungslos wir uns gegen *das Barbarische* der Natur, der Weltordnung (oder wie immer Du willst) auflehnen. Absolut hoffnungslos gegenzuhalten versuchen mit unserm Gutseinwollen, von Menschen geschaffenen Gesetzen, Kategorischen Imperativ, Modellen für eine bessere Welt – aber alles Lebendige ist auf einen einzigen Kampfplatz gestellt mit lauter Mord und Totschlag: das eine Wesen muß das andere fressen, um überhaupt leben zu können. All diese Tarnfarben und raffinierten Verstecke und Tricks, ganz ungewöhnlichen Eigenheiten und Fähigkeiten, bloß um eine etwas bessere Chance zu haben in dieser Weltordnung des brutalen Umgebracht-

werdens und Aufgefressenwerdens. Von der Anlage her läuft alles auf den krassesten Egoismus hinaus. Diebstahl, Vergewaltigung, vor allem aber die Tötung der Beute beherrschen die Tagesordnung.

Also da hätte etwas ein gewisses Niveau? Dann vermag ich dieses Niveau nicht auszumachen. Ich bezeichne das Ganze als primitiv. Und vom selben Niveau ist das sogenannte Schicksal.

Unlängst las ich: Bei einem Flugzeugabsturz kam eine ganze Schulklasse ums Leben. Ausnahmslos alle dieser Klasse wurden getötet. Ohne Berücksichtigung ihrer ganz verschiedenen Veranlagung, ihres unterschiedlichen durchgehenden Verhaltens, etc. Sela! Anderswann sind ausnahmslos *alle* Juden eines Ortes in die Gaskammer transportiert worden.

Du möchtest eine Extrawurst gebraten haben: erwartest ein angemessenes Individualschicksal?

Du Tor! Es ist immer, bei dem Absturz und in dem KZ und in Hiroshima und in Dresden, die gleichgültige große Sense.

Ja: *Ich formuliere meine Empörung gegen den Primitivismus, der unsere Existenz bestimmt, gegen das Barbarische von Mächten, die unsichtbar bleiben und denen wir völlig ausgeliefert sind. Die heute mein Kind töten und morgen ein andres verhungern lassen und übermorgen ein drittes ermorden.* Die sich um dein redli ches Bemühen, um eine gewisse Gerechtigkeit einen Dreck scheren. Du bist ihnen hoffnungslos ausgeliefert, es hilft dir nichts. Du kannst sie bloß verachten.

Da hast Du nun beides in meiner Person, mein wissenschaftlicher Freund: die verpönten Fragen und den tiefen Pessimismus, ob brauchbare Antworten überhaupt möglich sind.

Und schließlich noch eine gleichsam masurische Komponente (wenngleich meines Wissens niemand, der Bücher über die sogenannten Außersinnlichen Wahrnehmungen geschrieben hat, aus Masuren kommt). Denn ist es von ungefähr, daß ich gerade in diesem Land noch einmal (und eine Bilanz ziehend) über all das nachdenke, was mich in den letzten Monaten bewegt hat und noch bewegt?

Nein.

Ich will, schließlich, auch das erklären.

In meiner frühen Kindheit habe ich hier noch von allerhand seltsamen Vorkommnissen reden gehört, die anderswo längst als Hokuspokus galten, aber inzwischen wieder eine gewisse ernsthafte Aufmerksamkeit finden.

Spätestens seit ich in den fünfziger Jahren eine Vorlesung über Volks-Dichtung und Volks-Vorstellungen hörte und sogenanntes »abgesunkenes Kulturgut«, erschien auch mir das alles suspekt und vorgestrig.

Inzwischen denke ich nicht mehr so. Wer weiß, frage ich mich, ob die alten Masuren mit ihren vielen Geschichten von Hexereien und Seelenverkäufen und Toten-Erscheinungen der »wirklichen« Wirklichkeit nicht nähergekommen sind als die ganze hochgestochene moderne Wissenschaft, die den Wirklichkeits-Begriff bloß immer mehr verengt hat auf das mit ihren Möglichkeiten Erfaßbare.

In der Tat weiß das keiner. Wir nehmen üblicherweise als wirklich, was wir mit unsern Sinnen zweifelsfrei wahrnehmen können oder was die sogenannten exakten Wissenschaften uns als Wirklichkeit bezeichnen. Aber soviel braucht inzwischen nicht mehr belegt zu werden: Damit erfassen wir längst nicht alle existierenden Phänomene.

Meine Mutter hat hier in Masuren einiges überaus Erstaunliche erlebt; ihre Mutter, meine Großmutter, erzählte manches Ähnliche.

Für zwei dieser Geschichten kann ich selbst mich verbürgen: Ich habe sie als Kind mitbekommen.

In meinem Elternhaus hing das gerahmte Konfirmations-Dokument meines Vaters mit dem Bibelvers: Sei getreu bis in den Tod, so will ich dir die Krone des Lebens geben!

Dieses Bild fiel 1942 eines Tages herunter und ging zu

Bruch. Ohne daß jemand in seiner Nähe gewesen wäre und es berührt hätte.
Mutter erschrak außerordentlich: Hoffentlich ist jetzt Vater nichts passiert! Er war im Krieg in Rußland, und Mutter rechnete nach diesem »Zeichen« mit dem Schlimmsten.
Und danach verging ein Tag um den andern, ohne daß ein Brief von ihm kam. Dann aber Gott sei dank eine Nachricht aus einem Lazarett: Er lebte! Doch wir erfuhren, daß er genau in der Zeit der Zerstörung des Bildes ohne Besinnung auf den Tod gelegen hatte mit Fleckfieber.
Die andere Geschichte ebenfalls in jenen Jahren:
Eines Morgens berichtete Mutter: Zu mir hat wer im Traum gesagt: ...und kauf dir schwarze Strümpfe! Was das bloß wieder bedeutet!
Eine Stunde später kam ein Telegramm: Jener Onkel, der ihren elterlichen Hof nach dem frühen Tod ihres Vaters (als Soldat im Ersten Weltkrieg) geführt hatte, war plötzlich gestorben.
Mir selbst hat sich niemals etwas auf diese Weise mitgeteilt. Nicht der Tod meines Vaters; nicht der meines Kindes. Ich träume wie gesagt viel und intensiv; doch ich erinnere mich an keinen Traum von dieser Art; und niemals habe ich einen erkennbaren Hinweis auf Kommendes erhalten.
Aber die Heike hat angeknüpft an Masurisches! Und war doch ein Menschenalter jünger als ich und ist nicht einen Augenblick lang hier gewesen und war ganz umgeben von westlicher Welt der zweiten Hälfte des 20. Jahrhunderts.
Nur eine Episode:
Eines Abends machten wir einen Besuch in einer etwa zwanzig Kilometer entfernten Nachbarstadt. Kaum waren wir dort eingetroffen, da ging das Telefon: Es war unsre Tochter, sie wollte nach uns hören – sie war eingeschlafen und hatte geträumt, wir seien verunglückt.
Ich war davon stark beeindruckt und fuhr zwei, drei Stunden später besonders konzentriert nach Hause. Und trotz-

dem gerieten wir in eine Situation, in der uns ein offensichtlich Betrunkener fast über den Haufen fuhr.
Wer weiß, wenn ich nach der Warnung nicht derart auf dem Sprung gewesen wäre...
Es gibt heute eine ganze Literatur über sogenannte Sterbe-Erlebnisse. Ich kann sie um zwei Erzählungen bereichern, die mir Menschen berichtet haben lange vor dem Boom dieser Literatur und zweifelsfrei, ohne je etwas Ähnliches gelesen zu haben.
Die erste dieser Geschichten ist über sechzig Jahre alt, geht zurück in die Kindheit meiner Mutter. In dem seenreichen Masuren wäre sie eines Tages beim Baden fast ertrunken – und erlebte zuletzt eine panoramische Rückschau auf ihr Leben von genau der Art, wie sie heute in zahlreichen Büchern beschrieben ist. Ich erinnere mich, daß sie von ungewöhnlich angenehmen Empfindungen gesprochen hat.
Ein Mann hatte die Ertrinkende beobachtet, konnte sie im letzten Augenblick retten.
Ich denke oft daran seit dem Tod der Heike. Wenn es das also gibt, daß am Sterbenden noch einmal sein Leben vorbeiläuft wie ein Film; und wenn diese Rückschau will, wie (mich allerdings nicht überzeugend) behauptet wird, daß der Mensch in seinen letzten Augenblicken erkennt, welche Folgen sein Handeln auf der Erde hatte – bei der Heike bin ich ganz sicher, daß ihr keinerlei negative Konsequenzen vor Augen kommen konnten. Ihr Leben schien mir noch gar nicht so richtig angefangen zu haben: als sei ihr die Chance für die Verwirklichung eines ganzen Lebens gar nicht zugestanden worden.
Noch einmal gefragt: Bedeutet der Tod das absolute und damit endgültige Ende (Gleichung: Tod = Beginn des Nichts)?
Die klassische materialistische Position hat keine andere Antwort als: Ja.
Die drei wie auch immer von der Bibel ausgehenden Religionen (Judentum, Christentum, Islam) nehmen dagegen eine unsterbliche Seele an.

Eine dritte Position behauptet für die unvergängliche Seele eine unbegrenzte Reise durch Raum und Zeit. Das ist die uralte Vorstellung von der Seelenwanderung und Reinkarnation, wie sie die großen asiatischen Religionen lehren und viele Philosophen, und auch das Christentum tat das bis ins 6. Jahrhundert. Nennen wir: Brahmanismus, Buddhismus, Dschainismus; Pythagoras und die Orphiker; Cicero und Vergil; die spätantiken Philosophien des Neuplatonismus und Neupythagorismus. Und das waren doch nicht lauter beschränkte Kaffeetanten, deren Horizont bei der eigenen Nasenspitze endete.

Das zweite der mir zugetragenen Sterbe-Erlebnisse:

Ein alter Bauer, fern jeder Bücherwelt, wäre um ein Haar einen Herztod gestorben. Da kamen ihm an der Grenze zwischen Leben und Tod seine Frau entgegen und nahe Verwandte, und er fand das unsagbar schön. Und es war auch ein kleines Mädchen unter ihnen, das erkannte er nicht, so fragte er. Da antwortete ihm seine Frau (sie war noch nicht lange tot): Das ist doch unsre Marie, weißt du denn nicht... Und diese Marie war ihre erste Tochter gewesen und war ihnen sehr früh weggestorben vor so langer Zeit, und es war so vieles geschehen seither, so hatte er sich an sie nicht mehr so richtig erinnert...

Kein Zweifel: So hatte er das erlebt. So, wie er es aufrichtig in den Einzelheiten berichtete, gehörte es nur zu ihm.

Hier bei uns in Masuren wurde über so etwas nicht philosophiert und nicht nach der Übereinstimmung gewisser Volksüberzeugungen mit den herrschenden wissenschaftlichen oder philosophischen oder theologischen Lehren gefragt – hier wurde alles *gelebt,* und es geschah nichts weiter, als daß man ganz selbstverständlich damit umging.

Hier hatte man ein anderes Verhältnis zum Tod. Vielleicht sagt man zutreffend: Die Linie zwischen Diesseits und Jenseits war gar nicht so richtig gezogen.

Wieviele Geschichten von Toten habe ich gehört, die keine Ruhe fanden! Und von Toten, die sich einfanden, um etwas anzukündigen! Das wurde so ernsthaft erzählt und bezeugt wie ein Bericht von einem Fischfang oder von einer Hochzeit.

Aber ich denke, den Gebildeten auch des Westens wurden diese Geschichten erst im letzten Jahrhundert ausgetrieben. Jemand, den man weder für eine Betschwester noch für eine Schwachkopf halten kann, Goethe, 1824 zu Eckermann: Ihn lasse der Tod »in völliger Ruhe«, denn er habe die feste Überzeugung, »daß unser Geist ein Wesen ist ganz unzerstörbarer Natur; es ist ein fortwirkendes von Ewigkeit zu Ewigkeit. Es ist der Sonne ähnlich, die bloß unsern irdischen Augen unterzugehen scheint, die aber eigentlich nie untergeht, sondern unaufhörlich fortleuchtet«.

Zugegeben: Viele Monate nach dem Sterben der Heike nahm ich mir jedes erreichbare Buch der sogenannten Grenzwissenschaften vor, die sich unter anderem damit beschäftigen, daß mit dem Tod nicht alles zu Ende ist. Die Sterbe-Erlebnisse gesammelt haben; vom angeblichen »Leben nach dem Leben« erzählen; vom »Erlebnis der Wiedergeburt«. Ich las auch über »Sprechfunk mit Verstorbenen« – alles, was mir nur unter die Finger kam.

Las das allerdings überaus zwiespältig als jemand, der aus Masuren kommt, aber nicht mehr das naive Glaubenkönnen seiner Vorfahren besitzt.

Ich sehe Dich den Kopf schütteln. Nicht ohne Verständnis, das nicht: Du versuchst Dir ja (wenn auch vergeblich, wie ich meine) vorzustellen, was ich in den letzten Monaten durchgemacht haben mag und immer noch durchmache.

Und ich kann die Einwände gegen mich leicht selbst formulieren: Der Hintergrund solcher Lektüre war natürlich, daß ich den mir seiner Art nach nächsten von allen Menschen verloren hatte, und nun wollte ich etwas über die Thesen erfahren, daß die *Seele* zumindest (oder wie man es nennen will) weiterlebt, nur der Körper vergeht; und vielleicht gab es sogar – niemals endende Menschen-Illusionen – so etwas wie eine Wiedergeburt!

Und Du denkst weiter: So wie ich haben immer wieder Menschen versucht, Trost im tiefsten Schmerz zu finden. Und nichts anderes hat zum Entstehen der Religionen geführt.
Ich trieb es, zugegeben, noch ärger.
Ich spekulierte eine Zeitlang mit der Behauptung, man könne sich in Hypnose an frühere Leben erinnern (der allerdings Rýzl, dem ich am weitesten folgen kann, ausdrücklich nicht zustimmt).
Auch die Bestätigung solcher Erinnerungen hätte ja die Hoffnung auf ein gewisses Weiterleben meiner Tochter unterstützen können. Ich brannte also auf den Selbstversuch. Gelang er vielleicht in Selbsthypnose? Ich versuchte es in der tiefsten Entspannung des Autogenen Trainings.
Einmal sah ich in diesem Zustand einen jungen Offizier im Kreis von drei, vier weiteren Offizieren um einen kleinen Kartentisch stehen. Sie trugen englische Uniformen; doch ich hatte keinerlei Zweifel, daß dieser nicht schneidige, ruhige, überlegene junge Mann, auf dessen Meinung die andern viel gaben, *ich* war.
Ein kurzer Blick in ein früheres Leben? Jedenfalls dies: Kein irgendwie erwartetes Ergebnis. Gelassenheit, Überlegenheit, Sicherheit, damals? Statt der ständigen Einwände gegen sich selbst, der ewigen Selbstzweifel heute?
Ein anderes Mal trieb es mir nicht ein einziges Bild zu, nur einen Namen: Karl Mietinen. Karl, das lag nahe: Name meines Vaters, auch mein eigener dritter Vorname. Aber Mietinen? Was hatte ich mit Finnländischem zu tun?
Überhaupt, ging mir dann in einem Augenblick der zügellos treibenden entspannten Vorstellungen durch den Sinn: ist mein Name *Hamlet*.
Ich hielt mich natürlich nicht für die Reinkarnation jenes berühmten, sagenhaften Prinzen von Dänemark, ich komme ja von masurischen Kätnern und kleinen Bauern her. Ich bin aber vielleicht *jener Hamlet aus Masuren*!
Jedenfalls: Hamlet.

Ich betrieb solche Versuche aber weder intensiv noch mit Überzeugung. Es war nur so etwas wie ein halbes Abenteuer. Es war von der Interessantheit von Träumen.
Irgendwann träumte ich davon, daß mich die Schriftstellerin I. F. besuche, eine schon ältere Dame.
Aber nicht ihretwegen interessierte der Traum, sondern weil sie ein Kind mitgebracht hatte, ein etwa einjähriges Mädchen, das sich ungewöhnlich zu mir hingezogen fühlte. Es klammerte sich an meine Knie (ich saß), sagte immer wieder ganz selbstverständlich Papa zu mir. Und I. F. korrigierte das nicht, hielt es offensichtlich für selbstverständlich.
Später am Tag dachte ich auch in diesem Zusammenhang flüchtig an Reinkarnation. Das Kind war etwa so lange auf der Erde, wie die Heike tot. Das kleine Mädchen war in seiner Art, wenn auch nicht ganz dem Aussehen nach, jener Heike ähnlich gewesen, wie wir sie auf Bildern von einem Besuch bei den K.s haben.
Pah! Darauf magst Du eigentlich gar nichts sagen! Bloß ein Traum! Nachhall von Erinnerungen! Wünsche-Schnickschnack im Unterbewußtsein!
Aber jene Sache, über die ich allen Ernstes noch mit der Heike gesprochen habe: Sprechfunk mit Verstorbenen! Weshalb habe ich das nie probiert?
Ich habe nicht selten daran gedacht, doch nicht nur übergroße Zweifel, sondern mehr noch eine eigenartige Scheu hielt mich von solchen Versuchen ab.
Wenn aber die Heike das geradezu von mir erwartete? Da sie um diese Möglichkeit wußte? Wir hatten doch zusammen den Fernsehbericht gesehen!
Diese Vorstellung machte die Sache für mich noch prekärer. Wie, wenn es uns auf welche Weise auch immer gelänge, Verbindung mit ihr aufzunehmen? Wenn eine solche Möglichkeit nicht bloß Hirngespinst ist, sondern Wirklichkeit werden könnte? Wir noch einmal mit ihr reden könnten?

Was aus ihren vielen Jahren bei uns könnte bei ihr noch nicht tot sein?
Einer von denen, die in Büchern ein gewisses Weiterleben nach dem Tod behaupten, erklärt, der Tote teile die Sentimentalität und Trauer der Hinterbliebenen keineswegs: der Tod schaffe nämlich blitzartig einen Abstand zu den irdischen Vorgängen und schließe dadurch jede Art von Emotionen aus.
Wie dem auch sei. (Bei andern liest sich das anders.) Wer weiß! sage ich wieder. Niemand weiß es.
Mit solchen Spekulationen, meinst Du, bin ich vollends auf ein Niveau gerutscht, das Du gedanklichen Infantilismus nennen könntest?
Doch auch der große Edison versuchte, einen Apparat zu konstruieren, durch den er sich mit Toten in Verbindung setzen wollte.
Nun die Möglichkeit der Wiedergeburt!
Nehmen wir einen Augenblick lang an, ihre vielen Anhänger, o Wunder, hätten nicht Unrecht: die Seele käme, nach einer gewissen Zeit, in einem andern Körper wieder zu einem Erdenleben.
So ist doch aber dies unbestritten: Noch nie hörten wir davon, jemand habe sich aus seiner neuen Umgebung gelöst, seine frühere Familienbeziehung wiederhergestellt. Sagen wir also, was unmöglich ist: Daß die Helke, wenn sie wiedergeboren werden könnte noch zu unserer Zeit, sich an ihr Leben bei uns erinnerte und daran anzuknüpfen versuchte.
Über so gut wie alles um den Tod wissen wir fast nichts. Aber dies doch mit Sicherheit.
Nehmen wir auch noch dies an: Jene angeblichen Erinnerungen in Hypnose an frühere Leben berichten tatsächlich von vorhergegangenen Verkörperungen (mir ist das nicht bewiesen); und nehmen wir eines der Protokolle darüber.
Frage: Dein früherer Vater? Wirst du diesem noch mal be-

gegnen? Versuchsperson: Es kann möglich sein, aber ich denke, ich werde ihn dann nicht mehr erkennen.
Die kurze gemeinsame Zeit unserer Tochter mit uns ist für immer vorbei. Meine herzliche Anhänglichkeit bedeutet nur noch für mich etwas. Und sollte auch sie mich in ihrem Leben so gemocht haben: Das ist ausgelöscht worden für immer.
Mit jener Untat auf der nächtlichen Straße haben wir unser großes Mädchen für alle Ewigkeit verloren.

Ich habe einen weiten Bogen geschlagen, mein wissenschaftlicher Freund. Vieles angesprochen, was Dir zweifellos wenig behagt. Sei es so.
Aber sind wir deshalb völlige Antipoden?
Es mag Dich überraschen, wenn ich sage: Trotz allem nehme ich das nicht an.
Zwar sind da nach wie vor Deine ungebrochene, und ich sage: manchmal auch unsinnige, Wissenschafts- und Fortschrittsgläubigkeit. Ich aber verkörpere durchaus nicht das absolute Gegenstück dazu, womöglich mit einem ganz naiven Empfinden und kompletter Intellektfeindlichkeit. In Masuren fern aller Wissenschaftlichkeiten und Intellektualisierungen geboren, hatte ich noch eine Großmutter, die tief aus den Volksgläubigkeiten, ja sogenanntem Aberglauben kam; und auch in den später Geborenen saß das noch tief. Und für mich sind meine Träume so wirklich, wie es das Grab meines Kindes ist.
Doch andererseits: An einem Sommerabend des Jahres 1955 hörte ich im Audimax der Göttinger Universität Werner Heisenberg über seine Weltformel referieren; und obwohl ich sehr vieles davon überhaupt nicht verstand: dies also ein Gipfel abendländischer Wissenschaftlichkeit und Geistigkeit; und auch ich dabei und davon beeindruckt.
So ist also beides in mich gefallen: das Masurische und das Westdeutsche; und als ich 1982 eine Goethe-Ausgabe herausgab und ein Vorwort dazu verfaßte, schrieb mir Peter Jo-

kostra, der Masuren so gut kennt wie den Westen, das Vitale, Widersprüchliche, ungemein Lebendige dieses Masuren: »Und Sie sind ein Masure, der über Goethe schreibt. Auch das ist ein weiter Weg, im geistigen Sinn ebenso weit wie von Westfalen nach Masuren«.
Und obwohl ich die Kaltschnäuzigkeit, die Brutalität, ja das latent Mörderische der westlichen Zivilisation so scharf wie nur irgendeiner verurteile, drängt es mich nicht dazu, hinter einer Ecke eines masurischen Waldes für immer unterzutauchen (auch wenn das en réalité möglich wäre, was es nicht ist).
Sondern ich wünsche mir eine Versöhnung Deiner und meiner Welten.

Heute sind wir ausgerichtet auf die Feststellung des IQ, das schiere Denkvermögen, die Schulnoten in Mathematik und Physik – »Sie haben doch hoffentlich wissenschaftlich arbeiten gelernt.«
Aber unser Verstand ist nicht alles und nicht einmal das Wichtigste und Ausschlaggebende.
Und auch die Wissenschaften sollten sich darauf besinnen, die Grenzen der Wirklichkeit weiter zu fassen, die Empfindungen nicht zu vergessen, das Jenseitige und den Traum (aber nicht den der Vernunft, der nach Goya Ungeheuer gebiert).

Und so ging es auf diesen Blättern um Vergangenes und um Zukünftiges, um meine Heimat und um mein totes Kind.
Und ich schrieb Dir diesen Brief im Land der tausend Seen und der endlos scheinenden Wälder,
Dein Th. Schw.

3

Und es war alles noch da! Es war die ganze Zeit über dagewesen! Nur ich war woanders gewesen.

Lars Gustafsson, Das Familienfest.

Und ich komme dem Ort immer näher, wo früher die Straße abzweigte nach Schwarzberge/Rydzewen.
Und alles so lange her! Ich sehe die Stätten eines anderen Lebens wieder, und mußte so weit hierher fahren, viele hundert Kilometer und vierzig Jahre; und viele Fausthiebe des Schicksals und zuletzt ein Keulenschlag, der einen niederstrecken kann; – und hier, im *Osten* Polens, bald schon an der russischen Grenze, der Ort meiner Kindheit? All das doch fast nicht wahrscheinlich...
In Lyck endete, als ich zehn war, die Welt, wie ich sie aus eigener Anschauung kannte; und nun bin ich also wieder in ihren Kreis getreten. Bin im Landkreis der Kindheit wieder; und noch einmal auf einer Straße, die fuhren wir in die Stadt und wieder nach Hause, als ich ein kleiner Junge war, wir hier einen Hof hatten und einen Ackerwagen und ein Pferd davor; und so fuhren wir aufs Feld und auch nach Lyck. Mein Gott, das soll dieselbe Straße sein –, *ist* diese Straße –.
Und plötzlich schon jenes größere Dorf, in dem die kleine Kirche steht, Feldstein-Kirche aus königlich preußischer Zeit, in der wurde ich getauft. Wer kann sich heute noch vorstellen, wie damals sowas war, *hier*, es ist ein halbes Jahrhundert her, und nun leben hier lauter andere Menschen.
Und am Ende dieses Dorfes rechts der Straße ein Gebäude, in dem war das Lebensmittelgeschäft eines freundlichen dicklichen Mannes; und allen Ernstes dient es noch einem ähnlichen Zweck. Und dies also ein Haus, in dem ich häufiger gewesen bin! In dem ich ein paarmal zum Einkaufen war mit meiner Mutter, aber dann auch allein mit einem

Zettel von ihr, auf dem stand, was ich mir einpacken lassen sollte, während der gute Pole Janek Palmowski mit dem Fuhrwerk in der Mühle zu tun hatte.
Daß ich schon irgendwann hier gewesen sein soll! Und das Haus ist bis heute geblieben!
Eine starke Erregung beherrscht mich, ist trotz aller Entspannungstechniken (die ich mir bei meiner Art aneignen mußte) nicht zu überwinden.
Aber wie wirklich alles damals war, gestellt in Raum und Zeit, belegt mir eine andere Erinnerung, die sich auf den nächsten Kilometern plötzlich einstellt. Hier, so weiß ich wieder, hat Mutter mit mir über das Attentat der Männer des 20. Juli auf das Verhängnis Hitler gesprochen. Ich weiß nicht mehr, in welcher Weise sie davon bewegt worden ist, sie ist eine ganz unpolitische Frau, aber sicher in sorgenvoller. Meine nur, daß sie ein Gespür dafür gehabt zu haben scheint, daß auch das (wie der Fall von Stalingrad) die Ruhe unserer Welt aufriß und wegschwemmen würde, in der wir bislang gleichsam im Windschatten (sogar des Krieges) lebten.
(Heute frage ich mich, ob der Tod des fürchterlichen Mannes noch etwas geändert hätte für Masuren und seine angestammten Menschen; wohl nicht, die Daumen auch der westlichen Sieger deuteten längst nach unten. Aber es hätte doch den schauerlichen Flucht-Winter nicht gegeben. Und viele Landsleute wären nicht so schrecklich um ihr Leben gekommen; auch zahlreiche Menschen auf russischer und polnischer Seite nicht.)
Plötzlich dort, wo links die Straße nach Schwarzberge/Rydzewen abgehen müßte, tatsächlich eine kleine Straße und einer der polnischen grünen Wegweiser! Und ich lese: 3 Rydzewo.
Mein Gott: Rydzewo! Ich biege sofort ab, halte bei dem Schild, springe aus dem Auto.
Selbstverständlich nicht mehr Schwarzberge, so hieß das Dorf ohnehin nicht einmal sieben Jahre; und auch nicht

mehr Rydzewen wie zur Zeit meiner Geburt. Aber doch Rydzewo, davon abgeleitet: und das war ein Hinweis auf eine gewisse Geschichte und so etwas wie Kontinuität – und so war wohl nicht alles in den großen Schlund mit Namen UNTERGANG gerissen worden, vielleicht nicht alles bis zur Unkenntlichkeit verändert?

Die Sonne scheint. Ich mache ein paar überaus nervöse Schritte. Den Ort gibt es also noch, und er heißt heute Rydzewo! Ich habe vor der Abreise weder das eine noch das andere zweifelsfrei und überhaupt in Erfahrung bringen können, und nun insoweit eine Antwort.

Ich fahre nach Rydzewen/Schwarzberge/Rydzewo. Es erscheint mir alles sehr traurig, wie es gekommen ist. Aber das eine, das andere zeigt sich auch mit einer gewissen Freundlichkeit.

Und es ist also noch einmal nach vierzig Jahren, ist *wieder* unsre alte Schotterstraße! Über die wir früher mit dem Akkerwagen, das Pferd davor, in die Stadt und ins Kirchdorf fuhren. Bis zu jenem Herbst 1944, als das zum letztenmal geschah und wir niemals mehr nach Hause kamen.

Ja: Unsre alte Straße zum Dorf ganz unverändert! Wenn auch scheinbar *noch* gewundener, durch die Bäume und die dichten Sträucher rechts und links der Landschaft noch entrückter bis zur Verwunschenheit.

Nach Rydzewen in seiner Weltabgeschiedenheit. Hinter den Hügeln am See. Hinter den Bergen bei den sieben Zwergen. Märchenland der Kindheit –.

Jahrzehntelang wie ein sagenhafter, ganz unwirklicher Ort. Und nun soll ich das wiedersehen können! Die Spannung, die Verkrampfung steigert sich in einer Weise, daß sie mir gefährlich erscheint.

Die erste der unverwechselbar sichren Örtlichkeiten des Dorfes: der Friedhof. Etwa ein Kilometer vor dem Ort. Langsam an ihm vorbei. Gleich hinter ihm links unten das kleine, birkenbestandene Moor namens Dumbel. Ferne Erinnerung: Während des Krieges haben wir hier mit dem

Lehrer Birkenblätter für Medikamente (wie es hieß) gepflückt. Und rechts jene Weide, auf der wir manchmal Kühe hüteten. Dahinter Wald: in dem gab es würzige Reizker. Das ist alles noch da! Freude erfüllt mich. Dieselben Hügel und Senken und Wälder wie vor einem Menschenalter, und darüber der alte Himmel wie damals, wie es ihn nur hier gibt und nirgendwo sonst.

Der müden, alten Schotterstraße wegen im Schrittempo. Das kleine Dorf im Tal unten immer noch verborgen...

Hier oben etwas außerhalb des Dorfes stand früher ein nicht unbeträchtliches Gehöft. An die Bäuerin habe ich eine vage Erinnerung, sie war angeblich nicht gut zu ihren Arbeitern. Vor allem eine junge kleine Polin hatte sehr unter ihr zu leiden (und ich denke auch an deren Vater: denn auch sie, die hier so malträtiert wurde, war doch die Tochter eines Mannes und einer Frau, die ihr Elend nicht hatten verhindern können).

Dieser Hof ist völlig vom Erdboden verschwunden, ausgelöscht. Und in diesem einen Fall kann ich das nicht beklagen.

Und dann wird meine Straße zum Hohlweg, fällt rasch ab... Spannung bis zur Unerträglichkeit...ich komme ins Dorf! Und der kleine See zur Linken jedenfalls bescheidener als erinnert – wir uns plötzlich gegenüber wie mit weit aufgerissenen Augen.

Und ich kann das alles nicht fassen und bewältigen, es ist alles noch nicht wirklich.

Der See also kleiner zwischen den Hügeln – aber von unserm Dorf ist nichts mehr da! *Es ist nichts mehr da*, braust es durch mein Bewußtsein, und ich falle zusammen, und habe die Straße nach rechts genommen, fahre langsam weiter, aber dorthin wollte ich doch gar nicht... Und wenn ich sage: *braust*, so ist das völlig zutreffend: Es ist das Rauschen, Brausen, das einem um die Ohren und den Schädel gelegt wird, wenn man plötzlich untertaucht, unter Wasser gezogen wird... Ich habe den Eindruck von höchster Gefährdung: Nun ist die Verkrampfung aufs höchste gesteigert... Dann trete ich langsam die Bremse durch. Ich muß dorthin zurück, wo in deutscher Zeit der Mittelpunkt des Dorfes gewesen ist.

Ich halte an im Angesicht des völlig stillen, besonnten Sees. Steige aus. Es ist noch immer die schöne alte Sandstraße wie früher, so bescheiden wie irgend denkbar. Und hier, gleich neben dem Auto, stand eins der Masurenhäuser aus altersgrauem Holz, Arme-Leute-Haus, ich hatte in ihm Schulfreunde. Es ist spurlos verschwunden.

Doch wie ich mich ein bißchen umsehe: durch Bäume und Sträucher leuchtet das Ziegelrot eines Backsteingebäudes zu mir her – und das ist meine erste Schule! Ja: Ich ging hier noch zur Schule! Wie unvorstellbar auch das... Und an den Enden des Ortes scheint es noch Gehöfte zu geben. So ist unser kleines Dorf nicht ganz Wüstung geworden, wie das in Deutschland zuletzt mit Dörfern geschah während des Dreißigjährigen Krieges; und der Wegweiser hierher war doch nicht ganz absurd.

Und am Wasser des Sees sehe ich jetzt drei, vier Kinder! Sie haben ein kleines Feuer gemacht, es qualmt ein bißchen. Auch ein Kofferradio spielt, doch nicht aufdringlich laut.

Diese Kinder! Wie wir hier früher! Es ist ein Menschenalter her und wie niemals wirklich gewesen. Die Erinnerung zusammen mit der augenblicklichen Wirklichkeit: sie haben plötzlich etwas Rührendes für mich, etwas im guten Sinn Bewegendes...

Ich atme tief durch und registriere, daß ich allmählich etwas ruhiger werde, ein bißchen gelöster. Die eine Frage: die nach dem Schicksal meines Dorfes, ist also beantwortet: Es ist fast ganz untergegangen. Eine Antwort. Aber damit ist ja längst nicht alles gesagt, und vor allem nichts über mich und mein Erinnern.

Ich stehe noch immer beim Auto. Es ist im Tiefsten unfaßbar: Ich bin am Ort meiner Geburt und Kindheit angekommen, der mir so lange fortgenommen war.

Unmittelbar vor mir beginnt der Weg, der am Südufer des Sees entlang früher an einem halben Dutzend Gehöfte vorbeiführte – sie alle sind, vielleicht bis auf das entfernteste, das ich von hier nicht ausmachen kann, von der Erde verschwunden. Es stehen nur noch wuchernde, durch die Jahrzehnte sich selbst überlassene Sträucher und Bäume, wo einst Hofplätze und Gärten waren. Flieder in all dem andern, diesen Urwäldern mittlerweile, nun *blühend*...

Von dem aber, was Menschen schufen in unserer Zeit und den vier langen Jahrhunderten seit der Dorfgründung durch zwei masowische Brüder, ist so gut wie nichts übriggeblieben.

Doch was gilt für mich selbst seit Verlassen des noch heilen, damals deutschen Dorfes? Was hat der fünfzigjährige Mann von heute in einer völlig andern Welt, der studierte Germanist und Historiker und westdeutsche Schriftsteller, mit einem Jungen zu tun, der hier aufwuchs im abgelegensten, bescheidensten Masuren und zuletzt zehn Jahre alt war? Sind das nicht zwei verschiedene Menschen ganz unterschiedlicher Kontinente und Epochen?

Und wenn es noch derselbe Mensch ist: Lag nicht auch meine masurische Kindheit in einem früheren Leben?

Ich schaue immer noch über den See, ich habe ja nun keine Eile mehr. Ich bin an meinem Anfang angekommen und an einem Ende. *Ich habe die Quelle erreicht*.

Die sanft ansteigende Weide hinter dem Wasser. Einige grasende Kühe. Dann dahinter der Wald.

Ich stehe da im Angesicht des kleinen Stückes Erde, wo für mich alles begann.

Einsamkeit – und das ist jetzt gut so.

Ich bin wiedergekommen: Wie seltsam sich das anhört, wie noch erstaunlicher es ist!

Und ich saß auf einem Ackerwagen von Kleinbauersleuten, als wir die Heimat verlassen mußten – und kehre zurück in einem großen Auto, Nabob nach den damaligen Maßstäben, reicher Onkel in Amerika oder gar dem Schlaraffen-

land. Und ist dies hier nicht vielleicht auch für mich bloß noch ein Museum – wo einiges aufgehoben blieb, nicht viel – aber wann ist ein Museum je vollständig?
Keine der Entwicklungen und großen Veränderungen in meinem Leben haben sich auch nur andeutungsweise erahnen lassen. Ganz unvorhersehbar alles, völlig unberechenbar.
Und vielleicht gilt das nicht nur für mein Leben; und wohl nicht nur für die Vergangenheit. Mach nur einen Plan für deine Existenz, es wird sich todsicher dies und das ereignen: *unverhinderbar*, und damit können deine Rechnungen nicht mehr aufgehen.
Wenn mein Blick auf diese kleine Wiese mitten im Dorf vor dem See fällt, steigt auch heute noch, nach so langer Zeit, die Erinnerung herauf an ein Ereignis, das inszeniert wurde, als ich vier war. Einige Fahnenstangen waren auf dieser Wiese aufgerichtet worden, an ihnen die damals unvermeidlichen Hakenkreuzflaggen. Bänke und Tische waren hier aufgestellt an einem schönen Sommertag, und es fand ein rauschendes dörfliches Fest statt; die Masuren waren keine Kostverächter. Ich habe sowas nur dieses eine Mal erlebt – es fand unmittelbar vor dem Krieg statt und erscheint mir im Nachhinein als der stärkste Kontrast dazu.
Und wenn heute von dem deutschen Dorf halb um den See so gut wie nichts mehr übrig ist: So hat das eine: die Hakenkreuzfahnen, eine Menge mit dem andern zu tun: den Vernichtungen.
Und nun mache ich mich auf den Weg, der jedenfalls dorthin führt, wo ein Haus stand, in dem ich zur Welt kam vor einem halben Jahrhundert, an einer Lungenentzündung fast starb, als ich ein Jahr alt war, zur Schule zu gehen begann und schließlich noch den neunten Geburtstag feierte. Sandweg, breit gerade für ein Fahrzeug, rechts zum See hinunter immer nur wenige Schritte.
Gehe neben den Garten-Dickichten her, wo Kurbjuhns Hof lag und der Wiesotzkis – und das schon unsre Nachbarn.
Nicht viele Schritte der ganze Weg.

Ich sehe, daß bei Wiesotzkis immer Gänse auf der Straße waren, vor denen wir Kinder uns fürchteten, weil sie uns mit vorgestrecktem Hals und Schnabel, laut gischelnd, angriffen.
Und der Opa, ein kleiner dicklicher Mann, lebt schon lange nicht mehr. Doch auch Tante Marie, altes lediges Mädchen, ist inzwischen tot – vielleicht gibt es heute gar keinen mehr mit diesem Namen.

Und dann stehe ich vor den Fichten zur Linken, die ebenfalls weitergewachsen sind und nun so hoch aufragen. Diese Fichtenreihe, die Straße säumend, gab es nur bei uns; hinter ihnen zum Hof hin lag Mutters Gemüsegarten.
Dies also ganz unverwechselbar. Und ich bin bei unserm Gehöft angekommen. Bei der frühen und frühesten Kindheit, der Stätte meiner Geburt vor einem halben Jahrhundert.
Und stehe jetzt vor einem Gewirr aus Bäumen, Sträuchern, Stauden. Nicht überwachsne Pfade sind es, was ich finde, es ist ein völlig überwucherter Ort. Und von unserm Haus, von Stall und Scheune nicht die geringste Andeutung mehr. Alles verschlungen von einem Brand, oder vollständigen Abriß, oder von beidem (aber weshalb?). Oder von vier Jahrzehnten; ich weiß es nicht.
Und nach einigem Zögern fasse ich mir ein Herz und stapfe mit Storchenschritten hinein in das Pflanzen-Geflecht, hierhin und dorthin. Und ich mache ohne Schwierigkeiten den kleinen Hofplatz und den Standplatz des Hauses aus, unter dessen Dach ich zehn Jahre gelebt habe. Aber ich finde von den Fundamenten keine Spur, oder von der Eintiefung, wo der Keller war.
Es ist, als habe es das hier niemals gegeben.
Und es war doch ein altes Masurenhaus, das hier gestanden hat: an diesem radikal veränderten Ort, den mir nur noch die Erinnerung in seiner alten Vollständigkeit und seinem wie verschämten Charme zeigt.

Der Flur. Die Wohnstube links und die Schlafstube rechts. Geradeaus die Küche. Und der Boden oben. Ein Haus, in dem jahrzehntelang eine Familie gelebt hat mit all ihren Vorkommnissen. Der Vater und die Mutter und die jüngeren Geschwister und ich selbst. Und die Großmutter und der Fritzu.

Und an einem Weihnachtsabend bekam ich als kleiner Junge ein einzigartiges Schaukelpferd geschenkt. Und ritt so gern auf Vaters Knien. Und im Keller unterm Haus hatten wir unsre Kartoffeln. Und das Faß mit dem Pökelfleisch, und das andre mit dem Sauerkraut. Und die Rauchschinken auf dem Boden. Und auf dem Hof immer die Hühner. Und alles verschwunden, als wäre es nie dagewesen.

Hierher hat wohl niemand mehr den Fuß hingesetzt seit vielen Jahren, vielleicht einem halben Leben. Weshalb auch? Aber ich finde bald die Stelle, wo etwas oberhalb des Hauses unser herrlicher alter Lindenbaum stand, und mache tatsächlich wenigstens noch den Stubben von ihm aus, und auch dies ist ein Fixpunkt, der die bisherige Orientierung voll bestätigt.

Und ich halte nun inne und sehe mit einmal alles *lebendig* vor mir, als sei es gestern gewesen; und werde geradezu ohnmächtig von all den Kindheitsgeschichten, die mir durch den Kopf rasen. Und erinnere mich mit der absoluten Zuverlässigkeit des Eidetikers an die Menschen, wie ich sie hier sah vor undenklicher Zeit. Mutter tritt aus dem Haus, um im Eimer Wasser aus dem See zu holen. Vater sitzt bei der Linde oben und liest und hat zum erstenmal eine Brille auf – seit der Fleckfieber-Krankheit hat er häufiger Kopfschmerzen und ist auch nicht mehr bei den Panzerjägern (er ist zweiundvierzig Jahre alt, deutlich jünger als ich heute, und er wird in einer immer wirreren Zeit nur noch dreizehn Jahre leben). Und im Blumengarten vor dem Haus wird irgendwann der Onkel Fritz fotografiert; zart ist er eigentlich, und erstaunlicherweise steht er ein bißchen unsicher da, was für ihn was heißen will... Und an dem kleinen Sand-

haufen neben der Straße spielen meine wenig jüngere Schwester Ursula und ich, und wir zärgen uns mal wieder, und da rolle ich ihr einen Stein von beträchtlicher Größe auf die Hand, und sie brüllt natürlich los, und die Quetschung wird dann mit Wegerich-Blättern behandelt...
Und aus unserm alten Birnbaum riß im Sommer unmittelbar vor dem Krieg ein heftiges Gewitter einen mächtigen Ast heraus – das bedeute gar nichts Gutes! hieß es in meiner masurischen Familie; womit man nur zu recht hatte.
Hundert, tausend Erinnerungen prägten sich für mich diesem einzigartigen Ort auf von den Augenblicken an, da sich Erinnerungen und Besinnungen zum erstenmal in mir bildeten.
Und daher ist hier meine *Heimat*.
Es ist so still hier, niemand kommt vorbei und spricht mich vielleicht an.
Und ich gehe die wenigen Schritte hinunter zur Straße und überquere sie und stelze durch hohes Kraut zum See – wohl genau auf jenem Pfad, den wir früher immer zum Wasser genommen haben.
Und ich finde leicht einen großen Stein, setze mich auf ihn. Und blicke über die Landschaft vor mir, die sich als das einzig Unveränderbare erwiesen hat.
Der See. Die schönen grünen Hügel. Die Sandwege. Die Wälder.
Die Kindheit hier vor vierzig Jahren. In einem Masurenhaus nicht viel über dem Standard der bescheidensten von ihnen.
Ich komme wie gesagt nicht aus einem herrschaftlichen Gebäude am Großen Hirschgraben. Mein Vater konnte es sich keinen Tag leisten, zu privatisieren als reicher Bürger. Seine Kinder konnten nicht Zeit und Geld vertun und als in ihren finanziellen Mitteln unbegrenzte Stutzer in den Universitätsstädten Selbstbewußtsein entwickeln.
Aber ich fing das Leben an mit dem Blick auf diesen kleinen See vor mir und auf die gewundene helle Straße an den dik-

ken Weiden entlang jenseits des Sees, sie führte zu einem ähnlich kleinen Dorf hinter weiteren Hügeln. Links von dieser Straße begann der Wald: liegt immer noch da gleich einem Hahnenkamm über dem Berggipfel gegen den Horizont.

Und um die Osthälfte des Sees also früher unser Dorf wie ein drangelegter Halbmond – es war eins der schönstgelegenen Dörfer, die ich je gesehen habe, wahrscheinlich das am schönsten gelegene überhaupt.

Und das mag doch auch etwas gelten. Es schafft nicht gerade die Voraussetzungen für eine brillante Intellektuellen-Existenz mit den üblichen Überlegenheits-Attitüden – aber das macht ja nichts, ganz im Gegenteil.

Und auch während ich hier noch einmal in meinem Vogelnest sitze, über den Rand blicke, denke ich (und das Empfinden dafür hat sich bestätigt, ja noch verstärkt): Dies ist präzise der Gegenpol zu N.Y., dem Babel am Hudson (und in einem Abklatsch davon leben wir in Westdeutschland doch alle: *und das brachte meine Tochter um*): häßlicher Steinhaufen um acht Millionen Ameisen oder (wie einer schrieb, der es wissen muß) *Automaten*. Mein Leben aber hat *hier* angefangen, reichte damit noch zurück an die Anfänge der Menschheit... Täglich in N.Y. sechs Morde, ständig hunderttausend Rauschgiftsüchtige, Millionen verluderter Hoffnungen, gar nicht mehr gezählt die zig Einbrüche, Körperverletzungen, etwas minderen Gangsterstücke – die Polizisten stehen scheinbar gelangweilt herum, geschult, sowas nicht mehr wahrzunehmen.

Und hier, im abgelegensten Masuren, also *das Gegenstück dazu*.

Andere Zeiten und Welten fielen danach in mich, blieben da wie auf einem Film, trimmten mich mit zu dem, was ich heute bin. Aber nichts davon kann die ursprüngliche Ausrichtung ganz zerstören. Kommt in meinem Fall aus pruzzischen und deutschen und masowischen und salzburgischen Wurzeln, kurz: ganz und gar masurischen. Ich bin ein Sohn Masurens. Und weiß plötzlich ganz sicher: *Ich bin stolz darauf.*

4

Und ich denke an all die Generationen eines notgedrungen »einfachen« Lebens auf diesem kleinen Hof (der vor meinem Vater ja noch viel kleiner war). Kohl- und Rübengarten vorm Haus, Fische aus den Seen, ein kleines Kartoffelfeld, Hühner und vielleicht Gänse – kaum, daß man was in der Hand hatte vor dem Mund. Aber doch Leben mit den Gärten und dem See und dem kleinen Feld. Gerüche des Frühjahrs und des herben Herbstes. Stürme und Blitzeinschläge und immer viel Sonne. Und ein Stück Vieh lag plötzlich da: Klumpen zur Sonne – konnte man's noch essen?
All das: Jahrzehnt um Jahrzehnt, Leben um Leben.
Was bringen wir von unsern Vorfahren mit, deren Umgebungen, Einbindungen, Nöten? Sind wir nicht schon einen langen dunklen Weg gegangen durch endlose Zeiten und Bedingungen, ehe wir geboren wurden, und geprägt worden von dem Sosein und täglichen harten Leben der Generationen vor uns?
Kaum vorstellbar, daß ich nichts mehr zu tun haben sollte in meiner Art, vielleicht sogar meinem sogenannten Schicksal, mit den Bauern und Kätnern und Handwerkern und auch bloß Losmännern hier im Masurischen, die in der langen Kette der Familie vor mir waren. Mit meinem Urgroßvater väterlicherseits, Michael, zum Beispiel, der nachts auf einem See endete, als er so alt war wie ich heute. Oder seiner Frau, Katharina, die vor hundert Jahren »wegen Schreibensunkunde« mit drei Kreuzen unterzeichnete. (So sehr ich, der Germanist, mich gerade von ihr entfernt zu haben scheine in die andere Richtung.)
Wie bedenkenswert und wie erregend ist das, sieht man nur näher hin!

Und was nun meine Kinder betrifft: mein schon totes Mädchen und meinen heranwachsenden Jungen, bei denen alles ankam: Da habe ich allerdings zu berücksichtigen, daß sie nicht nur von besagten Bauern und Kätnern und Handwerkern herkommen, sondern ebensosehr vom andern Ende der sozialen Skala: den Rittergutsbesitzern, Offizieren, hohen Beamten, dem Arzt.

Als Kind folgte ich Vaters auf seine Herkunft bezogene Anhänglichkeit an das Nordisch-Germanische, man kann wohl unvereinfacht sagen: Deutsche. Er erzählte mir, er habe bei den Soldaten jemanden getroffen, der sich mit Namensforschung beschäftigte: und unser Name käme mit Sicherheit aus dem Deutschen. Es war für ihn nur eine Bestätigung von längst Sicherem.

Dann aber bekam ich als etwa Vierzigjähriger wieder jenes Foto in die Hand, das ich schon in der Kindheit gesehen hatte: Es zeigt die Hochzeitsgesellschaft meiner Eltern. Die Schädel der Brüder meines Vaters: breit, fast rund – also mit Vaters betonter Deutschstämmigkeit war es vielleicht doch nicht so weit her.

Aber ich durfte ihn selbst dabei nicht übersehen. *Sein* Gesicht war durchaus nicht niedrig-breit, seine Nase nicht kurz, sondern eher ein »Zinken«, sein aschblondes Haar nicht schlicht und weich, sondern lockig – für ihn war wohl tatsächlich eher ein kräftiger Schuß, sagen wir, an Germanischem anzunehmen. Seine Mutter zwar ist dunkelhaarig gewesen, die Frau aus pruzzischem Geschlecht; der Vater aber mit dem deutschen Namen, von dem ich nie ein Bild sah, mag den mehr deutschen Anteil eingebracht haben.

Was weiß ich, was sich in Masuren alles gemischt hat? Man spricht von Pruzzen (d. h. Balten), Slawen, Germanen (Deutschen, Salzburgern, Schweizern) – nicht mehr möglich, das im einzelnen Fall noch auseinanderzuklauben.

Von heute aus gesehen ist sicher kaum mehr als das in Erfahrung zu bringen, was jener Bruder meines Vaters recher-

chiert hat, der Polizeibeamter war und während der Hitlerzeit den Ariernachweis zu erbringen hatte. Diese Unterlagen, Standesamts-Abschriften, haben sich erhalten.
Mein Ururgroßvater väterlicherseits, sein Vorname ist nicht erhalten, war Bauer in einem Dorf W... im Nachbarkreis, nur zehn Kilometer von der polnischen Grenze entfernt. Geboren wohl um 1780/90, ist beim frühen Tod meines Urgroßvaters 1875 von ihm als von einem Verstorbenen die Rede.
Mein Urgroßvater Michael, geboren 1823 noch in W..., befand sich zur Zeit seiner Eheschließung nicht mehr dort, sondern in unserm Nachbardorf westlich, P... am großen Laschmiaden-See. Der Bauernsohn wird dabei als Eigenkätner bezeichnet – man geht sicher nicht fehl in der Annahme, daß er nicht der Erstgeborene des Bauern gewesen ist und sich daher anderswo umtun mußte. Er heiratete im Alter von schon dreiunddreißig eine Katharina Zegac (anderswann, so genau nahm man das damals nicht, ist von Catharine und Katharine die Rede, auch von Segatz statt Zegac); sie war auch schon sechsundzwanzig.
Dieser Michael, den ich mir so gut wie gar nicht vorstellen kann, hat mir viel zu denken gegeben wegen seines erwähnten rätselhaften Endes. Bekannt ist nur dies: Anfang März 1875 erschien die Katharina beim zuständigen Standesbeamten und gab an, ihr Mann sei »auf dem Laschmiaden-See«, nachts, »Stunde unbekannt«, verstorben, vierundfünfzig Jahre alt.
Traf ihn der Schlag? Ist er ertrunken? War ein anderer schuld an diesem Ende? Das weiß heute niemand mehr.
Nach einundzwanzig Ehejahren war er tot.
Halten wir uns noch etwas bei der Katharina auf.
Sie überlebte den Michael um sechsunddreißig Jahre, ein ganzes Menschenalter. Man schrieb schon 1911, als auf dem Standesamt eine Bekannte zu Protokoll gab, die Altsitzerfrau Katharina, geborene Segatz, vierundachtzig Jahre alt, sei verstorben; »Eltern der Verstorbenen unbekannt.«

Nun: Wir kennen diese Eltern. Und der Name der Mutter: Anortha Kolbuza, ist kein deutscher.
Ein Sohn der beiden war mein Großvater Ludwig, geboren 1858 im Nachbardorf P... Vor hundert Jahren, 1858, heiratete er meine spätere Großmutter Marie Czernio (auch Ciernio und Cerno findet sich in den Akten). Dem Familiennamen nach stammte sie wie gesagt in direkter Linie von den Ureinwohnern des Landes ab, die dem Ritterorden so sehr zu schaffen gemacht haben.
Und diese Frau reichte noch in meine Kindheit hinein. Ich erinnere mich an eine alte, dunkle Oma (die bis zuletzt dunkel blieb, nie ein graues Haar bekommen hat). Sie sprach viel lieber masurisch als deutsch, wir sagten unbekümmert: polnisch; las viel in einer »polnischen« Bibel; hat das Masurische während des Dritten Reichs einem Hanswurst gegenüber, der sie zum Deutschsprechen anhalten wollte, großartig als ihre »Muttersprache« verteidigt.
Ich habe an diese alte Frau, meine bei uns lebende Großmutter, etwas widersprüchliche Erinnerungen, eher gleichgültige. Die Betonung ihrer Herkunft, als Heilgeschrei angesagt war und mancher Dorflehrer in Parteiuniform unterrichtete, gefällt mir. Sie starb 1943; auch sie hat ihren Mann, meinen Großvater Ludwig, deutlich überlebt. Sie soll zeitlebens nie beim Arzt gewesen sein, das nicht nötig gehabt haben – doch zuletzt Greisenbrand in einem Bein, es bedeutete ihren Tod (und vielleicht war es Unsinn, daß man das Bein noch zu amputieren versuchte, dabei ist sie gestorben). Eines Vormittags stand sie in unserm Wohnzimmer aufgebahrt; dort sah ich, wohl acht, sie zum letzten Mal.
Ihr ist es also erspart geblieben, aus dem Land ihres langen Lebens gejagt zu werden. Sie ruht auf dem Rydzewer Friedhof bei ihrem Mann, den früh verstorbenen ihrer Kinder, ihren Vorfahren.
Ihre Eltern: Ein »Losmann«, auch mit dem Vornamen Ludwig; eine Lotte, geborene Bandila, beide aus der Zeit um 1830.

Losmann: Wir kennen den Begriff nicht mehr, müssen ein Wörterbuch zur Hilfe nehmen. Er bedeutet: Kleiner Pächter ohne Grundbesitz. So einer war noch ärmer dran als ein Kätner, der wenigstens eine Kate besaß und schon ein kleiner Bauer sein konnte.

Über die Vorfahren meiner Mutter sind mir nicht in gleicher Weise Belege bekannt. Aber das Gesamtbild wäre wohl in etwa dasselbe: kleinere Bauern, wenn auch das Anwesen meiner Großmutter mütterlicherseits, ein schöner Abbauhof im Nachbarkreis, mehr hermachte, wohlhabender erschien.

Soviel zur Herkunft von jemandem wie mir, der aus Masuren stammt, einem Land, das für die Menschen seines Volkes fast ganz verloren ist. Lauter sehr einfache Menschen, eher arme Leute, die niemals Reichtümer anhäuften. Die man sich wohl auch nur hier in Masuren vorstellen kann.

Wir haben heute unter vielem anderen eine tiefenpsychologische Richtung mit der Benennung *Schicksalsanalyse*, die sich mit dem familiären Unbewußten befaßt. Es lenke die persönlichen Entscheidungen des einzelnen und angeblich sogar Krankheit und Todesart.

Nun: Man muß das sicher nicht gleich wieder mit dem üblichen Missionarseifer auf die Spitze treiben. Doch nehme ich wie gesagt an, daß die Art der Vorfahren in uns liegt und weiterwirkt. Latente Ahnen.

Jene Katharina, die nur fünfundzwanzig Jahre vor meiner Geburt gestorben ist und nie Schreiben gelernt hat. Jene Marie, die ich noch kennenlernte und die so betont am Masurischen festhielt. Die Tode der Männer meistens in ihren fünfziger Jahren: jenes Michael auf dem See, jenes Ludwig an einer mysteriösen Krankheit (Krebs? – angeblich, weil man immer mit Süßstoff gesüßt habe!) – jenes Karl (das ist schon mein Vater) an Magenkrebs.

Und was ist also von alldem auf meine Kinder gekommen? Es dürfte jedenfalls auch für sie noch nicht ganz belanglos sein.

Aber meine beiden Kinder kommen, wie gesagt, ja nicht nur von den Kätnern und Losmännern und kleinen Bauern her, nahe bei aller Dürftigkeit dieser Erde und zwangsläufigen Bescheidenheit. Für sie wurde das zusammengebracht mit einer ganz anderen Hälfte.
Ihr Urgroßvater mütterlicherseits F... hat um die Zeit seiner Pensionierung als preußisch-deutscher Ministerialrat eine kleine Familienchronik geschrieben; sie behandelt die mütterliche Seite der Ilse. Die Angaben zur väterlichen finden sich in einem Band des Deutschen Geschlechterbuches.
Das Gesamtbild ist einigermaßen einheitlich: »große« bürgerliche Welt im Preußischen.
Der Urgroßvater meiner Kinder F. über eine seiner Schwestern, die als Achtundzwanzigjährige einen Landwirt heiratete (vielleicht, um nicht für immer unbemannt zu bleiben): Weitere Nachrichten fehlen über den Verbleib ihrer Familie, da mit ihr keine näheren Beziehungen mehr unterhalten wurden.
Auch mein Vater nannte sich Landwirt...
Es dominieren hier wie dort die großen Gutsbesitzer und die höheren Beamten. Väterlicherseits waren es Rittergüter im nördlichen Ostpreußen; irgendwann wurde auch eine Adlige geheiratet (mit polnischem Namen). Man hatte Familiengräber in Königsberg und später in Potsdam. Und der Vater der Ilse Chirurg. Mütterlicherseits: Forstbeamte und Jäger und Rittergutsbesitzer im mittleren Deutschland. Stößt man auf einen Uhrmacher, einen Kaufmann, einen Lakaien (zur Rokoko-Zeit am Hof zu Potsdam), so sind das schon Randerscheinungen und Exoten.
Und mit Leuten wie einem Landwirt verkehrte man wie gesagt nicht mehr.
Also: Das waren ganz andere Verhältnisse als die unsren in unserm Rydzewen am See! Und so sind es für meine Kinder nicht bloß mein nur gering ausgeprägtes Selbstbewußtsein und meine Zaghaftigkeit, sondern auch das sogenannte Herrentum, die Sicherheit aus der mütterlichen Hälfte, die

von der gesellschaftlichen Spitzenposition über Jahrhunderte herkommt.
Aber dann ging auch durch sie unsre viel eher üble als gute Zeit.
Der Landwirt-Großvater ist froh gewesen, wenn er ein brauchbares Fahrrad hatte. Der Chefarzt dagegen hielt sich einen Chauffeur, der ihn auch die dreihundert Meter zum Friseur am Marktplatz zu fahren hatte. (Dazu eine seiner Schwägerinnen, etwas spitz: Das war nun mal der Gutsbesitzer-Sohn.)
Nachtrag.
Ich nehme mir vor, bei Gelegenheit meinem Sohn von alldem zu erzählen. Ich schätze es allerdings so ein, daß es ihn nicht sonderlich interessieren wird. Oder doch?
Ich könnte ihm ja explizieren, daß er *aus einem großen Geschlecht* stammt. (War es Rilke, der sich sogar eine adlige Herkunft andichtete?) Habe ich nicht zum Beispiel eine großartige Ahnin aus pruzzischem Geschlecht? Das schon seit runden dreitausend Jahren in Ostpreußen lebte (auf viel länger bringen es ja wohl auch die Germanen in Skandinavien nicht). Im übrigen habe ich sie einmal aus nächster Nähe dabei beobachtet, wie sie eine Katze erschlug, die Küken gefressen hatte; kurz darauf saß sie wieder draußen in der Sonne und las in ihrer polnischen Bibel. Oder jener Uniformrock aus dem Salzburgischen, der bis zuletzt in einer Truhe auf dem Boden in S... lag, Heimat meiner Mutter, und wohl erst mit verkam, als die neuen Herren Haus und Hof sinnlos in Flammen aufgehen ließen. Oder jene Katharina, die ein Dokument mit ihrem Handzeichen versah, als viel weiter im Westen bereits Storm und Keller nachmals berühmte Novellen veröffentlichten. Alles von einzigartigem Reiz! Und die Fische im See, und die Männer, die sie auf ganz herkömmliche Weise fingen – »einfaches Leben« jenseits aller Literarisierungen – paah: archaisch! Da mochten die Rittergutsbesitzer viel weiter im Norden ruhig ihre Freß- und Saufogien feiern und ihre Bediensteten prügeln

und ihren Militärdienst herunterreißen und Orden einheimsen – als jemand aus Rydzewen am See hätte ich mit ihnen nicht tauschen wollen, denn *einfacher* als dort war ein Leben nicht möglich.
Und ich werde meinem Sohn sagen, daß die größte unsres Geschlechts eine gewisse Heike war, *meine* Heike, und das war der Höhepunkt, und mehr ist nicht zu wollen.
Das ist in unsrer hinterhergeworfenen Spätzeit von keinem mehr zu überbieten.

5

Kleines, so ramponiertes und abgewracktes, fast ganz fortgewischtes Dorf meiner Kindheit! So bescheiden in seiner Kleinheit, so abgelegen (nie kam eine Asphaltstraße hierher, auf der irgendwer hätte *rasen* können und jemanden dabei totfahren). So verborgen hinter den Bergen!
Kleines Dorf, wie nenn ich dich heute? Wir haben ja gleich drei Möglichkeiten zur Auswahl.
Die »Eindeutschung« zur Hitlerzeit, mein ich, können wir gleich beiseitelassen, sie ist zu belanglos gewesen mit ihrer Gültigkeit für nicht einmal sieben Jahre.
Noch zur Zeit meiner Geburt hieß der Ort Rydzewen; ich wurde in Rydzewen am See geboren. Und so hat er wohl auch in allen Jahrhunderten davor geheißen, seit seiner Gründung als ein *Freidorf* durch zwei Brüder »aus der Masau« (d. h. dem polnischsprachigen Masowien) mit Genehmigung des Stradauner Burggrafen. Und hieß so für meine Vorfahren, auch noch für meinen Vater sechsunddreißig Jahre lang. Es ist also die historisch richtige Bezeichnung.
Daher werde ich künftig von Rydzewen sprechen.
Und ja: Ich freue mich, daß dieser jahrhundertelang gültige Name nicht mit zum Abfall geworfen wurde in dem Höllenwinter 1945, als das weitaus meiste in den großen Reißwolf

kam, sondern sich im heutigen polnischen Namen so gut wiederfindet.
Denn ich nehme an: Wenn meine masurisch sprechenden Vorfahren davon redeten, werden sie im Sprachgang ihres Dialekts auch eher Rydzewo gesagt haben als nach Amtsart Rydzewen. Auch Rydzewo ist im Hinblick auf meine Vorfahren für mich also akzeptabel.
Aber ich selbst muß mich daran nicht halten.
Am See unterhalb des Hofes.
Hier war einst unser »Brett«: jener Brettersteg auf Pfählen ein paar Meter in den See, von dem aus wir Wasser schöpften, angelten, wo man ein Boot befestigen konnte.
Wie unüberbietbar lakonisch und wie ganz unmißverständlich, unsere deutsche Sprache in Masuren! Wir gingen »aufs Feld« (um dort zu arbeiten); »in den Stall« (was auch mehr hieß als das Betreten des Raumes: nämlich zum Viehfüttern, Melken, Ausmisten, etc.). Oder: Wurde Heu und Getreide eingefahren, und früh war auch ich als Kind mit dabei, um die Zügel des Pferdes zu halten und rechtzeitig den Wagen zur nächsten Hocke zu lenken, so gab es auch für diese kurzen Fortbewegungen nur ein Wort: »Weiterfahren«.
Und heute leben wir alle in einer Zeit der ständigen Zerredungen; manche der früher bedeutsamsten Wörter sind inzwischen (in Schnulzen, in der Werbesprache) so verhunzt worden, daß sie schlechterdings nicht mehr benutzbar sind.
Die Werbetexter sind allerdings inzwischen immer mehr auf Amerikanismen umgestiegen; es gibt dafür Beispiele von großer unfreiwilliger Komik.
New Lifestile. Unaufhaltsam.
Ja.
Welch eine Ruhe einem zuströmt, wenn man bloß still dasitzt und übers Wasser sieht!
»Die Menschen wurden völlig gleichgültig, da man nichts ändern konnte«.

Chucholowius, ein masurischer Pfarrer Anfang des 18. Jahrhunderts: zu Zeiten der großen Pest.
Die Gräfin Dönhoff berichtet in ihrem »Ritt durch Masuren« 1941 von zwei Menschen aus dem Westen und ihrer Verwunderung über die masurische Bevölkerung, »vorwiegend wohl deshalb, weil die Leute so ganz ohne Bedürfnis und ohne Ehrgeiz sind«.
Siegfried Lenz: »Gleichgültig und geduldig lebten sie ihre Tage.«
Harry Schumann 1915 über masurische Dörfer (wie unser Rydzewen): Hierher schlügen »am wenigsten die Wellen moderner äußerlicher Kultur«. *»Denn abseits von aller Kultur der Zeit liegt Masuren.«*
»... bei der Abgeschiedenheit des Volkes (der Masuren) von den Heerstraßen der Welt«. So 1924 der Superintendent Bernhard Brachvogel in Friedrichshof – nur zwanzig Jahre, bevor dieses kleine Volk doch mit aller Gewalt von diesen Heerstraßen erreicht wurde, sich nur durch Flucht retten konnte oder einfach weggejagt wurde.

Mein genaues Gedächtnis zeigt mir noch die Gehöfte am Seeufer gegenüber, die es nicht mehr gibt.
Das kleine, weiße strohgedeckte Haus der Wengoborskis, quer dazu ein kleines Stallgebäude. Auch dieser Hof ist so verschwunden, als wäre er nie dagewesen. Nur dem mit den alten Verhältnissen Vertrauten zeigt sich ein flacher Hügel im grünen Weideland, wo einst Gebäude standen. Vom ansehnlichen Bauernhof der K...s in der Nähe ist auch nicht viel übriggeblieben; nur vom Backstein-Stallgebäude steht noch eine niedrige Ruine.
Es gab keinen Kaufmann im Dorf. Das Brot buk jeder selbst. Fleisch wurde konserviert durch Einpökeln und Räuchern. Gemüse und Kartoffeln kamen aus dem Garten und vom Feld.
Und diese Unmengen von Pilzen und Beeren in den Wäldern! Und von Fischen in den Seen! Als während des Krie-

ges einmal in professioneller Weise die Netze ausgeworfen wurden, konnten aus unserm See mehrere Wagenladungen Fische abtransportiert werden.
Während ich mich auf all das besinne, wird mir bewußt: Diese Menschen waren nicht wirklich den Reitern im weißen Mantel mit dem schwarzen Kreuz irgenwie verbunden, oder dem König von Polen, oder dem von Preußen, sondern viel mehr ihren Gärten und Feldern und Wäldern und Seen.
Und all unser technischer Fortschritt heute: Das ist doch weitgehend Beuteplunder. Und die Frage ist, ob man nicht das allermeiste davon, so unvorstellbar das vielen noch erscheint, verbrennen müßte, um wieder bescheiden, aufrichtig und *unausbeutbar* zu werden.
Aber hüten wir uns davor, etwas zu literarisieren oder gar zu romantisieren. Ich entsinne mich an einen Herbstabend während des Krieges: Mutter hatte sich beim Rübenausmachen schier die Hände erfroren, als früher Schnee einsetzte; sie konnte daheim gar nicht wieder warm werden.

Und immer die Abhängigkeit davon, was das Land im Lauf des Jahrs hergab. Einigen der Kinder blieb jeweils nichts anderes übrig, als das Glück irgendwo draußen zu versuchen, falls sie nicht den meist kleinen Hof erbten oder sich mit der allerbescheidensten Existenz zufriedengeben wollten.
Vaters ältester Bruder wurde Berufssoldat, dann Verwalter auf Gutshöfen; der zweite Polizeibeamter in Berlin; die Schwester heiratete ins Ruhrgebiet (bescheidene Arbeiter-Verhältnisse) – jene Region, die so viele Masuren verschlang; auch so endete immer wieder ein Stück unsres kleinen Volkes, ehe es 1945 und danach beiseitegewischt wurde.
Meine Masuren. Mein Vater sprach mit seiner Mutter masurisch; für sie war ihre Muttersprache selbstverständlich.
Es ist richtig: die Masuren wollten nicht polnisch sein, obwohl viele von ihnen auch masowische Vorfahren hatten.

Aber so vollständig deutsch, wie es gewisse Deutschtums-Apostel wollten, waren sie doch sehr lange auch nicht.
Bis in unser Jahrhundert hinein haben sie sich viel von ihrer volklichen und kulturellen Eigenart bewahrt. Doch da die Deutschen im Reich auf sie mit Herablassung, wenn nicht Mißachtung hinuntersahen, genierten sie sich vielleicht eher ein bißchen deswegen.

Dachte ich in den Jahrzehnten nach der Flucht an Masuren, so vor allem an meinen Vater. Es ist für mich das Vater-Land.
Bei Doderer gibt es eine Figur, die wird »das schwerste, was es zu sein gibt«: ein »einfacher Mensch«.
Vater mußte das nicht werden: Er war es.
Er war durchdrungen von der Gewißheit, daß es kein schöneres Land gab als sein Masuren.
Als Sechzehnjähriger fuhr ich mit der Schulklasse durch die Holsteinische Schweiz. Plön, Malente, Eutin. Der Uklei-See, fand ich, erschien masurisch.
Ich erzählte ihm hinterher, ich hätte ein Land kennengelernt, so schön wie Masuren.
So schön? sagte er ernst und ungläubig, legte den Kopf nach seiner Art etwas schief.
Da beging ich, scheint mir, einen ziemlichen Fehler, meinte: An manchen Stellen vielleicht noch schöner.
Noch schöner? sagte er und lächelte plötzlich nachsichtig.
So einen Unsinn hatte er wohl noch nicht gehört! Nun war die Sache für ihn erledigt, er konnte großzügig darüber hinweggehen.
Er war damals etwa fünfzig Jahre alt. So alt wie ich heute.
Und ich weiß nun wieder, wie recht er hatte.
Mein Vater ist ein Gegengewicht gegen das Chaotische gewesen und gegen das Verlogene.
Wenn ich meine Vorstellung von ihm in ein Bild zu bringen versuche:
Ich sehe ihn still und ernst in einer belanglosen Straße ge-

hen. Es ist ein Anblick, bei dem er durch seine völlige Ruhe und Gelassenheit wirkt; aber schon Selbstbewußtsein wäre eine deplazierte, Anmaßung signalisierende Vokabel, und das liegt diesem Mann völlig fern.
Er ist belanglos grau gekleidet, ein üblicher Arbeiter; und es ist eine breite und vor allem völlig belanglose Straße in einem Gelände mit unscheinbaren Häusern und faden Industriebauten am Rand der Stadt.
Und er steht im Kontrast zu allem durch seine Haltung absoluter Selbstverständlichkeit. Je trister Welt und Zeit, um so stärker ist er eine Erscheinung dagegen.
Ich denke, daß mir dieses Bild meinen Vater in seinen letzten Jahren zeigt, vielleicht in seinem letzten Jahr.
Mutter erzählte uns dies:
Wenige Tage vor der Hochzeit fragte sie ihn, wieviel älter er denn eigentlich sei als sie.
Er antwortete nicht.
Da fragte sie: Acht Jahre?
Da bewegte er etwas den Kopf. Hatte er genickt?
Oder sechs Jahre? fragte sie.
Auch dazu machte er nur dieselbe Kopfbewegung.
Er war elf Jahre älter.
Aber war das denn wirklich eine so wichtige Sache gewesen, zu der man unbedingt etwas hätte sagen müssen? Ich denke an den Erland Erlandson der Selma Lagerlöf: der im Ruf stand, daß er nicht sprach, »ehe die Not am höchsten war«. Und davon konnte im vorliegenden Fall ja wohl keine Rede sein.
Jene erwähnte Geschichte in Rothenburg ob der Tauber fünfundzwanzig Jahre nach seinem Tod: Ich sah ihn wieder, auch wenn ich nicht gleich wußte, daß er es war.
Ein großes Menschengewimmel vor dem mittelalterlichen Rathaus; es waren ja historische Festtage. Dazwischen die Kostümierten in alten Bekleidungen. Einige schon am späten Vormittag nicht mehr ganz nüchtern. Allerhand Japaner mit ihren Weibsen und Gören. Der Rothenburger histo-

rische Bürgermeister nahm so ein Gewächs aus Fernost auf den Arm. (Das hätte der dargestellte Bürgermeister Nusch zu Zeiten des Dreißigjährigen Krieges sich damals sicher nicht träumen lassen.)
Und plötzlich ein älterer Mann mit einem prächtigen Kopf, grauem Haar, markanter Nase. *Vater*, dachte ich sofort, obwohl es bei näherem Hinsehn bloß eine äußerliche Ähnlichkeit war. Als er sah, daß ich die Kamera auf ihn richtete, stellte er sich gelassen, fast etwas ironisch in Positur *in seiner Ritterrüstung.*
Und schon am Nachmittag sah ich ihn wieder! Und nun saß er so würdig hoch zu Roß wie der Dürersche Ritter: Vater! Ob du dich mühst oder nicht, du kommst nicht weit. Jedenfalls nicht weiter als bis in ein Grab.
Vater: Immer wie nur halb und vielleicht auch nur scheinbar beteiligt. Fatalistisch.

Und vielleicht, denke ich, kann man gerade hier in Masuren Menschen begegnen, die tot sind seit langem und doch nicht tot; dieses Volk hatte davon schon immer seine eigene Vorstellung. Wie oft habe ich in der Kindheit etwas von Gesprächen mit Toten gehört.
Und ist das nun nicht erst recht ein Totenland?
Und ich rede mit Vater:
Es gab Augenblicke, da dachte ich: Es ist alles von einer so sinnlosen Kaltschnäuzigkeit und nirgendwo so etwas wie Hilfe – soll man da nicht sagen: Ich mach das nicht weiter mit? Diese Möglichkeit hat man doch immerhin: die totale Verweigerung zu praktizieren und sich aus dem Rennen zu nehmen. Und damit jedem Schicksal überlegen zu sein.
Bedächtig, denke ich, läßt er einige Augenblicke vergehn. Dann sagt er: Ja, daran kann man denken.
Und daneben immer die andere Hälfte dieses ungedanklichen, ungeniert lachenden und weinenden Masuren! Und damit, Fritzu, Fritzku, bin ich noch einmal bei dir: So leicht läßt du einen ja nicht los!

O du welten- und zeitenerfahrener Mann! Du hast immer nur hier in dem kleinen Dorf gelebt in meiner frühen Kindheit, aber wie kanntest du die ganze Welt!
Und wie gingen dir die Wendungen flott und ganz selbstverständlich von der Zunge!
Zum Beispiel, wenn du mal wieder was suchtest, das Haus auf den Kopf stelltest (aber vielleicht suchtest du überhaupt nichts), und es fragte dich jemand, was um alles in der Welt dir denn wieder fehle, dann konntest du antworten: Die ollen Germanen!
Gelesen hast du nie etwas dergleichen. (Ich bin sicher, daß es in deiner Jugend kein anderes Buch im Haus gab als besagte »polnische« Bibel, masurische, in der ich später deine Mutter so oft habe lesen gesehen: die alten, exemplarischen Menschheitsgeschichten, zu denen seit Olims Zeiten aber auch nichts Belangvolles mehr hinzugekommen ist.)
Oder: Irgendwann hattest du den Einfall, dir ständig irgendwelche Versandhauskataloge aus dem »Reich« schikken zu lassen. Du bestelltest nie etwas, ich weiß nicht, was das ganze sollte – aber es war auch ein Stück Wasweißich, das zu dir gehörte.
Oder ich denke noch an eine Nacht auf einem der Abbauhöfe; wieder waren wir beide unterwegs und ich wohl erst vier.
Es gab dort mehrere halbwüchsige Töchter, die konnten wohl einen Mann schon gut vertragen. Und nun saßest du unter ihnen auf einer Bank im Wohnraum, und man machte kein Licht, es war stockfinster. Die Eltern waren anscheinend weg, daher konnte das so laufen: du hast sie wohl abwechselnd werweißwohin gefaßt, sie reagierten jedenfalls quiekend und glucksend und hatten, offen gesagt, wohl überhaupt nichts dagegen.
Ich saß daneben und langweilte mich und wurde müde und drängte nach Hause. Aber davon hieltest du lange nichts; das Gedalbere mit den rossigen Weibern ging bis Mitternacht, wenn nicht länger.

Oder wenn ich mich hier umdrehe: Mein Gott, sie stehen ja noch, *deine* Eschen! Angesichts derer du mir eines Tages erzähltest, du würdest demnächst eine von ihnen fällen, um dir Skier daraus machen zu lassen.
Kannst du denn skifahren? fragte ich.
Na klar! sagtest du.
Du hattest nie Zweifel, daß du etwas konntest. Und tatsächlich gelang dir das meiste.
Er eckte natürlich auch an mit seiner Art, vor allem bei drei alten Weibern, den reinsten Hexen, die oft zusammenstanden und sich über alles Nichtalltägliche und auch Alltägliche die Mäuler zerrissen, es mit ihren kleinstkarierten Maßstäben aburteilend. Er kannte sie nur zu gut und spielte ihnen manchen nicht immer ganz harmlosen Streich. Er suchte geradezu nach ihnen und legte sich augenblicklich mit ihnen an. Hänselte sie und beschimpfte sie dann, wenn sie reagierten – ja, fluchte ganz fürchterlich auf Masurisch, was ihm gerade in den Kopf kam.
Doch ich bin sicher, daß er sich davon nichts wirklich nahegehen ließ.
Aber intuitiv setzte er sich mit dem im Dorf auseinander, was das Gegenteil von seiner Art und Weise war.
Eins dieser alten Weiber hat ihm damals prophezeit, er werde eines Tages im Straßengraben verrecken und verfaulen. Und vielleicht hat sie recht behalten.
Zwar blieb ihm zunächst noch sein Glück ausgesprochen treu: den Krieg überstand er fernab von jeder Front (in Frankreich, als die Kapitulation schon vollzogen war, dann in Finnland bei der Verpflegungsstelle für den Nachschub); und kaum war 45 alles zu Ende, da war er auch schon entlassen.
Aber nun gab es ja sein Masuren nicht mehr, das wohl allein den Hintergrund für seine Existenz abgeben konnte. Er war noch da und dort: am Ende irgendwo Nachtwächter auf einem Holzlagerplatz.
Auch so endete in Westdeutschland Masuren nach 1945:

abgelegt in irgendein Schattendasein, bei Nacht, nicht mehr beachtet, was war das denn schon, man mußte nur abwarten, dann erledigte es sich von selbst. (Nicht nur Russen und Polen setzten auf diese Karte, durchaus nicht.)

Merkwürdigerweise fand er noch einmal nach vielen Jahren zu seinem Bruder, meinem Vater: als der im Sterben lag.

Vater hatte Krebs, niemand konnte ihm mehr helfen, und er wußte das. Sein Leben, dessen Wurzeln aus seiner masurischen Heimat gerissen worden waren, klang quälend aus.

Und da, o Wunder, fand sich plötzlich der Fritzu bei uns ein! Woher er es erfahren hatte? Er war mal da, mal dort – *wir* haben ihm den Zustand des Bruders nicht mitteilen können; doch mit einemmal war er wie selbstverständlich bei uns. Es würde mich überhaupt nicht erstaunen, wenn er gar nicht eine Nachricht per Postkarte oder so bekommen hätte, sondern plötzlich das Ganze *gewußt* hätte und sich einzufinden hatte, koste es, was es wolle.

Ein Masure.

Ich war leider nicht dabei, als die Rydzewer Brüder sich noch einmal sahen; ich studierte auswärts. Ich bedaure es sehr, dieses Treffen nicht erlebt zu haben: vielleicht sind sie sich nie so nahe gewesen, meine beiden Verkörperungen der Hälften Masurens.

Mutter erzählte mir später, sie seien ausgesprochen guter Dinge gewesen, was ich ihr aufs Wort glaube. Auch habe der Fritzu erzählt, er habe sich mit einer Frau zusammengetan, die habe einen Plattenspieler. Das mit dem Plattenspieler strich er besonders heraus – es war ihm offensichtlich wichtiger, als daß sie hübsch war oder Geld besaß.

Danach hat sich seine Spur für uns völlig verloren, er hat sich niemals wieder gemeldet, und wir hörten auch von andern nichts mehr über ihn.

Damals war er etwa fünfzig; heute wäre er etwa achtzig.

Wie gesagt: Vielleicht ist die Prophezeiung der Alten, die er immer Hexe nannte und vor der er, sich dabei abwendend,

manchmal ausgespuckt hat, in Erfüllung gegangen. Die Masuren nahmen sowas ernst.
Die innere Wahrscheinlichkeit spricht allerdings für eine Version meiner Mutter. Vor meiner Abreise hierher nach Masuren sagte sie ganz ernsthaft zu mir:
Und sieh dich dort nach dem Fritzu um – ob der sich nicht dort herumtreibt.

6

Aufs Feld!
Die Straße vom Hof zum Dorf hinaus wie so oft vor vierzig Jahren. Rechts am See unten die Erlen-Ecke, Hecht-Ecke: eins von Fritzus allerersten Revieren!
Und links der Feldweg ab zu dem Abbauhof: dort die Nacht mit Fritz und den Mädchen; und von dort auf seinen Schultern in die Felder... Mein Gott, denke ich überwältigt – hier war das alles!
Wie hier die Geschichten in ganzen Knäueln heraufdrängen! Von Menschen, die tot sind oder vielleicht schon tot; aber mit denen ich hier lebte, als ich Kind war, und so sind die Geschichten um sie lebendig geblieben.
Und wo der See endet, rechts am Weg der Beginn der hügeligen Weide, und dahinter Wald: der alte, so bekannte Anblick aus der Kinderzeit!
Um die Jahrhundertwende, er war damals etwa so alt wie ich heute, fuhr Hamsun durch den abgelegensten Kaukasus. Manche Dörfer und Hütten in irgendwelchen Seitentälern sah er nur aus großer Ferne. Aber auch dort, dachte er, leben also Menschen mit Freuden und Sorgen, ihrer Arbeit und ihrer Ruhe. Und er notierte einen Satz, den ich so oft las, daß ich ihn auswendig weiß:
»Alles ist so seltsam in mir, ich fühle, daß ich hier Wurzeln fassen und so wundervoll weit weg von der Welt sein könnte.«

So wundervoll weit weg von der Welt! Und Hamsun lebte ja selbst im abgelegenen Norwegen und um die Jahrhundertwende: all das Amerikanische in Europa und die Technisierung und die Seelenlosigkeit der Arbeitswelt und überhaupt das ganze lächerliche Plastik-Zeitalter: das hatte doch nicht einmal richtig begonnen...

Sehnsucht nach einer Region, wo einen diese ganze marode Zivilisation endlich in Ruhe ließe. Die wieder *Heimat* wäre. Sehnsucht, die durch keinerlei modernes Besserwissen auszureißen war. Im Gegenteil: die nur immer drängender geworden ist.

Durch einen Hohlweg. Die Sträucher über ihm wachsen fast zusammen. Auch sie haben sich mächtig vergrößert im Lauf der letzten Jahrzehnte, als ich nicht mehr hier war; früher war dieser Feldweg offener. Und hier rutschte uns eines Tages das Heu vom hochbeladenen Wagen, und meine Schwester und ich, die obendrauf gesessen hatten, rutschten mit nach unten...

Und dann kommt der Weg ins völlig Freie, und ich stehe beinahe fassungslos vor der kleinen Senke, von der die Felder aufsteigen, auch unsere Felder. Und wie kenne ich das alles, und wie schön ist es hier! Es ist ein Bild von unüberbietbarer Landschafts-Schönheit. Die Moorbirken und die Erlen vor mir im saubren Junilicht. Nach rechts zu und nach hinten Hügel-Anfänge, rechts der Wald und geradeaus Weide und auf ihr vereinzelt Wacholderbüsche. Ich weiß noch, daß es dort sogar das hübsche Zittergras gab.

Und wie still es ist. Nur die Geräusche aus der Natur.

Ja: hier hatten wir früher noch Frieden mit ihr. Und das war mit das Wesentliche bei uns: es war entscheidend.

Wir hatten ja nicht die Vorstellung, daß wir dazu gemacht sind, die Natur in den Griff zu bekommen, sie quasi zu besiegen. Sie nach irgendwelchen Vorstellungen von Technologen zu beherrschen. Diese Überheblichkeit war bei uns nicht anzutreffen.

Links hinten das Feld, auf dem ich weiterfuhr. Und bei dem

Acker geradeaus erinnere ich mich an ein Kartoffelaufsammeln, und Schulfreunde halfen mit, und hinterher gab's Brot mit dick frischer Butter (die wir selbst machten) drauf. Zahllose Kindheitserinnerungen an Sonnenbrände während der hochsommerlichen Getreideernte; an Tiergeburten (abends stakste das Kälbchen schon allein hinter der Mutterkuh her nach Hause); an schnelle Ritte ohne Sattel (es fiel auch mal einer von uns vom Pferd); an herrliche Erdbeeren und Himbeeren am Waldrand.
Auch an die unheimliche Roggenmuhme beim Kornfeld an der Straße: Wir durften es ja nicht betreten und Halme niedertrampeln... Das ist in einen gefallen und unvergessen und sicher so bedeutend wie alle später angelernten sogenannten wissenschaftlichen Erkenntnisse und verbindlichen Formeln.
War vielleicht wie eine Schutzimpfung gegen vieles, vor allem die stupiden westlerischen Einseitigkeiten.
Eines Tages schon in Süddeutschland fragte mich Vater: Weißt du noch, wo zu Hause unsre Felder liegen? Würdest du sie wiederfinden?
Ahnte er, daß er nicht mehr lange zu leben hatte? Es mag drei Jahre vor seinem Tod gewesen sein. Daß er sie nicht wiedersehen würde?
Ich bejahte. Aber offen gesagt beschäftigte es mich damals noch nicht sonderlich, ich war etwa zwanzig.
Heute denke ich mit Rührung daran zurück.
Was hat es einst für Menschen hier wie meinen Vater bedeutet, Land zu besitzen, und wieviel, und welches. Und eines Tages spielte das keine Rolle mehr, wofür sie sich geschunden hatten. Die »große« Politik ging mit Ländern und Provinzen um wie mit Halma-Steinen.
Wieder im Dorf. Und nun will ich auch auf die andre Seite des Sees, um die Südseite des Wassers, an der unser Hof lag, aus einiger Distanz zu sehen.
Hierher zurückkommen (wenn das überhaupt möglich wäre): Hieße das wohl zwangsläufig retour zu den alten Müh-

seligkeiten, früh durch die Landarbeit verbrauchten Körpern, oftmals sogar Not und Hunger?
Und wäre die Alternative zwangsläufig ein Landleben, wie's heute à la mode ist, es sich gewisse Großstadt-Figuren leisten gleich dem sportlichen Auto, der modischen Reise in die Toskana; und die Umgestaltung des Hofgeländes besorgt der erste Landschaftsarchitekt am Platze, und im Haus natürlich aller Großstadt-Komfort?
Wer heute noch aufs Land zieht, las ich neulich, ist reich und betreibt das als eins seiner Hobbies; und es gibt auch schon einen überaus bezeichnenden Begriff dafür, der den Charakter dieses »Landlebens« vorzüglich entlarvt: »Gentleman farming«.
Unlängst erzählte ein Bekannter über das Dorf seiner Herkunft: Die Engstirnigkeit, die Niedertracht seien dort sogar noch deutlicher gewesen als in andern Kaffs der Art. Wer im Dorf gelebt habe, wisse doch: Anzutreffen seien in solchen Orten zunächst Enge und Rückständigkeit.
Und die Jungen auf dem Land heutzutage wollen endlich fort von dem Geschufte und dem Stallgestank und der absolut Toten Hose; hin zu den Diskos und der Zentralheizung und dem geregelten Achtstundentag mit genügend Zeit fürs Vergnügen.
Hier die Sehnsucht nach der wie auch immer ehrlicheren Welt; dort die andere, gerade dieser Welt je früher desto besser zu entkommen. Die Formeln würden also nicht aufgehen. Hüten wir uns daher vor irgendwelchen allgemeinverbindlich erscheinenden Behauptungen und Empfehlungen.

Nun aber zu meiner ersten Schule!
Diese seltsame Schule hier: fast wie etwas dem Dorf Aufgepfropftes. Keine Kirche, kein Laden, keine Bushaltestelle – aber eine Schule!
Der Lehrer, den man in dieses Nest gesteckt hatte, eine kleinere Schule war kaum denkbar, dürfte nach Ansicht des

Schulamtes in der Stadt auch nicht jemand gewesen sein, dem man in einem größeren Ort eine Karriere zugetraut hätte. Er galt, rundheraus gesagt, bei uns als ein Sonderling – ich darf das wohl so formulieren, denn ich erinnere mich an ihn mit freundlichen Empfindungen. Er war vor allem ein gerechter Mann, und das ist viel.

Daß Hitler »an die Macht« kam, hat ihn erschüttert. Zu meinem Vater (mit dem er sich oft und anscheinend gern unterhielt) sagte er kopfschüttelnd: »Hatten die denn keinen andern Mann!«

Aber er hielt das nicht durch. Zu meiner Schulzeit: Jeden Morgen das Horst-Wessel-Lied mit ausgestrecktem rechten Arm (der im Lauf des Gesinges immer schwerer wurde...), und Tagesspruch im Sinn der neuen Zeit, und Fähnchenstecken an der Europakarte, damit der unaufhaltsame Vormarsch Großdeutschlands ja auch jedem sich eintrichterte...

Daß es dann rückwärts ging, vor allem im Osten und auf unsre ostpreußische Heimat zu, bekam er nur noch in den Anfängen mit. Er hatte zu kränkeln begonnen, wir Schüler mußten eine Zeitlang ins Nachbardorf zur Schule (zogen morgens noch im Dunkeln los mit Stallaternen: seltsame Karawane, der reinste Kinderkreuzzug). Und dann starb er und wurde auf unserm Dorffriedhof begraben.

Ja: Ich erinnere mich seiner durchaus mit Freundlichkeit. Auch er prügelte, der schwerbeleibte, etwas linkische alte Herr; doch nicht mit jenem Zug ins Sadistische, wie ich es etwas später bei einem andern Vertreter seiner Zunft beobachten sollte, der zugleich Ortsgruppenleiter war und in Parteiuniform unterrichtete.

Wie ich über das Gelände unsres Schulhofs vordringe, das nun auch ganz mit Unkraut bewachsen ist: das Schulgebäude steht leer da, die Scheiben sind aus den Fensterrahmen geschlagen. Und es ist doch auch heute noch ein ansehnlicher Ziegelbau, war eins der jüngsten Häuser des Dorfes mit dem Klassenraum, der Lehrerwohnung.

Hier bin ich mehrere Jahre zur Schule gegangen! Zuerst bei jenem älteren Lehrer, nach seinem Tod zu einem liebenswürdigen Fräulein.
Ich: *Hier* zur Schule!
Liegt dieser Ort denn nicht im Osten Polens, nur noch eine Autostunde von der russischen Grenze entfernt?!
Und hier soll ein Teil meines Lebens, und beileibe nicht der belangloseste, sich ereignet haben?
Fast nicht vorstellbar!
Und so viele Geschichten auch hier!
Wie wir während des Krieges des Lehrers Auto aus der Garage schoben und putzten und wienerten (er durfte es offenbar nicht mehr fahren). Einen Schulgarten anlegten, säten und pflanzten. Wie irgendwann mindestens die Hälfte aller Schüler Masern bekam. Und auch ich saß eines Vormittags hier am Rand des Schulhofs, wo der Zaun gewesen ist, auf einem Balken und fühlte mich entsetzlich schlapp: als sei jede Kraft aus mir geflossen...
Ja, *hier*. Ich finde die Stelle, wo der Zaun gewesen sein muß, vor ihm jener dicke Balken lag, auf den man sich setzen konnte.
Geschichten wie überall. Keine ungewöhnlichen Ereignisse. Wir lebten hier ganz selbstverständlich. Weshalb auch nicht? Es war ja für uns so, wie für die Vorfahren der Familien an diesem Ort seit Jahrhunderten.
Auf der unserm Hof gegenüberliegenden Seite des Sees.
Von hier aus die wuchernden Gärten die ganze Straße entlang wie ein seit langem sich selbst überlassener Park. Nicht unfreundlich das Ganze, wenn man einen Augenblick lang vergißt, das es das Produkt von Untergängen ist; Ruinen wären deprimierender.
Es wird niemals mehr so sein wie damals, als wir hier lebten.
Doch nun bin ich am Fuß jenes Bergs, in dessen Anblick ich aufwuchs: Wie freundlich liegt er von uns aus gesehen hinter dem See!

Sagte ich Berg? Eigentlich ist es doch nur ein Hügel; ich hatte ihn bloß doppelt so hoch in Erinnerung aus der Zeit, als ich selbst halb so groß war wie heute.
Und über diesen Hügel habe ich in den letzten Monaten öfter in meinen Vorstellungen den Weg auf die Bergeshöhe gemacht, wie ihn das Autogene Training lehrt. Oben angekommen waren es dann freilich viel höhere Gipfel, als unser idyllisches Masuren sie zu bieten hat, und andere Landschaften, Anklänge an die Wasserkuppe und an Gipfelblikke in Nordtirol. Aber zunächst einmal war doch *er* hier für mich *der* Berg wie in der Kindheit.
Und hier haben wir gerodelt. Und es gab viele Champignons.

7

Der große Biologe J. B. S. Haldane verließ eines Tages England, weil er übergenug hatte von der abendländischen Zivilisation: »Vor allem vom Amerikanismus, der über uns hereinbricht.«
Und der polnische Dichter und Nobelpreisträger Czeslaw Milocz: »Die kindische westliche Zivilisation.« (Und das ist noch eine seiner zahmeren Formulierungen dafür.)
Und ich bin nun wieder in das Dorf meiner Kindheit gekommen, das zum Deutschen Reich gehörte, aber davon so ziemlich unberührt geblieben ist: von Zivilisation wie von Amerikanismus. Wo wir bis zuletzt keine Elektrizität und keine Wasserleitungen hatten, und folglich nicht *ein* elektrisches Gerät.
Bin an den Ort meines Anfangs gekommen, wo ich zum erstenmal das Licht sah und die Erde. Und all die freundlichen, fast euphorischen und die traurigen Empfindungen hier; und die zahllosen Erinnerungen und viel Melancholie. Und man möchte ganz zurückfallen in das, was einmal war…

Und dies an dem vorläufigen Ende eines Lebens, da das Freundlichste, was ich einem Gott sagen könnte, etwa wie bei jenem Hiob lauten müßte: Lieber Gott, was hast du dir dabei bloß gedacht – allmählich wird's komisch.
Bald nun das Alter, in dem mein Vater starb. Er war fünfundfünzig, ich zweiundzwanzig. Und genauso alt wie ich damals wird mein Sohn sein, wenn ich fünfundfünfzig bin.
Vorstellungen, die mich an dezente Trauerkleidung erinnern und anthrazitfarbene Erde und überaus tristen Herbst.
Th. Schw., geboren in Rydzewen am See hinter den Bergen. Als er zehn war, mit der Mistforke aus dem Paradies (das aber dem Schlaraffenland entgegengesetzt lag) geschmissen.
Westwärts geworfen in Regionen einer bis dahin unbekannten menschlichen Kälte: der schreienden Egoismen, Kaltschnäuzigkeiten und (zunächst unverständlichen) Aggressionen. Zum Zigeuner erklärt, zum Türken durch die Menschen dort.
Sich aufgerappelt. Ihre hohen Schulen besucht, ihre Universitäten. Viele von ihnen überholt; beinahe einer von ihnen geworden.
Unbeschreibbar viel auf die Nase bekommen. In der Jugend der Tod des Vaters und jene zählebige Erkrankung mit ihren nicht endenden Nachwehen. Und in Abständen von wenigen Jahren diese Nierenstein-Plagen: Überfälle mit Schmerzen der quälendsten Art.
Bis eine schreckliche Katastrophe vollends Mondlandschaft schuf: Ein Mensch, der von ihm herkam, wurde umgebracht und in den Sarg gelegt.
Und deshalb von seiner Seite die denkbar schwerwiegensten Vorhaltungen an Gott, Welt und Zeit.
Zurückgefahren nach Rydzewen am See, von wo er herkommt: im Erbe in sich, und in den ersten Anblicken, und den so prägenden frühesten Erfahrungen.

Aber nichts ist noch einmal möglich. Oder: Was wäre vielleicht noch möglich?
Also im Einklang mit meinem Charakter und meinem durchgehenden Verhalten steht mein sogenanntes Schicksal jedenfalls nicht, man kann es nicht als eine angemessene Reaktion auf irgendwelche Verfehlungen meinerseits deklarieren. Und da es den Oberspitzbuben, die ich zu kennen das zweifelhafte Vergnügen habe (Ausbeutern, Ellbogentypen), in der Regel ganz prächtig ergeht, ist der Schluß zulässig, daß diese angeblich beste aller Welten nicht gerade nach dem Kategorischen Imperativ organisiert ist. Sondern eher nach den Gepflogenheiten des Wilden Westens, wo ja durchaus nicht jeweils das Gute siegte, sondern nur der gewieftere, weil kaltschnäuzigere Schütze.
Nach der letzen, brutalsten der Verletzungen die niemals ganz heilende Wunde.

Und nun ein letztes Mal den Weg des Autogenen Trainings auf die Bergeshöhe!
Hier, im Angesicht des Berges, den ich in der Vorstellung so oft erstieg (und er war in der Wirklichkeit viele hundert Kilometer und vierzig Jahre von mir entfernt), ist das unumgänglich.
Als ob mir am Ende vielleicht doch noch eine Deutung, die Andeutung einer Erkenntnis (von Sinn will ich nicht mehr reden), zukommen könnte. Im Sinne der Experten dieses Trainings: daß der Weg auf die Bergeshöhe »Einsichten, was zu tun ist«, bringe, »Klarheiten«…
Beim Anfang dieses Weges brauche ich mich inzwischen nicht mehr lange aufzuhalten: Es stellt sich vor dem inneren Auge gleich der Rydzewer Berg ein – auch jetzt noch breiter, mit der Illusion größrer Höhe (von unten aus noch nicht ganz übersehbar): ein mächtiger Buckel, steht man vor ihm.
Und in der Vorstellung bergauf, Schritt für Schritt.
Und oben ist es gleich wieder die Bank in Alm-Region. Aber ich habe mich nicht gesetzt; liege auf dem Rücken im Gras.

Ich bin durchaus ziemlich ruhig. Über mir diffuses Licht. *Und der große Drüberblick* (vielleicht: über das bisherige Leben, oder wenigstens gewisse wesentliche Erfahrungen): *Er stellt sich nicht ein.*
Ganz im Gegenteil. Als wolle man mich veralbern: Es watschelt vor mir eine Ente herum, mal hierhin, mal dorthin.
Nun ja: Das mag es ja sein. Das ziel- und zwecklose Gewatschel einer Ente.
Der große tragende Sinn!
Und der Himmel weiterhin blaß zwischen Grau und Flau.
Und wie um alles in der Welt haben andre auf der Bergeshöhe religiöse Erlebnisse gehabt, wenn man den Berichten glauben darf: die reinsten Offenbarungen...
Wie ich mich immer noch umsehe, sind es immerhin Bilder einer gewissen Ruhe in der Landschaft: ein tiefblauer See unten im Südwesten, völlig still; und in dem bekannten schönen Tal im Nordwesten ein fast bewegungsloser Fluß, und auf ihm ein schwerfälliges, auch fast stillstehendes Boot mit plumpem dunkelbraunen Segel, wie ich es einst bei einem Torfschiff einer norddeutschen Moorlandschaft sah... Und viel mehr wird es nicht, so viel ich auch gucke und beobachte.
Ja es wird alles immer nur noch skurriler, kurioser, für mich undeutbarer. Der Fritzu springt plötzlich am unteren Rand meines Bildes hervor: in Nazi-Uniform, die Hand zum Heil-Gruß vorgestreckt (ausgerechnet er!, der seiner Art nach so fern davon war wie nur irgendwer).
Und dann sehe ich auf unser altes Masurenhaus im Dorf unten, auf seine ruhige schöne Seite zum Hofplatz, und freue mich, daß es sich mir noch einmal zeigt. Und vor dem Haus auf der Bank neben der Tür die Oma Marie – aber wie ich näher hinsehe, ist sie *völlig blind*. (Ausgerechnet sie, die bis zuletzt immer in der Bibel las!)
Alles ist absurd!
Doch nun zuletzt zum Einsiedler! Dem Weisen; und was der mir hier präsentieren mag.

Aber auch er zeigt sich heute in höchst erstaunlicher Weise: Es ist weder mein toter wissender Vater, und auch nicht der Philosoph mit dem weißen Bart.
Ein dürrer, nervöser Mann mittleren Alters hampelt vor mir herum: Glatze, dunkler Anzug und Krawatte, Aktenköfferchen heutiger Machart.
Also, großes Eierköpfchen, wie haben wir es denn in puncto Durchblick und Summe unterm Strich? Laß hören!
Doch auch aus diesem Großmeister up to date ist nichts herauszuholen.
Zwischendurch ist er auch gar nicht vor mir, sondern er springt etwas abseits gerade aus einem Hubschrauber, mit seinem unvermeidlichen Köfferchen, und rennt über die Bergwiese, offenbar sehr gestreßt – wie auf einer Flucht!
Dann aber sitzt er wieder auf der Bank des Einsiedlers – und malt mit dem Stock so undeutbare Zeichen in den Sand wie schon früher einmal ein anderer vor ihm...
Es ist nicht zum Aushalten!
Ich habe also nichts mehr zu erwarten, das ist sicher. Jede tiefere Einsicht wird mir vorenthalten.
Es bleibt, wie es war.
Ich löse mich auch von diesem seltsamen Mann, *Karikatur* des herkömmlichen Weisen, und der ganzen höchst unergiebigen Bergeshöhe. Will zurück ins Tal, zu meinem Dorf.
Und komme dort unten fast wie erleichtert an; wieder zuletzt in muntren Sprüngen. Aber – o Himmel – ich habe das Köfferchen des Egghead, modernen Narren, in der Hand!
Ich werde mich nun nicht noch einmal auf die Bergeshöhe begeben.
Skizze eines Fazits:
Wie doch einem im Lauf eines Lebens alles immer mehr fortgenommen wird! Zerstört wird oder auf der Strecke bleibt, während man selbst von der Peitsche getrieben weitermuß. Menschen neben einem werden niedergestreckt, enden offensichtlich ganz zufällig. Orte und manchmal auch Landschaften verändern sich bis zur Unkenntlichkeit.

Und was soll das alles, weshalb diese niemals endenden Strapazen und Qualen im Lauf der ständigen Bewegungen in alle Richtungen?

Und man selbst ist – und eigentlich erstaunt einen das immer mehr – noch da und mittendrin in der großen Schleudertrommel.

Und Menschen und Orte und Völker, die nicht mehr sind, leben in einem noch ein wehes, beklagenswertes Schattendasein: denn das ist ja kein *wirkliches* Leben mehr. Aber man meint, sich selbst tröstend: Besser als das völlige Vergessensein.

Und so können wir eigentlich von nichts anderem berichten als davon, wie weltenfern die gegenwärtige Wirklichkeit sich von der der Träume der Jugend entfernt hat. Daß wir nichts dazugewonnen haben, sondern im Gegenteil im Lauf der Jahre immer weiter abgewrackt wurden und inzwischen so gut wie alles verloren haben, was uns am nächsten lag und bemerkenswert war.

Wie dürftig, wie kläglich sich alles entwickelt! Und mit keinem seiner persönlichen Probleme ist man wirklich zurande gekommen.

Und nur unsre immer noch halbwegs aufrechte Haltung, trotz allem. Und das immer noch weiter abnehmende Leuchten unsres schon so entfernten Traumes.

Aber irgendeine wohl völlig unsinnige Hoffnung weiterhin – und dies vielleicht bis zuletzt.

Und was also, am Ende.

In Dänemark habe ich mir wenige Monate nach dem Tod der Heike eine kleine Kachel mit einer Wikinger-Darstellung gekauft, bei der der Krieger aufrecht steht: den Schild in der Linken, die rechte Hand bereit am Griff des Schwertes.

Altes Bild vom nicht wehrlosen Menschen. Aber das doch sehr begrenzt: der Ritter kann Tod und Teufel gegenüber seine Haltung demonstrieren, und das ist groß und bewegend – aber aus der Welt schaffen kann er die beiden nicht.

Und auch Hamsun ist, bilanziert für ihn Klaus von See, mit dem sehr elementaren und zugleich sehr persönlichen Problem, im *Sinnlosen* einen festen Standort für das Ich zu finden, bis ans Ende seiner Tage nicht ins reine gekommen. Und wir wollen doch wohl nicht einfältiger als er sein. Oder uns allzu töricht etwas vormachen.

Wieder am See unten auf einem Flecken Erde, von dem wir sagten: Das gehört uns. Der Hof gehörte meinem Vater. Hier zum Wasser hin, nur wenige Meter von ihm entfernt, stand früher die Rückwand von Stall und Scheune, aus Feldsteinen erbaut – es müßte eigentlich ein Schutthaufen daliegen, doch das tut es nicht, ich sehe nur Unkraut, einen Wald aus Großem Schöllkraut, wie es gern auf Schuttplätzen wächst.

An dieser Rückwand des Stalles stand früher immer meine einfache Angel, die der Pole Janek mir gemacht hatte aus einer Weidenrute, mit einem aus Baumrinde und einem Gänsefeder-Stiel gefertigten Schwimmer. Ich habe als Kind viel mit ihr gefangen, an einem Vormittag vom Brett aus über zwanzig Plötze.

Die Angel ist wohl einfach stehengeblieben wie vieles andere, als wir im Oktober 1944 Haus und Hof für immer verließen.

Auffallend und auf den ersten Blick erstaunlich, wie wenig ich mich an jenen Abschied vor vierzig Jahren erinnere.

Mutter und wir fünf Kinder (von denen ich mit knapp zehn Jahren das älteste war) sind auf den Bahnhof der Kreisstadt bestellt worden. Mit einigen auch per Bahn mitzunehmenden Habseligkeiten sollten wir ein Stück in Richtung Westen transportiert werden; die deutsch-russische Front hatte die Grenze nach Ostpreußen ja schon überschritten.

Habe ich mir nicht noch einmal alles ganz genau angesehen? Die Wohnstube, das Schlafzimmer, den kleinen Flur in unserm Masuren-Haus, den Boden vielleicht auch mit seinen Ecken und Überraschungen, den Stall, die Scheune?

Um es mir noch einmal einzuprägen – bei diesem Abschied für immer?
Genau gesagt erinnere ich mich an jene letzten Stunden, an die letzten Augenblicke überhaupt nicht mehr. Noch steigen sehr anschauliche Bilder von der Beschießung durch einen russischen Tiefflieger kurz vor der Stadt in mir herauf, das geschah nur zwei Stunden nach dem Verlassen des Hauses der Kindheit – doch nichts, gar nichts an irgendwelche letzten Anblicke, das letzte Hinausgehen aus dem Geburtshaus, und dann nie wieder.
Wie ist das zu erklären?
SIND NICHT ABSCHIEDE SONST SO SEHR MEIN THEMA? Waren sie es nicht auch damals schon?
Ich war mir der Schwere des Ereignisses offenbar nicht bewußt. Aber auch die Erwachsenen glaubten wohl nicht unbedingt an einen Abschied für immer. Waren nicht die im Ersten Weltkrieg Geflohenen bald wieder nach Hause gekommen?
Und nun lebe ich seit einem Menschenalter westlich von Oder und Elbe; und bin wohl nirgendwo wirklich zu Hause.
Und bin ein Sohn Masurens; und darf und kann in meinem masurischen Dorf nicht mehr in der alten Weise zu Hause sein.
Denn mein Masuren gibt es nicht mehr. Es ist nicht mehr das Dorf meiner Kindheit. Und auch die Zeit dieser Kindheit ist längst vergangen; und ich sehe und höre hier nicht mehr die Menschen meines Volkes, denn sie sind tot oder in höchster Not geflohen oder etwas später davongejagt worden.
Ich gehöre also dort wie hier nicht richtig dazu. Und gehe dort wie hier nun nur noch durch die Landschaften und die Erinnerungen wie durch traurige Träume.
Und an die Flucht zurück aus einer westlichen Stadt in die masurischen Wälder, aus einer heillosen Zeit auf eine Insel in einem See hier ins »einfache Leben« (wie Wiechert das

noch zu gestalten versucht hat) – daran glauben wir doch schon lange nicht mehr. Das waren doch schon immer bloß Schriftsteller-Geschichten und allzu starke Vereinfachungen.

Aber damit ist ja nicht alles gesagt.

Ich weiß nun: Ich habe die Landschaft wiedergefunden als das dauerhaft Durchgehende und Wesentliche, und all meine Erinnerungen an die früheren masurischen Wirklichkeiten. Und unsere alten Dörfer und manche Häuser: sie lösten Besinnungen aus an unser (in sehr anderer Weise) »einfaches« Leben – und das tut doch auch unbestreitbar seine Wirkung. Und war das eine einst die Schutzimpfung gegen viel späteren Humbug, so ist es nun quasi die Auffrischung dieser Impfung nach langen Jahren; und auch das läßt einen dann doch wohl die Welt nicht mehr in der bisherigen Weise ansehn.

Und heute, da wir es so sehr nötig haben, zu anderen Vorstellungen und Zielmarken zu kommen als den total abgewirtschafteten der immer noch von nicht wenigen beneideten westlichen Welt, mögen einige der neuen Maßstäbe ja unseren alten masurischen gleichen.

Ich hatte meine Träume, meine Ziele, meine Wünsche; natürlich.

Aber nun stelle ich fest, daß ich sie, auch wenn sie doch noch erreichbar sein sollten, gar nicht mehr erreichen will.

Der eine Grund dafür ist: Meine Tochter erlebt es nicht mehr mit.

Der andere: Es wollen alle immer »etwas werden«, es »zu etwas bringen«; so gut wie jeder will möglichst viel Ansehen oder Macht oder Reichtum – und für mich erschiene mir das nun ..... kleinkariert, und ich will es nicht mehr.

Und stelle fest, daß ich mir mit diesem Entschluß eine unerhörte Befreiung einhandle.

Ja: Diesmal habe ich meine Lektion begriffen. Bin etwas selbstbewußter geworden, zweifellos, meiner selbst be-

wußter. Werde sicherer zurückfahren in die Tretmühle der westlichen Alltage. Und allmählich vielleicht auch zu so etwas werden wie einem Ritter, wie Vater es war. Wächst auch mir langsam eine Rüstung zu, die mich nur noch schwer überwindbar macht.
Schon passiere ich ungerührt Tod und Teufel. Fürchte mich, wie ihr seht, überhaupt nicht mehr vor ihnen.
Man sehe sich vor!
Und ich weiß sicher: Es gäbe keine Begründung dafür, vom sogenannten Schicksal so hoch zu denken, daß man unterstellte, es trüge zu einem sinnvollen Ablauf und Ende eines Lebens bei.
Meine Überzeugung von der Bösartigkeit, der absolut bösartigen Macht des Zufalls.
Die niemals endenden Greuel der Kriege, Verbrechen einzelner Menschen und Gruppen und Völker ließen schon einen klugen Schriftsteller des 18. Jahrhunderts, Voltaire, daran zweifeln, daß ein vernünftiges Prinzip die Menschheit regiert.
In seinem berühmtesten Roman »Candide« führt er uns einen ungebrochen optimistischen Dummkopf vor, Pangloss, für den noch im größten Unglück alles zum Besten bestellt ist in dieser angeblich besten aller Welten (und jeder von uns kann leicht zahlreiche heutige Panglosse nach der eigenen Erfahrung nennen).
Gegenfigur zu ihm ist eben Candide, der alle physischen und moralischen Übel der Welt durchleidet und schließlich gar nicht anders kann, als den Sinn des Lebens an sich samt seinem Schöpfer in Frage stellen.
Und »Candide« endet so (und in meiner Vorstellung fällt es mir außerordentlich leicht, das nach Masuren zu verlegen): »Wir wollen arbeiten, ohne uns Gedanken zu machen; das ist das einzige Mittel, das Dasein erträglicher zu gestalten.« Candides letzter Satz: »Allein es gilt, unseren Garten zu bebauen«.

8

»Ach, sagte er, du hast wohl völlig vergessen, daß ich ein alter Ritter bin, was?«

Martin Walser, Ein fliehendes Pferd.

Alle Fäden laufen zusammen bei einem selbst.
Und ich also am Ort meiner Herkunft. Und das heißt: Es ist die Stätte der Existenz der Vorfahren; und auch ich öffnete hier die Augen und befand mich gegenüber demselben See und den Hügeln und Feldern und Wäldern wie sie. Ihre Welt war noch die meine.
Seltsame, unübertreffbare Überheblichkeit, daß wir in unserm vagen Bewußtsein den Ort der eigenen Existenz für den Nabel der Welt halten und uns selbst für den Brennpunkt im Zentrum.
Rydzewen in Masuren. Und reist du ab von hier und so weit wie möglich um unsre alte Kugel, so kommst du nach einer Umrundung wieder hier an.
Und heute dieses Rydzewen, wie das ganze Masuren, ein Haus der Toten.
Unlängst las ich von dem Totenschiff eines Maori-Fürsten namens Kiwi-Kiwi, mehr als fünf Meter lang und über und über mit den Bildern seiner Ahnen bedeckt. Manche nennen es das schönste Boot der Welt.
Ein Gefährt, das gedacht war für eine »mythische Totenreise ins Land der Herkunft«.
Was ist daraus geworden?
Nach vielen Irrwegen kam es irgendwann in den Kunsthandel, kann heute als ein hervorragendes Beispiel für die Kunst eines sogenannten primitiven Volkes in einem westdeutschen Museum besichtigt werden.
Totenhaus Masuren. Ja: Ich denke bei diesem Schiff auch an mich, der ich ein in die Fremde versetzter Sohn dieses kleinen Volkes bin.
Und ich weiß, daß ich mit meinen Vorfahren verbunden

bin, und daß sie ein Teil von mir sind, und in mir sind und vielleicht um mich. So wie meine Tochter, die ins Jenseits gerissen wurde, in mir blieb und bei mir. Und ich kann sie alle so wenig entbehren wie der Kiwi-Kiwi seine Verwandten.

Und der Tod der Heike traf mich, wie das einen alten Masuren trifft. Wir trauerten anders. Und ich lebe anders mit den Erinnerungen an mein Kind als andere.

Und ich bin auch sicher, daß es die richtige Vorstellung ist, man trete die Fahrt »ins unbekannte Land der Herkunft« nicht ohne jene an, die einem dorthin vorausgingen. Ich denke an die zahlreichen im Kern völlig übereinstimmenden Berichte, daß sie den Sterbenden abholen.

Und mag das Totenschiff auch in einem Museum geendet sein, bei den Nachkommen des Kiwi-Kiwi ist es unvergessen (so wie es noch viele Masuren gibt, die ihr Land und die Lebensart dort keineswegs hinter sich gelassen haben).

Eines Tages, so berichtet ein Kustos, stand eine vornehme Dame aus der Nachkommenschaft des Kiwi-Kiwi vor ihm und bat, das Boot sehen zu dürfen. Er erschrak – das Gefährt war damals hinter einer Wand verbarrikadiert, man konnte es beim besten Willen nicht herzeigen.

Da ging die Frau zu der Wand, strich mit den Händen über sie und weinte.

Ich will nun auf unsern Friedhof.

Dorthin, wo meine Vorfahren ruhen – jene Masuren, die ihre Heimat ganz behalten durften.

Rolle, die Friedhöfe in jedem meiner früheren Romane spielen. Als eine Stätte, in der sich der Charakter eines Dorfes, einer Stadt spiegelt. Oder, wie in dem dritten Roman: dem der Träume und Unwirklichkeiten, wo die endgültigen Abschiede sich ereignen. Und zwei dieser drei Friedhöfe haben ihre Vorbilder in masurischen meiner Kindheit.

ABSCHIED, VERLUST, AUSGELÖSCHTWERDEN. Ein Abschied endgültiger Art war auch der vom Land meiner Kindheit, das kurz darauf auf einen andern Planeten ent-

rückt wurde für lange Zeit, damit zu einer Region für Träume und Märchen wurde.
Vage Erinnerungen an die Bestattung der masurischen Großmutter, Vaters Mutter, aus der armseligen Losmänner- und Kätner-Familie. Die Aufbahrung im offenen Sarg im Wohnzimmer. Kränze und ein paar Besucher. Am Nachmittag der Pfarrer. Dann hinter dem Sarg auf einem Pferdewagen langsam zum Dorf hinaus, schrittweise durch die Felder. Die Grube und die Beerdigung.
Hier geschah auch das. *Hier*. Damals noch masurisch und deutsch.
In B... im Süddeutschen stand ich vor einigen Monaten vor einem andern Grab der Familie. Das habe ich beklagenswert vorgefunden, nicht gerade liebevoll gepflegt. Das Grab eines ungewöhnlichen Menschen konnte das doch wohl nicht sein. Es war jedenfalls weit entfernt davon, einem Ritter-Grab zu gleichen.
Meine seltsame Neigung, mich Örtlichkeiten (und wohl nicht nur ihnen) nicht durch den Haupteingang zu nähern. Auch zum Friedhof komme ich von hinten, wo er immer schon eine Art Urwald war; steige aus moorigem Gelände durch Gesträuch-Dickicht nach oben.
Aber auch den eigentlichen Friedhof finde ich nun urwaldhaft überwachsen vor. Ein Kreuz aus Eisen ohne Schrift, stark verrostet. Ein umgestürztes aus Holz. Und die Gräber-Beete längst verschwunden im Lauf von etwa vier Jahrzehnten; Sträucher und Kraut haben sie alle überzogen.
Wo die Großmutter begraben liegt: Ich weiß es noch ungefähr, aber präzise würde ich es nicht ausmachen können. Und dort irgendwo hinten, schon am Rand des Abhangs zum Moor hin, lagen die Gräber der im frühen Kindesalter gestorbenen Geschwister Vaters. Fünf wuchsen auf, mehr als fünf endeten früh – schattenhafte Menschen-Existenzen, von denen man mir schon nicht einmal mehr die Namen erzählt hat. Und um die Gräber kümmerte man sich schon in meiner Kindheit kaum noch.

Und nach weiteren Jahrzehnten ist das ohnehin alles gleichgültig geworden.
Hinterlassen die weitaus meisten Menschen keinerlei Spuren?
Gewiß: Goethe zum Beispiel ist wohl unvergeßbar. Oder Hamsun. Und sogar mancher Monarch: ob im Guten oder, wohl eher, im Bösen.
Aber die vielen Menschen vieler Generationen meines Dorfes, die hier unter dem Urwald-Dickicht begraben liegen?
Ich weiß schon fast nichts mehr über den Vater meines Vaters, und damit ist es beendet.
Ich denke im Anschluß daran ein bißchen darüber nach, welch ein Wert also einem Menschenleben zugedacht ist. Da krabbelt jeder nach Kräften und hält sich für durchaus von Belang, und schon Jahrzehnte später ist die Erinnerung an ihn nicht größer als an irgendeine Milbe.
Den überwucherten, fast nicht mehr auszumachenden Gräbern hier in Masuren entsprechen die völlig vergessenen Schicksale.
Und so wird bald niemand mehr ahnen, was für Familien und Menschen das eigentlich waren, die früher in einem Dorf wie meinem gelebt haben. Und was ihr Land Masuren ihnen bedeutet hat.
Soviel dazu.
Marche funèbre:
Manchmal denke ich, wir werden nur deshalb auf die Erde geschmissen, damit etwas zum Abwracken da ist, der große Fleischwolf beschäftigt bleibt. Am Ende jedenfalls die Hinrichtung von jedem von uns.
Das Ganze ist also eine rundum brutale Sache. Und tatsächlich nichts anderes als eine Erfindung nach der Mentalität altorientalischer Herrscher, als die Köpfe der Besiegten zu Pyramiden getürmt wurden.
Eine andere Qualität vermag ich nicht zu sehen.
Im Januar 1945 ging hier die Welt meines Vaters und seiner Vorfahren durch Gewalt unter, die sie sich erworben hatten

durch ihre Plackereien viele Jahrhunderte hindurch. Das Dorf meiner Kindheit ging unter, wie zuletzt deutsche Dörfer im Dreißigjährigen Krieg untergingen. Von den Familien damals ist keine mehr hier.

Von meinem Vater, zerrieben von seiner Zeit, von der Erde genommen nach nur fünfeinhalb Jahrzehnten, bleiben aber zwei große Geschichten.

Die mich rührendste ereignete sich im Januar 1945, die biblische schon ein Menschenalter früher.

Die erste scheint aus alter Zeit zu kommen, Ritterhaftem. Sie erzählt von der unausrottbaren Neigung des Menschen, über das äußerst Mögliche hinauszugehen und mit nur einem Stein in der Hand gegen das ganze allmächtig scheinende Schicksal anzutreten.

Winter 45: Die Russen hatten ihre Offensive begonnen, standen schon in Vaters geliebtem Masuren. Und seine Familie, die seit dem vergangenen Herbst westlich von Allenstein wohnte, mußte doch weiter fliehen... Er bekam es tatsächlich in dieser chaotischen Zeit fertig, Urlaub zu kriegen, konnte auch ein Pferd organisieren – *und warf sich aufs Pferd* und ritt hart an der russischen Front, er konnte in jedem Augenblick auf Feinde stoßen, zu dem Dorf im Ermländischen und erreichte den Hof, auf dem wir Station gemacht hatten.

Aber fand uns nicht mehr vor, denen er hatte helfen wollen, wir waren in der höchsten Gefahr schon aufgebrochen.

Und wie hätte er denn unsre Lage deutlich verbessern können?

Aber wie bewegt mich seine Absicht!

Es ist das letzte Bild von dir, Vater, in Ostpreußen und in deinen kraftvollen mittleren Jahren. Ich bin so unbescheiden und nenne es *groß*.

Als wir uns nach über drei Jahren in Norddeutschland wiedersahen, da warst du längst nicht mehr derselbe: inzwischen zermürbt worden in russischer Gefangenschaft, es hatte deine Gesundheit untergraben.

Die andere Geschichte ereignete sich schon in deiner Kindheit und erzählt von einem David, der neben dem biblischen bestehen kann.
Ihr hattet einen Lehrer damals, der viel prügelte, und immer nur die Kinder der kleinen Leute, niemals die der großen Bauern. Und nun hatte er angekündigt, am nächsten Tag einen deiner Brüder hernehmen zu wollen.
Und er vergaß das nicht, wollte tatsächlich zur Exekution schreiten – da aber warst auch du aufgestanden und hattest zum Entsetzen der andern die rechte Hand gehoben, und in der war sichtbar ein Stein…
Und der Lehrer, allmächtiger Mann damals? Mit einem erschreckten Nänänänänä – wich er zurück, legte den Rohrstock weg – und hat ihn nie mehr gegen einen der Deinen gehoben.
Die Heere der Kreuzmäntel, Polen, Litauer, Schweden, Russen, Franzosen – mein Gott, das fand ja niemals ein Ende in Masuren. Mord und Brand, Vergewaltigungen und Räubereien jeder Art.
Mutter viele Jahre nach dem Winter der Rache 1945: Es sind ja so viele tot, es leben ja ganze Familien nicht mehr.
Auch wir haben also auf die eisigen Straßen gemußt, ein Feuerschein am Himmel zeigte: schon brannte Allenstein. Und bald haben wir auch den Wagen stehenlassen müssen, besaßen danach nur noch etwas auf dem Leib und das Allernotwendigste und keinen Vorrat an Eßbarem. Waren abhängig von den Zufälligkeiten irgendwelcher Transporte von Ort zu Ort und dem begrenzten Wohlwollen anderer.
In dieser angeblich besten aller Welten können wir einander nicht beschützen. Russische Panzer über Flüchtlingstrecks hinweg. Das Auto eines betrunkenen Rasers auf mein Kind zu. Es ist immer Krieg. Oder Wilder Westen. Unaufhörlich eine gefährliche Schwebe: das Brutale hat zu jeder Zeit die Chance, die Oberhand zu gewinnen.
Immer wieder das Entsetzen über menschliche Verrohung.

Ich setze mich auf einen Stein, blicke über die Stätte schon verschwundener Gräber.
Um so notwendiger ist es, denke ich, die Gescheiterten nach Maßgabe ihrer Haltung ins Grab zu bringen. Vaters Beerdigung: sie hat etwas mit Schweigen und mit Fatalismus und sehr viel mit Ritterhaftem zu tun. Mit einem verwegenen Ritt durch alle Gefahren zur bedrohten Familie, einem Gang durch eine schäbige Vorstadt-Straße gleichsam durch die Menschen und die Fahrzeuge hindurch…
Vater: mürbe gemacht durch seine Zeit. Gelitten unter dieser Zeit, untergegangen, begraben. Nicht aufgefahren gen Himmel. In die Kiste gelegt: Damit war es zu Ende.
Aber sein tatsächliches Ende in einem schäbigen Krankenhauszimmer, der »Abstellkammer« für Sterbende? Paah – das spielte schon keine Rolle mehr.
Wir haben hier auf dem Rydzewer Friedhof so viele begraben im Lauf von vierhundert Jahren. Und einmal also haben wir einen Mann wie/als einen *Ritter* begraben. Ich stelle mir das auch vor wie für Wikinger-Häuptlinge: auf einer erhöhten Stätte mit einem weiten Blick ins Land.
In dem Augenblick, da wir ihn begruben, stand sein Gesicht vor mir, ungeheuer ruhig und gleichgültig: Es lohnt sich doch sowieso nicht. Und unbeschreiblich bäurisch nach Art der unerschütterbaren masurischen Bauern. Und da habe ich gedacht: Mensch, jahrhundertealt, hier war das bis zuletzt so und immer und ein und dasselbe. Und wo ist man denn wirklich weitergekommen in einem menschlichen Sinn. Das ist man doch nirgendwo.
Das ist mit einemmal eine ganz erregende Erkenntnis für mich und *Gewißheit.* Und von der Beerdigung meines Vaters hier gebe ich einen durch und durch realistischen, jedenfalls unwiderlegbaren Bericht.
Habe ich dich hierher zurückgebracht, Vater? Wo du geboren wurdest, aufgewachsen bist in Kätner-Dürftigkeit, dann deinen einfachen, vernünftigen Traum geträumt hast und einen Bauernhof schufst?

Habe ich dich zurückgebracht, damit du an dem einzigen dir zustehenden Ort nun für immer bleibst?
Ich will möglichst vielen davon erzählen, damit sie es erfahren wie andere Wahrheiten auch.
Das Leben der Deutschen hier in vielen Jahrhunderten ist ja nur noch Erinnerung, die Legenden schafft. Alles frühere Leben hier taugt zur Legende, oder es wird völlig vergessen. Auf etwas mehr oder weniger belegbare Wirklichkeit kommt es bei Legenden nicht an.
Und Vater ruhe nun hier in ewigem Frieden!
Wir sind einst zusammen über viele verschiedene Straßen gefahren mit unsern klapprigen Rädern; und es hätten auch Bauernpferde sein können, auf denen wir unterwegs waren. Jedenfalls auch das: Nachhall von alter Zeit und Ritterhaftem.
Und wenn ich daran zurückdenke: Es war unvergleichlich und schön.
Und nun ein letzter Gruß für immer, mein Lieber –.

Ich arbeite mich vor zum Eingang des Friedhofs. Dort erstaunt mich ein Monument, das noch nicht alt sein kann, erst wenige Jahre. Ein Gebilde von der Größe eines Katafalks. Frische Blumen obendrauf.
Ganz offensichtlich eine Stätte zur Erinnerung. Aber für wen? Es wurden hier in den letzten Jahren doch keine Gräber mehr angelegt.
Ich habe keine Erklärung dafür.

Daß das Andenken der einstigen Bewohner des Dorfes gemeint sein könnte, all der Begrabenen hier: So etwas ist hierzulande heute nicht üblich.
Wenn aber doch:
So nähme ich es mit auch für meinen Vater, und das ist für mich eine schöne Vorstellung.

9

Und vielleicht fragt man nun, was denn meine Botschaft wäre aus Rydzewen hinter den masurischen Bergen?
Da stehe ich ziemlich zurückhaltend da: Jetzt bloß keine simple Formel! Ich erzähle von vielem und auf den ersten Blick Ungleichem, und manches davon mag diesem oder jenem immerhin bemerkenswert erscheinen. Aber wohl nichts davon ist erbaulich, und ich stelle jedenfalls keinen Lehrsatz auf.
All diese literarischen Hervorbringungen der Jahrhunderte, die einen deutlichen Schluß haben und eine Belehrung. Aber eindeutig und nicht mehr veränderbar ist doch nur der Tod eines Menschen.
Es kann bestenfalls auf die Skizze einer Richtung hinauslaufen, in die es gehen könnte. Und diese diskutable Richtung ist jedenfalls nicht die der maroden Zivilisation in der Westhälfte Europas. Und es kann doch auch nur um Annäherungen gehen: Wir strampeln uns ab auf ein sogenanntes Ziel hin, aber wie Moses erreichen wir es ja doch nicht. Zuletzt bleibt alles im Halben, Angedeuteten stecken. Und wenn ich dran denke, was Goethe in etwa unter »mit sich ins reine kommen« verstand (eins seiner Hauptanliegen), so war es ja auch nicht mehr als dies: Ordnung schaffen, Übersicht herstellen, *die Selbstachtung bewahren*.
Mehr ist wohl niemals möglich.

Ich erzähle von vielem und Ungleichem, sagte ich – aber ist das richtig?
Richtiger ist doch wohl, daß ich *immer nur von ein und demselben* berichte: *dem Abschied und dem Verlust für immer und der Erinnerung an das Verlorene.*
Das ist mein Thema.
Und so erzähle ich von meinem Vater und vor allem von meiner Tochter und von dem uns weggenommenen Kindheits-Land.

Der Rahmen meines Bildes hat die Farbe der Traurigkeit, der unveränderbaren Melancholie. Aber das Bild selbst besteht aus vielerlei Farben: Es soll ja ein Bild möglichst nah bei der Wirklichkeit sein.

Habe ich, bald nach dem Tode der Heike, mich gefragt, ob die Welt es überhaupt wert ist, daß man sein Leben in ihr fortsetzt? Ja: Irgendwann die Vorstellung (und dann, ohne groß darüber nachzudenken, häufiger): hierher nach Masuren fahren – und zu verschwinden!

Das hat etwas zu tun mit der Vorstellung sowohl vom riesigen Spirding-See als auch den endlosen Wäldern der Johannisburger Heide. Und ich wäre sicher nicht der erste, der hier für immer verschwände.

Und diese nicht endenwollenden Herumquälereien wären endgültig vorüber.

Allerhand Tagträume, während ich allein durch das Land fuhr. Einer von ihnen machte mir allerdings nicht wenig Vergnügen, ja richtete mich geradezu auf:

Plötzlich die Vorstellung, zwei Frauen würden mir hinterherfahren, auf einmal da sein in meinem Märchenland, die eine vielleicht immer noch eine Spur zurückhaltend, weil noch nicht ganz mit allem im reinen (Ilse), die andere aufmunternd, ausgesprochen guter Dinge (ihr Name: Julie). Ilse kennt ja meine Route, meinen Zeitplan bis ins einzelne – es fiel mir durchaus auf, wie genau sie mir alles herausgelockt hat.

Was für eine Verrücktheit ich mir da vorgestellt habe; man wagt es ja kaum auszusprechen! Das wäre doch allzu ungewöhnlich und ist daher überhaupt nicht wahrscheinlich.

Aber – ist denn jedes Ereignis, das uns zustößt, von größerer Wahrscheinlichkeit? Und ausgerechnet in Zusammenhang mit dieser auf keinen eindeutigen Nenner zu bekommenden masurischen Welt?

Was also spricht *absolut* dagegen, daß die beiden plötzlich hier eintreffen?

Das Ungewöhnlichste daran wäre, daß sie überhaupt zueinander gefunden haben. Dann sich zusammenzutun, die Reise zu organisieren, loszufahren – paah! Mochte auch die Ilse für so etwas eigentlich zu vernünftig sein, der Julie traue ich solch eine herrliche Albernheit durchaus zu. Und den Schwung und den Schneid, alle Einwände Ilses zu überwinden.
Und Julie und Ilse: das ist ein großer Teil meiner Jugend und ein gewisser Teil von Julies Jugend und ein erheblicher von der Ilses. Und so haben sie ja so recht, die beiden!
Und dann gehört unbedingt noch irgendwie mein Vater dazu. Ich muß den beiden jedenfalls erzählen, wie wir ihn hier angemessen begraben haben gleich einem alten Ritter. Wir haben ihm hier ein Grab bereitet, das ist inzwischen in Efeu tief eingesponnen, Urwald hat sich darüber gelegt und bewahrt es nun für die Ewigkeit. Und es war eine große Menge überaus merkwürdiger Menschen dabei, ich will formulieren: Gestalten – nicht sogar Weißmäntel mit schwarzen Kreuzen drauf? Aber Vaters Mutter stammte ja noch von etwas viel Älterem ab: den Pruzzen; und Perkunos und Pikollos und Potrimpos hießen ihre Götter. Und dann schier zahllose Krieger dieses Erdendaseins und seiner verschiedenen Zeiten, bis hin zu den Knechten auf ihren Kleppern, vielen zickigen Pferdchen, Ziegenbock-Pferdchen.
Zweifellos hatte Julia das Heft in die Hand genommen. Ich stieg in meinem Leben herum und bis an seinen äußersten Punkt zurück – und ganz ohne sie? Das hatte ich mir so gedacht! Da hatte ich die Rechnung aber ohne die beiden Frauen gemacht!
Ich würde noch mein Wunder erleben!
Zu literarische Vorstellung? Und in Wirklichkeit weiß ich ja nicht einmal, ob es die Julia überhaupt noch gibt?
Als ich Gustafssons »Trauermusik« las und die Geschichte der Ann-Marie Nöhme, da erinnerte ich mich an Julia und daß sie mir irgendwann in lange vergangener Zeit erzählt hat, einmal im Jahr überfalle sie eine rätselhafte Krankheit

mit hohem Fieber, und noch kein Arzt habe das zu diagnostizieren gewußt. Seither habe ich so etwas wie das Bewußtsein von ihrer erheblichen Gefährdung – und vielleicht gibt es sie gar nicht mehr, und ich weiß es nur noch nicht.
Wenn also die beiden kämen –. Solche Geschichten (und ich denke an einen Film nach Hjalmar Söderberg: »Das Spiel der Liebe und der Einsamkeit«) entwickeln sich oft anders, als wir's gern hätten. Wir sind ja nicht mehr dieselben; ich nicht einmal mehr derselbe wie noch vorgestern und gestern: Ehe ich Masuren erreichte und die Stätte meiner so entlegenen Kindheit.
Wenn es nur nicht zu alltäglich werden würde: Das wäre doch ein zu großer Verlust.
Eine Einzelheit noch, ich darf's nicht vergessen. Ich werde zur Julia sagen: Und weiß du nicht einen kleinen Bauernhof bei euch da unten »in dees Schwoabe-Ländle« (und das ist für mich, wie du weißt, Oberschwaben und das schwäbische Allgäu), inmitten von masurischen Hügeln? Das Geld dafür hab ich noch nicht beisammen, aber ich hab mich nun dazu gebracht, fünf bis acht hinreißende Schnulzen zu schreiben – da einen das Finanzamt immer stärker schröpft: eher acht...
Wir alle mit unsern ein bißchen albernen Träumereien! Und vielen Unwirklichkeiten und kleinen Verlogenheiten, die es uns ein bißchen erträglicher machen sollen!
Und in Wirklichkeit will ich doch das Haus, in dem die Heike mit uns gelebt hat, niemals mehr verlassen.

Nach einigen Wochen träumte ich in der letzten Nacht wieder von der Heike:
Wir waren offenbar in Urlaub, und es war in einem der skandinavischen Sommerhäuser, wie wir sie immer gemietet haben so viele Jahre lang mit ihr.
Die Kinder (unser Sohn, sein Freund?) hockten am Boden des Wohnzimmers, spielten etwas. Und da war plötzlich auch die Heike bei ihnen.

Wie ich schräg von hinten auf das Mädchen sah, den etwas nach vorn gebeugten Oberkörper, vor allem Nacken und Haar, da wußte ich: Es ist die Heike, und in Wirklichkeit ist sie tot, aber nun ist sie noch einmal unter uns in einem unsrer Urlaube, und das waren doch unsre schönsten gemeinsamen Tage und Wochen...
Es ist die alte Geschichte von der Erscheinung Toter, dachte ich. Wie sie immer mal wieder ernsthaft berichtet wird. Und ich erlebe sie zwar wieder nur im Traum, aber wenigstens so. Ich blicke auf mein Kind, das tot ist, und es erscheint mir noch einmal wie in seinem Leben...

Dies eine schließlich:
Ehe der Tag zu Ende geht, will ich wieder zu Hause sein am See unten. Und dort, denke ich, werde ich der Heike den Brief schreiben, den ich ihr schuldig bin und den sie niemals mehr lesen wird.
Das ist nun aber allzu töricht und etwas ganz und gar Vergebliches?
Doch ist denn das andre, was wir sonst tun und treiben in unserm werweißwie langen oder kurzen Leben, aus einer etwas größeren Distanz betrachtet weniger sinnlos und vergeblich?

IV

Brief an die Heike

Das Vergangene ist niemals tot, es ist nicht einmal vergangen

William Faulkner

Meine liebe Heike,
nun ist es ein Jahr her, daß wir Deinen 22. Geburtstag feierten – bald danach wußten wir: Deinen letzten. Ich entsinne mich an viele Einzelheiten. Ilse hatte mir vor ihrer Abreise (einer nicht aufschiebbaren familiären Angelegenheiten wegen, Du weißt) ans Herz gelegt, alles zu tun, wie wir es immer gemacht haben: Dir einen schönen Blumenstrauß zu besorgen, morgens den Geburtstagstisch herzurichten mit den Geschenken und dem Kerzenrad. Und das hast Du vielleicht von mir nicht erwartet: Du schienst überrascht, es freute Dich, und das zeigtest Du.
Das war fünfzehn Tage vor Deinem Tod.
Fünfzehn Tage später sah ich Dich auf der Bahre liegen, sah Dich an für immer zum letzten Mal. Hörte wie aus weiter Ferne Ilse zum Arzt sagen: Sie ist es –.
Und nun bist Du schon länger als ein Jahr im Sarg in der Erde – eine mir jeden Tag gleich unerträgliche Vorstellung.
Und ich werde Dich niemals mehr über die Steinplatten des Gartenwegs gehen und kommen hören. Du schließt und öffnest niemals mehr die Tür unsres Hauses, das auch Dein Haus und Zuhause war und gedacht für Dich und Felix nach uns. Du wirst niemals mehr auf Deinem Stuhl rechts neben mir am Eßtisch sitzen und mich manchmal ansehen. Oder in unsrer schönen Gartenlaube an einem Sommerabend; und wir tranken Bier und machten ein Spiel oder saßen auch bloß da und redeten über dies und das.
Und ich will das so eindringlich wie möglich zum Ausdruck bringen und benutze also ausnahmsweise ein englisches Wort, weil es mir einen angemesseneren Klang zu haben scheint als unser deutsches:
Nevermore.
Und weißt Du noch, wie das war, wenn wir beide an manchen Sonntagvormittagen spazieren gingen, als Du klein warst und mir noch die Hand dabei gabst. Und wir waren an dem hübschen kleine Fluß draußen in den Feldern oder im Stadtpark; und noch sehe ich es vor mir, wie Du auf die

Rutsche steigst und runtergesaust kommst... Zweiundzwanzig Jahre hast Du mit uns gelebt, warst ein großer Teil auch unserer Leben: der zweiten Hälfte meines bisherigen Lebens. Und warst so lebendig wie wir alle. Und weshalb ging das nicht über das Leben Deiner Eltern hinaus: So wäre es richtig gewesen.
Aber Du bist tot, und es ist für immer zu Ende.
Und die Welt ist für mich beileibe nicht mehr so, wie sie war, als es Dich noch bei uns gab.
Ich bin nun, da auch unter mein bisheriges Leben ein Strich gezogen zu sein scheint, zurückgefahren zu den frühesten Anfängen. Sitze am See meines Heimatdorfes unterhalb der Stätte meiner Geburt – nur wenige Schritte bis dorthin, wo ein Haus stand, in dem ich zur Welt kam. Und habe einen Schreibblock auf den Knien und schreibe Dir.
Gerührt und ergriffen habe ich wiederzufinden versucht und tatsächlich wiedergefunden, was auch hier schon lange tot ist: unser einfaches Haus und die Gärten damals, und den Hof und was dazugehörte. Und neben unsrer Scheune war schon einiges Holz gelagert: Mein Vater plante einen Neubau des Wohnhauses.
Aber das ist nicht Wirklichkeit geworden wie so vieles in seinem Leben. Wie in Deinem; und auch in meinem.
Unvergeßbare Anblicke meiner Kindheit: der See, die Hügel dahinter, die Ränder der Wälder. Ich habe all das vierzig Jahre nicht gesehen, doch es ist so anschaulich in meinem Gedächtnis geblieben, daß nun die Wirklichkeit der Erinnerung völlig entspricht.
Weshalb ich Dir davon in diesem Brief erzähle: Hierher wollte ich doch eines Tages mit Dir und dem Felix fahren, das gehörte zu meinen geheimen, beileibe nicht geringsten Wünschen. Euch das alles zeigen und sagen: Seht, im Anblick dieses schönen Landes bin ich auf die Welt gekommen und aufgewachsen, es tut dann das Leben lang in einem seine Wirkung, wohin auch immer es einen verschlägt.
Und es ist auch das Land *eurer* Vorfahren! Deren einer Teil

ist von hier gekommen. Durch mich gehört das auch zu euch.
Und Du hast das nicht kennengelernt und kannst es nun nicht mehr sehen. Und was ich Dir darüber schreibe, kannst Du nicht mehr lesen.
Und ich schreibe Dir mit dem dünnen silberfarbenen Kugelschreiber, an dessen oberem Ende an kurzem Kettchen ein Steinbock (mein Tierkreiszeichen) festgemacht ist.
Weißt Du noch? Du hast mir den geschenkt in einer Zeit, als Du so etwas von Deinem immer bescheidenen Taschengeld bezahlen mußtest, es also ein Opfer für Dich bedeutete. Aber immer hast Du Dir etwas Besonderes einfallen lassen (und warst, ich entsinne mich, einmal betrübt darüber, als wir Dir gegenüber in der Hektik unserer Alltage weniger sorgfältig darin gewesen sind).
Diesen hübschen Kugelschreiber hast Du also einmal in der Hand gehabt, Deinen bis zuletzt auffallend zarten Händen...
Und nun ist jeden Tag nach dem Aufwachen mein erster Gedanke: Die Heike ist tot. Und das ist immer gleich schrecklich. Ja es scheint in der Anhäufung all dieser Vergegenwärtigungen zunehmend schlimmer zu werden.
Erst durch Dein Sterben weiß ich, was das heißt: ein Menschenleben. Zusammengesetzt aus lauter Kleinigkeiten. Und irgendwann wird's völlig abgeschnitten mit *einem* Schnitt. Unlängst las ich in einem heiligen Gesang der Hindus: »Ich bin der Tod, der alles raubt...«
Ja.
Ich habe Dir, als Du lebtest, so vieles nicht gesagt, was ich Dir hätte deutlich machen müssen. Gerade Dir habe ich mehr zu sagen gehabt als den andern, mehr sagen *müssen*. Es sind vor allem solche Versäumnisse, die mir in meinem jetzigen Verhältnis zu Dir (so will ich es nennen) so sehr zu schaffen machen.
Ich hatte zweiundzwanzig Jahre Zeit, und ich habe sie viel zu wenig genutzt. Ich klage mich an, daß ich Dich manch-

mal wohl zu sehr alleingelassen habe mit Deinen Bedrükkungen. Die eigene Neigung, sich eher zurückzuhalten, darf nicht für alles eine hinnehmbare Begründung sein.
Und so habe ich ein ungutes Urteil über mich zu fällen.
Und ich will Dir vor allem eins sagen; aber ich weiß natürlich, daß es zu spät ist.
Oder teilt es sich Dir doch irgendwie mit, ist diese Vorstellung nicht völlig unsinnig?
Man mag mich ruhig belächeln (aber *Du* hättest es nicht getan, da bin ich ganz sicher): Ich mag die schöne Vorstellung nicht ganz abtun, daß Du in diesen Augenblicken hinter mir stehst und mir über die Schulter siehst bei meinem mich so in Traurigkeit haltenden Tun. Und nichts mehr dazu sagen kannst – aber vielleicht auch früher nichts zu so etwas gesagt hättest; es bloß verstanden hättest und einverstanden gewesen wärst.
Und selbst wenn Dir Einzelheiten der Leben auf Erden nichts mehr bedeuten, so erfährst Du vielleicht etwas vom Ausmaß meines Schmerzes, und das mag Dir etwas sagen über meine große väterliche Liebe zu Dir. Und vielleicht kann Dir das doch noch irgendwie eine kleine Freude sein. Ich gehe ja noch mit Dir um, spreche zu Dir; und vielleicht gibst Du mir doch noch irgendwann ein Zeichen.
Ja: Keine von Wissenschaften beherrschte Schule des Westens, keine Philosophische Fakultät konnte die heimatliche Vorstellung völlig vernichten (heimatlich im Sinn von: menschlich warm), daß mit dem Tod des Körpers nicht alles getötet ist. Auch ich weiß natürlich nichts sicher darüber, aber ich habe die *Hoffnung* noch, daß ein Teil des Menschen auf irgendeine Weise weiterlebt und vielleicht sogar, wie es einige masurische Erfahrungen zu belegen scheinen, am Leben der ihm nahen Menschen auf Erden weiter teilhat.
Dies aber ist es vor allem, weshalb ich Dir schreibe: Ich will Dir sagen, wieviel Du mir bedeutet hast und über den Tod hinaus bedeutest. Daß Du von allen Menschen derjenige

warst, der mir am nächsten stand, und durchaus nicht nur wegen Deiner Art, die der meinen so ähnlich war.
Das Wort Liebe ist so auf den Hund gebracht worden, daß man es nicht mehr ohne Zögern benutzt. Aber ich will trotzdem sagen, wie lieb ich Dich immer gehabt habe und behalten werde, solange ich lebe.
Und Deine Schwächen, die Dir bewußt waren und manchmal so im Weg standen, habe ich begriffen wie kein anderer – es waren ja meine eigenen, Du hattest sie leider von mir. So weiß ich, daß Dir niemals etwas ganz so großartig gelang, wie Du es in Deinen Wünschen erträumtest. Und daß es wohl nur ganz wenige Augenblicke in Deinem Leben gab, in denen Du wirklich glücklich gewesen bist.
Auch darin waren wir uns ja nur zu ähnlich: daß sich mit Sicherheit immer jemand für uns fand (geradezu: wie unsichtbar aus irgendeinem Hintergrund gelenkt), der dafür sorgte, daß besondere Anstrengungen unsererseits nicht beachtet wurden, während durchaus noch Durchschnittliches schon an den Pranger kam.
Da sich das ständig wiederholte, quasi eine durchlaufende Komponente nach einmal festgelegtem Auftrag darstellte, bekam es für mich mit der Zeit etwas Groteskes, unfreiwillig Komisches; und die handelnden Figuren im Dienst dieser Abläufe (die sich aufblähten, als gehe es um so etwas wie freien Willen) erschienen mir als lächerlich strampelnde Marionetten.
Dich aber mag es immer noch geschmerzt haben und Dir ungerecht erschienen sein. Bis hin zu Deinem Tod.
Doch Du bist klüger gewesen als die weitaus meisten, und es war eine Klugheit, die Dich das Wesentliche erspüren ließ, vor allem die schreienden Minderwertigkeiten der Welt und unserer Zeit.
Und zugleich warst Du manchmal entwaffnend kindlich: sehr nah beim Einfachen, ganz Direkten und völlig Unverstellten. Und Du schämtest Dich überhaupt nicht deswegen.

Dann warst Du wohl ganz besonders wie die Menschen früher hier in Masuren! Die Menschen des masurischen Volkes, als auch ich hier noch lebte. (Und auf unsre Weise ist jedenfalls niemals soviel Erde, soviel Menschliches kaputtgemacht worden wie nach den Vorstellungen westlicher Intellektueller; wäre es nie zu einer solchen Entseelung und mörderischen Verrottung gekommen, wie sie heute im Westen schon so viele beklagen, aber nicht mehr aus der Welt schaffen können.)

Du warst ein Mensch mitten in unsrer Zeit; und zugleich einer, der von weit herkam und unterwegs besonders viel mitbekommen zu haben schien.

Und ich denke noch einmal darüber nach, weshalb Du wohl meistens eher unruhig und rastlos gewesen bist, vielleicht manchmal Gedanken ans freiwillige Fortgehn gehabt hast, wie sie niemandem mit einiger Nachdenklichkeit erspart bleiben. Weshalb oft ein Ton um Dich war, der fremd erschien und beunruhigend unverständlich. Denn Du bist doch auch nicht so offensichtlich aus der einen Welt in eine ganz andere geworfen worden wie ich, wo man Dich und Deinesgleichen wie ein Geschwür behandelt hätte. Wäre es allzu simpel gedacht, nähme man an, Du hättest Dein so frühes Ende tatsächlich irgendwie geahnt?

Eine meiner Schwestern sagte einmal im Hinblick auf meinen Vater, der in den Krieg gemußt hatte, in russischer Gefangenschaft gewesen ist und mit fünfundfünfzig starb: Er hat doch nichts gehabt vom Leben –.

Inwieweit muß ich das auch für Dich sagen? Hast Du eine Chance, die diesen Namen verdient, überhaupt bekommen? Lag nicht alles erst am Anfang und war noch nicht ausgeprägt, und da wurde Dir Dein Leben schon auf das Übelste gestohlen?

Mein Vater gab mir ein Beispiel: Es so klaglos wie möglich auszuhalten und das allermeiste nicht einmal einer Antwort zu würdigen. Aber ich neige eher zum Widerwort, zur Empörung, bin dem nicht immer gefolgt.

Und von Dir, mein liebes Kind, habe ich gelernt, die gängigen Ansichten souverän zu verachten und sich von ihnen nach Maßgabe der eigenen Vorstellungen abzusetzen. Und das ist ganz in meinem Sinn!

Du warst so riesig gleichgültig gegenüber der Allerweltsmeinung der Leute. Die Spießer hatten keinen selbstverständlicheren Verächter als Dich. Du hast Dich niemals auch nur im geringsten darum geschert, was »man« meinte, redete, tat, wie sich anzog etc.

Das konnte ich bei niemandem besser beobachten als bei Dir. Und ich habe es also beobachtet...

Dieses nicht auf Anhieb verständliche Wort des Tao: Der Sohn ist älter als der Vater. Du, meine Tochter, warst älter als ich und damit erfahrener. Gemeint ist: Dein Leben umfaßte bereits die Erfahrungen der Dir vorausgehenden Generation, nämlich das, was ich erlebt und durchlitten hatte. Du warst schon der nächste, über mich hinausgehende Schritt.

Oft waren es eher die kleinen Ereignisse Deiner Aufrichtigkeit, Deines Gerechtigkeitssinns, Deines Gutseinwollens, die mich so sehr beeindruckt haben. Kein Zweifel, daß in den zweiundzwanzig Jahren, da Du bei uns warst, mein Leben durch Dich verändert worden ist. Du hast mich so oft *gerührt*: verschämt, ein bißchen schüchtern, manchmal enttäuscht – das hat doch jedesmal eine Bewegung in mir ausgelöst.

Vieles miteinander, und vor allem andern mein Vater und Du: Ihr habt mich dahin gebracht, daß ich inzwischen in meinem Verhalten wohl von akzeptablen Maßstäben ausgehe.

Oft gehe ich an der Tür Deines Zimmers vorbei zu meinem kleinen Arbeitsraum. Ich fasse dann manchmal an den Türgriff, den Du so oft in der Hand hattest, und manchmal drücke ich ihn nach unten und gehe hinein zu Dir (wie wir immer noch ganz selbstverständlich sagen): wo Du wohntest und alles zurücklassen mußtest.

Die Poster und Bilder an den Wänden – darunter jenes Foto von Dir als kleines Kind im Bettchen mit großen Augen; Du hast es offenbar gemocht. Oder jenes andere Bild in der Nähe Deines Schreibtischs, auf dem Du vor der Fahrschule stehst (die auch ich besucht habe vor fünfundzwanzig Jahren) und den Führerschein in der Hand hältst, den Du gerade bekommen hast – Du siehst so eigenartig einsam auf diesem Foto aus, es bringt mich jedesmal in schmerzliche Bewegung.

Und die nun leeren Käfige Deiner geliebten Goldhamster. Und Deine vielen Stofftiere auf den beiden Schränken. Und Deine Stereo-Anlage; die Cassetten mit eigenen Aufnahmen hast Du sorgfältig mit Inhaltsverzeichnissen versehen in Deiner unverwechselbaren Schrift.

Und Dein für immer verlassener Schreibtisch vor dem Fenster, auf dem Deine Digitaluhr noch weiterläuft und auf den wir ein Bild von Dir gestellt haben.

Ein unbeschreiblich wehes Empfinden hat mich überfallen und läßt mich nicht wieder los –

Und auf der anderen Seite der Wand zwischen unsern Zimmern, bei mir, hängen einige der kleinen Bilder, die Du oft gemalt und nicht selten mir geschenkt hast. Ich sah mir unlängst wieder die Daten an, die Du jedesmal druntergeschrieben hast – es ist acht und sieben und auch erst sechs Jahre her. Und nun kann niemals mehr etwas hinzukommen.

Aber es hängt dort auch jener Zettel, mit dem Du mir etwas schenktest und sagtest, daß ich »immer so lieb« zu Dir sei. Ich kann gar nicht ausdrücken, wieviel mir das nun bedeutet... Möchte ich doch danach annehmen, daß Dir meine väterliche Liebe bewußter gewesen ist, als ich sie Dir gegenüber je in Worte gefaßt habe.

Man sagt mir ja nach, daß ich im Wesen sehr der Sohn meines Vaters bin, des Schweigers, der Gefühlsregungen so gut wie niemals sichtbar werden ließ. So wie Du vor allem die Tochter *Deines* Vaters warst...

Ich erinnere mich nun daran mit schlimmer Deutlichkeit, daß ich Dir auch am Morgen Deines letzten Geburtstags nicht die Hand gab, als ich Dir mit ein paar betont munteren Worten gratulierte. Und Du hast es nachsichtig so geschehen lassen – kanntest mich ja!
Bald jeden Tag, daß ich Mädchen Deines Alters sehe. Ja, Mädchen, mit denen Du gut bekannt warst. Eins von ihnen ist sogar auf mehreren Fotos von Deinem ersten Schultag, die ich gemacht habe vor nun undenklicher Zeit.
Sie alle sind offenbar ganz unbekümmert, unverändert – weshalb sollten sie es auch nicht sein, sie *leben*. Manchmal stehen sie mit jungen Männern zusammen, schwatzen, lachen – wie Du bis zu Deinem letzten Tag. Es leben noch alle – außer Dir. Es war doch so, daß Du warst wie sie...
Ja: Es ist so *ungerecht*, daß Du nicht mehr dabeisein darfst. Und das entschuldige ich niemandem; am wenigsten einer Macht, die angeblich um so vieles größer und bedeutender ist als wir herzlich unzulänglichen Menschen...
Wie habe ich mit mir gerungen, mein Kind, ob ich Dich noch einmal ansehen sollte, als Du im offenen Sarg lagst.
Ich hatte Dich ja tot auf der Bahre gesehen unmittelbar nach Deinem Sterben. Sie hatten Dich wohl mit Mühe rasch so hergerichtet, daß wir Dich sehen durften.
Unauslöschbar danach: dieser herbe, enttäuschte Zug um Deinen brutal entstellten Mund. Ausdruck vielleicht einer nicht mehr überwindbaren Enttäuschung, der *so* nicht zu Dir gehört hat.
Mehr noch als der Anblick meines toten, starren Vaters ein Menschenalter früher war es das unerträglichste, empörendste Bild in meinem Leben.
Und da dachte ich, denke es noch heute: Wenn ich das doch für Dich hätte auf mich nehmen können! Und Du wärst noch so lebendig und gesund wie immer... Weshalb mußte ich auch das erleben, *überleben*...
Du, deren weiteres Leben, wenn ihm nur erst immer mehr Erfahrung zugewachsen wäre, ungewöhnlich geworden

wäre, da bin ich ganz sicher. Du hattest von uns beiden die besseren Anlagen, und das stärkere Selbstbewußtsein, und den größeren Mut.
Und alles ist mit einem entsetzlichen Schlag auf so banale Weise zunichte gemacht worden.
Das also war es nicht: daß ich Dich als Tote überhaupt nicht ansehen konnte. Aber ich wußte, daß ich bei dem erneuten Anblick nur um so schärfer hinsehen würde; und das hätte sich danach noch viel betonter immer vor die Bilder der stets so Lebendigen gestellt, die so viele Jahre bei uns gewesen ist und um die es doch viel mehr geht. Ich möchte vor allem die vielen Erinnerungen an Dein Leben bewahren, nicht den *einen* Ausdruck der so schlimm Zugerichteten.
Und doch ist mir, als ob ich auch damit eine Schuld beging: Dich ohne einen letzten ausdrücklichen Abschied, eine kleine unmißverständliche Geste von der Erde in die Dunkelheit gehen ließ.
Dabei wußte ich damals wie heute, daß nichts in meinem Leben mich auch nur entfernt so erschüttert hat wie Dein Sterben. Nichts hat je so ein tiefes Empfinden in mir ausgelöst.
Von allen Menschen warst Du mir der wichtigste. Und gerade Du wurdest so früh weggenommen. Ich habe ein Stück auch von mir selbst verloren.
Die Zeit heilt nicht alle Wunden. Und ich will auch nicht, daß sie das tut.
Und ich denke auch daran: Du bist uns, bist mir ja nur vorausgegangen. Und Dein Tod hat meinen, wenn er eines Tages kommt, um so vieles leichter gemacht.
Auch dieser Brief wird so unvollständig und so unvollkommen bleiben wie alles andere. Und ich werde längst nicht alles gesagt haben, was mich bewegt. Und wenn ich den letzten Punkt gemacht habe, werde ich noch einmal von vorn anfangen wollen, weil erst so wenig gesagt ist, und weil ich vieles immer noch nicht deutlich genug geschrieben habe.

Nein: Eigentlich ist das noch nicht die richtige Begründung. Sondern weil ich in meiner Traurigkeit niemals aufhören möchte, so mit Dir zu reden.
Und dabei weiß ich doch, wie sinnlos das ist, weil Du es nicht mehr mitbekommst. Wie es Dir wohl auch nichts mehr sagt, wenn ich beinahe jeden Tag vor dieser Schrecklichkeit: Deinem Grab, stehe und Dir etwas zuflüstere – nun, da es zu spät dafür ist.
Ich weiß, daß Du manchmal allen Grund hattest, unzufrieden mit mir zu sein: Wenn ich nicht nachdrücklich genug Partei für Dich nahm, auch Deinen Gegnern gerecht werden wollte – törichte Vermittlerrolle, was für eine Narrheit!
Vor allem dem Schicksal gegenüber keine Nachsicht! Ein Mensch kann sich erstaunlich weiterentwickeln, das Schicksal aber bleibt sich immer gleich: blind, taub, dumm. Es hat die Ethik eines Kretins: also keine. Will man ihm irgendeinen Plan nicht ganz absprechen, so ist es offensichtlich dieser: das Hohe muß runter, das menschliche Unkraut kommt auf die Siegerplätze.
Von dieser »Qualität« ist das sogenannte Schicksal, das auch Dich auf seine widerliche Weise niedergemacht hat.
Wir können nur wenig dagegenhalten.
Felix, unlängst: Alles kann man verlieren, aber nicht die schönen Erinnerungen.
Schicksal, du Lump: Die Erinnerungen an meine Heike kannst auch Du mir nicht nehmen.
Und auch dies eine haben wir trotz allem durchgehalten: Niemandem je nach dem Mund geredet, und schon gar nicht vor irgendwem auf dem Bauch gelegen. Niemals sind wir – wie man das früher nannte – jemandem gegenüber *untertänig* gewesen.

Immer Dein Grab.
Vor einiger Zeit fuhr ich noch dorthin, als es schon stockfinster war. Der Himmel war bezogen; nur über der Stadt lag noch eine Glocke aus Licht von den Beleuchtungen der

Häuser und Straßen her, ließ die helleren der Grabsteine kalkig grau aus der Dunkelheit treten.
Und ich fand Dein Grab; kenne es ja so genau, daß ich mit geschlossenen Augen hinkäme. Sah die kleinen Sträucher, die Blumenvasen in ihren Umrissen, ging in die Knie, legte die Hand auf die Erde über Deinem Sarg wie immer – Du weißt. Sagte Dir, was ich jedesmal sage. Und ging dann zurück den langen Fußweg an den vielen Gräbern entlang.
Eines Tages hatte ich vor Deinem Grab das intensive Gefühl, Du seist mir in die Arme gesprungen, machtest »Klammeräffle« wie so oft vor vielen Jahren als Kind... Und ich hielt Dich noch einmal fest umarmt wie damals.
Und da noch einmal die Erinnerung an jenes Bild tiefster Kinderzufriedenheit auf unserm damaligen Balkon vor wohl schon zwanzig Jahren, einer Ewigkeit nach meinem Empfinden: als ich Dich auf dem Arm hielt und Du den Kopf an meine Brust lehntest und Däumchen nuckeltest...
War das je wirklich?
Weißt Du noch?
Schönste Zeit! Aber so lange her! Und einmal soll es gesagt werden: *Ich lebe nun nicht mehr gerne.*
Aber öfter noch, als ich vor Deinem Grab stehe, fallen mir einige unserer vielen gemeinsamen Erlebnisse ein. Ich sehe Dich noch als Kleine Blumen pflücken auf der Hochrhön. Mit Felix und mir angeln in Norwegen. Sehe Dich eins Deiner zahllosen Bildchen malen, und niemals warst Du in etwas so vertieft, als wenn Du den Kopf schief gelegt hattest und mit Deinen Farbstiften arbeitetest.
Und ich höre Dich noch etwas sagen; und lachen; und mit einer Deiner Puppen reden. Und manchmal bist Du ärgerlich oder traurig – und fast immer will ich sagen: *Weißt Du auch das noch*?
Und das war doch einmal wirklich.
Wie ich einen Augenblick lang innehalte, höre ich einen Vogel in einem der Bäume hinter mir auf das schönste singen.

Er singt und singt, und das hört sich so unbeschwert an, so – wie man früher sagte – inbrünstig.

Es ist nun schon der zweite Frühling, den Du nicht mehr erlebst. Und dabei erscheint mir die Natur so üppig und farbenreich, vor allem hier in Masuren in den wuchernden Gärten, toten oder verwunschenen Höfen... Und während mir wieder bewußt ist, daß Du keinen Frühling und keinen Sommer mehr erlebst, kommt wieder diese grenzenlose Bitterkeit in mir auf... Frühjahr und Sommer: Wie sehr waren das Deine Jahreszeiten...

Immer noch sitze ich manchmal abends in meinem Sessel im Wohnzimmer wie an Deinem letzten Abend, die Kopfhörer auf, und höre Platten. Manchmal etwas von Mozart; oder immer noch die Gruppe Karat.

Und sehe in Erinnerung hinüber ins Halbdunkel zu der Glastür, die in den kleinen Flur führt. Und dort sah ich Dich, schon fast aus dem Licht genommen, zum letzten Mal.

Und sehe ich Dich nun niemals mehr.

Irgendwann hat sich in mir die unwirkliche Vorstellung festgesetzt, ich sei damals noch wesentlich länger musikhörend in meinem Sessel geblieben und hätte so noch mitbekommen, wie Du zum letzten Mal aus dem Haus gingst. *Und wir hätten uns vor der Haustür zum Abschied umarmt.*

Sehe das vor mir, als sei es wirklich geschehen: Wie wir uns dort wortlos umarmt halten.

Aber dem fehlt ja jede Wahrscheinlichkeit.

Wir machten aus unseren Empfindungen niemals etwas her. Und vor allem: Das sieht allzu sehr danach aus, als hätten wir, Du und ich, vorher gewußt, was kommen werde. Doch wir ahnten es nicht. Ich jedenfalls ahnte es nicht im geringsten.

Und Du und ich: Wir waren nicht von der Art, die sich gegen ein ochsenstumpfes Schicksal nicht empört hätten und nicht alles getan hätten, um es vielleicht doch noch abzuwenden. Das Schicksal mag allmächtig erscheinen; auf uns-

rer Seite aber waren immer: Verachtung der versteckt bleibenden Mächte; Haltung, Stolz, Würde.
Und bleibe nun in mir, damit ich für Dich mit spreche, da Du selbst nicht mehr sprechen kannst.
Ich nehme noch einmal Abschied von Dir, meine Kleine (die Du so groß warst wie ich und in vielem größer als ich). Einen erheblichen Teil Deines Lebens hat man Dir gestohlen, aber alles konnte man Dir nicht rauben: Deine Kindheit nicht und einen Teil Deiner Jugend nicht; und das ist doch die einzig aufsteigende Zeit eines Lebens, und danach beginnt so vieles sich unaufhaltsam zu reduzieren.
Das ist kein bißchen ein Trost; und Dich umgebracht zu haben bleibt für immer ein Verbrechen des nichtswürdigen Schicksals. Aber ich will darüber nicht vergessen, daß Du so viele Jahre bei uns warst; und es ist unvergeßbar, daß es so viele Jahre waren.
Und Danke für manchen Widerspruch: Wir mußten uns damit auseinandersetzen, und das brachte auch uns weiter. Dank für manche Unruhe, und für manches zunächst ein bißchen bestürzende Beispiel. Hab Dank für all das, und für immer!
Ich kann Dir nicht mehr Lebewohl! sagen, denn Du lebst nicht mehr. Und Adieu mag ich Dir nicht sagen, denn nach Deinem Tod möchte ich einen Gott auch in diesem Zusammenhang nicht mehr bemühen.
Und Du warst einmal die kleine Vittodida, und manchmal fuhr ich nach Münkele. Und unlängst sagte ich unbedacht an Deinem Grab: Schlaf schön, meine Kleine –.
Und laß es uns nun so unbetont machen, wie wir's immer taten, und laß mich einfach sagen:
Tschüß, mein Heikelein,
Dein Daddy.

Gütersloh und Marielyst in Dänemark, 1984 bis 1987.